मधुर स्वप्न

मधुर स्वप्न

राहुल सांकृत्यायन

GYAN

Published by

GYAN

Gyan Publishing House
5, Ansari Road
Daryaganj, New Delhi-110002
Phone: 011-47034999, 9811692060
E-mail: books@gyanbooks.com

Distribution Network
gyanbooks.com
India, USA, Canada, UK, Australia

ISBN: 978-93-7097-296-4 (PB)

First Published, 1958

2nd Impression 2025

Printed at: Gyan Press, Delhi.

मधुर स्वप्न

Author: **राहुल सांकृत्यायन**

मधुर स्वप्न

(ऐतिहासिक उपन्यास)

राहुल सांकृत्यायन

प्रकाशक

आधुनिक पुस्तक भवन

कलकत्ता।

अनुक्रमणिका

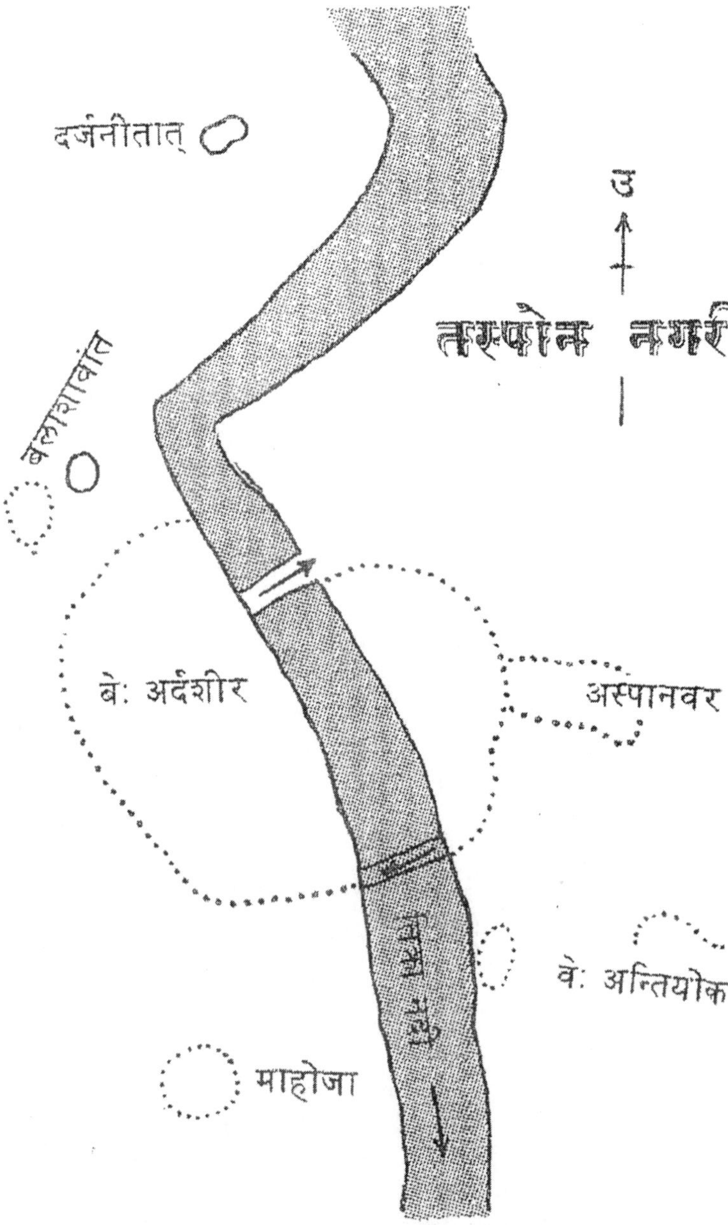
दर्जनीतात्
उ
तस्फोन नगरी
बलाशाबाद
बे: अर्दशीर
अस्पानवर
बे: अन्तियोक
माहोजा

मधुर स्वप्न

१

मृत्यु या जीवन (४९२ ई०)

तिक्रा (तिग्रा) आज भी उसी तरह गर्वीली गति से चल रही थी। उसकी गति में एक प्रकार का उपहास था, शायद वह सोच रही थी : मेरे तट पर कितने ही ऐसे शाह और सम्राट चार दिन की चमक दिखाकर अन्तर्द्धान हो गये। उसकी गति मन्द-मन्द होते भी गंभीर थी। दोनों तटों पर गगनचुम्बी सौध खड़े थे, जिनमें दक्षिण तट पर अवस्थित महल महान् प्रासाद भी था और आक्रमणकारियों से रक्षा के लिये शक्तिशाली दुर्ग भी। नदी-तट से वहां तक जानेवाली भूमि क्रमशः ऊँची की हुई थी। तिग्रा मनमानी न कर सकें, इसके लिये पाषाण और ईंट से उसके तट को बांध दिया गया था। प्रासाद-दुर्ग की पहिली कक्षा को पार करते ही आगे और भी ऊँची दीवार दिखलाई पड़ती थी, जिसकी ऊँचाई कम से कम सौ हाथ थी। दीवार में द्वाराकार चार तले गवाक्ष बने हुये थे, जिन्हें जहां बेल-बूटों से सजाया गया था, वहां संगमर्मर और दूसरे पत्थरों से जोड़कर भी मनोरम बनाया गया था। नदी की ओर के प्राकार के बीच में प्रायः प्राकार जितना ही ऊंचा विशाल द्वार था, जिसका विस्तार पचास हाथ से कम न था। इसके ऊपर के मेहराब को देखकर सचमुच ही दर्शक को यह भान होता था, कि यह मनुष्य के हाथ का काम नहीं, और इसकी पुष्टि बाईस हाथ मोटी दीवार भी कर रही थी। मानव के पास इतना अपार

श्रम कहां से आया ? इस महाद्वार में लगे महाकपाट, उसके विशाल काष्ठ और उसमें लगी सुदृढ़ सुवर्ण की फूलियों वाली कीलियों और सुनहली घंटियों की पंक्तियां भी राजधानी के वैभव को बतलाने के लिये काफी थीं, लेकिन उन पर सोने-चांदी और रंग-विरंगे रत्नों के कार्य ने उसे कई गुना बढ़ा दिया था। द्वार पर कवचधारी भट भाला हाथ में लिये अपनी विशाल भूरी दाढ़ियों के कारण और भी भयंकर मालूम होते थे। किसको इस महाद्वार के भीतर प्रवेश करने का साहस हो सकता था ?

महाद्वार के भीतर एक और ही दुनिया बस रही थी। विशाल भूमि में, जिसमें मानो पृथ्वी संकुचित होकर चली आयी थी, कहीं क्रीड़ा-पर्वत था, कहीं कितने ही तरह के सुन्दर वृक्षों का उपवन था। पालतू मृग जहां-तहां घूम रहे थे और मोर अपने चमकीले पिच्छों को फैलाये, किसी जलयंत्र के पास नृत्य भी करते दिखलाई पड़ते थे। पिंजड़ों में सिंह, व्याघ्र, जब्रा, शुतुर्मुर्ग, बानर, वनमानुष जैसे जन्तु पड़े हुये थे, जो बतला रहे थे कि शाहंशाह का शासन प्राणिमात्र के ऊपर है। पुष्प और लता-वितान तो इस भूमि को कानन का प्रतिद्वन्द्वी बना रहे थे। इस विशाल सुभूमि के कोनों से कई मार्ग या राजपथ कई तरफ टेढ़े-मेढ़े जा रहे थे, जहां भिन्न-भिन्न राजकीय विभाग और उनके सहस्रों कर्मचारी अपने काम में व्यस्त थे—हां, उन्हें सिन्धु से सीरिया की मरुभूमि और काकेशस पर्वतमाला से दक्षिणी समुद्र तक के विशाल साम्राज्य का शासन करना था।

महाद्वार से सीधे सामने की ओर दूर पर्वताकार सीढ़ियां दिखलायी पड़ रही थीं, जिनके सौन्दर्य को देखने में अधिक समय न लगाकर ऊपर चढ़ने पर सामने शाहंशाह का अपादान (आस्थानशाला या दरबार-हाल) दिखायी पड़ता। हजार स्तम्भों पर उठी इसकी छत, जान पड़ता था, आकाश में टंगी हुई है। इसके द्वार के भीतर घुसते ही जान पड़ता, लक्ष्मी

ने पैर तोड़कर अपना आसन यहीं जमा लिया है। संगमर्मर, सोना और चांदी का तो यहां मिट्टी के जितना भी मोल नहीं था। चारो ही ओर रंगों की छटा, सौन्दर्य की परम्परा, कला और सुरुचि का बाहुल्य था। बिछे ऊनी कालीनों में कोई-कोई साठ-साठ हाथ तक लम्बे-चौड़े थे। दीवारों पर रेशमी कालीन टंगे थे, जिन पर बड़े परिश्रम से स्वाभाविक रूप में सूत्रों द्वारा सुंदर चित्र निकाले गये थे। कितने ही कुशल हाथों ने वर्षों लगाकर एक-एक कालीन को बनाया होगा। दीवारों पर जगह-जगह विशाल चित्र अंकित थे, जिनमें कहीं ईरानी, कहीं रोमी और कहीं भारतीय तूलिका का अद्‌भुत् चमत्कार दिखायी पड़ता था। कहीं अर्दशीर बाब-पुत्र को स्वयं भगवान अहुर्मज्द राजमुकुट पहना रहे थे, कहीं शापूर-प्रथम रोम के गर्व को खर्व करके सम्राट बेलारियोन को निगडित किये ला रहा था। कहीं शिकार का दृश्य था, तो कहीं नववर्ष या मेहरक के महोत्सव में राजा-प्रजा के आमोद-प्रमोद का सजीव चित्रण था। विशाल-भित्ति के गवाक्षों में जहां-तहां महान् कोरोश्, महान दारयोश्, अर्दशीर आदि पुराने ईरानी-शाहंशाहों की पुरुष-भरके सोने-चांदी की मूर्तियां रखी हुई थीं। छत से लटकते फानूस रंग-विरंगे वृक्ष से जान पड़ते थे। जगह-जगह सुन्दर रेशम और कमख्वाब की पट्टियां लटक कर शोभा को और भी बढ़ा रही थीं।

अपादान इस वक्त आदमियों से भरा है। द्वार से घुसते ही पहले अजातान् की मंडली बैठी दिखलायी पड़ती। यहां प्रजा के सबसे निम्न वर्ग कदहक्-ख्वतायान् (ग्राम-प्रभुओं), अस्पारान् आदि का स्थान है। ये बगान्-बग् (देवातिदेव) के दर्शन से कृत्य-कृत्य होने के लिये यहां बैठे प्रतीक्षा कर रहे हैं। अपने गांव, अपने स्थान में ये स्वयं बग् (भगवान्) से कम नहीं होंगे, किंतु यहां न जाने कितने धक्के खाकर, कितनों से दया की भीख मांग कर पहुंचे हैं। वैसे भी यहां सांस लेने की हिम्मत नहीं कर

सकते, किन्तु उन्हें अभी खुर्रमबाश की आवाज सुनाई दी "हे जिह्वा! चुप रह क्योंकि आज तू शाहनशाह के सम्मुख है" । और आगे बढ़ने पर बांयी ओर सोने के सिंहासन पांती से लगे हुए हैं। यहां राजवंशिक कुमार, कुशान, शकान और किर्मान के शाह बैठे हुए हैं। उनसे नीचे विस्पोह्रों के सात कुल कारोन -पह्लव सोरेन-पह्लव अस्पाह, पत, गश्नस्प्-पह्लव, स्पन्दियार, मेहरान और जिक् अपनी बहुमूल्य चकाचौंध करनेवाली पोशाक में बैठे हैं। इनमें कोई अर्गपत (दुर्गपति) है, कोई अभिषेक के समय मुकुट-बन्धन करता है, कोई वंश-परम्परा से सेना या किसी दूसरे पद का नायक है। दाहिनी ओर चांदी के सिंहासनों पर ऊपर की ओर सबसे पहले श्वेत दाढ़ी, श्वेत-वस्त्र, श्वेत शिरोवेष्ठन और श्वेत गुस्ती (कटिसूत्र) वाले मगोपतान्-मगोपत् बैठे हैं। ये हैं धर्माध्यक्ष, जिनकी शक्ति शाहनशाह से कम नहीं है, जिनके संकेत मात्र से मनुष्य सब कुछ खो देता है । इनके पीछे छोटे-छोटे धर्मनायक आतरो-पत् मारस्पन्दान, मित्रोबराज्, मित्रो-अक्-विद् आदि बैठे हैं। आगे वचुर्क-फरमांदार (महामंत्री) का आसन है, जिसके हाथमें राज्य की सारी शक्ति केन्द्रित है। फिर क्रमशः अयरान्-अस्पाहपत् (ईरान महासेनापति), अयरान्-पत् दपेह-पत् (महाकायस्थ), हुतुखशान्-पत अथवा वास्त्र्योशान-पत (कृषि-शिल्प-मंत्री) के आसन हैं। श्री शाबर्ज-दार , दातबर भी यहीं विराजमान हैं, जिनके हाथ में कि न्याय का वारा-न्यारा होता है । वचुर्कों और अज़ातों (स्वतन्त्र नागरिकों) के बीच में गायक, नर्तक, नट, बाजीगर अपनी भिन्न-भिन्न देशीय रंग-बिरंगी पोशाकों और भिन्न-भिन्न प्रकार के वाद्ययंत्रों के साथ बैठे हैं, जिनमें भारतीय गायकों और नर्तकों की भी काफी संख्या है—सत्तर ही साल पहले इन्हें बहराम गोर ने भारत से बड़े अनुनय-विनय के साथ मंगवाया था । आज भी इनके मधुर संगीत और अद्भुत-नृत्य का अपादान में वैसाही सम्मान है । क्यों

न हो, इन्होंने ईरानी और भारतीयकला के संमिश्रण से और भी अधिक मधुर संगीत का निर्माण किया है। भारतीय संगीत जहां दिन के किसी समय भी गाया जा सकता था, यहां अब उसे दिन-रात के पहरों के अनुसार बांटा गया है।

एकाएक लोगों में हलचल मची। कितने ही भूमि पर दण्डवत गिर पड़े, कितने ही उँचे स्वर से कह रहे थे "अनवशक बबीद" (अमर हो), "ओकामक रसी" (सफल कार्य हो), लेकिन हलचल और उद्घोष पूर्वक नमस्कार समाप्त होते देर नहीं लगी, कि हलचल का कारण सामने ऊपर की ओर दिखलाई पड़ा, जहां कि पहले सुर्वण और मणि-मुक्ता से अलंकृत विशाल रेशमी पर्दा टंगा हुआ था। पर्दा अब हट चुका था। सामने तीस-पैंतीस हाथ लम्बी-चौड़ी वेदी (चबूतरा) थी, जिसे हाथी-दांत, सुवर्ण और रत्न-जटित आबनूस (चमकीले कृष्ण-काष्ठ) से बनाया गया था। उसके ऊपर सुवर्ण-मरकत-मुक्ता-खचित चन्द्रातप (चंदवा) तना था, जिसमें जगह-जगह टँके रत्न पास के गवाक्षों से आती किरणों से मिश्रित हो आकाश में खिले तारों से मालूम होते थे। वेदी के ऊपर मनोहर रेशमी कालीन बिछा हुआ था, जिसके भिन्न-भिन्न भागों में एक-एक ऋतु का सुन्दर चित्रण था। बसंत के दृश्य को देखकर साकार बसंत का साक्षात्कार होने लगता था और शिशिर की हिमाच्छादित भूमि तथा पत्रहीन वृक्ष को देख कर आदमी सर्दी का अनुभव करने लगता था। वेदी के ऊपर मुख्य सिंहासन था, जिसके बीच में मणिमय आसन्दी और आगे मखमली सुवर्ण पादपीठ पड़ा था। बीच की आसंदी के दाहिने तीन और महार्घ आसन्दियां पड़ी हुई थीं। प्रधान आसंदी पर एक महातेजस्वी पुरुष बैठा था, जिसकी तरफ दूर से भी दर्शक की आंखें नहीं ठहरती थीं। उसके शरीर पर स्वर्ण-खचित नीलिमायुक्त सफेद और काले रंग का देह

से लिपटा घुटनों तक का कंचुक था, जिसके नीचे पंखदार लाल सुत्थन पैर को ढांके हुये था। कंचुक पर बंधे कटिबंध का छोर आगे को लटका हुआ था। पुरुष के घुंघराले, भूरे बाल पीठकी ओर लटक रहे थे, उसकी अरुणवर्ण दाढ़ी के भीतर से कुण्डल की रश्मि चमकती-सी दिखायी पड़ती थी। दाढ़ी अभी उतनी ही थी, जितनी चौबीस वर्ष के पुरुष की होनीं चाहिये। पुरुष के कण्ठ में तिलड़ी रत्नमाला और हाथ में कंकण था। कामदार जूता पादपीठ पर पड़ा हुआ था। उसके सिर के ऊपर सुन्दर मुकुट इस तरह रखा हुआ था, जिसे देखने से संदेह नहीं हो सकता था, कि वह पक्के सवा दो मन का है। भला इतना बोझ सिर कैसे सह सकता ? यह विशाल बहुमूल्य रत्न-जटित सुवर्ण-मुकुट वस्तुतः एक अदृश्य-सी श्रृंखला के सहारे छत से लटका हुआ था। इसके रत्नों पर सूक्ष्म गवाक्षों से आकर पड़ती किरणें आंखों में चकाचौंध पैदा करती थीं, जिससे मुकुट का रहस्य खुल नहीं पाता था। पुरुष पैर को पादपीठ पर रखे बाम हाथ को जानू और दाहिने को सुवर्णत्सरु सरल खड्ग पर कुछ झुका दिखायी पड़ता था।

पर्दा हटते ही यही मूर्ति सामने दिखलायी पड़ी थी, जिसे देखकर सबसे नजदीक वाले व्यक्तियों ने—जो भी दस हाथ दूर पर थे—अपने मुंह पर पथाम् (रूमाल) लगाकर साष्टांग नमस्कार और जयकार किया था। इसी समय खुर्रमबाश् की आज्ञा पर उस घड़ी के अनुरूप संगीतध्वनि होने लगी। मगोपतान्-मगोपत् ने राजकुल में शुभ-जन्म की सूचना दी, जिसके लिये उसी समय सिंहासनासीन पुरुष की आज्ञा से उसका मुंह मुक्ता-माणिक से भर दिया गया।

सहस्रों नेत्र अपलक दृष्टि से उस एक मनुष्य-विग्रह किन्तु दिव्य-प्रभावी पुरुष की ओर देख रहे थे, आंखें विश्वास दिला रही थीं कि यह दैवी विभूति है।

देवसभा के बीच इन्द्र कैसे बैठता होगा, उसका यहां अच्छी तरह साक्षात्कार हो रहा था। भिन्न-भिन्न देशों से समागत जन अतृप्त चक्षु से इस दृश्य को पान कर रहे थे, वायुमंडल में फैलते कस्तूरी, केसर, गुलाब के मधुर आमोद का आघ्राण कर रहे थे। वह खुर्रम्बाश् के कथनानुसार जिह्वा पर पूरा अंकुश रखने ही में सफल नहीं हुये थे, बल्कि अब उनकी झंपती पलकों और चलती पुतलियों के न देखे जाने पर मूर्ति होने का भी भ्रम हो सकता था। इसी समय पीछे द्वार की ओर कुछ हलचल दिखायी पड़ी। एक असाधारण सैनिक-वेशी भट जल्दी-जल्दी वचुकों (बड़ों) की पांती में पहुँच बरहर-निगान्-ख्वताय् (गार्ड-अफसर) के पास पहुँच कान में कुछ बोला। उसकी मुखाकृति से चिन्ता और भय प्रकट हो रहा था। बरहर-निगान्-ख्वताय् ने तुरन्त अस्पाहपत् (महासेनापति) के कान में कुछ कहा, फिर उसने वचुर्क-फरमांदार को संकेत करके बतलाया। भूमि को सिर से स्पर्श करते पथाम् से मुंह ढांके उसने सिंहासनासीन व्यक्ति से बात की। फिर एक से दूसरे मुंह होती बात सुनकर आगन्तुक भट द्वार की ओर जाता दिखलायी पड़ा।

ऊपरी पंक्ति के सभी मुखों पर चिन्ता की छाया का क्या कारण था ? शाहंशाही अर्ग (दुर्ग) के भीतर किंतु अपादान के बाहर संगमर्मर की सीढ़ियों तक तस्पोन् राजधानी के पचास हजार नर-नारी आकर एकत्रित हुये थे। वह भूखे और नंगे थे। लाखों को उन्होंने अपनी आंखों के सामने मरते देखा था, अतएव मृत्यु उनके लिये कोई भय की चीज नहीं रह गयी थी, इसीलिये वे अर्ग के महाद्वार के विकराल कपाटों और भयंकर द्वारपालों के रहते भी यहां तक आ पहुँचे। वह अपने शाहंशाह से सीधे अपनी बिपदा कहना चाहते थे, छोटे-बड़े अधिकारियों से कहने का उन्होंने कोई फल नहीं देखा था। द्वारपालों और शाही गारद के भटों को इन गुस्ताखों को

दबाने का पूरा अधिकार था, और उन्होंने उसका प्रयोग करना भी चाहा, किन्तु उन्हें सफलता नहीं हुई। भटों और द्वारपालों ने इन चलायमान अस्थिकंकालों पर अपना खड्ग अपना भाला चलाना नहीं चाहा। किसी भी शासक या शासन के लिये यह स्थिति अत्यन्त त्रासजनक है, इसलिये सिंहासनासीन व्यक्ति और उसके पास की कक्षा में बैठे व्यक्तियों का चिन्तित होना स्वाभाविक था। इस स्थिति ने सभा के लोगों को भी आपे से बाहर कर दिया था और अब खुर्रम्बाश् के आदेशानुसार उनकी जिह्वा संयम की अवहेलना करने लगी थी। लोग जैसे पहले ही से कुछ जानते हों, इसलिये बिना अधिक संलाप के भी वह शंकित हृदय से द्वार की ओर देखने लगे थे।

देर नहीं हुई कि उसी सैनिक के पीछे-पीछे बीस पुरुष-स्त्री लोगों के भीतर से सिंहासन की ओर बढ़ते दिखलायी पड़े। उनमें कुछ के शरीर पर लाल रंग के वस्त्र थे, जो कुछ फटे तथा साधारण से थे, तो भी उनके मुखों पर दीनता के चिह्न नहीं थे। उनमें से किसी-किसी की दाढ़ी लाल और किसी-किसी की काली थी। दूसरे स्त्री-पुरुषों के कपड़े बहुत फटे थे। वे अपने रक्त-वस्त्रधारी साथियों से भी अधिक कृश और मलिन थे। यद्यपि वे शीघ्रता से पग आगे रख रहे थे, किन्तु जान पड़ता था, वे सिंहासन के पास तक नहीं पहुँच सकेंगे। सिंहासन से दस हाथ पर जा सैनिक ठमक कर साष्टांग प्रणाम करने लगा। उसके साथ आये जन भी भूमि पर पड़ गये और शाह के कहने पर ही उठकर अपने पैरों पर खड़े हुये। शाह के पूछने पर एक रक्तवस्त्रधारी पुरुष ने शाह को सम्बोधित करके कहा—"हम मर रहे हैं, वर्षा नहीं हुई, ऊपर से टिड्डियों ने बची-बचायी फसल को वर्बाद कर दिया। किसानों के पास अपने ही खाने को अन्न नहीं, फिर वह राजधानी को अन्न कहां से देते? दूसरे प्रदेशों से लाया और पहले का रखा बहुत सा

अन्न विस्पोह्लों और वचुर्कों की बखारों में मौजूद है, लेकिन उन्होंने लोगों को मारकर सोना-चांदी बटोरने का निश्चय किया है। एक लाख शिल्पी और कमकर तस्पोन में अपना प्राण दे चुके हैं। ये वही शिल्पी थे, जिन्होंने शाह के मुकुट को बनाया, सिंहासन और कालीन को सजाया, प्रासाद और दुर्ग तैयार किये। ये वही कमकर थे, जो देश के लिये अन्न और वस्त्र तैयार करते रहे। आज भी वह हर रोज हजारों की संख्या में मर रहे हैं, मुर्दों से दख्में भरे हुये हैं, उनमें औरों की गुंजाइश नहीं; गिद्धों और कौवों के खाने के मान की बात नहीं। नगरी के राजपथों और वीथियों में मृत्यु नग्न ताण्डव कर रही है और इधर वचुर्क और विस्पोह्ल मौज उड़ा रहे हैं। मृत्यु या जीवन दोनों आज हमारे लिये समान हो गये हैं, घुल-घुल के जीना हमें पसन्द नहीं।"

सिंहासनासीन पुरुष बड़े ध्यान से उसकी बातें सुन रहा था और बीच-बीच में कुछ पूछता भी जा रहा था। सोने-चांदी की कुर्सियों पर बैठे लोगों की भृकुटियां तन गयी थीं, उनके ओठ फड़फड़ाने लगे थे। पुरुष ने उनके भावों को भांप लिया और कहना भी शुरू किया—क्या शुमा बगान्-बग् (आप देवातिदेव) इन्हीं के शाहन्शाह हैं, क्या हम आपके कुछ नहीं लगते ?

शाह—तुम्हारे भी लगते हैं, किन्तु तुम क्या चाहते हो ?

—क्या इसे भी कहने की आवश्यकता है ? हम मरना नहीं चाहते, जीने के लिये हमें रोटियां चाहियें और रोटियां इन कुर्सीवालों की बखारों में बन्द हैं। यदि जीना देने चाहते हो, तो जीने का रास्ता बतलाओ, नहीं तो हम मृत्यु के लिये तैयार हैं। अपने भटों को कहो कि हमें मृत्यु का रास्ता दिखलायें, अथवा मृत्यु के घाट उतारें और अपने भालों, बर्छों, छूरो और

तलवारों का प्रयोग करके हमारा आशीर्वाद लें। हम पचास हजार आदमी इसीलिये आज यहां आये हैं, कि यहां से जीवन लेकर जायें या मृत्यु के घाट उतरें। हमीं पचास हजार नहीं सातों नगरियों से तब तक पचास-पचास हजार स्त्री-पुरुष यहां आते रहेंगे, जब तक कि सारा नगर जीवितों से खाली और बगान्-बग् का अर्ग् मुर्दों से भर नहीं जायेगा, वह मुर्दों का शाहन्शाह नहीं बन जायेगा।

"मज्दकी ! मज्दकी !! बेदीन !!!"—की आवाज सुन शाह ने उत्तेजित होके कहा—मुर्दों का शाहन्शाह ! मुर्दों का शाहन्शाह मैं नहीं होना चाहता। पीरोज-पोह्र (पीरोज-पुत्र) जीवितों का शाहन्शाह रहना चाहता। जाओ, लोगों से कह दो, कि कवात् तुम्हें मृत्यु नहीं जीवन देगा, भूखों को अन्न और नंगों को वस्त्र देगा।

यह कहते हुये शाह आसन्दी से उठ खड़ा हुआ। उसका चेहरा क्षोभ से लाल हो रहा था, दाढ़ी के बाल खड़े से हो गये थे। संकेत पाते ही पर्दा गिर गया। दरबार बर्खास्त हो गया।

२

स्वर्ग और नरक

अंधेरी रात थी, चारों ओर नीरवता छायी हुई थी। जान पड़ता था, तिग्रा ने भी अपनी निरन्तर गति को कुछ समय के लिये रोक दिया था। सभी जगह निस्तब्धता ही निस्तब्धता दीख पड़ती थी। अर्ग के भीतर भले ही जीवन के चिह्न हों, किन्तु बाहर सुनसान था, बजाद्वार पर रक्षी पहरा देने में थोड़े ही सजग थे, चलने-फिरने की जगह वे एक जगह खड़े या बैठे रहना अधिक पसन्द करते थे। कितने ही उनमें ऊँघ भी रहे थे, किन्तु इसका यह अर्थ नहीं, कि कोई उनकी आंख बचा के अर्ग की कई ड्योढ़ियों को पार कर भीतर घुस सकता।

अन्तःपुर के भीतर चालीस खम्भों की एक शाला थी, जिसकी दीवारें दीपों के प्रकाश से प्रतिबिम्बित हो दीप्त सी बनी हुई थीं। इस शाला को सजाने में और भी अधिक कौशल दिखाया गया था, क्योंकि यह शाहन्शाह की निजी बैठक की जगह थी। यहां भी एक सुंदर आसन बिछा था। शाह कवात् के सिर पर अब वह बडा मुकुट नहीं था और न वह रंगमंच के अभिनय का ही दृश्य। उसका वेष यहां अधिक नम्र और बिनीत था और चेहरे पर तो नम्रता ही नहीं चिन्ता और उदासीनता की रेखा दौड़ रही थी। वह किसी के आने की प्रतीक्षा में था। देर नहीं हुई कि एक चालीस वर्ष का रक्त-वसन पुरुष धीरे-धीरे किन्तु पूरे आत्मविश्वास के साथ शाला के भीतर प्रवेश करता दिखलायी

पड़ा। सैकड़ों मोमबत्तियों के प्रकाश में उसकी लम्बी भूरी दाढ़ी स्पष्ट दिखायी पड़ती थी। गौर मुख पर श्येनाकार तुंग नासा, बड़ी-बड़ी आंखें, प्रशस्त ललाट उसे अधिक सुन्दर और सुकान्त बना रहे थे। पुरुष ने आसनासीन के पास जाकर यद्यपि दरबारियों की तरह साष्टांग प्रणिपात नहीं किया, किन्तु उसके थोड़े झुके हुये सिर और छाती के पास तक उठे हाथों से जान पड़ता था, वह शिष्टाचार का पूरा पालन करना चाहता है।

आसनासीन पुरुष ने आगन्तुक को देखते ही उठकर उसका स्वागत किया। जान पड़ता था, वह भी नहीं चाहता था, कि आस्थान-शाला के प्रणिपात को यहां दुहराया जाय। शिष्टाचार की बातों में बहुत समय नहीं लगा, और वह तुरन्त काम की बातों पर उतर आये।

यह कहने की आवश्यकता नहीं, कि इन दोनों पुरुषों में एक था सासानी-सम्राट पीरोज-पोह्र कवात् और दूसरा बामृदात्-पोह्र मज्दक्। कवात् ने असली बात पर आते हुये कहा—मैं इस विशाल राज्य का शासक हूँ, राज्य की बात तो अलग, मुझे अपनी राजधानी की भी खबर नहीं है!

—क्योंकि शाहों की परम्परा है, चीजों को अपनी आंख से न देखकर दूसरों की आंख से देखना। आप उस परम्परा का उल्लंघन कैसे कर सकते हैं?

—नहीं, यह नहीं हो सकता, कि लोग इस तरह क्रूरता के साथ मृत्यु के मुख में जा रहे हों और मैं हाथ पर हाथ रखकर बैठा रहूँ!

—आपको अब विश्वास जरूर हो गया होगा, कि तस्पोन् के लोग आज भीषण संकट में हैं। किन्तु वास्तविकता का परिचय बातों से नहीं कराया जा सकता और जब तक वास्तविकता से परिचय न हो, तब तक आदमी उसके प्रतिकार के लिये कोई गंभीर कदम नहीं उठा सकता।

—मैं आपकी बात पर विश्वास करता हूँ, दूसरे स्रोतों से भी मुझे प्रमाण मिला है।

—लेकिन मैं कहूँगा कि मेरी या किसी की बात पर विश्वास करने से वह दृढ़ संकल्प और कार्यशक्ति नहीं प्राप्त होगी, जो कि अपनी आंखों देखने से।

—लेकिन शाहंशाह का जीवन तो बड़ी ही परतन्त्रता का जीवन है।

—और बड़े संकट का भी जीवन है। शाहन्शाह अपने पलंग पर सो नहीं सकता, उसका अपना शयन कोष्ठक नहीं होता, उसे रात में कभी कहीं और कभी कहीं सोना पड़ता है।

—क्योंकि उसके सबसे नजदीक के संबन्धी उसके जीवन के गाहक होते हैं। वह निश्चिन्त होकर पान चबक को मुंह में नहीं लगा सकता, कहीं उसमें विष न डाल दिया गया हो।

—आप को अपनी आंखों देखने में भय लगता होगा, न जाने रास्ते में किससे पाला पड़े ! किंतु यदि मेरे ऊपर विश्वास हो, तो आप निश्चिन्त हो मेरे साथ चलिये।

—बामदात्-पुत्र पर मुझे विश्वास है। बामदात-पुत्र मगोपतान-मगोपत् के पद का अधिकारी था, जो शाहन्शाह के बाद सबसे ऊँचा पद है, ऐश्वर्य में भी और प्रभाव। लेकिन बामदात्-पुत्र ने उस सब पर लात मारा, क्योंकि वह दूसरों को दुखी देखकर चैन से सो नहीं सकता था।

—मैंने कोई त्याग नहीं किया, जो कुछ किया, वह केवल अपने हृदय की आग बुझाने के लिये। संसार में इतने लोगों को सन्तप्त देखकर आदमी का हृदय कैसे सन्तप्त न होता ?

—तुच्छ स्वार्थ, अज्ञान या मानव की हृदयहीनता कारण हो सकती है, लेकिन मैं चाहता हूँ मानव-हृदय प्राप्त करना, जिसे आप ही मुझे दे सकते हैं। मुझे आप पर पूरा विश्वास है।

—मुझपर आप विश्वास कर सकते हैं, किन्तु मैं नगर के हर आदमी पर विश्वास नहीं कर सकता। इसलिये शाहन्शाह अपने इस विनीत वेश में भी नगर में नहीं घूम सकते। आपको भेष बदलना होगा। हम दोनों साधारण दपेह्र (कायस्थ) का भेष बनायें।

मानो सब बात पहले ही निश्चित कर ली गई थी। इशारा करते ही प्रतिहारी दोनों को एक ओर ले गये।

अन्तःपुर की छत के ऊपर दो व्यक्ति कायस्थों के मलिन वस्त्र में खड़े थे। उनमें से एक ने दूर तक फैली नगरी की ओर इशारा करके कहा—चन्द्रोदय में अभी कुछ देर है, अर्धरात्रि जल्दी ही हो जायगी। फिर नगरी पर फैली अंधकार की काली चादर हट जायगी। ये हैं हमारे सामने तस्पोन के सात उपनगर— यह है तस्पोन और उधर बे:अर्दशीर, बे:अर्दशीर इस अंधकार में भी सजीव मालूम हो रहा है। सिकन्दर के सेनापति सिल्यूकस ने जब से इसे बसाया, तब से आज तक इसके घरों में सदा उत्सव-प्रदीप जलते आये हैं। उधर वह बे:अन्तियोक् (रोमकान) नगर भी अपनी सुख-समृद्धि में यवन नगरी से पीछे नहीं है। तिग्रा के आर पार से इन दोनों में आज भी प्रतिद्वन्दिता चल रही है। दर्जनीथान, बलाशाबात और यह देखो इसी बायें तट पर अस्पानबर और दाहिने तट पर माहोजा हैं। इस अंधकार में भी ये अपने को छिपा नहीं सकते। यहां अपने दीप के प्रकाश द्वारा अंधकार को फाड़कर वह हमारी तरफ झांक रहे हैं, वहां दूसरी ओर वह बस्तियां हैं, जिनमें अखंड तम का राज्य है। तस्पोन के मुख्य नगर प्रदीप से उद्योतित ही नहीं है, बल्कि ये भूमि के स्वर्ग हैं। किंतु पहले स्वर्ग देखना चाहते हैं या नरक?

—अच्छा तो पहिले नरक चलें अस्पानबर में, वह हमसे नजदीक भी है।

हां, सचमुच नरक। चारों तरफ अंधेरा और नीरवता। सड़कों पर धूल पड़ी हुई थी, जहां संभल कर नहीं चलने पर गढ़े में पैर टूटने का

भी डर था। इसे सड़क भी नहीं टेढ़ा मेढ़ा कूचा कह सकते थे। मकान छोटे छोटे थे, यह उस अंधेरे में भी मालूम हो रहा था। एक मकान की किवाड़ की दरारों से कुछ प्रकाश आता दिखलाई पड़ा। आगे चलनेवाले व्यक्ति ने अपने साथी का हाथ पकड़ कर उधर घुमाया। किवाड़ भीतर से बन्द नहीं था। धीरे से खोलने पर वहां चटाई के ऊपर कोई व्यक्ति निश्चल पड़ा हुआ था। द्वार खुलते ही दीपक के ऊपर हवा का थपेड़ा लगने से बत्ती हिली, दीवार से सट कर बैठी एक मूर्ति में कुछ सुगबुगाहट आयी। चटाई पर पड़े आदमी में जीवन का चिह्न उसके सिर उठा कर दर्वाजे की ओर देखने से मालूम हुआ। आगन्तुकों में से एक ने कुछ कहा। लेटे आदमी ने "मेरे अन्दर्जंगर" कह कर अभिवादन के लिये खड़ा होना चाहा, किन्तु शक्ति ने साथ नहीं दिया। अन्दर्जंगर ने उसे वैसा करने से रोका और फिर अपने साथी को उसका परिचय देते हुए कहा—यह राजधानी का एक सिद्धहस्त कलाकार है। इसी के पुत्र ने शापोर और बेलारियन के विजयी और विजित रूप में मिलन का एक कालीनी चित्र तैयार किया था, जो किसी दूसरे के नाम से आज भी अपादान में टंगा हुआ है। वह पुत्र अकाल की भेंट हुआ, लड़की ने शरीर बेंच कर भी सहायता न करके यम के सामने पराजय स्वीकार किया और अब ये माता-पिता यहां पड़े मृत्यु की घड़ियां गिन रहे हैं।

दोनों आगन्तुकों की ओर ताक रहे थे। बोलने की भी उनमें शक्ति या इच्छा नहीं थी, अथवा अन्दर्जंगर भी वही कह रहे थे, जो कि वह कहते।

दोनों साथी खिन्न मन हो द्वार से निकल कर बाहर आये। चांद क्षितिज से बाहर निकल रहा था, किन्तु अभी उसका प्रकाश निबिड़ अन्धकार पर अधिक प्रभाव नहीं डाल रहा था।

अगला घर, जिसमें वे गये, एक तरुण वास्तु-शिल्पी का था। उसके घर में उसके भविष्य का स्वप्न एक नमूने के रूप में मौजूद था मर्मर-प्रासाद, जिसमें रोमन, भारतीय और अखामनशी वास्तु कला का अपूर्व सम्मिश्रण दिखलाया गया था। यह स्वप्न था तरुण के मन में जिसके क्षुद्र साकार रूप को उसने अपनी मरण शय्या के पास रख रक्खा था। स्त्री सिरहाने बैठी थी। दोनों आगन्तुक उनके पास पहुँचे। अन्दर्जगर का साथी एक ही बार मर्मर-प्रासाद के नमूने को देख पाया, किन्तु उस एक आंख देखने से ही उसने समझ लिया, कि वह मस्तिष्क कितना ऊँचा होगा, जिसने इसकी सृष्टि की। स्त्री ने तरुण के कान में कुछ कहा और अन्दर्जगर कहने पर भी बोला—"कष्ट की क्या बात है? अब तो सारे कष्टों का अन्त होने जा रहा है। पिता भी गये, मां भी गयीं और अब हम दोनों भी यहां से कूच करने के लिये बैठे हैं।"

"लेकिन मैंने जो तुम्हारे पास अन्न भेजा था"—अन्दर्जगर ने बीच में ही बात काट कर के कहा।

—किन्तु मैं अपने सामने अपने पड़ोसी के बच्चे को मरते कैसे देखता? क्या आपने शिक्षा नहीं दी, कि दूसरे के काम आना, इससे बढ़कर दुनिया में कोई बड़ा कार्य नहीं।

अन्दर्जगर का साथी कुछ बोल नहीं रहा था, किन्तु यह करुण दृश्य उसके हृदय पर वज्र प्रहार कर रहा था। वह यह भी देख रहा था, कि अन्दर्जगर के प्रति कितना प्रेम लोगों में है।

आगे एक चर्मकार का परिवार आया। वह भी भूख के मारे बेसुध शरीर की जगह कंकाल मात्र रह गया था। अन्दर्जगर ने कहा—यह वह शिल्पी कलाकार था, जिसके रत्न-जटित कलाबत्तू के काम वाले जूतों का सबसे अधिक दाम और सम्मान होता था।

अपने सामान को भी बेंचना पड़ा और अब जीवन के लिये चारों तरफ अंधेरा ही अंधेरा दिखलाई पड़ रहा है।

जुलाहों, कुम्हारों और दूसरे शिल्पियों के मुहल्लों से होते वे आगे बढ़े अब चन्द्रमा का प्रकाश इतना हो चला था, कि वे आस-पास की चीजों को देख सकते थे। अन्दर्जगर अपने साथी को लिये एक घर के भीतर घुसे। यह कभी बनिये की दूकान थी, बड़े नहीं छोटे बनिये की दूकान। लेकिन, अब वह सूनी थी। बनिये ने पहले एक का सवा करके माया जोड़ी। अनाज का दाम जब चौगुना-पचगुना हो गया, तो उसने सोने-चांदी से घर भरना चाहा और अन्न तथा पान की चीजों को बाहर निकाल दिया। लेकिन थोड़े ही समय बाद उसे इसके लिये पछताना पड़ा। अब उसके पास खाद्य पदार्थ नहीं थे। विस्पोह्ल और वचुकों की बखारों में अब अन्न रह गया था और गेहूँ को वह सोने के भाव बेंच रहे थे। बनिये की सारी कमायी अपने घर के पेट चलाने में कुछ ही दिनों में समाप्त हो गयी। जो कभी दाम का मिलता था, वह द्रख्म का हो गया, फिर दाम चढ़ कर दीनार[1] तक पहुँच गया। आखिर सोने के भाव अनाज खरीदने के लिये बनिये की पूंजी कितने दिनों तक चलती? आज वह भी सभी की तरह मृत्यु की बाट जोह रहा था। हां, उसके ऊपर आफत कुछ ठहर कर आयी। वह कह रहा था—यदि मुझे यह मालूम होता, तो मैं दीनार को सब कुछ समझने की क्यों गलती करता? आज उसे मालूम हो रहा था कि अन्न ही वस्तुतः धन है।

अन्दर्जगर ने साथी के भावों को समझकर कहा—कितना बड़ा नरक तुम्हारी छाया के नीचे धांय-धांय करके जल रहा है! नरक की बानगी देख ली, अब यदि राजधानी में स्वर्ग की भी थोड़ी सी बानगी देखना चाहते

१—दीनार = सोने का सिक्का (१३.६९ ग्रेन), द्राख्म = चांदी का सिक्का (६.३ ग्रेन) और दाम् = $\frac{1}{4}$ द्राख्म् के बराबर था।

हो, तो चलो, पार होने वाले पुल से उस पार बे:अर्दशीर चलें। फिर लौटने वाले पुल से अपनी जगह लौट आयेंगे।

बे:अर्दशीर में घुसने से पहले वे एक ओर मुड़े और दर्जनीतान् मुहल्ले में पहुँचे। असली नरक तो वस्तुतः यहां था। राजधानी के सबसे गरीब घर यहां थे। घर अधिकतर सूने थे, मुर्दों को कोई पूछने वाला नहीं था। उनकी देख-भाल का काम कुत्तों को मिला था। डर था कहीं वे इन दोनों साथियों के ऊपर टूट न पड़ें; किन्तु, अन्दर्जगर के आदमी, जान पड़ता है, सभी जगह तैयार बैठे थे। हां, वे इन सिसकती ठठरियों को भी सहायता पहुँचाने में चूकते नहीं थे, किन्तु सहायता अधिकतर सान्त्वना के शब्द तक ही सीमित होती थी। ये थे उन लोगों के घर, जहां से शाहन्शाह को रोम से लड़ने वाले सैनिक मिलते थे। यही वे हाथ थे, जिन्होंने बड़ी-बड़ी अट्टालिकाओं को खड़ा किया, कहीं सागर खोदा और कहीं पहाड़ उठाया था। किन्तु, आज यहां या तो मुर्दे थे या सिसकती ठठरियां।

अब वे बे:अर्दशीर (सलूकिया) में पहुँचे। यहां तिमहले-चौमहले प्रासाद थे, जो चौड़ी सड़कों के किनारे खड़े चांदनी में दुग्धस्नात जैसे मालूम होते थे। आधी रात के बाद भी यहां घरों के भीतर प्रदीप और नर-नारियों के आमोद-प्रमोद के शब्द सुनायी देते थे। अन्दर्जगर ने यवनी गणिका 'दोरा' कहते हुये एक द्वार को खटखटाया। दासी ने आकर द्वार खोला और एक बार "अवकाश नहीं" मुंह से निकाल कर फिर अभिवादन करके ठमक गयी। अन्दर्जगर ने कहा—

—हमें वहां दखल देने की आवश्यकता नहीं, हम कहीं गुप्त-स्थान से देखना चाहते हैं।

दासी को विशाल प्रासाद जैसे वेश्या-गृह में वैसा स्थान ढूंढ़ने में कुछ दिक्कत नहीं हुई। अन्दर्जगर के साथी ने बड़े आश्चर्य से देखा, वहां दोरा के साथ एक आसन पर बैठे मगोपतान्-मगोपत् अपने श्वेत-कुर्च और श्वेत-बसन को निर्मल रखते एक ही सुवर्ण-चषक में लाल मदिरा पीने में और साथ ही नर्त्तकी की मीठी-मीठी बातें सुनने तथा अपनी सुनाने में मस्त थे—सत्यानाश हो मज्दकियों का! जीवन का एक क्षण दोरा! तुम्हारे साथ स्वर्ग से भी बढ़कर है।

यह थे ईरान के सबसे बड़े धर्म-गुरु, जिनका वचन भगवान का वचन समझा जाता था और जो धर्म के सबसे बड़े समर्थक माने जाते थे।

अगले घर में वर्दका (लाल गुलाब) अपने सौन्दर्य से अयरान्-अस्पाहपत् को स्वर्ग का आनन्द दे रही थी। बर्दका राजधानी की प्रसिद्ध नर्त्तकी राजनर्त्तकी थी, उसके नृत्य पर मुग्ध हो अस्पाहपत् अपना मुक्ता हार अर्पण कर रहे थे।

अन्दर्जगर ने अपने साथी को रास्ते में ले चलते हुये धीमे स्वर से कहा—देख न रहे हो? क्या यहां नरक की अग्नि की जरा भी आंच पहुँच रही है? क्या और भी देखना चाहते हो?

—नहीं, और देखना मुझे सह्य नहीं हो सकेगा।

—और, इन लोगों को सब सह्य है। इस वक्त पांचो महिश्त, सातों विस्पोह्ल और अनेकों राजकुमार यहीं विलास-नगरी में मौजूद हैं। यहां न भूख का पता है, न मृत्यु-दूत का।

लौटने के पुल पर से तिक्रा पार करते हुये अपने नत-शिर साथी से अन्दर्जगर ने कहा—"भगवान ने पृथ्वी पर अन्न पैदा किया कि मनुष्य उसे अपने में समान विभाजित करे और कोई एक दूसरे से अधिक न ले जाये। किन्तु मनुष्य एक दूसरे पर अत्याचार करते हैं और हर एक व्यक्ति अपने को अपने भाई से पहले रखना चाहता है। इसमें सुधार तभी हो सकता है,

यदि गरीबों के लिये धनियों के धन को ले लिया जाय। जिनके पास अधिक है उनसे धन लेकर निर्धनों को दे दिया जाय। माल-असबाब या कोई सम्पत्ति जो अधिक हो उसे लेकर दूसरों में बराबर बांट दिया जाये, जिसमें व्यक्ति-व्यक्ति में अन्तर न हो।"

अन्दर्जगर आकार में सुन्दर, आचार से परिशुद्ध और वाणी में अद्वितीय माधुर्य रखते थे। साथी उनके वचन और आज के दृश्य से बहुत प्रभावित था। अन्दर्जगर ने अन्त में उससे पूछा—"किसी के पास विष की ओषधि निर्विषी हो और यदि वह सांप काटे को न दे, जिससे वह आदमी मर जाय, तो उसको क्या दण्ड मिलना चाहिये ?"

"मृत्यु।"

"यदि निरपराध को घर में बन्द करके कोई उसे खाना न दे, और वह आदमी मर जाय, तो बन्द करने वाले को क्या दण्ड मिलना चाहिये ?"

"मृत्यु।"

अन्दर्जगर ने साथी को अन्तःपुर में पहुँचा के अपना रास्ता लिया। कवात् को नींद कहां, लेटने की इच्छा कहां ? उसका दिमाग चक्कर खा रहा था। उसे समझ में नहीं आ रहा था, कि वह इस दुनिया में है या कहीं और। दोरा के अंक में लग्न श्वेतश्मश्रु, श्वेतकुर्च, श्वेत-वसन, रक्ताक्ष मगोपलान्-मगोपत् अब भी उसे आंखों के सामने प्रत्यक्ष दिखायी पड़ रहा था और उधर मुर्दों पर लड़ते कुत्ते भी। यह कैसी दुनिया है ? कहां है यहां धर्म और धर्मात्माओं का अस्तित्व! उनकी जगह है दुर्गन्ध और सिसकती ठठरियां !

३

संकल्प

आस्थान-शाला और अन्तःपुर की शाला हम देख चुके हैं। आज कवात् अन्तःपुर के, आकार में छोटे किन्तु साज-सज्जा में अद्वितीय कमरे में था। सारा कमरा चन्दन, कस्तूरी, गुलाब, कमल, नरगिस, जूही आदि की मधुर सुगन्धियों से मह-मह कर रहा था। सुवर्ण-मंडित हाथी-दांत के पाये वाले पर्यंक पर फेन सदृश हंस-तूल-गर्भित कोमल श्वेत-शय्या और उसके ऊपर लटकती मोतियों की झालर मोमबत्ती के मन्द प्रकाश में कितनी सुन्दर मालूम होती रही होगी, इस और ऐसी दूसरी बातों के बारे में कहना पुनरुक्ति मात्र होगा। भोग-विलास, कला-सौन्दर्य में जो स्थान गुप्तराज-वंश का था, वही स्थान ईरान के इस सासानी-वंश का था। किन्तु इतने सुन्दर प्रकोष्ठ में भी कवात् छाती पर अपने चिबुक को रखे उदासीन बैठा था और उसके पास ही बम्बिश्नान्-बम्बिश्न् (महारानी) सम्बिक् बैठी थी। उसके सिर पर मुकुट, कानों में कुण्डल, गले में रत्नमाला पुनरुक्त-मात्र थे, उनसे उसकी शोभा नहीं बढ़ सकती थी। क्षीण कटि, उन्नत-वक्ष, शंख-सदृश ग्रीवा, तनु-अंग, तनु-अंगुली, हिमश्वेत-शरीर-वर्ण, आरक्त कपोल, बादाम समान लोचन, कोमल सुवर्ण-रेखा सम भ्रूलता, दीर्घ पक्ष्म-नेत्र, श्वेत तथा समान दन्त, कृष्णाभरक्त-दीर्घ-केश जूड़ा के रूप में निबद्ध तथा सामने द्विधा विभक्त था। जान पड़ता था, उसके शरीर के निर्माण तथा सौन्दर्य के समावेश में प्रकृति ने अद्भुत कौशल दिखलाया था। लेकिन

यह सौन्दर्य भी कवात् की उदासीनता को कम करने में असमर्थ था। सम्बिक की आंखें बतला रही थीं, कि वह भी अपने पति की चिन्ता से प्रभावित है। उसने बड़े संकोच से मधुर स्वर में कहा—"ख्वता (खुदा)!"

किन्तु कोई उत्तर नहीं। कम्पित-स्वर में उसने फिर दुहराया—"ख्वता-पातेख्-शा! क अपायेत्? (खुदा बादशाह! क्या है?)"

किन्तु अब भी कोई उत्तर नहीं। सम्बिक ने फिर साहस करके किन्तु स्वर को और भी मधुर-कम्पित बनाते हुये कहा—"ब्रात्! (भाई!) मैं आपकी सहोदरा, सुख-दुख की सहधर्मिणी हूँ। क्यों नहीं बोलते? क्या कल रात के दृश्य ने हृदय को विचलित कर दिया?"

कवात् ने चौंककर रानी की ओर देखते हुये कहा—"तुम्हें कैसे ज्ञात हुआ?"

—मुझे ज्ञात है, और बहुत पहले से ज्ञात है, कि राजधानी में लोगों पर कैसी बीत रही है।

—तो मुझे क्यों नहीं बतलाया, क्यों अबतक चुप रही?

—बतलाने से कोई लाभ नहीं होता, बतलाने का समय नहीं था। राजकुल आंखवालों के लिये नहीं है, यहां केवल कान हैं या जो-कुछ भी कहने वाले मुख!

—लेकिन तू भी तो उसी राजकुल में पैदा हुई। तू भी तो मेरे साथ एक ही मां की गोद में खेली, फिर बोलने में संकोच क्या था? यदि पहले कहा होता, तो समय से पहले कुछ प्राणों की रक्षा तो की जा सकती थी, कुछ कष्टों के भार को कम तो किया गया होता? देख नहीं रही है सम्बिक मेरी प्यारी! कल रात से ही मेरा चित्त कितना विह्वल है?

—देख रही हूँ और उपाय भी ढूंढ़ रही हूँ।

—उपाय, चिन्ता को मन से निकाल देने का, हृदय पर पड़े आघात को भुलवा देने को ढूंढ़ना चाह रही है? नहीं सम्बिक्, उपाय इतना आसान नहीं है। यह नवनीत-समान शय्या काटने दौड़ रही है, इस परिमल से दम घुट रहा है। मैंने हंड़िया के चावल की तरह कल कुछ ही घरों को देखा; वैसे घर हमारे देश में लाखों होंगे, लाखों माताओं के लाल उनसे बिछुड़े होंगे, लाखों के पति चल बसे होंगे, लाखों बच्चे माता-पिता के बिना बिलख-बिलख कर प्राण दिये होंगे। और यह सब क्यों? क्योंकि तन धारण के लिये उन्हें मुट्ठी भर अन्न नहीं मिला!

—हां, अन्न आज कितनी महँगी चीज है, और प्राण कितना सस्ता?

—सम्बिक्, मैं अपने को इन सारी हत्याओं का दोषी मानता हूँ।

—सारी हत्याओं के तुम्हीं अकेले दोषी नहीं हो। हजारों हत्यारे हैं, और निसन्देह उनमें से तुम भी एक हो। वे भी हत्यारे हैं, जिनके घर पर एक दिन तुम्हारे पधारने से उनका कर माफ हो जाता है, उनका खान्दान ऊँचा बन जाता है, राजावली-लेखक उनका नाम इतिहास में लिख लेता है, उनके घर पर तीन सौ सवार और तीन सौ प्यादे पहरा देने के लिये नहीं, बल्कि घर के सामने रहके सम्मान बढ़ाने के लिये भेजे जाते हैं। घोड़े पर चढ़ने के बाद वह उनके पीछे-पीछे चलते हैं। जिसके घर में शाहन्शाह की सवारी एक बार चली गयी, उसके सभी अपराध माफ हो गये, उसे गिरफ्तार नहीं किया जा सकता। साल के दो महापर्वों—नववर्ष और मेह्रगान्—के समय उस परिवार की भेंट सबसे पहले शाह के पास पहुँचायी जाती है, आस्थान-मंडप में उसे सबसे पहले प्रवेश करने का अधिकार है। सिंहासन के दाहिनी ओर की पांती में उसको बैठने को जगह मिलती है। सोचो, पिछले एक साल में कितने घरों में तुमने जाकर उन्हें सभी दण्डों से मुक्त बना दिया!

—क्या मैंने ही बना दिया?

—नहीं मेरे स्वताय ! स्पष्ट बोलने के लिये क्षमा करना । आज तुम कान दे सकते हो, इसीलिये में अपने पातेख्शाह से उसकी चरण-सेविका दासी बम्बिश्न् (रानी) के तौर पर नहीं बोल रही हूँ ।

—सम्बिक ! क्या मैंने कभी तुझे चरण-सेविका दासी समझा ? क्या हमारा सहोदर भाई-बहन का प्रेम कम होकर पति-पत्नी के रूप में कभी परिवर्तित हुआ ?

—वह परिवर्तन का समय नहीं था ।

—तो क्या पीरोज-पोह्ल ने राजसिंहासन पर बैठकर कभी अपनी सम्बिक् के प्रति दूसरा भाव दिखलाया ? हो सकता है, अब मेरे पास पहले जैसा समय न हो, किन्तु जो भी समय मिलता है, उसमें सबसे अधिक भाग सम्बिक् का होता है ।—कहते कवात् ने अपने सिर को सम्बिक् के कन्धों पर रख दिया ।

सम्बिक् ने और समीप होते कहा—सो ठीक है, मेरे मन ने कभी अपने कवात् के प्रति सन्देह नहीं पैदा किया । मेरी सदा यही इच्छा रहती है, कि मैं कैसे तुम्हें प्रसन्न रखूं ।

—प्रसन्न रखने का मुझे तो और कोई रास्ता नहीं दिखलायी पड़ता । कल से जो बात हृदय में कांटे की तरह चुभी है, उसी को निकालने का कोई रास्ता ढूंढ़ो ।

—कांटे के निकालने का रास्ता मिल सकता है, किन्तु कांटा बोने वाले तो हमेशा तुम्हें घेरे रहते हैं । उन्होंने तुम्हारे दिल में ही कांटा नहीं चुभोया, उन्हीं के बोये कांटों के कारण आज सारा देश दख्मा हो गया है ।

—हां, पुराने दख्मों के गवाक्षों में अब मुर्दों के बैठने की जगह नहीं रह गयी है । इतने मुर्दे बढ़ गये हैं कि चील-कौवों को उनके खाने की

फुर्सत नहीं। ये लाखों जन भूखों मरे और उधर विस्पोह्रों, राजकुमारों और महासेठों की बखारें अब भी अन्न से भरी हुई हैं।

—अन्न से पूरी भरी नहीं हैं, लेकिन वह उतनी ही खाली हुई, जितना सोना और रत्न रखने के लिये स्थान चाहिये था।

—अन्दर्जंगर का कहना ठीक मालूम होता है।

—कि निर्विषी हाथ में रहते सांप काटे को मरने देना हत्यारे का काम है, अन्न रहते दूसरे को घर में बन्द करके मारना सीधी हत्या करना है, यही न ?

कवात् की पुतलियां चमक उठीं और उसने सम्बिक् की ओर देखते हुये कहा—तो तुम्हें अन्दर्जंगर का उपदेश मालूम है ?

—हां, काफी समय से उन्होंने मेरी आंखें खोल दी हैं। उनका हृदय महान् है, वैसा ही महान् जैसे दूसरों के प्रति उनकी करुणा।

—आखिर तुम भी सम्बिक् उसी भवन में रहीं, उसी कोख से पैदा हुईं, जिससे मैं; किन्तु तुमको यह बातें कैसे पहले मालूम हो गयीं, मुझसे पहले और मेरी आंखें क्यों देर से खुल रही हैं ?

—इसका उत्तर मैं क्या दे सकती हूँ, शायद राजसिंहासन पर बैठना तुम्हारे लिये बाधक सिद्ध हुआ, शायद तुम्हें उसका अपात्र समझा गया। लेकिन, जिसके पास हृदय है और साथ ही समझ भी, वह अन्दर्जंगर के मुंह से निकले एक-एक वाक्य को अमृत-विन्दु की तरह मानता है।

—यह तो मैंने कल देखा, मौत के द्वार पर पहुँचे व्यक्ति भी अन्दर्जंगर के वचन को पालने में अपने को कृत-कृत्य समझते हैं। आखिर राजवंश में न सही, किन्तु मगोपतान्-मगोपत् के ऐश्वर्यशाली कुल में अन्दर्जंगर

का जन्म हुआ, और वह उस पद के अधिकारी थे; किन्तु उनको ये शिल्पकार, अकिंचन् मजूर और निरीह दास-दासियां कितना अपना समझते हैं, कितना उनसे प्यार करते हैं ? मैं जब पहले-पहल वेष बदलने के लिये तैयार हुआ, तो मेरा हृदय भीतर से कांप रहा था। कहने के लिये मैं शाहों का शाह हूँ, लेकिन जानती हो, अपने तुच्छ प्राण की रक्षा के लिये हमें कितना चिन्तित रहना पड़ता है ? तस्पोन् की गलियों और वीथियों में कदम रखते वक्त पहले कुछ क्षण तक हर अंधेरी जगह और छिपे कूचे से किसी के तीर, छुरी या भाले के आकर शरीर पार करने का भय लग रहा था, किन्तु थोड़ी ही देर तक। फिर, मुझे विश्वास हो गया कि मैं अपने प्राण को आज ही समीप में आये इस आदमी के हाथ में निश्चिन्तता-पूर्वक दे सकता हूँ। मुझे यह जानकर बड़ा सन्तोष हुआ। किन्तु, आगे के दृश्यों ने मुझे विकल कर दिया। मैं अपने को भारी अपराधी समझता हूँ। मैंने ही अपने सामन्तों और सरदारों को अदण्डनीय बना दिया। तभी तो वे निर्भय हो लोगों के प्राणों से खेल रहे हैं। अन्दर्जगर की बात अब भी मेरे कानों में गूंज रही है, लेकिन कैसे उसे कार्यरूप में परिणत किया जाय ? मेरी आज्ञा आज तक शिरोधार्य मानी जाती रही है, कोई उसे मानने से आनाकानी नहीं कर सकता था, किन्तु आज मुझे मालूम हो रहा है, कि मेरे अधिकारी मेरे आज्ञाकारी नहीं हैं। मुझे भ्रम था। मैं ऐसी आज्ञाओं को ही निकाल कर उनसे मनवा सकता हूँ, जिनके साथ उनके स्वार्थ का विरोध नहीं है। सोचो तो, मैंने कभी अपनी आज्ञा को सीधे छोटे लोगों तक नहीं पहुँचाया। मेरी आज्ञा उन्हीं बड़े लोगों के द्वारा कार्यरूप में परिणत होती रही है, जो कि इस भयंकर मृत्यु-लीला के प्रधान अभिनेता हैं। मुझे जान पड़ता है, यदि मैं प्रजा के दुःख दूर करने के लिये उन्हें कहूँ कि तुम अपने बखारों को खोल दो, तो वे नहीं खोलेंगे।

—उनकी बखारों को ही नहीं, यदि सरकारी बखारों के खोलने की बात भी कही जाय, तो भी वह खोलने के लिये तैयार नहीं होंगे; क्योंकि उससे देश भर का सोना वे कैसे एकत्रित कर सकेंगे ?

—सोना ! यह एक-एक दीनार जो वह अपने धनागारों में जमा कर रहे हैं, वह एक-एक आदमी के खून से रंगा हुआ है। यदि सभी आदमी मर जायेंगे, तो ये दीनार लेकर क्या करेंगे ? शिल्पी मरे हैं, लाखों की संख्या में मजूर मरे हैं और किसानों की भारी संख्या विशेषकर किसानों के कमकरों की अवस्था भी वही हुई है।

—और भी बुरी हुई है। देश के लिये तो और भी संकट का निमन्त्रण दिया गया है। गावों में इतने मजूर मरे हैं, कि बसन्त में बहुत से खेतों के जोते जाने की आशा नहीं है, अगले साल और भी अन्न कम होगा।

—फिर दीनार बनाने वालों की और भी बन आयेगी। लेकिन आखिर सम्पत्ति तो मनुष्य के हाथ पैदा करते हैं. यह भिन्न-भिन्न प्रकार के स्वादिष्ट अहार, सुन्दर परिधान, कलापूर्ण आभूषण, सहस्रों प्रकार की विलास-सामग्री, आमोद-प्रमोद के सामान, सभी तो उन्हीं लाखों हाथों के बनाये हुये हैं, जो बड़ी तेजी से मुरझाते हुये हमेशा के लिये सूखते जा रहे हैं। जब वे हाथ नहीं रहेंगे, तब कैसे वे सुख-साधन मिलेंगे ?

—इससे पहले भी इस तरह की बातें समझाने का प्रयत्न महापुरुषों ने किया। उन्होंने चाहा कि मनुष्य अपने विवेक से काम ले, अपनी सहृदयता और सहानुभूति को हाथ से न छोड़े और अपने क्षुद्र तथा बिल्कुल सम्मुख के स्वार्थ से उठकर अपने ही स्वार्थ को देश और काल में दूर तक देखे, और परिवर्तित मानव होकर अपने कल्याण के लिये ही जनकल्याण में लग जाय। लेकिन क्या इसका कोई व्यापक परिणाम हुआ ?

—सो तो मैं नहीं जानता, लेकिन अपने मन को देखकर तो मुझे मालूम होता है, कि मनुष्य का हृदय-परिवर्तन अवश्य कराया जा सकता है।

—उसके लिये युगों की प्रतीक्षा की आवश्यकता होगी, फिर भी मेढ़कों के तौलनेवाली बात ही चरितार्थ होगी। बहुत परिश्रम से संयोगवश कोई कवात् मिल जाय और शायद उसका हृदय-परिवर्त्तन हो जाय, किन्तु क्या भरोसा है कि वह परिवर्त्तन उसकी संतानों में भी चलता रहेगा ? फिर एक पिता और उसकी संतान के हृदय-परिवर्त्तन भर से तो काम नहीं चल सकता! यहां तो दीनों का रक्त निचोड़ दीनार एकत्रित करने वालों की संख्या हजारों है। एक के हृदय-परिवर्त्तन से कोई काम नहीं बनता।

—सम्बिक्, मैं तुम्हारे इतने समीप रहते हुये भी तुम्हें ऐसा बोलते नहीं सुना था, न तुम्हारे इस वेष को देखकर किसी को ऐसी आशा ही हो सकती थी। पीरोज की सन्तान के मुंह से यह बातें अवश्य बड़ी विचित्र सी मालूम होती हैं।

—हां, पीरोज की सन्तानों को तो यही सिखलाया गया था, कि जगत के सारे प्राणी उनके सुख और विलास के लिये पैदा किये गये हैं, चाहे वह प्राणी मनुष्य ही क्यों न हों। मुझे भी पहले-पहल जब पहलवी दासी के मुंह से अन्दर्जगर की कुछ बातें सुनने को मिलीं, तो आश्चर्य हुआ। लेकिन तुमने दुनिया में पैदा होकर के दुनिया को उतना देख नहीं पाया। किदारी राजधानी में हूण-सम्राट की प्यारी रानी —मेरी बहिन— मौजूद थी। उसकी छाया में तुम्हें कुछ भी देखने-सुनने का कहां मौका था ? और यहां आने पर भी चचा, बलाश अपना सिंहासन तुम्हारे लिये खाली कर गये।

—तो ये छत्र और सिंहासन हमारी आंखों पर पट्टी का काम देते हैं ? इनके कारण हमारी आंखें बेकार हो जाती हैं। मैं भी इसे अनुभव करने लगा हूँ, लेकिन प्रश्न है, कैसे इस संकट से लोगों को मुक्त किया जाय ?

—लोगों को मुक्त करने के लिये स्वयं रास्ता निकल आया है। देखा नहीं, अपादान में इतने भटों और आरक्षा के रहते हुये भी नगर के गरीब

तुम्हारे पास पहुँच गये। आखिर मृत्यु से बढ़कर और भीषण क्या बात हो सकती है ? इसीलिये तो लोग निर्भीक होकर सैनिकों की पंक्ति तोड़ते हुये आगे बढ़ आये। अब भी उन्हीं के बल पर इस संकट को दूर करने का रास्ता निकलेगा। जनता अनगिनित है, अमर है; सौ या हजार के जीने-मरने से उसका कुछ नहीं बिगड़ता और दीनार-पूजक उन्हें मारने से बाज नहीं आयेंगे, यद्यपि उसके साथ ही वे अपनी मृत्यु को भी निमंत्रित करेंगे; किन्तु तुम अपने बारे में भी कुछ सोच रहे हो ?

कवात् के चेहरे पर गंभीरता अब भी पहले जैसी थी, लेकिन निराशा के चिह्न वहां अवश्य बहुत कम हुये थे। उसकी बातों से मालूम होता था, कि पिछले चौबीस घंटों में कल के देखे दृश्यों पर उसने काफी ध्यान देकर सोचा था, और अब भी कोई रास्ता निकालने की चिन्ता में था। वह समझने लगा था कि उन्हीं हाथों ने सारे अन्न-धन-वैभव को पैदा किया, जिन्हें कि भूखों घुल-घुलकर मरना पड़ा। वह चाहता था, कि बन्द बखारों को लोगों के लिये खोल दिया जाय। लेकिन क्या इस काम में वह मगोपतान्-मगोपत् से सहायता की आशा रख सकता था या अयरान्-अस्पाहपत् से ? उसे यह भी मालूम हो रहा था, कि उनके पास ऐसी कोई आज्ञा भेजने का परिणाम अच्छा नहीं होगा। लेकिन वह पिछले चौबीस घंटों में अपने को बहुत कुछ तैयार कर चुका था। अभी तक उसकी तैयारी मौनरूपेण हो रही थी, लेकिन सम्बिक् अब उसे वाणी प्रदान कर रही थी। उसने अपने भावों को प्रकट करते हुये कहा—"सम्बिक् ! मैं कायर नहीं हूँ। सासानीवंश विलासी-जीवन का आदी होता है, लेकिन साथ ही वह मृत्यु से भय खाने को भी भारी अपमान समझता है। मैं अपने लिये कोई चिन्ता नहीं करता, मेरे लिये चाहे कुछ भी हो, चाहे आज मरूँ या दस साल बाद। अपने सामन्तों और मंत्रियों के कोप का भाजन होने पर जो बड़े से बड़ा

परिणाम हो सकता है, मैं उसके लिये तैयार हूँ; किन्तु यह सब होने पर ऐसा तो कोई रास्ता निकलना चाहिये, कि मैं अपने जीवन-त्याग से भी लोगों के कष्ट को हल्का कर सकूं ?

—क्या तुम अपने को अकेले समझते हो या अपने को इस योग्य समझते हो, कि सारे काम को अकेले ही पूरा कर लोगे ? अन्दर्जंगर का ऐसा विचार नहीं है।

—तो उनका क्या विचार है ? फिर उन्होंने क्यों मुझे इस चिन्ता में डाला ? क्यों उन भयानक दृश्यों को दिखलाकर मेरी नींद को हराम कर दिया ?

—तुम्हारी उपयोगिता से वह इन्कार नहीं करते। हर एक आदमी उपयोगी हो सकता है और हर एक आदमी का काम एक बड़े उद्देश्य को पूरा करने में बहुत महत्त्वपूर्ण भी हो सकता है; लेकिन सिर्फ एक के किये काम पूरा नहीं होता, सब मिलकर ही किसी काम को पूरा कर सकते हैं। तुम्हें समझना चाहिये, कि यह काम भी बहुत आदमियों के सहयोग से पूरा होने वाला है और तुम इस काम में अकेले नहीं हो। अन्दर्जंगर के हजारों शिष्य आग में कूदने के लिये तैयार हैं, उन्होंने उन्हें ऐसे आदर्श का पाठ पढ़ाया है या ऐसी मदिरा पिलायी है, जिसके नशे में आदमी मौत की चिन्ता नहीं करता।

—हां, मुझे इसका परिचय मिला है। मैं उस महान् स्थापत्य-कलाकार तरुण को अपनी आंखों देख चुका हूँ, जो अन्दर्जंगर के भेजे अन्न को दूसरे को देकर मौत की बाट जोह रहा था।

—इसीलिये मैं कह रही हूँ कि तुम अकेले नहीं हो। तुम्हारे साथ इस आग में कूदने वाले हजारों मौजूद हैं। वह स्वयं आगे का रास्ता निकालेंगे, लेकिन तुमको उनके रास्ते में बाधा देने को कहा जायगा।

--मैं उसे मानने के लिये तैयार नहीं होऊँगा ।

--बड़ा भयंकर पथ है, क्या इस पर तुम अडिग रहोगे ?

--मैं अकेले भी अडिग रहने के लिये तैयार हूँ, लेकिन अब तो मेरी सहोदरा सम्बिक् भी मेरे विचारों से सहमत है--कहते कवात् ने सम्बिक् को अपने पास खींचकर उसके मुंह को चूम लिया ।

अपने आरक्त कपोलों को और भी रक्त करते आंखों में आत्मगौरव के अश्रु भरते सम्बिक् ने कहा--सिर्फ विचारों में ही सहमत नहीं हूँ, मैं तुम्हारे साथ रहूँगी, जहां जाओगे वहां मुझे पाओगे ।

--तो मुझे मृत्यु की चिन्ता नहीं, आखिर वह दो मन का मुकुट की--जो सिर पर लटकता रहता है--श्रृंखला बहुत पतली है, उसके नीचे बैठा क्या मैं मृत्यु के नीचे नहीं बैठा रहता ? मुझे मृत्यु भयभीत नहीं कर सकती, न सदा का कारागार ही जो कि सासानी राजकुमारों के भाग्य में प्रायः बदा रहता है । मैं अपने संकल्प पर दृढ़ रहूँगा, जनहित के लिये जो भी सहना पड़ेगा, उसके लिये मैं तैयार रहूँगा ।

--और तुम्हारी सम्बिक् भी तुम्हारे संकल्प को निर्बल न होने देने का पूरा प्रयत्न करेगी ।

४

मृत्यु से युद्ध

तस्पोन् में आज एक नई तरह की चेतना दिखायी पड़ रही थी । मुख्य नगर में ही नहीं बल्कि गरीबों के टोलों माह्रोजा और दर्जनीतान् से भी मृत्यु की छाया सिमटती मालूम हो रही थी । महीनों के सूखे चेहरे यद्यपि अब भी सूखे ही थे, किन्तु उनकी आंखों में एक तरह की चमक थी । सभी जगह अन्दर्जगर मज्दक बामदात-पोह्न का नाम सभी कण्ठों से सुनायी देता था । तिज्रा के पार करने के दोनों पुलों पर आने जाने वालों की भीड़ थी । एक ओर से खाली झोले, टोकरियां, चँगेरियां लिये नर-नारी नदी पार हो राजद्वार की ओर जा रहे थे और दूसरे पुल से सिर पर बोझा उठाये लोग लौट रहे थे । शाही अन्नागार के सामने लोगों की बड़ी भीड़ थी । उसके विशाल मैदान में, जिसमें सैकड़ों गाड़ियां और बोझा ढोने वाले पशु समा सकते थे, आज तिल रखने की भी जगह नहीं थी । वहां शान्ति और व्यवस्था कायम करने का काम आज भाला और खड्गधारी शाही भट नहीं, बल्कि रक्तवस्त्रधारी दूसरे ही लोग कर रहे थे । एक रक्तवसन पुरुष ऊँचे स्थान से बोल रहा था—धबड़ाओ नहीं, सबको अनाज मिलेगा । शाही बखारों में तस्पोन् को कई महीनें तक खिलाने भर के लिये अनाज है । हमारे अन्दर्जगर ने शाह से कहा कि कोठिलों में अनाज बन्द करके लोगों को मारना महापातक है, यह सीधी हत्या है, इसलिये बखारों का अनाज लोगों को मिलना चाहिये । शाह ने अन्दर्जगर की बात स्वीकार कर ली है ।

किसी आदमी ने बीच में बात काट के कहा—"विस्पोह्लों के प्रासादों में भी अन्न से भरे बहुत से बखार हैं, उनको क्यों छोड़ा जाता है ? उन्होंने लोगों को भूखे मारकर सोने के भाव अपने अनाज को बेंचा है।"

रक्तवसन—तुम्हारा कहना ठीक है। लोगों के प्राणों से खेलने वालों को मनमानी करने नहीं दिया जायेगा। सब की बखारें खोली जायेंगी।

एक दूसरे आदमी ने कहा—मगोपतान्-मगोपत् के प्रासाद में भी अन्न बांटा जा रहा है और अस्पाहपत् के भी। अब अन्न लेने वालों की भीड़ बँट गयी है।

रक्तवसन—हां, सारे तस्पोन् के अन्नागारों के दरवाजे खोले जा रहे हैं। आज कोई भी नागरिकों और अन्न के बीच में बाधक नहीं हो सकता। किन्तु लोगों को भी ध्यान रखना है, ऐसा न हो कि उनके लोभ और अ-व्यवस्था के कारण मृत्यु का रास्ता न रुक पाये। यह लूट नहीं है, यह हमारे घर का अन्न है, सारे नगर का अन्न है। इसके व्यय में बड़ी सावधानी रखनी होगी। जब तक अन्न की नई फसल तैयार नहीं होती और अभी उसमें छः महीनें की देर है, तब तक इसी अन्न से निर्वाह करना है। अन्दर्जगर का कहना है, कि लोग आधे पेट अन्न खायें और एक सप्ताह से अधिक का अन्न न ले जायं। अब यह अन्न हमारा है। यदि लोभ और अदूर-दर्शिता के कारण लोगों ने संयम से काम नहीं लिया, तो अन्नाभाव से मरने वालों की हत्या का अपराध हमारे ऊपर होगा।

महीनों से लोग अकाल से कराहते मर रहे थे। कहीं कोई उनको दिलासा देने वाला नहीं था, केवल यह रक्त-वसन और उनके अनुयायी थे, जिन्होंने लोगों की सेवा करने में कोई भी बात नहीं उठा रखी। सैकड़ों ने अपने भोजन को दूसरों के लिये देकर मृत्यु को वरण किया। बहुत दिनों से रक्तवसनों के विरुद्ध प्रचार हो रहा था—"ये धर्म के शत्रु हैं, स्वयं पशु

हैं और दूसरों को भी पशु बनाना चाहते हैं। ये सभी स्त्रियों को वेश्या बनाते हैं और लोगों का धन लूटने ही को धर्म बतलाते हैं। चोर, डाकू, लुटेरे, हत्यारे, गुंडे, बदमाश इन्होंने ही मिलकर यह नया पंथ चलाया है।" यही बात वह एक से अधिक पीढ़ियों से सुन रहे थे।

अभी तक लोगों ने दूर-दूर से ही रक्तवसनों के बारे में दूसरों के मुंह से सुना था। बहुतों ने उन्हें अपनी आंखों से देखा भी नहीं था। जो मग, मगोपत् या मसीही कशीश उनके बारे में बतलाते थे, उसे ही वे परम सत्य मान रहे थे। लेकिन इस भयंकर अकाल में रक्तवसन और उनके अनुयायी बिल्कुल दूसरे ही रूप में दिखायी पड़े। वे देवता के रूप में दीख रहे थे—देवता अच्छे अर्थों में, ईरानी अर्थों में नहीं, जिसमें कि देवता भूत-पिशाच का पर्याय है और असुर उससे उल्टे का। उन्होंने कभी नहीं देखा था, कि आदमी अपने मुंह की रोटी लेकर पड़ोसी को दे दे। जाड़ों में कितनों ने अपना कपड़ा हिमवर्षा के कारण ठिठुरते बच्चों को दे डाला और स्वयं बरफ बनकर सदा के लिये जीवन को छोड़ दिया। रक्तवसन और उनके अनुयायियों में दूसरे के लिये प्राण देने की होड़ सी लगी थी। साथ ही वह भूखों-दूखों की सहायता में किसी धर्म या जाति का विचार नहीं करते थे। आखिर यह क्यों न होता, उनके प्रथम गुरु मानी ने उपदेश दिया था कि अहुर्मज्द (भगवान्) और अह्रिमान का सहस्राब्दियों से चला आता युद्ध समाप्त हो गया है, अहुर्मज्द ने विजय प्राप्त की। उनके वर्तमान अन्दर्जगर (गुरू) बतला रहे हैं—युग बदल गया, शैतान की शक्ति सदा के लिये खतम हो गयी। अहुर्मज्द का राज्य पृथ्वी पर उतर रहा है। अकामेन् (अह्रिमान्) के रास्ते का पृथ्वी पर चिह्न न रहने देना होगा। सभी मनुष्य भाई-भाई हैं। एक दूसरे की सहायता करना और एक दूसरे के लिये मरना,

सबको एक परिवार का समझना, अब हमारे लिये कर्त्तव्य हो गया है।

पिछली दो शताब्दियों में देरेस्त्दीन (मानी के धर्म) को लोग जितना नहीं समझ पाये थे, उतना इन कुछ महीनों ने उन्हें समझा दिया, क्योंकि रक्तवसन अपने वचन नहीं अपने आचरण से, भविष्य के प्रलोभन से नहीं, अपने आत्मत्याग से समझा रहे थे, कि मानवता कितनी ऊपर है। उन्होंने सचमुच मानवता के स्तर को बहुत ऊँचा उठाया। आज लोगों के हृदयों में उनकी प्रतिष्ठा बहुत अधिक बढ़ चुकी थी, क्योंकि उन्होंने खूंखार भेड़ियों की मांदों में पड़े अन्न को सबके लिये सुलभ कर दिया। पहले शाही-अन्नागार पर लोगों के साथ रक्तवसनों के आने पर अफसरों ने रोकने का प्रयत्न किया, लेकिन उनका साथ सैनिक देने के लिये तैयार नहीं थे। जो सैनिक रोमक सेना के साथ निर्भय होकर लड़ सकते थे, केदारियों (श्वेत-हूणों) के जिन्होंने अनेक बार छक्के छुड़ाये, वही अपने नगर के इन निहत्थे-भूखों और उनके अगुओं पर हाथ छोड़ने में अपने हथियार को कुंठित समझते थे। उन्होंने पिछले छः महीनों से अपनी आंखों देखा था, कि किस तरह उनके सरदार सरदारी कर रहे हैं। सतीत्व की वहां कौन परवाह करने वाला था। नेम्, द्राख्म (आधा दिरहम) में लोग अपनी लड़कियों को बेंच रहे थे। लेकिन अन्न का बहाक् (मूल्य) इतना था, कि उससे एक दिन भी क्षुधा शान्त नहीं हो सकती थी। एक दिन के भोजन के लिये लोग अपने आपको बेंचकर बन्दक (दास) बन रहे थे। आखिर इन सैनिकों का जन्म इन्हीं परिवारों में हुआ था, जिनपर अकाल ने क्रूरता से प्रहार किया था। आज सासानी राजधानी में सरदारों और बन्दकों का दो वर्ग साफ-साफ अलग-अलग दिखलायी पड़ रहा था। विस्पोह्रों और वचुकों को कभी स्वप्न में नहीं ख्याल आया था कि उनके ये शताब्दियों के बन्दक ऐसा

रूप धारण करेंगे। जिन धनुष-वाण और खड्ग-भाले से उनकी रक्षा हो रही थी, आज वही उनके वश में नहीं थे। अच्छा ही किया, जो उन्होंने खुल्लमखुल्ला विरोध करने का इरादा छोड़ दिया।

इसे बल्किइरादा छोड़ना नहीं कहना चाहिये। शाहन्शाह के प्रासाद के भीतर एक छोटी सी बैठक हो रही थी। कवात् छोटे सिंहासन पर साधारण वेष में बैठा था। आथ्रवन् (पुरोहित), सथ्रधार (क्षत्रिय) और विस्पोह्र (सामन्त) उसके सामने बैठे विनती कर रहे थे। उनकी विनती में भी बड़ी घबड़ाहट, बड़ा उतावलापन देखा जा रहा था। सबके चेहरे क्रोध से लाल किन्तु ओठ भय से सूखे थे। वे दरबारी मर्यादा छोड़के एक ही साथ कभी-कभी कई-कई शाह से बोल उठते थे। दरबार के कितने ही नियमों का उल्लंघन होते देखकर भी कवात् और उसके पार्श्वचर कोई असन्तोष नहीं प्रकट कर रहे थे। मगोपतान्-मगोपत् कह रहा था—"यह नापाक मज्दक् बामदात्-पोह्र धर्म का शत्रु अकामेनू का अनुयायी है। लोगों का अन्न लुटवा रहा है। नगर के सारे भलेमानुष त्राहि-त्राहि कर रहे हैं। ऐसा कभी नहीं हुआ था।"

कवात्—लेकिन क्या कभी ऐसा हुआ था, कि वखारों में अन्न भरा हो और लाख-लाख आदमी भूखों मर जायें ?

—लेकिन भूखों के बचाने के लिये, चोर-उचक्कों को पोसने के लिये, नीचों और दासों को उकसाने के लिये, धनी के धन को लुटवाना क्या कभी देखा गया ? लोग कह रहे हैं, कि बगान-बग् (देवानां-देव) हमारे कहां गये ? क्यों वह न्याय नहीं करते ?

एक विस्पोह्र ने कहा—न्याय करने की बात तो अलग, ये लाल लत्ते-वाले कह रहे हैं कि अन्न की लूट शाहन्शाह के हुक्म से हो रही है।

मगोपतान्-मगोपत्—हम इसीलिये अपने ख्वताय पातेख्शाह के पास

आये हैं, कि वह इस लूट को बन्द करें और इन बेदीनों के हाथ से, इन कुलांगनाओं को हरजायी बनाने वालों के पंजे से देश को बचायें, राजधानी की रक्षा करें, नहीं तो दीन-धर्म नहीं रह जायेगा।

कवात् ने कुछ असहिष्णुता दिखाते हुए बीच में टोक कर कहा—दीन के लिये आप परवाह नहीं करें, दीन दोरा के प्रासाद में रहेगा, उसके सुवर्ण-चषक में दीन के लिये बहुत स्थान है और उसका रक्ताधर तो मानो दीन का अपना निवास-स्थान है, और जगह तो केवल बेदीनी, केवल अधर्म या मृत्यु है!

मगोपतान्-मगोपत् का चेहरा उतर गया, जीभ मुंह में सूख गयी। उसकी सहायता करते हुये वचुर्क-फरमांदार ने जल्दी-जल्दी में कहा—न्याय होना चाहिये, राज्य में व्यवस्था रखनी चाहिये। यदि न्याय और व्यवस्था उठ जायेगी तो राज्य नहीं रह सकेगा।

कवात्—न्याय और व्यवस्था की आज आप लोगों को बड़ी चिन्ता हुयी है। इतने महीनों तक तस्पोन् की गलियां तख्मा बनी रहीं, उस समय आपने न्याय और व्यवस्था का नाम नहीं लिया, किन्तु अब आप लम्बी-लम्बी बातें कर रहे हैं।

अस्पाहपत् ने धैर्य छोड़ते हुये कहा—तो क्या रक्तवसनों की बात सच्ची मान ली जाये? क्या बगान्-बग् ने स्वयं इन पापियों को लोगों का धन लूट लेने के लिये आज्ञा दी है?

कवात् ने बड़े शान्त भाव से किन्तु पूरी दृढ़ता के साथ कहा—आज्ञा दी हो या न दी हो, किन्तु पीरोज-पोह्ल नहीं चाहता, कि लोग अन्न रहते भूखे मरें। आज उसकी आंखें खुल चुकी हैं, न्याय के नाम पर उनमें धूल नहीं झोंकी जा सकती। सबसे बड़ा न्याय यही है, कि लोगों को मृत्यु के मुख से बचाया जाय।

मगोपतान्-मगोपत् का चेहरा अब भी फक था किन्तु तब भी वह चुप नहीं रह सका। उसने कहा–दुनिया में हमेशा अकाल और सुकाल आते रहते हैं, लेकिन कभी ऐसा नहीं देखा गया, कि धनी का धन छीनकर लुटेरों को पोसा जाय ?

–लुटेरे ! –कवात् ने कहा–क्या उनके हाथ लुटेरों के हाथ हैं, जिन्होंने इन महाप्रासादों को बनाया, इन रेशम और कमखाब के कपड़ों को तैयार किया ? यह असाधारण काल है, इस समय साधारण न्याय नहीं चल सकता। पहले उन्हें मुर्दों के रास्ते से बचाइये, फिर न्याय कीजिये, दण्ड दीजिये या जो भी कीजिये।

एक सथूधार ने अबकी कहा–हमारे पातेख्शाह ख्वता ! यदि आप मृत्यु से बचाने की बात करते हैं, तो हम और हमारे बच्चे जो अब मृत्यु के मुख में पड़ना चाहते हैं, इसका भी क्यों नहीं ख्याल करते ? हमारी बखारें तेजी से खाली हो रही हैं। राजधानी के भुक्खड़ सारा अन्न ढो-ढो कर अपने घरों को भर रहे हैं। मौत उनके घरों को छोड़कर हमारे महलों की ओर लौटी आ रही है। उनकी गलियां नहीं अब हमारी हवेलियां दखमा बनने जा रही हैं। यदि न्याय करना है, तो हमारे बाल-बच्चों को भी मौत के मुंह से बँचाना चाहिये।

सथूधार की बात में दीनता की गंध आ रही थी। कवात् ने उसे समझाते हुये कहा–मैं नहीं चाहता, कि कोई भी मौत के मुंह में जाये। मैं चाहता हूँ इस भीषण अकाल के दिनों में सभी थोड़ा थोड़ा कष्ट सहें, थोड़ा कम अन्न खायें; जिसमें सबकी रक्षा हो सके। आप लोग क्यों एक ही ओर देखते हैं ? क्या ये अजातान् या बन्दक, जीने का अधिकार नहीं रखते ? क्या उनके हाथों के बिना हमारी राजधानी और प्रासाद आबाद रह सकेगें ? हैं मज्दक को आप लोग झूठे ही क्रूर और शैतान बनाना चाहते हैं।

बचुकों और विस्पोह्नों में से कई एक साथ बोल उठे—बगान्-बग् ! मज्दक् के पास सांप की जिह्वा है, उसके पास भारी जादू है, वह लोगों के मन को फेर लेता है। पातेख्शाह जो सोच रहे हैं, वह उसी के प्रभाव के कारण। वह सन्मार्ग को भ्रष्ट करना चाहता है, वह बन्दकों और कमीनों को सिर पर चढ़ाना चाहता है।

—लेकिन कैसे समझते हैं, कि बामदात्-पोह्न आप लोगों का शत्रु है। वह मगोपतान्-मगोपत् का वंशधर है, उसकी नसों में वही रक्त बह रहा है, जो आप लोगों में। वह सबकी भलाई चाहता है।

पास में बैठे एक भद्रवेषी तरुण ने अपना मौन तोड़ते हुये कहा—रक्तवसन अन्न लुटवा रहे हैं, धन लुटवा रहे हैं, यह कहना सच्ची बात नहीं है। मैंने अपनी आंखों शहर में जाकर कई जगह देखा है। वहां कहीं लूट नहीं हो रही है। बड़ी सुव्यवस्थित रीति से लोगों में अन्न बांटा जा रहा है। महल्ले-महल्ले के घरों का नाम पुकारते हुये सप्ताह भर के लिये केवल आधा पेट अन्न नाप के दिया जा रहा है।

कवात्—और कोई अधिक लेने के लिये उपद्रव नहीं कर रहा है ?

—नहीं, मैंने ऐसी शान्ति के साथ इतनी भारी जनता के बीच में कभी काम होते नहीं देखा। पहले लोगों में अन्न लेने के लिये कुछ उतावलापन देखा गया, लेकिन वह देर तक नहीं रहा। सबको विश्वास हो गया है, कि राजधानी में जो अन्न है, वह उनके लिये दुर्लभ नहीं है, किन्तु वह इतना नहीं है, जिससे सावधानी न रखने पर छः महीने काटे जा सकें।

—और लोगों के धन की लूट, इज्जत की लूट, कुलांगनाओं को वेश्या बनाने की बात ?—कवात् ने पूछा।

—धनिकों और सम्पत्तिशालियों में कुछ घबड़ाहट जरूर है।

—घबड़ाहट तो यहां सबके चेहरे से ही दिखलायी पड़ रही है, किन्तु उन पर जो आरोप यहां लगाये जा रहे हैं, क्या वे ठीक हैं ?

—मुझे तो लोगों के भावों में भारी परिवर्त्तन मालूम होता है। लोग केवल अपना-अपना देखने की जगह अब सारे नगर की ओर देख रहे हैं। अन्न छोड़ किसी की कोई और चीज वे छू नहीं रहे हैं। आज पातेख्शाही: भट अपना आतंक नहीं दिखला रहे हैं, और न कहीं दूसरा सरकारी रोब दिखलायी पड़ता है; लेकिन सारे नगर में सुव्यवस्था देखी जा रही है। आश्चर्य तो यह है, कि कैसे इन असंस्कृत लोगों ने पारस्परिक-द्वेष भाव को इतनी जल्दी भुला दिया। आज बिना किसी राजदण्ड के भय से अपने आप लोग वचन-काय-मन से अच्छी बातों का आचरण कर रहे हैं।

मगोपतान्-मगोपत् को तरुण की यह बातें असह्य सी मालूम हो रही थीं। उसने उसका खंडन करते हुये कहा—यह अकामेनू का जाल है, जिसमें फँसाकर वह लोगों को नरक में खींच ले जाता है।

कवात्—तो मन-वचन-काय से अच्छा काम करना भी अकामेनू का काम हुआ, फिर अहुर्मज्द का काम क्या हुआ ?

मगोपतान्-मगोपत्—अकामेनू भी कभी-कभी सुकर्म को इसीलिये सामने रखता है, कि लोग उस बाहरी नेकी को देखकर उसके हाथ में पड़ जायँ और फिर वह लोगों को गुमराह कर ले जाय। अभी ही बामदात्-पोह्ल शाहन्शाही शक्ति को कुंठित कर चुका, यदि हमने ध्यान नहीं दिया तो अर्दशीर बाबकान् का सिंहासन इस बेदीन के हाथ में चला जायेगा। हम पातेख्शाह को यही बतलाना चाहते हैं, कि मज्दक का मुंह जितना मधुर वैसा मालूम होता है, उतना ही उसका हृदय नहीं है।

वचुर्क फरमांदार (महामंत्री) ने राजपुरोहित की बात का समर्थन करते हुये कहा—बामदात्-पोह्ल ने बड़ा भयंकर जाल बिछाया है। आज

सासानी वंश के ऊपर, मज्दयसनी (पारसी) दीन के ऊपर भारी संकट का समय आया है।

कवात्—कहीं कोई संकट नहीं आया है। हां, लोगों के प्राणों पर संकट जरूर आया है, उस संकट को दूर करने में सबको सहायता करनी चाहिये। सबको अपना खाना-खर्च घटाना चाहिये। हजार के एक एक ग्रास निकाल देने पर सौ आदमियों का जीवन बच सकता है। यह सदा के लिये नहीं है, सदा अकाल नहीं रहेगा। फिर पेट भर कर अन्न मिलने लगेगा। यदि सारे देश-वासियों के साथ हमें आध पेट खाकर रहना हो, तो उसमें असन्तोष करने की क्या आवश्यकता है? आप लोग घबड़ाइये नहीं। बतलाइये कहीं किसी के मारे जाने या घायल होने की खबर आप लोगों को मिली, जिससे मज्दक् की कुटिलता सिद्ध हो। रही सासानी सिंहासन की बात। उसकी चिन्ता मत कीजिये। यदि सासानी सिंहासन को देकर भी हम हजार आदमियों के प्राणों को बचा सकें, तो यह कोई मँहगा सौदा नहीं है।

कवात् की बातों को सुनकर उसके श्रोताओं को बहुत निराशा हुई। यद्यपि वे अपने मन में अपनी वैयक्तिक हानि को देखकर बहुत जल-भुन रहे थे, किन्तु वह यह भी देख रहे थे कि छः महीनें से तस्पोन् के अधिकांश लोग मौत से जो त्राहि-त्राहि कर रहे थे, आज वह आवाज सुनायी नहीं दे रही है। सेना और सैनिक-बल का दबाव न रहने पर भी सारे नगर में शान्ति का अचल राज्य है। इन बातों को देखकर, जिसे बुद्धि नहीं समझा सकती थी, आज की परिवर्तित स्थिति साफ बतला रही थी, कि अमीरों के लिये विरोध करने का कोई अच्छा परिणाम नहीं होगा, क्योंकि उनके हाथ-पैर गरीबों के लड़के थे, जो अब उनके हाथ-पैर नहीं रह गये थे। भवितव्यता के सामने सिर झुकाने के सिवा कोई चारा नहीं था।

५

बृहत्तर मानव-समाज (जनवरी ४९८)

हेमन्त ऋतु अपने यौवन पर थी। तिग्रा की धार पहिले से क्षीण हो गयी थी, किन्तु उसकी गति वैसी ही वेपरवाही की थी। दिन भर हिम वर्षा होती रही, लेकिन साथ ही वह गलती भी जा रही थी, इसलिये छतों तथा सड़कों को कीचड़ से भरना भर ही हाथ आया था। लोगों को हिमवर्षा के वक्त तो उतनी सर्दी नहीं मालूम पड़ती थी, किन्तु सायंकाल के साथ-हिम वृष्टि रुक जाने के बाद सर्दी बढ़ गई थी। अन्तःपुर में सुन्दर पाषाण-खंडों से पथ आच्छादित थे, आंगनों में मर्मर और दूसरे प्रस्तर लगे हुये थे, फिर वहां कीचड़ का कहां डर था? घरों के भीतर कोयले की अंगीठियां जल रही थीं, ऊपर से लोग मोटे ऊन के कंचुकों को पहने हुये थे, इसलिये वे शीत की पहुँच से वाहर थे। शाह के भिन्न-भिन्न प्रकोष्ठों में आज भी उसी तरह नाना पुष्पों की सुगन्धि आ रही थी। यद्यपि आजकल पुष्प दुर्लभ थे, किन्तु जहां सारे साम्राज्य में घोड़ों की डाक लगी हो और दिन रात में ३०० कोस की यात्रा पूर्ण करनी आसान हो, वहां शाह के लिये कौन सी चीज का अकाल हो सकता था?

अन्तःपुरकी भोजनशाला से नाना व्यंजनों की मधुर गंध आ रही थी। गर्म-मांस, शीतल-मांस, पक्षि-मांस, मेष-मांस, दो मास के वत्सतर का मांस, जैतून के तेल में पका स्पेत्-पाक्, सिरके के साथ मिलाकर कबूतर, हंस, चकोर और तीतर का तला मांस, घोड़े की छाती का मांस नाना भांति

के मांस सोने के थालियों में अलग-अलग सजा के रखे जा रहे थे। गंधशाली का ओदन अलग अपनी सुगंध को फैला रहा था। आग में भुने मांसों की सोंधी-सोंधी गंध जीभ में पानी ला रही थी। देश-देश के भोजन को भिन्न-भिन्न तरह से तैयार कराके वहां बहुमूल्य बर्त्तनों में रखा जा रहा था। खुरासानी कबाब और हिन्दी शौल्य-मांस ही नहीं, रोमक और चीनी आहार भी रखे जा रहे थे। मधु और क्षीर में पका क्षीरोदन तथा दूसरे स्वादिष्ट ग्रामीण भोजनों को भी भुलाया नहीं गया था। भोजन के अतिरिक्त पान भी भिन्न-भिन्न प्रकार के सजा के रखे जा रहे थे। बिल्लौरी सुन्दर सुराहियों तथा मणि-मंडित सुवर्ण-कुप्पियों में कंग, अरन्द, मर्व, अलवन्द, आसुद और कपिशा की प्रसिद्ध लाल, सुनहली, श्वेतवर्ण मदिरायें रखी हुई थीं। जगह-जगह बिल्लौर और महार्घ रत्नों से जटित सुनहले चौड़े चषक रखे थे, जिन पर शाह का अपना चित्र उत्कीर्ण था। सभी बर्तन राज-लांछन से लांछित थे। स्वर्ग की अप्सराओं जैसी अन्तःपुर की सुन्दरियां जिस कलापूर्ण ढंग से एक-एक चीज को लाकर भोजन-वेदिका पर सजा रही थीं, वह स्वयं एक दर्शनीय चीज थी। आज सुशिक्षित अन्तःपुरिकाओं पर हीं भोजन के सजाने का काम न छोड़ सम्बिका स्वयं कहीं से किसी बर्त्तन को हटाती और कहीं दूसरे को रख रही थी। सारी भोजनशाला में सुन्दर भोजन-पान के साथ सुन्दरियों की सौन्दर्य राशि बिखरी हुई थी।

सजाने का काम समाप्त होते ही दोनों हाथ बांधे बम्बिश्नान्-बम्बिश्न् (महारानी) और उसकी सेविकायें प्रधान द्वार की ओर दृष्टि लगाये खड़ी हो गयीं। देर नहीं हुई कि शाहंशाह द्वार से भीतर प्रवेश करता दिखायी पड़ा। यद्यपि उसका वेष साधारण था, तो भी वह शाही सादगी थी। शाह की दृष्टि सामने की ओर थी। उससे पता लगता था, कि उसका ध्यान किसी और ओर है। अन्तःपुरिकाओं ने झुक-झुक कर अभिवादन किया,

किन्तु शाहंशाह कवात् का मालूम होता था, ध्यान ही उधर नहीं था। सम्बिक् ने आगे बढ़कर उसका हाथ पकड़ा, तो कवात् ने सोते से जागे की तरह पहले उसकी ओर फिर आस-पास ध्यान से देखा। इस समय तक वह भोजन-वेदिका के पास पहुँच गया था। क्यारी भर में फैले हुये इन भोजनों और पेयों को देखकर उसने आश्चर्य के साथ कहा—प्रिये! यह क्या? लवण, सिरका, पनीर और हरे शाक के साथ मेरी जौ की रोटी कहां है?

सम्बिक् ने कवात् के हाथों को अपने दोनों हाथों में दाबकर रखते हुये कहा—जौ की रोटी! अब उसकी आवश्यकता नहीं है। तस्पोन् में अब एक भी आदमी भूखा नहीं है। तस्पोन ही नहीं, देहिस्तान् (देहात) में भी अब कोई अन्न बिना भूखा नहीं है। अब पातेख्शाह को इस भोजन के स्वीकार करने का अधिकार है। यदि यह न होता तो सम्बिक् कभी इन भोजनों को यहां न सजाती।

—सो मुझे विश्वास है। मेरी सम्बिका मुझे वंचित नहीं करेगी। लेकिन इतने अधिक प्रकार के भोजनों की क्या आवश्यकता थी?

—पाचिकाओं और सूपकारों ने महीनों के बाद आज अवसर पाया था, रोकते-रोकते भी इतने प्रकार तैयार हो गये। और आज अन्दर्जगर भी आ रहे हैं।

कवात् की आंखें चमक उठीं। उसने उतावलापन दिखाते हुये कहा—हमारे अन्दर्जगर बामदात्-पोह्ल आज हमारे साथ भोजन करें?

—हां, किन्तु वह मांस और मद्य का सेवन नहीं करते, क्योंकि मांस के लिये पशुहिंसा आवश्यक है और वह रक्त बहाना पसन्द नहीं करते। वह हिंसा को चाहते हैं, किन्तु राग की और मोह की हिंसा को!

—फिर तुमने क्यों नहीं मांस और मद्य को रोक दिया। हम भी वही भोजन करते, जो हमारे अन्दर्जगर।

—हां, ठीक है, किन्तु अन्तःपुर के लोग इसे प्रदर्शित करना चाहते थे, कि अब सारे अयरान में लोग सुख से जीवन बिता रहे हैं। फिर सियाबख्श और मित्रवर्मा भी आज साथ में भोजन करनेवाले हैं।

—निर्भय, वीर तरुण सियाबख्श ! और मित्रवर्मा कौन ?

—मित्रवर्मा के बारे में कहना भूल गयी। वह अन्दर्जगर के प्रिय मित्र तथा हिन्द के राजकुमार हैं—राजकुमार न कहना चाहिये, क्योंकि उन्होंने सब कुछ छोड़-छाड़ कर देशाटन और अन्दर्जगर के पथ के अनुसरण को अपना लक्ष्य बनाया है। वह हिन्दी हैं, किन्तु उनकी माता नहावन्त के कारेन-पह्लव की बहिन हैं। देखिये, वह लोग आ रहे हैं।

तीन मेहमान द्वार से आते दिखायी पड़े, जिनमें रक्तवसन अन्दर्जगर के मुख पर ही नहीं गति में भी गंभीरता थी। उनके पीछे पीछे पच्चीस-छब्बीस वर्ष के दो तरुण आ रहे थे, जिनमें बिचले का रंग दूसरे की अपेक्षा कम गौर था, उसके मुंह पर अपने पीछे आने वाले तरुण की भांति दाढ़ी नहीं थी।

तीनों आगन्तुक शायद भूमि तक सिर झुकाना चाहते, किन्तु शाह के इंगित को देखकर सिर भर झुका के उन्होंने शिष्टाचार का पालन किया। सम्बिक् ने चारों को उनके स्थानों पर बैठाया। अब भोजन की थालियां एक-एक करके आने लगीं।

अन्दर्जगर ही नहीं शाह और दूसरे साथियों का भी स्वादिष्ट भोजन की ओर उतना ध्यान नहीं था, जितना बातचीत में। कवात् ने गद्गद स्वर में कहना शुरू किया—मेरे अन्दर्जगर ! आंख देने वाले ! तुमने मुझे अंधेपन से बचाया। कौन कहता है तुम बेदीन हो, तुम देरेस्तदीन (सद्धर्मी) हो।

—"देरेस्तदीन" ! यही हमारे पयाम्बर मानी के पंथ का नाम है।

शाह ने हाथ को थाली से हटा अन्दर्जंगर के चेहरे पर आंखें गड़ाते हुये पूछा—मानी ! मानी बेदीन प्रसिद्ध चित्रकार !

—बेदीन नहीं, उनका धर्म देरेस्तदीन है। लोगों की आंखों में धूल झोंकने के लिये मगोपतों और ईसाई कशीशों ने उन्हें बदनाम किया।

—मैंने इतना ही मानी के बारे में सुना है। हमारे अन्दर्जंगर के गुरु मानी अवश्य बेदीन नहीं हो सकते।

—नहीं, मानी ने संसार की भलाई के लिये अपने भोग और आनन्द को तिलांजलि दी। दो सौ पन्द्रह साल हुये, फातक हमदानी और अश्कानी (पार्थियन) राजकुमारी के पुत्र मानी ने तिग्रा के तट पर मसन नगर में जन्म लिया था।

—किस दीन के अनुयायी उनके माता-पिता थे ?

—जरथुस्ती धर्म के। और मानी ने जरथुस्त को छोड़ा नहीं। वह जरथुस्त को पयाम्बर मानते थे, किन्तु साथ ही धर्म के दूसरे अनुयायियों की भांति उनमें संकीर्णता नहीं थी, वह धार्मिक विद्वेष को बुरा मानते थे।

—अर्थात् सभी धर्मों में प्रेम-भाव रखना चाहते थे।

—हां, उनका कहना था; "हर युग में पयाम्बर भगवान की ओर से लोगों के सामने सत्य और न्याय का प्रकाश रखने के लिये आते हैं। कहीं वह हिन्द में मुनि बुद्ध के नाम से आते हैं और कहीं अयरान में स्पिताम जरथुस्त तथा पश्चिम की भूमि में ईसा के रूप में उतरते हैं। मैं उसी तरह भगवान का पैगम्बर मानी आजकल आया हूँ और बाबिर (बाबुल) की भूमि में सत्य का प्रचार कर रहा हूँ।"

—मुझे नहीं मालूम था। मैंने सुना था कि बामदात्-पोह्र (मज्दक) ने एक नया धर्म खड़ा किया है। नया धर्म होने पर भी मैं तो उसे आंख देनेवाला धर्म मानता हूँ।

—नया धर्म नहीं, बामदात्–पुत्र के पहले भी इन दो सौ वर्षों में और कई महापुरुषों ने मानी के बतलाये प्रकाश को संसार में फैलाया, उसे और आगे बढ़ाया। ऋषि बवन्दक ने अयरान में ही नहीं रोम तक धर्म के संदेश को पहुँचाया। वह द्वितीय जर्थुस्त थे। पीसा के ख्वरंगान कुल में पैदा हुये, लेकिन धर्म की ज्योति जगाने के लिये उन्होंने देश-विदेश की खाक छानी। मानी के धर्म को उन्होंने और परिष्कृत किया। उन्होंने कहा, धर्म केवल परलोक की चीज नहीं है। वह इस लोक में भी सुखदायी है, उसका सुफल यहां भी दिखायी देनेवाला है।

—यहां दिखायी देने वाला है ? —बीच में ही कवात् ने प्रश्न किया।

—हां, देरेस्तदीन कहता है, कि भगवान ने दुनियां की चीजें अपने सारे पुत्रों को प्रदान की हैं। लेकिन अकामेनू (शैतान) ने मेरा और तेरा में लोगों को फँसाकर पथ-भ्रष्ट किया, प्राणिमात्र के प्रेम से लोगों का मुख मुड़वाया। भगवान ने प्राणिमात्र से प्रेम करने का रास्ता दिखलाया है। ईसाई हो या मज्दयस्नी (पारसी) सभी उसी भगवान की सन्तानें हैं। हिन्द के ऋषि बुद्ध ने भी प्राणिमात्र से प्रेम करने के लिये कहा।

शाह–बुद्ध का नाम बचपन में सुना था, जब कि मैं केदारीय राजधानी (वरख्शा) में अपने भगिनी-पति के यहां रहता था।

—हां, केदारी (श्वेतहूण) वंश का राज्य हिन्द के भीतर तक फैला हुआ है। उसके राज्य में बुद्ध के अनुयायियों की भारी संख्या है। बुद्ध के अनुयायी हमारी ही तरह रक्त-वस्त्र पहनते हैं और सबके प्रति दया और प्रेम दिखलाना मनुष्य का कर्त्तव्य बतलाते हैं।

—लेकिन मैंने तो सुना था–कवात् ने कहा–कि बुद्ध और उनके अनुयायी बग (भगवान) को नहीं मानते।

अन्दर्जगर ने मित्रवर्मा की ओर संकेत करते कहा–इसके बारे में अधिक

इनसे जान सकेंगे, लेकिन मैं तो समझता हूँ बुद्ध और उनके अनुचर मानवता को मानते हैं। सभी प्राणियों के साथ मैत्री-भाव रखना, पीड़ितों के प्रति करुणा दिखलाना, सुखी जनों को देखकर मुदित होना और दुष्ट व्यक्तियों के प्रति भी उपेक्षाभाव रखते मन में कोई दुर्भावना नहीं आने देना—यह बुद्ध उपदेश बतलाता है, कि मनुष्य के लिये बुद्ध का बतलाया पथ कल्याणकारी है। क्यों मित्र, तुम क्या कहते हो ?

मित्रवर्मा ने बिना कोई संकोच दिखलाये कहा—हां, बुद्ध और बौद्ध चित्र सीखने वाले बच्चों की आरम्भिक रेखाओं की भांति ही भगवान या देवी-देवताओं की आवश्यकता समझते हैं।

कवात्—अर्थात् जिस प्रकार छोटे विद्यार्थी आड़ी-बेड़ी रेखाओं को खींचकर चित्र बनाने का अभ्यास करते हैं, जिनकी आवश्यकता सिद्धहस्त चित्रकार हो जाने पर उन्हें नहीं रहती, वही क्या भगवान के बारे में भी बुद्ध के अनुयायियों का विचार है ?

अब भोजन समाप्त हो गया था और एक दो चषक मदिरा के भी उठ चुके थे। मित्रवर्मा ने और मदिरा इनकार करते चषक को हाथ से ढांक कर कहा—आपका कथन बिल्कुल ठीक है। अगली सीढ़ियों पर चढ़ने के बाद भगवान की आवश्यकता नहीं रह जाती। मनुष्य होने के कारण सत्पुरुष अपने भीतर मैत्री, करुणा, मुदिता उपेक्षा लाना अपना कर्त्तव्य समझता है।

वार्तालाप की दिशा बदलती देख बीच में बोलते हुये मज्दक ने कहा—बुद्ध ने समता का उपदेश दिया है। मनुष्य मनुष्य आपस में भाई हैं, समान हैं, यह विचार हिन्द से दूर तुखार, शक और पृथ्वी के अन्त में चीन तक फैला हुआ है।

कवात्–और बुद्ध नें चीनी हो चाहे हूण, शक हो चाहे अयरानी, सभी को समान होनें का उपदेश दिया ?

मज्दक–हां ! और समता का उपदेश ऊपर ही ऊपर नहीं किया। उन्होंने "मेरा-तेरा" के भाव को हटाने के लिये धन-सम्पत्ति को सारे समुदाय (संघ) का बतलाया। हमारे पयाम्बर मानी हिन्द गये थे, उन्हें बुद्ध का यह उपदेश बहुत पसन्द आया। उन्होंने बुद्ध के उपदेश को आचरण में लाने पर जोर दिया। उन्होंने बतलाया कि देरेस्त-दीन के ऊपरी श्रेणी के अनुयायियों–विचीर्कान (गुजीदगान)–के लिये आवश्यक है, कि वह परिवार-हीन हों, उनके पास एक दिन से अधिक का भोजन और एक साल के उपयोग से अधिक का कपड़ा न हो।

कवात्–सुनते हैं, हमारे अन्दर्जगर मेरा और तेरा का भाव अपने सारे अनुयायियों के मन से हटाना चाहते हैं ?

मज्दक–हां, प्रथम पयाम्बर ने केवल ऊपरी श्रेणी के शिष्यों के लिये ही इस तरह के उच्चजीवन का उपदेश दिया था, किन्तु ऋषि बवन्दक ने बुद्ध और मानी की समता की शिक्षा को और आगे विकसित करते हुये कहा–आज मेरा-तेरा का भाव किसी के मन में नहीं होना चाहिये। अकामेनू (शैतान) ने अहुर्मज्द (भगवान) के रास्ते में बाधा डाली, उनसे युद्ध किया। लेकिन अब वह युद्ध समाप्त हो गया है। अकामेनू अब पूर्णतया पराजित हो गया है। यह नये संसार के बनाने का समय है। मानी और बवन्दक के बतलाये पथ पर आरूढ़ हो बीस वर्षों से मैं लोगों को उसी शिक्षा का उपदेश दे रहा हूँ और स्वयं भी उस पर चलना चाहता हूँ।

कवात्–मेरा-तेरा का हटाना बहुत कठिन काम है, कठिन क्या असंभव सा है।

–हां, कितने ही लोग असंभव समझते हैं, किन्तु समझाने पर वह समझ

जाते हैं; क्योंकि संसार में सुख और शान्ति का केवल मात्र यही एक मार्ग है, कि मनुष्य के भीतर से मेरा-तेरा का भाव उठ जाये।

कवात्-हां, यह कठिन अवश्य है, किन्तु संसार से दुःख को हटाने का इसके अतिरिक्त कोई मार्ग भी नहीं है।

मज्दक-नहीं है, यही कहने के लिये मगोपतान्-मगोपत् से धर्मात्मा लोग भी हमें बेदीन कहते हैं।

कवात्-और यह भी कहते हैं, कि बामदात्-पोह्ल अन्न और धन को ही सारे मानव-संघ की सम्पत्ति नहीं बनाना चाहता, बल्कि वह कुलांगनाओं को वेश्या बनाना चाहता है, उन्हें सभी की सम्पत्ति हो जाने के लिये उपदेश देता है।

मज्दक ने हंसते हुये कहा-यह बच्चों की सी बात है। कौन इस पर विश्वास कर सकता है? हम स्त्री को सम्पत्ति नहीं मानते।

कवात-लेकिन व्याह के बन्धन को तो आप तोड़ना चाहते हैं न? मित्रवर्मा! तुम इसके बारे में क्या समझते हो?

मित्रवर्मा-स्त्री को पुरुष की सम्पत्ति बामदात्-पोह्ल नहीं मानते। विवाह-सम्बन्ध को भी प्रत्येक के वास्ते वर्जित नहीं करते।

कवात्-किसी के लिये तो वर्जित करते हैं? लोग इसी को लेकर कहते हैं, कि मज्दकी विवाह-प्रथा उठा देना चाहते हैं, स्त्रियों को सभी पुरुषों के लिये मुक्त करना चाहते हैं।

-सभी के लिये नहीं-मित्रवर्मा ने कहा-किन्तु स्त्री-पुरुष के सम्बन्ध में आज जो धारणा है, उसमें वह अवश्य परिवर्त्तन करना चाहते हैं। स्त्री-पुरुष का सम्बन्ध सभी देशों और कालों में एक सा नहीं होता। यहां बम्बिश्नान्-बम्बिश्न् सम्बिका स्वता-पातेख्शाह (स्वामी राजाधिराज) की सहोदरा भगिनी होते हुये पत्नी भी है, किन्तु हिन्द में ऐसा सोचा भी

नहीं जा सकता। अयरान में भगिनी और पुत्री से विवाह कोई आश्चर्य की बात नहीं समझी जाती, वैसे ही हिमवन्त में सभी भाइयों की एक पत्नी होती है।

अबकी सियाबख्श ने हठात् पूछ दिया—अर्थात् जिस प्रकार हमारे यहां एक पुरुष की बहुत सी पत्नियां होती हैं, वहां इससे उल्टा होता है।

मज्दक—इसमें क्या आश्चर्य ? देश-काल-भेद से हर जगह के सदाचारों में भेद होता है। एक जगह जो बात निषिद्ध है, वही दूसरी जगह विहित।

कवात्—क्या स्त्री-पुरुषों के सम्बन्ध में यह शिक्षा हिन्दी-ऋषि बुद्ध ने भी दी थी ?

मित्रवर्मा—नहीं, बुद्ध ने तो उच्च श्रेणी के शिष्यों के लिये स्त्री-पुरुष-सम्बन्ध निषिद्ध कर दिया था। इसलिये उनके उच्चश्रेणी के अनुयायी स्त्री-पुरुष अविवाहित रहते हैं।

मज्दक—मानी ने भी अपने उच्च अनुयायियों को परिवार और पत्नी से असंग रहने का उपदेश दिया था। यवन-विचारक प्लातोन ने बतलाया कि महान् उद्देश्य को लेकर चलने वाले नर-नारियों को संपत्ति से ही मेरा-तेरा का सम्बन्ध नहीं हटाना होगा, वल्कि उनके लिये स्त्री में मेरा-तेरा का भाव होना भी हानिकारक है, क्योंकि स्त्री में केन्द्रित वह मेरा-तेरा का भाव फिर पुत्र-पुत्रियों में केन्द्रित हो जायेगा, फिर उनकी संतानों में। मेरा-तेरा के लिये संसार में लोग क्या नहीं करते ? जगत-कल्याण के लिये आदमी अपनी शक्ति को तभी पूरी तरह लगा सकता है; जब कि उसके पास अपनी सन्तान न हो।

कवात्—तो क्या प्लातोन ने भी साधु-साधुनी बन जाने का उपदेश दिया था ?

मज्दक—नहीं, प्लातोन व्यावहारिक विचारक था, उसने सोचा

कि इन्द्रियों पर पूरी तरह से संयम विरले ही कर सकते हैं ; इसलिये उसने स्त्री-पुरुष के सम्बन्ध का विरोध नहीं किया, किन्तु उसने यह अवश्य बतलाया कि उच्च जीवन और आदर्श के अनुयायियों को अपने उद्देश्य में सफलता प्राप्त करने के लिये यह आवश्यक है, कि उनका स्त्री-पुरुष के तौर पर पारस्परिक सम्बन्ध भी मेरा-तेरा के भाव से मुक्त हो ।

मित्रवर्मा—है यह बड़ा ही लोक-विद्रोहकारी आचार-विचार, किन्तु जनता के पथ-प्रदर्शकों के लिये जन-मंगल की भावना से प्रेरित परम त्यागियों के लिये यही एक व्यवहार-पथ दिखलायी पड़ता है । मैं समझता हूं, लोकरुढ़ि से विरुद्ध मार्ग पर चलने के लिये अयरान में इस पर जोर न दिया जाता, यदि यहां पहले ही से भगिनी-विवाह, पुत्री-विवाह, मातृ-बिवाह जैसी प्रथायें प्रचलित न होतीं । लेकिन यह तो ऐसी चीज है, जिस पर अन्दर्जगर का वहुत जोर नहीं है । वह इसको अप्रतिषिद्ध भर मानते हैं जीवन का लक्ष्य नहीं मानते ।

मज्दक– मानव की प्रवृत्तियों को नीचे जाने से बचाना और उसकी सारी शक्ति को नवीन संसार के निर्माण में लगाना, यही हमारा उद्देश्य है । अकामेनू के पराजय के बाद अब समय आ गया है, कि हम नये संसार की दृढ़ नींव रखें । भीषण अकाल के बाद आज जनता सारे अयरान में भूख के कष्ट से मुक्त हो जल्दी-जल्दी अपने दोषों को छोड़ती जा रही है । आज उसकी भावना में जो भारी परिवर्तन देखा जा रहा है, क्या वह इसका प्रमाण नहीं है, कि नये युग का आरम्भ हो गया है ? आज मनुष्य से पूछा जा रहा है, कि विजयी अहुर्मज्द के पथ पर कौन आना चाहता है ।

शाह ने मज्दक के भावोद्रेक भरे शब्दों से प्रभावित होकर कहा —मैं इस पथ पर चलने के लिये तैयार हूं । मेरी सम्बिका भी मेरा

साथ देने के लिये तैयार है, क्यों ? कहते कवात ने अपनी रानी की ओर देखा ।

सम्बिक् ने अपने पति की बातों की पुष्टि करते कहा—हां , मैं सदा तुम्हारे साथ हूं । देरेस्त-दीन अकामेनू के पराजय की प्रतीक है । हम अपने पुत्र काबूस को अन्दर्जगर के चरणों में देना चाहते हैं, जिसमें अभी से वह इस शिक्षा पर आरूढ़ होकर अहुर्मज्द के राज्य के विस्तार में सहायक हो सके ।

कवात्—मैं सम्बिक् की बात से सहमत हूं । अकामेनू पराजित हुआ है, किन्तु अकामेनू के अब भी बहुत से अनुयायी अपने स्वामी के पथ को कायम रखना चाहते हैं। वे नहीं चाहते कि नव-प्रकाश फैले, नया प्रदीप जले । कितना भी भय क्यों न सामने आये, किन्तु हम उस भय से नहीं डरेंगे हम अपना पैर पीछे नहीं हटायेंगे ।

मित्रवर्मा—हां, बहुजनहिताय, बहुजनसुखाय हम अपना सर्वस्व अर्पण करेंगे ।

६

विस्मृतिकारा का बन्दी

तिक्रा तिग्रा और फुरात की उपत्यका में प्रकृति नवजागृत हुई थी। बसंत ने जाड़े की मृत्युच्छाया को हटा कर सभी जगह आनन्द का जीवन संचारित किया था। वृक्षों में पत्तियां कुड्मलित हो रही थीं, या कोमल किसलय निकल आये थे। पुष्प-बाटिकायें अब हरित तृण और उत्फुल्ल पुष्पों से आच्छादित थीं। लेकिन, प्रकृति के इस सुन्दर परिवर्तन का प्रभाव तस्पोन की गलियों, राजपथों, घरों और आगनों पर दिखलाई नहीं पड़ रहा था। जो आपण पहले देश-विदेश के पण्यों से सुसज्जित तथा आदमियों से भरे थे, आज वहां बहुत कम आदमी दिखलाई पड़ते थे,बहुत कम सामान सजाके रखा हुआ था। यदि राजभटों ने अपनी संख्या से सहायता न की होती, तो तस्पोन के राजपथों को जनशून्य कहा जा सकता था। नागरिक जो पथ से गुजरते भी थे, वे भावपूर्ण दृष्टि से किन्तु मौन हो एक दूसरे को देखते चले जाते थे। सड़कों पर कितनी ही जगहों में तो रात जैसी नीरवता थी। आज राजधानी नीरव और इतनी निष्क्रिय क्यों दिखाई पड़ती थी? नीरवता और निष्क्रियता का अखंड राज्य जैसा राज-पथों और गलियों में था, वैसा घरों के भीतर नहीं था। लेकिन घरों में भी लोग निजी तौर से ही बातें करते दिखाई देते थे। किसी भी आगन्तुक या अपरिचित व्यक्ति के आने पर सभी कण्ठ मौन हो जाते थे।

वलाशाबात के एक साधारण से घर में चार आदमी बैठे हुए थे।

उनकी मुखाकृति गंभीर मालूम होती थी और वे बड़ी उत्सुकता से किसी के आने की प्रतीक्षा कर रहे थे। थोड़ी देर में एक फटे चीथड़ों में लिपटा प्रौढ़ व्यक्ति दरवाजे से भीतर आया। उसने एक बार आंगन की ओर नजर दौड़ा कर दरवाजे को बड़ी सावधानी से भेड़ दिया। उसके आंगन के भीतर आते ही एक किनारे बैठे चारो आदमी बड़ी उत्सुकता से उसकी ओर देखने लगे। आगन्तुक उनके समीप आकर अभी मुंह खोल नहीं पाया था, कि एक ने उतावलेपन के साथ पूछा——मेह्लदात ! क्या हुआ, प्राण तो सुरक्षित हैं ?

——हमारे प्राण सुरक्षित हैं। वह तस्पोन से बहुत दूर पहुंच चुके हैं। वहां मगोपतान-मगोपत् या गज्नस्पदात् की बांह नहीं पहुंच सकती। सियाबख्श भी जा चुका है।

चारों आदमियों में से अधिक वृद्ध ने सन्तोष की सांस लेते कहा—सियाबख्श भी चला गया ? और नगर में क्या हो रहा है ? अभी भी तस्पोन की सड़कें रक्त-रंजित होती ही जा रही हैं ? घरों से बच्चों और स्त्रियों के करुण-क्रन्दन सुनाई दे रहे हैं ?

मेह्लदात——तस्पोन में मृत्यु की नीरवता छायी हुई है, सड़कें निर्जन सी हो गयी हैं। भीषण तूफान, भयंकर झंझा के बाद जैसे समुद्र और उद्यान निश्चल हो जाते हैं, वही अवस्था आज राजधानी की है। सड़को और चौरस्तों पर राज-भटों को वहुत कड़ाई रखने की आज्ञा दी गयी है।

——और राजभट अभी भी उसी तरह कड़ाई से पेश आ रहे हैं ?

——राजभट तो कभी कड़ाई से पेश नहीं आये—आदमियों में से एक ने कहा—विशेष कर हमारे अयरानजात हाथ उठाना नहीं चाहते थे। भरसक उन्होंने अपने को अलग रखना चाहा।

ज्येष्ठतम पुरुष ने उसकी बात काटते कहा—फिर किसने तस्पोन की

सड़कों पर खून की नदियां बहायीं ? तुम बहुत अयरानजात की बात करते हो।

आगन्तुक ने उनके विवाद को शांत करते हुये कहा—यह कहना ठीक है, हमारे अयरानी भाइयों ने—अजातान के पुत्रों तक ने भी—अपने भाइयों के खून से हाथ रंगना नहीं चाहा, यह सच्ची बात है। लेकिन गज्नस्पदात् ने खुरासान से कहां कहां के सीमान्तों से भटों को राजधानी में इकट्ठा कर रखा है। उन्हीं ने हमारे ऊपर जुल्म ढाये। लेकिन अब शान्ति है, बड़ी महंगी शान्ति। अन्दर्जगर के साथ जरा भी सम्बन्धित जिसे पाया, उसी को तलवार के घाट उतारा गया। अकाल के दिनों की कसर आज ढूंढ़-ढूंढ़ कर निकाली जा रही थी। बखार से निकाल कर अन्न बँटवाने, लोगों के पास अन्न पहुंचाने में जिन्होंने सहायता पहुंचायी थी, उनके घरों को ढूंढ़-ढूंढ़ कर लूटा गया, उनके परिवार को मारा गया। यदि बसंत की तिग्रा न होती, यदि बर्फ पिघलने से धार गहरी और तीव्र न होती, तो तस्पोन की गलियां मुर्दों से पटी और दुर्गन्ध से भरी रहतीं।

—तिग्रा में आदमियों के मुर्दों को डालना, क्या यह बेदीनी नहीं है ? किसी ने रोषपूर्ण स्वर में कहा।

मेह्लदात—दीन और बेदीनी सब इनके लिये एक है। जिससे अपना स्वार्थ सिद्ध हो, वही इनके लिये दीन है। मगोपतान्-मगोपत् ने स्वयं संकेत किया कि मार कर लोगों के मुर्दों को तिग्रा में बहा दो। पांच दिन के हत्याकांड को बन्द हुए अभी चौबीस ही घंटे हुए हैं।

—हां, मुर्दों के सड़कों पर पड़े रहने पर जिन्दे नहीं बच पाते और मुर्दों को देखकर जिन्दों में कहीं क्षोभ न हो आये, इसीलिये यह सब किया गया। लेकिन होरमुज़ ! मैं तो कहूँगा, हमें चुपचाप यह सब सहना नहीं चाहिये था।

हरमुज़—मैं भी इसे मानता था। लेकिन अन्दर्जगर ने हमें हिंसा का

जवाब हिंसा से देने से रोका। सियाबख्श ने बहुत कहा, लेकिन अन्दर्जगर ने इस वक्त शान्ति से काम लेने के लिये कहा।

मेह्लदात–लेकिन हम करते भी क्या ? अचानक हमारे ऊपर प्रहार हुआ। केदारीय राजा, रोमक कैसर और हूणों के खागान सभी ने आपस की शत्रुता भूल कर अपने राजदूतों द्वारा नये शाह के पास अपनी शुभ-कामनायें भेजीं। जामास्प को अब तख्त पर बैठाया गया है। "सोख्रा की आग बुझ गयी और शापोर की आंधी उठ खड़ी हुई," नहीं सुना है !

सर्व ज्येष्ठ पुरुष ने मेह्लदात की ओर देखते हुये कहा–स्वप्न सा मालूम होता है, लेकिन अन्दर्जगर इन दुष्टों के हाथ में नहीं आये, यह सन्तोष की बात है। बतलाओ तो सही वह अब क्या करना चाहते हैं ?

मेह्लदात–निरपराध स्त्री-पुरुषों के खून से भी इन खूंखारों की प्यास अभी बुझी नहीं मालूम होती। आज अपादान में बड़ा उत्सव मनाया गया, लेकिन नगर की जनता भयभीत है। अपादान पहले जैसा भरा नहीं था। जिस किसी को भीतर जाने की आज्ञा भी नहीं थी। पहले खूनी भेड़ियों को बड़ी-बड़ी उपाधियां बांटी गयीं।

–सासानियों का भारी मुकुट जामास्प के सिर पर गिरा क्यों नहीं ?

मेह्लदात–जामास्प को बहुत दोष मत दो। जामास्प ने भरसक मानवता को हाथ सें जाने नहीं दिया।

होरमुज़ उद्विग्न हो अपनी आधी पकी लम्बी दाढ़ी पर हाथ फेरते हुये बोला–जामास्प ने मानवता को हाथ से नहीं जाने दिया ? तस्पोन में खून की नदियां बहाकर, तिग्रा को निरपराधों के रक्त से लाल करके उसने अच्छी मानवता का परिचय दिया !

मेह्लदात–होरमुज़ ! तुम्हें नहीं मालूम है कि जामास्प, गज्नस्पदात और मगोपतान्-मगोपत् के हाथ की कठपुतली है। उन्होंने लोगों

के खून से हाथ रंगा। लेकिन सासानी सिंहासन पर कोई सासानी कुमार ही बैठ सकता है, इसलिये उन्होंने जामास्प को शाहंशाह बनाया। शापोर मेहरान् तीसरा अत्याचारी है। इन्हीं तीनों ने लाखों आदमियों, लाखों परिवारों को आज शोक-समुद्र में डुबाया। जरमेह्र सोख़ा (कारेन-पह्लव) ने इन दुष्टों का साथ देने में जरा भी आनाकानी नहीं की। उसने चचा के खून की कोई परवाह नहीं की।

होरमुज़–चाचा, भाई और बाप का खून इनके लिये कौन सी बुरी बात है? राजपुत्र जनकभक्षी होते हैं, यह तो सनातन से होता चला आया है। हां, बतलाओ तो सही इस तूफान में क्या-क्या हुआ और क्या-क्या होने वाला है?

मेह्रदात–जिस तरह जामास्प को उन्होंने गद्दी पर बैठाया, उसी तरह जरमेह्र वचुर्क-फरमांदार (महामंत्री) बनाया गया, खूब उपाधियों की वर्षा हुई। सबसे भयंकर भेड़िया गज्नस्पदात "नखबीर" की उपाधि से भूषित किया गया है।

–खुरासान का "कनारंग" क्या कम महत्त्व का पद था?–अबतक चुप बैठे एक आदमी ने कहा।

मेह्रदात–हां, यदि "नख़वीर" "कनारंग" गज्नस्पदात केदारीय राज्य के सीमान्त का मर्जबान (प्रांतपति) न होता, तो कभी इतना ज़ुल्म न हुआ होता। कवात को पकड़ कर उन्होंनें बन्दीख़ाने में डाला है। पहिले उसको दण्ड देने की बात थी, किन्तु गज्नस्पदात ने कहा, कि पहले गद्दी का महोत्सब मनाना चाहिये। विस्पोह्रों के मुंखों पर, जो वर्षों से सूखे रहा करते थे, आज हँसी की रेखा दौड़ रही थी। जामास्प के सामने मूल्यवान भेंटें पेश की गईं, सैनिकों ने घोड़े, तलवार और भाले अर्पित किये, धनिकों

ने अपादान के आंगन को सोने चांदी से पीला और सफेद कर दिया, कवियों ने कवितायें पढ़ीं।

होरमुज़–छिः।

मेह्लदात–छिः क्यों? इनका तो यह काम ही रहा है, जो भी उन्हें प्याला भर कर दे दे, उसी का गीत गाते। जामास्प के अन्त:पुर में एक दिन में एक हज़ार सुन्दरियां प्रविष्ट हुईं। इनमें कितनी ही कुमारियां थीं, कितनी ही इस भीषण संहार के कारण हुई विधवायें और कितनी ही जीवितों की पत्नियां थीं। विस्पोह्लों और वचुकों में से किसी को बगान-बग ने "महिश्त" की उपाधि दी और किसी को "वह्रेज" की, कोई "हज़ारपत" बना और कोई "हज़ारबन्दक"। "तह्ल-जामास्प", "जामास्प-श्नुम्" (जामास्प-प्रसाद), "जायेतान जामास्प" (जामास्प-पुत्र), "जामास्प गोमन्द", "जामास्प-नख्व" और "बराज-जामास्प" की उपाधियों से कई भूषित हुये। मगोपतान्-मगोपत्-गुलनाज को "हमगदीन" (सर्वज्ञ) की उपाधि मिली। चारो मर्जबानों, चारो अस्पाहपतों ने राजभक्ति की शपथ ली, अख्तरमारान (जोतिसियों) ने बड़ी-बड़ी भविष्यद्वाणियां कीं।

–अख्तरमारों का रोजगार छिना-सा जा रहा था। अन्दर्जगर के युग में समानता का राज्य हो रहा था, उस वक्त इनकी भविष्यद्वाणियां झूठीं हो रही थीं।

मेह्लदात–हां, अख्तरमारान और मगोपतान् की तो रोजी ही छिनती सी मालूम हो रही थी। आज उनकी पांचों घी में हैं। अम्बारख (राज-कोष) लुटाया जा रहा था, लेकिन दूसरी ओर अम्बारखपत् को भेंट की चीजों को रखने के लिये खजाने में जगह नहीं मिल रही थी।

–पुराने दर्बारियों में भी तो बहुत फेर-बदल हुई होगी?

–सबसे फेर-बदल पुश्तेकान (शरीर-रक्षकों) में हुई।

—अर्थात् पुराने पुस्तेकान अब विश्वासपात्र नहीं रहे। और ये नये गज्नस्पदात के आदमी होंगे, क्यों ?

—गज्नस्पदात की बात क्यों पूछ रहे हो ? आज तो वही सब कुछ बना हुआ है, सब तरफ वही-वही दिखायी पड़ रहा है।

होरमुज़—अपादान में नये शाह के गद्दी पर बैठने का उत्सव मनाया जा रहा है और दूसरी ओर सारे तस्पोन में शोक का अखण्ड राज्य छाया हुआ है। बे-बाप के बच्चे बिलख रहे हैं, बे-पति की विधवायें खुलकर रोने भी नहीं पा रही हैं।

मेह्लदात—हां, अपादान (दर्बार) में उस शोक की कहीं छाया नहीं दिखलायी पड़ती थी। उपाधियों की वर्षा, भेंटों का अर्पण, फिर चषकों पर चषकों का चढ़ाना, और अन्त में नर्तकियों और गायिकाओं, वादकों और बिदूषकों का अपादान को नववर्ष का रूप दे देना। गज्नस्पदात ने आज संगीत का विशेष तौर से आयोजन किया था। अपादान में आज वीणा, चंग, बर्बूत, तम्बूरा, कन्नार, वंशी, ढोल, दुंम्बलग तथा दूसरे देशी-विदेशी बाजे बजते थे, देशी-विदेशी अप्सरायें और किन्नरियां अपनी कला का परिचय दे रही थीं।

होरमुज़—और किसी को ख्याल नहीं आया, कि तस्पोन नगरी आज बिलख रही है, तिग्रा रो रही है !

मेह्लदात—तस्पोन ने कितनी ही बार इस तरह बिलखा होगा, तिग्रा ने कितनी हीं बार इस तरह रोया होगा। विस्पोह्लों, वचुकों और दपेह्लों को उनके बिलखने और रोने से क्या मतलब ? आज तो बारह बरस से छाती पर बैठा भयंकर शत्रु हटा, उनके दिल में गड़ा कांटा बाहर हुआ। आज वह खुल के उत्सव मनाने से कैसे बाज आ सकते थे ?

—लेकिन कांटा अभी निकला नहीं है। शत्रु समाप्त हो गया, यह समझना उनका भ्रम है।

मेह्रदात—हां, इसे वह कैसे भूल सकते हैं, कि उनका महान शत्रु उनके हाथ नहीं आया। अन्दर्जगर ही नहीं, उनके प्रमुख शिष्यों में कोई भी उनके हाथ नहीं आया, इसका इन भेड़ियों को बहुत अफसोस है।

होरमुज़—भेड़ियो! ठहरो, तुम्हारे दिन भी आयेंगे!

× × × ×

खून की होली खेलने के बाद पान-गोष्ठी और उत्सव भी समाप्त हो गया था। आंधी के समय जो तलवार के घाट नहीं उतारे गये, अब उनको न्याय के नाम पर बलि चढ़ाया जा रहा था। दातवर (न्यायाधीश) बड़े गर्व के साथ न्यायासन पर बैठे निर्णय सुना रहे थे। गवाह गवाही देते शपथ ले रहे थे—"मैं अमुक, यशस्वी प्रकाशमान अहुर्मज्द के सामने, वहुमन के सामने, दहकती ज्वाला के रूप में यहां विद्यमान अर्द-बहिश्त के सामने, पास में उपस्थित शह्रवर के सामने और उस स्पन्दारमंद के सामने, जिसकी भूमि पर मैं इस वक्त खड़ा हूँ, गवाही देता हूँ; जिन्हें मैं आगे खाऊँगा-पीऊँगा उस रोटी और जल के रूप में यहां विद्यमान ख्वरदात् और अमरदात् के सम्मुख, अपने रक्षक-आत्मा स्पितामन जर्तुस्त के नाम से, आतरपथ मेह्र-स्पन्त के नाम से तथा भूत-भविष्य के अपने अज्ञात सारे संरक्षक दिव्यात्माओं के नाम से शपथ करता हूँ और सच कहता हूँ....कि इस व्यक्ति ने कवात् पीरोज-पोह्लबेदीन के लिये मज्दक बामदात पोह्लपापी के लिये, दीन के साथ और राज्य के साथ विश्वासघात किया। यहां जिस शपथ को मैं ले रहा हूँ यदि वह झूठी हो, तो मैं न्याय-सेतु पर (पहुँच कर) उस पाप भार को लेने के लिये तैयार हूँ, जिसे जादूगर जोहाक ने किया। मेह्र (सूर्य), स्रोश, रोश्न, फरिश्ते जानते हैं कि मैं सत्य बोलता हूँ; मेरा आत्मा जानता है कि मैं सच बोलता हूँ; मेरा हृदय और मेरी जिह्वा एक है। ....."

—तो भी झूठे गवाह का हृदय फटा नहीं, उसकी जिह्वा गलकर गिरी नहीं ? वर्बाद हुये नर-नारी कहते थे—यह मेह्र, स्रोश, रोश्न और फरिश्ते कहीं सोये हुये हैं, नही तो वह दातवर और गवाह दोनों को न्याय-सेतु पर पहुँचने से पहले ही खतम कर देते !

छोटे-छोटे दातवरों के अतिरिक्त दातवरान्-दातवर (महा न्यायाधीश) के यहां एक भारी न्याय का अभिनय हो रहा था। उसके सामने पीरोज-पोह्र कवात् अभियुक्त था। मगोपतान्-मगोपत् ने उस पर भीषण दोष लगाया था। सासानीवंश पुरोहितों का वंश था और कवात् बेदीन मज्दक बामदात-पुत्र का अनुयायी बन गया था। दीन के दुश्मन का दण्ड मृत्यु-दण्ड ही हो सकता था, किन्तु दातवरान्-दातवर सिर्फ अपराध को प्रमाणित होने का निर्णय दे सकता था, प्राण लेना या जान बख्शना शाहंशाह बगान-बग के हाथ की बात थी। गज्नस्पदात ने बहुत जोर देकर मृत्यु-दण्ड देने के लिये शाह से कहा। जामास्प यद्यपि इन भेड़ियों के हाथ की कठपुतली था, लेकिन वह अपने अग्रज को इतना कठोर दण्ड देने के लिये तैयार नहीं था। गज्नस्पदात और मगोपतान्-मगोपत् ने बहुत प्रयत्न किया, कि कवात् को आंखों से अन्धा कर दिया जाय, लेकिन जामास्प इसके लिये भी राजी नहीं हुआ। धमकी देने का उत्तर जामास्प ने इतना ही दिया—आज मेरे अभागे बड़े भाई की बारी है, कल मेरी बारी आ सकती है, मैं ऐसा नहीं कर सकता। यह भी सोचो, उत्तर में खजारी हूण सीमा के भीतर घुसकर लूट मार कर रहे हैं। हमारे पिता पीरोज को मारने वाले केदारी हूण पूर्वी सीमा पर उसी तरह बलशाली हैं। रोमक सम्राट अनस्तात् गिद्ध की तरह अयरान पर नजर गड़ाये हुये हैं, न जाने किस वक्त क्या बला हमारे ऊपर गिरे। मैं इसके लिये तैयार नहीं हूँ, तुम्हारी

बातों को मानकर मैं अधिक से अधिक इतना ही दण्ड दे सकता हूँ, कि कवात् को अनुश्वर्त में भेज दिया जाय।"

विस्पोह्रों और वचुर्कों को जो पसन्द था, वह दण्ड न मिलने पर भी कवात् के अनुश्वर्त में भेजे जाने से वे सन्तुष्ट हो गये। अनुश्वर्त—विस्मृति कारागृह—मृत्यु दण्ड या अंधा करने के दण्ड से कम भयंकर नहीं था, क्योंकि जो बन्दी एक बार वहां भेज दिया गया, वह फिर जिन्दा लौट के नहीं आ सकता था। उसके नाम का स्मरण भी मृत्युदंड देने के लायक अपराध था।

कवात् ने दण्डाज्ञा को बड़े धैर्य के साथ सुना। यदि उसे मृत्युदंड मिला होता, तो भी वह उसी तरह धीर और गंभीर बना रहता। उसने बारह वर्ष के अपने शासनकाल में पिछले दो साल के जीवन को ही सबसे सन्तोष और आनन्द का पाया था, जब कि उसने अपने नहीं दूसरों के सुख-दुःख को अपना सुख-दुःख समझा था। अपने सुखों को दूसरोंके साथ बांटने और दूसरों के दुःखों में अपने को सहभागी करने में उसे सबसे अधिक आनन्द मिलता था। अन्दर्जगर के घनिष्ट सम्पर्क में आने के बाद उसके जीवन की दिशा ही बदल गयी थी। वह समझने लगा था, कि मानव का सुख और सन्तोष अपने ही तक सीमित रखने की वस्तु नहीं है। खेद था तो इतना ही, कि उसे नयी आंख पाने के बाद नये रास्ते पर चलने के लिये बहुत कम समय मिला। लेकिन उसे पूरा विश्वास था, कि अयरान में जलायी आग को बुझाने की शक्ति न गज्नस्पदात् में है न जरमह्र में और न मगोपतान्-मगोपत् में। उसका पूरा विश्वास था, कि अहुर्मज्द ने अकामेनू (शैतान) को पूर्णतया पराजित कर दिया है। अकामेनू के छोटे-मोटे अनुयायियों में इतनी शक्ति नहीं है, कि वह अपने स्वामी के पराजय को विजय में परिणत कर सकें।

७

तीर्थयात्रा

सूर्यास्त हो गया था, जब कि दो स्त्री-पुरुष इस्तख्र नगरी में प्रविष्ट हुये। स्त्री की पोशाक थी फैला हुआ सुत्थन, घुटनों से नीचे तक का पीले कमरबन्द वाला चोगा, जिसको आगे पीछे और अगल-बगल में चार जगह फाड़ा गया था। हाथ में कंकण और गर्दन में कंठा भी उसका उसी तरह का था, जैसे कि अयरानी स्त्रियों का होता है, किन्तु आभूषणों की बनावट कंचुक और सुत्थन के बेल-बूटों की सजावट, बालों की गुंथाई तथा सिर पर पड़ी बड़ी रूमाल की आकृति देखने से ही पता लग जाता था, कि वह पारस की नहीं है। नगर में प्रवेश करते ही एकाध आदमियों ने उनसे निवास--प्रदेश के बारे में पूछना चाहा, किन्तु ठहरने का ठौर बतला देने से उन्होंने और अधिक नहीं छेड़ा। छेड़ने का उन्हें अधिकार था, क्योंकि इस्तख्र भगवती अनाहिता का धाम था, अयरान में मज्दयस्नी-धर्म का सबसे बड़ा तीर्थ था। सारे अयरानी ही नहीं सुदूर सोग्द और सिन्ध तक के भक्त--जन अनाहिता के दर्शन-पूजा के लिये यहां आया करते थे। इस्तख्र में तीर्थ-पुरोहितों की बहुत भारी संख्या थी, जिनकी जीविका ही थी तीर्थयात्रियों की सेवा और सहायता।

इस्तख्र अनाहिता के कारण बड़ा तीर्थ ही नहीं, बल्कि वह अयरान की द्वितीय राजधानी था। आज से पौने तीन सौ बरस पहले (२८ अप्रैल २२८ ई०) अर्तक्षत्र (अर्दशीर) प्रथम ने यहीं सासानी राजवंश की

स्थापना की, यहीं पहले-पहल राजमुकुट अपने सिर पर धारण किया, तब से आज तक बीस शाहंशाहों का यहीं मुकुट-बंधन हुआ। जब तक इतख़् में अनाहिता के पास आकर मुकुट धारण न कर लें, तब तक बाबकान् की पुरानी गद्दी पर बैठने वाला कोई सासानी शासक वास्तविक शाहंशाह नहीं कहा जाता।

दोनों यात्री पत्थर बिछे राजपथ से काफी दूर तक गये। अब उन्हें चंदन की तथा दूसरी मधुर गन्ध आप्लावित कर रही थी। प्रधान अग्निशाला और अनाहिता का मन्दिर दूर नहीं है, यह सुगन्धि इसी बात का परिचय दे रही थी। जान पड़ता है, यात्रियों को पहिले ही से राजपथ और प्रतोली का पता मालूम था, इसीलिये बहुत भटकना नहीं पड़ा। राजपथ से वह एक गली में मुड़े और आगे एक द्वार पर जाकर उन्होंने दस्तक दी। देर नहीं हुई कि दीपक लिये एक बृद्धा दरवाजा खोलकर खड़ी हो गयी। अपरिचित होने पर भी उसने परम सुपरिचित की तरह उनका स्वागत किया। इस्तख़् के तीर्थ-पुरोहितों के लिये यह कोई नयी बात नहीं थी। दोनों यात्रियों के पास नाममात्र का सामान था। उनके चेहरे से कुछ थकावट मालूम हो रही थी। वृद्धा उन्हें कोठे के एक साफ-सुथरे कमरे की ओर ले गयी। इसी बीच में उसने प्रश्नों की झड़ी लगा के यह भी जान लिया, कि दोनों यात्री सोग्द के रहने वाले हैं। उसने उनके देश के कई स्थानों का नाम बतलाया। इबर (गुर्जी) के शासक गुर्गीन और कितने ही मगपतों और आतरपतों के नाम भी जल्दी-जल्दी गिना डाले, उसके लिये सोग्द, अर्मनी और इबर एक ही थे। कोठे के ऊपर कालीन बिछी हुई दीवारों पर सुन्दर पर्दों से सजे कमरे में ले जाकर उसने दीपक जला दिया और फिर "दीनक, दीनक" कह कर आवाज दी। नीचे से एक फटे वस्त्रों औ र मलिन गात्र की किन्तु मोटी-तगड़ी लड़की सीढ़ियों पर से दौड़ती हुई ऊपर

आई। पास आ उसने दोनों हाथों को छाती के ऊपर दाहिनी हथेली को बायें कंधे की ओर और बायीं हथेली को दायें कंधे की ओर रखे झुक कर आगन्तुकों की वन्दना की। वृद्धा को कहने की आवश्यकता नहीं पड़ी, मानो तरुणी पहिले से ही अभ्यस्त थी। उसने जल्दी-जल्दी बिछौने को ठीक किया, मसनद लगा दी और थोड़ी देर में गरम पानी और हाथ धोने का बर्त्तन लाकर रखा। बात की बात में अंगूर, सेब, खर्बूजे, अनार तथा लाल शराब की सुराही और चषक आके मौजूद हो गये।

बुढ़िया मेहमानों को छोड़ने वाली नहीं थी। वह बोले जा रही थी—देर से आये। एक मास पहले आयें होते, तो इस्तख् की शोभा न्यारी दिखलायी पड़ी होती। हमारा दीनदार शाहंशाह जामास्प ताजपोशी के लिये यहां आया था। सारे विस्पोह्न, वचुर्क यहां मौजूद थे। मगोपतान्-मगोपत् गुलनाज, कारेन पह्लव, सोरेनपह्लव, अस्पाहपत सभी यहां इस्तख् में मौजूद थे। बरहर, वह्लक, अत्रोपत, मारेस्पन्दान, मित्रोवराज, मित्रो अकविद् आदि सारे मगोपत यहां अपने परिवार सहित आये हुये थे। नगर सजा हुआ था। उसके एक छोर से दूसरे छोर तक सारी सड़कें चन्दन के जल से सिंचित हो मह मह कर रही थीं। ऐसा समय बार बार नहीं आता, क्यों नहीं कुछ पहिले आये?

बुढ़िया अतिथियों को बोलने का बहुत कम अवसर देती थी। उन्होंने उसके प्रश्नों का एकाध ही बार जवाब देने का प्रयत्न किया—हमने बहुत कोशिश की, कि ताजपोशी के समय इस्तख् पहुँच जायें, लेकिन हमारा देश बहुत दूर है, पथ में बड़े-बड़े पर्वत हैं, रास्ता आसान नहीं है।

—हां, कोहकाफ का मार्ग बहुत कठिन है। मैं जानती हूँ कोहकाफ पैरिकाओं (परियों) का देश है। वहां द्रुजान, देवान्, (असुरों), अपओशा और नसु रहते हैं। लैकिन भगवती का एक बार दर्शन कर लेने से द्रुजान,

देवान् या दूसरे किसी का भय नहीं रह जाता । रास्ते में हमारी दुख्त (बेटी) को बहुत कष्ट हुआ होगा ।

—हां, कष्ट तो हुआ, किन्तु भगवती के शरण में आ जाने पर हम सब कष्ट भूल गये । हमें रास्ते में घोड़े की सवारी मिल गयी थी, इसलिये आने में कोई तकलीफ नहीं हुई । हां, मेरी अनाहिता-दुख्त हख्मतन (हमूदान) में आकर अस्वस्थ हो गयी, इसीलिये हम समय पर आने से वंचित रह गये ।

वृद्धा ने पुरुष की ओर से हट स्त्री के चेहरे पर दृष्टि गड़ाकर कहा—अनाहिता दुख्त ! बड़ा सुन्दर नाम है, जैसा रूप वैसा ही नाम । भगवती को सब जगह मानते हैं ।

अब के अतिथि स्त्री ने मुंह खोला—मेरे पिता-माता को मेरे भाई माह-पत् के बाद कोई सन्तान नहीं हुई थी । उन्होंने भगवती की बड़ी प्रार्थना की, फिर दस वर्ष बाद मैं पैदा हुई, इसीलिये मेरा नाम उन्होंने अनाहिता-दुख्त रखा । बहुत दिनों से दर्शन करने की लालसा थी, किन्तु अब वह इच्छा पूरी हुई ।

—भगवती सब इच्छा पूरा करेंगी, जैसे तुम्हारे माता-पिता की इच्छा पूरी हुई, वैसे ही तुम्हारी भी इच्छा पूरी होगी । भगवती के पास से कोई खाली नहीं लौटता । कोख सूनी नहीं... ।

—भगवती की कृपा से दो पुत्र और एक पुत्री हैं, उन्हें मार्ग के कष्ट के कारण घर पर छोड़ आये हैं । दर्शन करने के लिये आज बहुत दिनों की लालसा लेकर यहां पहुँचे हैं ।

वृद्धा की बात यद्यपि समाप्त नहीं हुई, तो भी अतिथि हाथ मुंह धोकर खाने पीने में लगें हुये थे । दासी दीनक ने उनके रहने का सारा प्रबन्ध कर दिया था । माहपत और अनाहिता-दुख्त भी, जान पड़ता है, बुढ़िया की बात से उकता नहीं रहे थे और बहुत रस ले लेकर उसकी बातें सुन रहे

थे। आज रात केवल विश्राम करना था, अनाहिता के दर्शन के लिये अगले दिन जाना था। माहपत की बात से मालूम हुआ, कि उसका आतुरफर्नबग का पहिले से परिचय है। आतुरफर्नबग अपनी पत्नी के साथ तस्पोन गया हुआ था। वह अनाहिता के पुरोहितों में अच्छा प्रभावशाली माना जाता था। जामास्प की ताजपोशी के बाद यहां की दान-दक्षिणा से सन्तुष्ट न हो कितने ही आतरपत और पुरोहित राजधानी तक धावा मार रहे थे, बुढ़िया का लड़का भला पीछे क्यों रहता!

बुढ़िया ने कहा—फ़र्जन्द घर पर नहीं है, तो कोई परवाह नहीं, कष्ट नहीं होने दूंगी पुस्स (पुत्र)! दो तीन दिन में वह चला आयेगा। आप दोनों इसे अपना घर समझें। दीनक सेवा के लिये तैयार रहेगी।

अतिथि-स्त्री के इंगित पर वृद्धा ने बतलाया—इस्तख़ में भी अकामेनू के बच्चे पहुँच गये थे, बेदीन मज्दक की बात फैलने लगी थी। जब शाह की नीयत खराब हो जाये, तो दूसरों की क्यों न हो? किन्तु, अब दीन ने फिर बेदीनी पर विजय प्राप्त की है। भगवती की सेवा-पूजा में अब फिर पहले ही की भांति भीड़ रहती है।

—क्या भगवती की सेवा पूजा में कमी हो गयी थी?—अनाहिता-दुख्त ने पूछा।

—हां, दुख्त! किन्तु तुझसे क्या छिपाना है। यदि बेदीन कवात् पांच साल और तख्त पर रह जाता, तो सचमुच इस्तख़ के लोगों को भूखों मरना पड़ता। तीर्थयात्री बहुत कम आने लगे थे। जान पड़ता है, सभी जगह पापी मज्दक ने अपना जाल बिछा दिया था।

—बड़ी प्रसन्नता की बात है जो ये बेदीन अयरान से विदा हुये—स्त्री ने अपनी बात पर जोर दिये बिना कहा।

बुढ़िया ने और भी उत्साह दिखाते कहा—भगवती की मेहरबानी है,

अब फिर पहिले की ही तरह देश में आनन्द मंगल होगा। हां, देश में सब जगह हवा बदल गयी थी। दास-दासी हुकम नहीं मानते थे, छोड़ के भाग जाते थे। स्वामी उन्हें पकड़ नहीं पाते थे। सबको मज्दकियों ने बरगला दिया था। छोटी जाति वाले कतख्वतायों (ग्रामपतियों) क्या बिस्पोह्रों और वचुर्कों तक की बात टाल देते थे। ऐसा समय आ गया था, जब मालूम होता था, न कोई चाकर घर में रह जायेगा और न बंदक। क्या करें यह समझ में नहीं आ रहा था। लेकिन धन्यवाद है भगवती को, फिर दीन का राज्य लौट आया, अब कष्ट नहीं होगा। इस्तख्र में अब कोई मज्दकी नहीं रह गया।

—कहां गये थे?—स्त्री ने पूछा।

—कहां गये? पापियों और बेदीनों को जैसा दण्ड अहुर्मज्द ने देने को कहा है, वही दण्ड उन्हें मिला। एक महीने तक भगवती के मन्दिर के चारो ओर हजारों मुंड टंगे हुये थे। अभी उन्हें हटाये सप्ताह भर भी नहीं हुआ है। अब मज्दक का नाम तक लेनेवाला कोई यहां नहीं है, मज्दक को भी, कहते हैं, किर्मान में किसी ने मार डाला। उसका सिर तस्पोन भेजा गया, किन्तु शाहंशाह ने देखते ही कहा—इसका मुंह देखने से भी पाप लगता है इसे तुरन्त तिग्रा में फेंक दो। हां, उसे तिग्रा में फेंक दिया गया। अकामेनू का अवतार थू:!

—तो अब इस्तख्र में विल्कुल शान्ति है?—पुरुष ने पूछा।

—पूरी शान्ति है। बारह वर्ष बाद इस्तख्र का दिन फिर लौटा है फ़्रजन्द कल देखना। इस्तख्र बड़ा सुन्दर है। मैं तुम्हें कष्ट दे रही हूँ, क्यों?

—नहीं, हमें कोई कष्ट नहीं—स्त्री ने कहा।

—नहीं, मैं ज्यादा बोलती हूँ। तुम थके हो, अब सो जाओ, कल भगवती का दर्शन करने जाना है।

वृद्धा चली गयी। दासी दीनक भी यात्रियों के बिस्तर-प्रावरण को ठीक-ठाक करके नीचे चली गयी। यात्री भी सोने की तैयारी करने लगे।

× × × ×

इस्तख्र में अनाहिता का मन्दिर कब बना, यह पूछने पर सभी शपथ खाने को तैयार थे, कि जब अभी पृथ्वी और आकाश, जल और थल नहीं तैयार हुये थे, तभी से भगवती यहां आकर विराजमान है। मन्दिर के वैभव के बारे में क्या कहना है, जब कि पौने तीन सौ वर्षों से अयरानी साम्राज्य की सारी संपत्ति अनाहिता की संपत्ति मानी जाती रही है। अर्तक्षत्र का पिता पापक अनाहिता का प्रधान पुरोहित था, इसका अर्थ यह नहीं कि उसके पुत्र के शाहंशाह होने के बाद ही से भगवती की महिमा बढ़ी। अनाहिता उससे बहुत पहले से प्रसिद्ध थी। पापक (बाबक) का वंश अनाहिता का पुरोहित था, इसलिये पार्थिय वंश को पराजित कर सासानी वंश की नींव रखने में पूर्वजों का यह पद अर्दशीर के लिये बहुत सहायक सिद्ध हुआ। इसीलिये, कोई आश्चर्य नहीं, सासानी वंश ने अपने साम्राज्य को अनाहिता का प्रसाद माना। अनाहिता का विशाल मन्दिर अपने सौन्दर्य और वैभव में अद्वितीय था। देवों के लाये सैकड़ों विशाल पाषाणस्तम्भों पर मन्दिर-शाला की छत खड़ी थी। बेल-बूटों, पशु-पक्षियों और स्त्री-पुरुषों की सैकड़ों मूर्तियों से इमारतों को अलंकृत किया गया था। हर एक सासानी-शासक ने मन्दिर को बढ़ाने और सँवारने में एक दूसरे से होड़ लगायी थी। अर्दशीर के बाद शापूर प्रथम ने, जिसे सुन्दर विशाल इमारतों को बनाने का भारी शौक था, अनाहिता-मन्दिर को और विशाल रूप दिया। तीनों शापूरों, पांचो बहरामों, तीनों होरमुज्दों ने मन्दिर में नयी-नयी इमारतें जोड़ीं। यज्दगर्द द्वितीय ने अनाहिता की पूजा में ज़रा सी कसर कर दी, कहते हैं इसी के कारण केदारी हूणों के हाथों उसे प्राण खोने पड़े।

अनाहिता का मन्दिर मन्दिर नहीं, एक पृथक नगर था। मुख्य मन्दिर का विशाल दरवाजा सोने-चांदी का बना था, फिर वहां के बर्तनों, आभूषणों और दूसरे सामानों के बारे में क्या पूछना है ? भगवती के मन्दिर के भीतर जाने से पहले लोग अपने मुंह में कपड़े की पट्टी (पताम) बांध लेते थे, जिसमें उनकी अपवित्र श्वास देवी तक न पहुँचने पाये। द्वार की रक्षिकायें, मन्दिर की परिचारिकायें नंगी रहतीं, क्योंकि अनाहिता स्वयं दिगम्बरा थी। मन्दिर के बीच में उसकी द्विभुज मूर्ति बड़ी सुन्दर बनी हुई थी—पैरों और हाथों में मणि-जटित सुवर्ण-भूषण, गले में एक महार्घ रत्नावली, सिर पर सुन्दर ढंग से संवारा केशविन्यास, सचमुच अनाहिता की प्रतिमा बड़ी मोहक थी। उसकी त्रिभंगी मूर्ति को देखकर माहपत् ने कहा—मूर्ति नग्न तो है, किन्तु किसी महान कलाकार ने इसका निर्माण किया है। बायें हाथ में फल और भोजन से पूर्ण थाली और दाहिने में पुष्प-गुच्छ कितना सुन्दर बनाया गया है, फिर इसका बायां स्थिर और दाहिना उठा चरण कितना सजीव है ? इतनी भावपूर्ण त्रिभंगी-मूर्ति अयरान में देखने को कहां मिलती है ? लेकिन ये परिचारिकायें नग्न क्यों हैं ?

—भगवती नग्न हैं, तो परिचारिकाओं को भी नग्न होना चाहिये—स्त्री ने कहा।

—परिचारिकायें मानो सजीव अनाहितायें हैं। इनके कुंडलित लम्बे बाल, सन्तुलित शरीरावयव तथा कोमल मुख विलास को देखकर कौन अनाहिता के प्रभाव से प्रभावित हुये बिना रहेगा ? धनुर्धारिणी नग्न परिचारिकाओं, सारे देश से चुनकर लाई इन तरुणियों के भ्रू-धनुष के रहते इन हाथ के धनुषों की क्या आवश्यकता ? यह दस नहीं, बीस नहीं, सैकड़ों हैं, मन्दिर के भीतर तो मानो रूप की आपणवीथि सजी हुई हैं।

—लेकिन मुझे तो लज्जा आती है—स्त्री ने साथ आये दासी दीनक

को दूर गयी देखकर कहा—यह निर्लज्जता है, यह पापाचार को प्रोत्साहन देना है। क्या धर्म इतना पतित हो सकता है ?

—धर्म के पतित होने की बात मत कहो। मैंने इससे भी पतित धर्म-स्थान देखे हैं। यहां कम से कम सुन्दर कला तो है। यवन कलाकार शरीर के सर्वांगीन सौन्दर्य को अंकित करने के लिये कितनी ही बार नग्न शरीर को पाषाण में आरोपित करते हैं, किन्तु मैंने तो हिन्द में मनुष्य के नग्न शिश्न को बिल्कुल प्राकृतिक रूप में उत्कीर्ण देखा है। हां, शरीर का और कोई अवयव नहीं, केवल शिश्न। क्या वह मनुष्य की पाशविक प्रवृत्तियों के जगाने का स्पष्ट आयोजन नहीं है ?

—यदि ऐसा है, तो वह मनुष्य का चरम पतन है। मैं तो यहां इस निर्जीव नग्न मूर्ति और इन सजीव नग्न परिचारिकाओं को देखकर लज्जा के मारे धरती में गड़ी जा रही हूँ। क्यों किसी को ख्याल नहीं आता ?

दोनों यात्रियों के दर्शन-पूजा के समय कल की वृद्धा भी अब आ पहुँची थी। वह अपने यजमानों को लेकर मन्दिर के भीतर गयी। दोनों ने उपहार चढ़ा भक्तिभाव से अभिवादन किया। वृद्धा, दूसरी परिचारिकाओं और स्वयं मन्दिर के हेरपत (महंत) ने मंत्र और स्तोत्र पढ़ा। भगवती का आशीर्वाद ले दूसरे छोटे-बड़े मन्दिरों तथा पास के विशाल अग्नि मन्दिर में चन्दन-काष्ठ और दूसरी सुगंध सामग्री चढ़ा उन्होंने पूजा-विधि समाप्त की। लेकिन अभी मन्दिर के भीतर बहुत सी देखने की चीजें थीं।

निवास-स्थान पर लौटकर माहपत ने अपनी सहचरी से कहा—अनाहिता का मन्दिर और उसका वैभव सासानी राज-वैभव से किसी प्रकार कम नहीं है, और अनाहिता निश्चय ही सासानी वंश के वैभव की रक्षिका है। कितने तीर्थयात्री होंगे, कितने दूर और नजदीक से आने वाले

दर्शक होंगे, जो इस सुन्दर विशाल मन्दिर और उसकी हरएक कलापूर्ण चीज को देखकर मुग्ध न होते होंगे।

—लेकिन यह नग्नता, अजीव मूर्तियों और सजीव परिचारिकाओं की नग्नता ?

—अर्थात् तुम इस दीन (धर्म) के प्रति असन्तोष प्रकट करना चाहती हो, जिसने लोगों की विवेक-बुद्धि को हर लिया, उस पर इस प्रकार परदा डाल दिया। किन्तु जो भक्ति-भाव से उस भारतीय नग्न-लिंग का दर्शन करने जाते हैं, उन्हें क्या ख्याल होता होगा ?

—मैं तो समझती हूँ, ख्याल हुये बिना नहीं रह सकता, चाहे उसे भक्ति-भाव के परदे में ही ढांका जाये। अनाहिता के मन्दिर में कौन सा पुरुष होगा, जो इन नग्न सुन्दरियों को देख के बिना मनोविकार लाये रह जायेगा ? मैं तो समझती हूँ, मनुष्य की सबसे निम्नकोटि की भावनाओं को उभाड़ने के लिये ही धर्म ने यह सारा जाल पसारा है।

—लेकिन, यह न समझो, कि यह मगोपतों की अपनी बनायी भगवती है। यह बहुत पुरानी भगवती है, जो तिग्रा और फ़्रात की उपत्यकाओं में आज से पांच हजार वर्ष पहले भी पूजी जाती थी। मगों की आग-पानी-सूर्य की पूजा इसके सामने फीकी पड़ने लगी थी, इसीलिये उन्होंने अनाहिता को स्वीकार किया, वह अहुर्मज्दा और ६ अम्सास्पन्तान् के बराबर समझी जाने लगी। आज बहुमन, अशावहिश्त, क्षत्रवीरिय, अर्मायती, ह्वर्‌तात्, अमरतात् और स्पेन्तामेनू सभी की ज्योति अनाहिता के सामने फीकी पड़ गयी है।

—मत इतनी प्रशंसा करो। मुझे तो यह मनुष्य के विवेक-चक्षु में धूल झ कना सा मालूम होता है।

—धूल झोंकना ही सही, किन्तु मैं तो भारत के पुरोहितों के धूल झोंकने मुकाबले में इसे कम कहूँगा, साथ ही यहां कुछ कला भी है।

८

मानव

पांच महीने बाद तीर्थ-यात्री इस्तख़् के एक दूसरे घर में दिखाई पड़े। बाहर कच्ची चहारदीवारी के भीतर घुसते ही फूलों और फलों का बाग था। अंगूर, सेब, अनार अब पक रहे थे। द्वार और दालान के बीच फूलों से घिरा एक जलकुण्ड था। दालान की पतली खिड़कियां खुली थीं, जिसकी बगल से एक ओसारा चला गया था। उसकी दोनों तरफ साफ सुथरी बड़ी-बड़ी कोठरियां थीं। कोठरियों के अन्त में फिर फूलों की क्यारियों के बीच बैठने की वेदिका थी। मकान के देखने से मालूम होता था, कि उसके स्वामी को स्वच्छता के साथ-साथ घर की उपयोगिता का पूरा ध्यान था, वायु और प्रकाश के साथ जाड़ा-गर्मी की कठिनाइयों का भी ख्याल था।

यात्रियों को इस घर में आने की आवश्यकता थी, क्योंकि अपने व्रत के अनुसार उन्हें एक वर्ष तक प्रतिदिन भगवती अनाहिता का दर्शन-पूजन करना था। बुढ़िया की सहायता से ही किसी विस्पोह्र (सामन्त) का यह खाली मकान उन्हें मिला। बुढ़िया चाहती थी, कि दोनों यात्री उसके बेटे के नहीं बल्कि उसके अपने यजमान रहें, इसीलिये पुत्र के आने से पहले ही उसने इस मकान को ढूंढ़ दिया था। यात्री अब यहां अधिक निश्चिन्तता से रह रहे थे। बुढ़िया के घर में उन्हें परतंत्रता सी मालूम हो रही थी, जो पुत्र और बहू के आ जाने पर और बढ़ जाती और अवश्य उनका अधिक समय तक साथ में रहना अनुकूल न पड़ता। अनाहिता-दुख्त को यह भवन और अधिक पसन्द आया था।

दोपहर के समय पिछले आंगन की बगल की कोठरी में रेशमी कालीन और मखमली मसनद के सहारे बैठी अनाहिता किसी चिन्ता में मग्न दीख पड़ती थी। आज वह उसी वेष में नहीं थी, जो कि पहले दिन इस्तख्र में आने के समय था। उसका पायजामा रेशम का था, जिसके एक छोर में झालर निकली हुई थी, ऊपर उरोजों के पर्यन्त को प्रदर्शित करता रेशमी कंचुक और थोड़े से किन्तु सुन्दर आभूषण भी थे। केशों को घुंघराली कई पंक्तियों में सजाकर सिर के पिछले भाग में उनका जूड़ा बंधा था। आंखों में सूक्ष्म अंजन और ऊपर पतली भौंहों की कमान चढ़ी हुई थी। अनाहिता के स्वाभाविक रक्त-अधर और भी अधिक अरुण थे। विशेष प्रयत्न के साथ आज उसने अपने को सजाया था, इसमें संदेह नहीं; किन्तु उसके चेहरे पर कहीं हर्ष का चिह्न नहीं था। मालूम होता था, उसके भीतर कोई प्रतिकूल तूफान उठा हुआ है; आंखें भींगी नहीं थी, लेकिन उनसे करुणा बरस रही थी।

माहपत बाहर से अभी अभी भीतर आया। यद्यपि उसने अपने पैरों को बहुत दबाने की कोशिश नहीं की, लेकिन कोष्ठक के द्वार पर पहुँच कर परदा हटाने के समय तक अनाहिता को पता नहीं लगा। उसकी वह अवस्था देखकर माहपत का खिला चेहरा मुरझा गया। वह भीतर की ओर बढ़ा, इसी समय अनाहिता की दृष्टि उस पर पड़ी। वह एकाएक खड़ी हो गयी। उसे देखते ही उसके चेहरे की मुरझाहट तेजी से दूर होने लगी और चाहे पूरा रंग न लौटा हो, किन्तु अब हलकी स्मिति उसके मुख पर फैल गयी। माहपत पहिले के चेहरे को देख चुका था। वह अनाहिताके कंधे पर हाथ रखकर खड़ा हो गया। अनाहिता ने अपने सिर को उसकी छाती पर लगा दिया। माहपत ने परिश्रम से बनाये हुये केश-कुण्डलों को बिगाड़े बिना उसके सिर पर धीरे-धीरे हाथ फेरते उसकी आंखों की ओर

बड़े ध्यान से देखा। उसकी आंखों में अपनी चिन्ता और करुणा को उतरती देख अनाहिता कुछ अधिक सचेतन हो उठी। माहपत ने उसके इस प्रयत्न को भांप लिया और अपने स्वर को और मधुर, आकृति को और सहृदय करते मसनद के सहारे अपनी सहचरी को बैठा कर कहना शुरू किया–हां, इसके लिये आश्चर्य करने की आवश्यकता नहीं, यदि इस दारुण अवस्था में तुम्हारा हृदय विचलित हो उठे और तुम्हारे, चेहरे पर उसकी छाया उछल आये।

–लेकिन माह! मैं ऐसी अवस्था न आने देने के लिये बहुत प्रयत्न करती हूँ।

–और तुम अधिकतर उसमें सफल भी होती हो। ऐसे तो मानव का हृदय पत्थर का बना नहीं होता।

–ठीक कहा माह! मानव का हृदय पुष्प से भी अधिक कोमल है लेकिन आत्मसंयम और धैर्य का अपनाना जरूरी है, उसके बिना कोई काम नहीं हो सकता। हमारा काम तो और भी कठिन है। हमें आज छः महीने इस्तख् में आये हुये, किन्तु आगे का कोई रास्ता नहीं मालूम होता–अनाहिता ने अन्तिम वाक्य को कुछ उदास भाव से कहा।

–आगे का रास्ता ठीक है, किन्तु अभी थोड़ी प्रतीक्षा करनी होगी। साल भर बीतने को आये, जब कि वह भीषण तूफान हमारे सिर से गुजरा था। पैर भूमि से उखड़ गया था, किन्तु अब हम उसे जमीन पर पड़ा पाते हैं। हमारी भारी क्षति हुई है, किन्तु सर्वनाश नहीं हुआ है।

–सर्वनाश नहीं हो सकता। हमारा उद्देश्य महान है, उसको उठाने वाले कंधे भी सबल और अधिक हैं।

माहपत ने अनाहिता को और भी अधिक वक्षस्थल से लगा के, उसके सुगंधित केशों को आघ्राण करते हुये कहा–सबल होने में क्या सन्देह है।

तुम्हारे इस वेष को देखकर क्या किसी को ख्याल भी हो सकता है, कि यह विलास के लिये नहीं बल्कि किसी कठोर कर्त्तव्य को कार्य रूप में परिणत करने की प्राथमिक तैयारी है !

—हां, माह ! पूर्व जीवन में साज-सिंगार करने के लिये मजबूर थी, तो भी मैं उसे बहुत विनीत वेष की सीमा तक ही रखती थी। लेकिन आज मैं कितने प्रयोग कर रही हूँ।

—प्रयोग करने की आवश्यकता नहीं है, अनाहिता ! मैं किसी भगवान या अहुर्मज्द पर विश्वास नहीं रखता, आखिर उसने मानव के साथ कौन सी नेकी की है। विश्वास रखता तो कहता, विधाता ने अपने लाखों बरस के अभ्यास के बाद तुम्हारे रूप को निर्माण करते हुये अपनी कला को चरम सीमा पर पहुँचाया। तुम्हारा स्वाभाविक रक्त-अधर, कोमल अरुण कपोल किसी अधर-राग, किसी मुखचूर्ण की आवश्यकता नहीं रखता। तुम्हारे चापयष्टि सदृश भ्रुवों के लिये किसी बनाव सिंगार की आवश्यकता नहीं तुम्हारे विशाल मृग-नयनों में किसी अंजन का काम नहीं, तुम्हारे तरंगित स्वर्ण केशों में घुंघराली अंगूठियां केवल पुनरुक्त मात्र हैं।

—मैं भी बनाव श्रृंगार की आवश्यकता नहीं समझती,किन्तु फिर भी अविश्वास मन में आने लगता है, काम कितना भारी है ?

माहपत ने अनाहिता के कंधे और कबरी को हाथ से सहलाते और भी घनिष्टता का परिचय देते कहा—अनाहिता ! तुम्हें अविश्वास करने का कोई कारण नहीं है। तुम्हारा रूप और उसकी असाधारण सज्जा हमारे भारी काम के लिये पर्याप्त है। संगीत और नृत्य पर भी इतने अधिक परिश्रम की आवश्यकता नहीं है। तुम्हारा मधुर कण्ठ संगीत के बिना भी संगीत-सा मालूम होता है। समय भी हमारे अनुकूल हो रहा है।

अनाहिता ने अपनी अधीरता हटाने के लिये अपनी आंखों को माहपत

की आंखों के नजदीक लाकर पूछा—क्या समय आ गया ? क्या अब और अधिक प्रतीक्षा करने की आवश्यकता नहीं है ? चिन्ता मत करो, मैं उता--वली नहीं होऊँगी, यदि एक नहीं दो साल और प्रतीक्षा करनी पड़े, तो भी में उसे खुशी से करूँगी । केवल यह मालूम हो जाना चाहिये, कि काम का अवसर आ रहा है ।

—निश्चिन्त रहो अनाहिता ! काम का अवसर आ गया है । तूफान को बीते सालभर होने को आ रहे हैं, उसके रुकने पर संदेह का प्रवाह चला । हमारे शत्रु अब धीरे-धीरे निश्चिन्त होते जा रहे हैं । हमने समझा कि हमारे सहकारी सभी नष्ट कर दिये गये—कितने ही जीवन से, और कितने ही विचारों से नष्ट हो गये; किन्तु बात यह नहीं है, इसी इस्तख्र में अपनी प्रतिज्ञाओं पर डटे हजारों नर-नारी विद्यमान हैं । एक नहीं पचास तूफान भी आकर उनका उच्छेद नहीं कर सकते । यह विचार अमर है, यह आदर्श महान है, यह जन-कल्याण के लिये सर्वोत्सर्ग की भावना है, इसे उच्छिन्न करने की शक्ति किसी में नहीं है । दीनक को तुम देख रही हो न, उस दिन इस्तख्र में आने पर वह हमें कैसी मालूम हुई थी ?

—साधारण, निर्बुद्धि ग्रामीण लड़की सी ।

—हां, हमारे लोगों ने इसी तरह शत्रु के प्रहार को विफल किया । अब आंधी की धूल के जमीन पर बैठ जाने पर सभी बातें साफ-साफ दिखाई पड़ रही हैं । हमारे भाई कहीं चुपचाप नहीं बैठे हैं, सभी हमारी तरह आगे के लिये तैयारी कर रहे हैं । शत्रु के निश्चिन्त हो जाने की आवश्यकता थी, अब वह भी हो गयी है ।

—अभी कितने दिनों और हमें इस्तख्र में रहना होगा ?

—तुमने बुढ़िया से कह ही रखा है कि हमारा व्रत-नियम अनाहिता के मन्दिर में एक साल तक का है ।

—जाने दो यह बात, लेकिन माह ! बुढ़िया ने अनजाने ही हमारी बहुत सहायता की।

—अनजाने, किन्तु निःस्वार्थ भाव से नहीं। इतनी दक्षिणा देने वाला कोई यजमान बुढ़िया को नहीं मिला होगा। और सारी दक्षिणा बुढ़िया अपने पास रखती है। बेटे-बेटी अर्थात् पुत्र और बधू को गंध नहीं पहुँचने देती, देखा न, मेरा और तेरा आने का प्रभाव ?

—कुछ भी हो माह ! बुढ़िया ने हमारी सेवा करने में कोई कसर नहीं उठा रखी। ऋतु का प्रथम फल हमारे पास पहिले आता है। इस्तख्र की कोई भी हमारे उपयोग की चीज ऐसी नहीं है, जिसे बुढ़िया ने हमारे पास नहीं पहुँचाया। हां, मुफ्त नहीं ड्योढ़े दाम पर; किन्तु उसके तो हम अभ्यस्त हैं। जब वह कवात् और उसके बेदीन साथियों की बात कहने लगती है, तो सुनना असह्य होने लगता है; लेकिन हमारे प्रतीक्षा के समय को काटने में बुढ़िया की सहायता उपयोगी सिद्ध हुई।

—और हमारी प्रतीक्षा अब समाप्त होने पर आयी है, हमारी तपस्या अब फलवती होने जा रही है। पतझड़ से पहले पहल हमें इस्तख्र छोड़ देना है। देखो वह बुढ़िया की आवाज बाहर के बाग से आ रही है। दीनक को वह किसी फूल के टेढ़े, या किसी पात्र के औंधे होने के लिये झिड़क रही है। चलो चलें मन्दिर में मध्याह्न-पूजा के लिये।

—अब तो मन नहीं करता, आत्मगोपन बड़ा कठिन काम है।

—बड़ी कठिन तपस्या है। लेकिन अब वह अन्त पर आ गयी है। चलो, रूमाल सिर पर डालो।

कुछ ही क्षणों में अनाहिता और माहपत बुढ़िया के पीछे-पीछे मन्दिर की ओर चल पड़े। गूंगा कुबड़ा पूजा की सामग्री लिये उनके पीछे-पीछे चल रहा था।

अनाहिता आज बहुत प्रसन्न दीख रही थी, क्योंकि माहपत की सूचनानुसार उसकी प्रतीक्षा और चिन्ता का इसी सप्ताह अन्त होने वाला था। उसने इधर-उधर की बातें करते हुये अन्त में अन्दर्जगर की दूरदर्शिता और अपार दया की प्रशंसा के साथ समाप्त करते हुये कहा—सचमुच माह! कितनी परस्पर विरोधी बातें मैंने अपनी आंखों से देखीं, जिन्हें आंखों से नहीं देखती, तो विश्वास करना भी कठिन होता। सारे जीवन को व्यसन में बिताये, विलास में पैदा हुये और पले लोग कैसे बड़े से बड़े कष्ट और उत्सर्ग के लिये तैयार हो गये?

—हृदय में आग लगा दो, फिर अपने ही आदमी आग को बुझाने के लिये दौड़ता फिरेगा।

—ठीक कहा, अन्दर्जगर की वाणी कितनी मधुर होती है, मालूम होता है हजारों घड़े मधु घोलकर तैयार की गयी है, किन्तु वही पत्थर जैसे हृदय को पिघला कर मोम सा नरम कर डालती है। कवात् को देखा न, दो साल भर के भीतर ही अन्दर्जगर की शिक्षा ने उसके जीवन को कहां से कहां पहुँचा दिया?

—हां, अनाहिता! उसने कड़ी से कड़ी परीक्षा को बड़ी सफलता के साथ पास किया।

—और कितनी भविष्यद्वाणियां की जा रही थीं? जो हमारे विरोधी नहीं थे, वे भी कह रहे थे कि बामदात्-पोह्ल स्त्री-पुरुषों की समानता और उनके सम्बन्ध में अधिक स्वच्छन्दता स्वीकार करके भूल कर रहा है, इससे वह लोगों को लम्पट बना देने भर की ही आशा रख सकता है।

—उनकी धारणा गलत थी, वे नहीं समझ पा रहे थे, कि बाहरी दबाव से स्वीकार किये हुये से अपने मन से स्वीकार किया हुआ नियम अधिक

दृढ़ और आचरणीय हो सकता है। आज के संसार में तो भीतर कुछ और बाहर कुछ और वाली बातों का अनुसरण किया जाता है।

—हां माह, मानव-सन्तान को बचपन ही से दुहरे सदाचार का उपदेश मिलता है, बाहर से तुम कुछ और दिखाओ, वह तुम्हारे दीनदार होने के लिये पर्याप्त है, और भीतर चाहे कुछ भी करो। पहले मुझे भी समझ म नहीं आता था, लेकिन अन्त में अन्दर्जगर की शिक्षा की यथार्थता प्रकट हुई। संसार में दोहरे सदाचार की आवश्यकता नहीं। बाहर कुछ और भीतर कुछ और वाली बात मानकर मानव-जाति सदा घाटे में रही।

—पुरुष और स्त्री को समान मानना तो बिल्कुल न्याय है। आखिर सारे समाज की भलाई के लिये जो काम करना है, उसका बोझ स्त्री-पुरुष दोनों के कंधों पर बराबर पड़ता है। लेकिन स्त्री को निर्बल बनाकर रखा जाता है, उसे ऐसी लता कहा जाता है, जो कभी बिना वृक्ष के सहारे नहीं रह सकती। तुम्हीं बतलाओ, यदि लता बनकर ही तुम आज भी रही होती, तो इन जोखिम के कामों में हाथ डालने की कभी हिम्मत होती? स्त्री-पुरुष के सम्बन्ध की स्वच्छन्दता के बारे में हमारे शत्रुओं को बहुत कहने सुनने का मौका मिला है, किन्तु रूढ़ियों के विरुद्ध जाने के सिवाय उसमें कौन सी अबुद्धिग्राह्य बात है?

—और वह स्वच्छन्दता भी तो हमारे मानसिक विकास में सबसे ऊँचे व्यक्तियों के लिये ही है? लेकिन उसके गंभीर अर्थ को समझना आसान नहीं है।

—हां, उसमें बहुत गंभीर अर्थ है। देखती नहीं, राजा अपने अयोग्य पुत्र का पक्षपात करते हैं, जिसका परिणाम राज्य का विनाश होता है। मगोपत, दपेह्र, अस्पाहपत सभी अपनी-अपनी संतानों को आगे बढ़ाना चाहते हैं, चाहे वह योग्य हों या अयोग्य। 'मेरा-तेरा' का भाव जब तक

रहेगा, तब तक ऐसा ही होता रहेगा, इसीलिये सबसे अधिक सबल और जन-कल्याण के लिये उत्तरदायी व्यक्तियों के वास्ते सन्तान में मेरे-तेरे का भाव बहुत हानिकर है।

—सुना है, राष्ट्र के कर्णधारों के बारे में यवन विचारक प्लातोन ने भी कुछ ऐसी ही बातें बतलाई हैं।

—हां, अन्दर्जगर ने कोई नई बात नहीं कही, उन्होंने बुद्ध के सैद्धान्तिक आदर्श समाज को प्लातोन की अधिक व्यावहारिक राजनीति से मिला दिया। 'मेरा-तेरा' को पूरब और पश्चिम दोनों के विचारकों ने हानिकारक माना है। मनुष्य अपनी सारी शक्ति सारे जन के कल्याण में तभी लगा सकता है, जब कि वह 'मेरा-तेरा' से ऊपर हो।

—बुद्ध ने भी मेरे-तेरे से ऊपर उठने का उपदेश दिया, प्लातोन ने भी वही किया, फिर उन्होंने अपने इस आदर्श को दूर तक ले जाने में क्यों सफलता नहीं पाई ?

—शायद वह जनसाधारण पर उतना विश्वास नहीं रखते थे।

—अन्दर्जगर ने 'मेरा-तेरा' से ऊपर उठने के लिये साधारण जन तक को उपदेश दिया। उस पर उन्होंने जो विश्वास किया, उसके बारे में उन्हें धोखा खाना नहीं पड़ा, यह हमने देखा है। साधारण अशिक्षित मजूर और दास तक को हमने स्वार्थ-त्याग करते देखा, दूसरों के लिये हँसते-हँसते प्राण देते देखा। क्या यह उत्सर्ग लम्पट निम्नकोटि के मानव के बस का हो सकता है ?

—नहीं, अनाहिता ! इस तूफान ने बतला दिया, कि अन्दर्जगर की शिक्षा सुन्दर ही नहीं, व्यवहार्य्य भी है। 'मेरा-तेरा' का भाव बुद्ध ने केवल अपने साधुओं तक के लिये व्यवहार्य्य समझा और उन्हें स्त्री के अदर्शन करने की बात कही। मानो स्त्री पुरुष के लिये सांप है, जिसके डँसे को जीवन

नहीं मिल सकता। अन्दर्जंगर ने बतलाया, कि मानव में कुछ अंश पशु के भी हैं, जो उससे सर्वथा हटाये नहीं जा सकते, क्योंकि मानव भी एक प्रकार का पशु है। मानव को भी आहार की आवश्यकता होती है, क्योंकि उसके बिना वह शरीर को धारण नहीं कर सकता। मानव को भी निद्रा की आवश्यकता होती है, क्योंकि उसके लिये सोना जरूरी है। मानव को भी आत्मरक्षा के लिये चिन्ता करने की आवश्यकता होती है। मानव भी स्त्री-पुरुष के स्वाभाविक-आकर्षण से मुक्त नहीं रह सकता, न उसकी आवश्यकता ही है। हां, यह सब होते हुये भी कुछ और भी बातें हैं, जो मानव को पशु से ऊपर उठाती हैं। यदि वह न हो, तो अवश्य मानव को पशु मानना पड़ेगा। अन्दर्जंगर ने बतलाया कि जन-जीवन के प्रति मन में अपार सहानुभूति, अपार करुणा और वाचिक तथा कायिक तौर से उनका अपने जीवन में व्यवहार, यह बातें हैं, जो मानव को पशु से ऊपर उठा देती हैं।

—हां, माह! मैंने अपने सामने मनुष्य को पशु से बहुत ऊँचे उठते देखा। अन्दर्जंगर के प्रथम श्रेणी के अनुयायी स्त्री-पुरुषों ने विवाह-प्रथा का त्याग किया, उन्होंने आपस में समानता और 'मेरा-तेरा' बिना सम्बन्ध स्थापित किया। यदि यह केवल कामवासना और विलासिता के लिये उन्होंने किया होता, तो क्या उस महान आत्म-त्याग का उन्होंने परिचय दिया होता, जिसे अयरान के कोने-कोने में लोगों ने देखा?

—अनाहिता! अन्दर्जंगर ने, यवन-विचारक प्लातोन ने तथा हिन्दू के ऋषि बुद्ध ने 'मेरा-तेरा' को सबसे बड़ी व्याधि समझा था, किन्तु उसके त्याग का जीवन में व्यवहार हमारे समय में ही हो पाया। इस भयंकर संकट ने यह सिद्ध कर दिया, कि मानव और पशु के कितने ही उभय-सामान्य गुणों के रहते भी मनुष्य का स्थान बहुत ऊँचा है। अन्दर्जंगर के ये अनुयायी 'मेरे-तेरे' के विचारों को दिल से भुला चुके हैं, इसीलिये उनके भीतर

आपस में अधिक आत्मीयता देखी जाती है—बन्धन की आत्मीयता नहीं मुक्ति की आत्मीयता, स्वार्थ की आत्मीयता नहीं—विश्व-बन्धुत्व की आत्मीयता। संकीर्ण 'मेरे-तेरे' को छोड़ कर हममें जो यह आत्मीयता आती है, उसके कारण हम ईर्ष्या और द्वेष के वशीभूत नहीं होते। हम मानव की निर्बलताओं में उसकी महानता को पहिचानते हैं। आखिर दूसरे दीन-धर्म वालों के विचारानुसार स्त्री-पुरुष का जो उज्ज्वल सम्बन्ध बतलाया जाता है, क्या उसमें स्त्री को पुरुष की संपत्ति होने का विचार नहीं काम करता ?

—माह ! इसे तो हम स्त्रियां ही अच्छी तरह अनुभव करती हैं। पुरुष स्त्री को संपत्ति जैसा मानते हैं। इस सद्-आचार और भव्य-आदर्श में स्त्री के अपने व्यक्तित्व और अधिकार का कहीं पता नहीं है।

—अन्दर्जगर मानव की सारी परतंत्रताओं पर कुठाराघात करना चाहते हैं। उन्होंने एक ऐसे समाज को पृथ्वी पर लाने का संकल्प किया है, जिसमें पशुओं के गुण कम से कम और मानव के गुण अधिक से अधिक हों। वह व्यवहारवादी हैं, इसीलिये मानव को पृथ्वी के जीवन से सर्वथा विच्छिन्न करने की बात नहीं करते। मैं समझता हूँ, अन्दर्जगर के मार्ग के अनुसरण से मानव की सर्वतोमुखीन प्रगति हो सकती है। स्त्री और पुरुष का ही भेद-भाव नहीं, पुरुष-पुरुष का भी जो अलग-अलग वर्ग और अलग अलग स्वार्थ स्थापित है, उसे भी वह उखाड़ फेंकने की शिक्षा देते हैं। अयरान में देखती नहीं, जातियों की कितनी जकड़ बन्दी है ?

—मेरा तो कभी-कभी दम घुटता सा मालूम होता है। मगों का पुत्र मग होगा, पुरोहित होगा, दातवर (न्यायाधीश) होगा और विस्पोह्ल के पुत्र विस्पोह्ल होंगे, सेना संचालन करेंगे; वचुर्क, दपेह्ल और दूसरे वर्गों का भी काम और स्थान नियत है, जो जिस वर्ग में पैदा हुआ, वह उससे

बाहर जा के कोई व्यवसाय, कोई कार्य नहीं कर सकता। ऐसा तो कहीं नहीं होगा माह !

–नहीं, अनाहिता ! इससे भी गया बीता जातिवाद हिन्द में है, वहां भी जन्म से ही व्यवसाय बँटे हुये हैं। तुम्हारे विस्पोह्लों, अतरवनों, दपेह्लों और अजातों की भांति हिन्द में भी क्षत्रिय, ब्राह्मण, वैश्य, शूद्र, अतिशद्र आदि भेद हैं। यहीं की तरह वहां भी न वह एक दूसरे के साथ व्याह कर सकते हैं, न एक दूसरे का व्यवसाय स्वीकार कर सकते हैं, यहां तक कि एक दूसरे के हाथ का भोजन करने की भी उन्हें आज्ञा नहीं है। अयरान में तो शाह विशेष अवस्था में किसी की जाति को बदल सकता है, किन्तु वहां नियम और भी कड़े हैं।

अनाहिता ने लम्बी सांस खींचते हुये कहा–मानवता को बहुत दूर तक जाना है।

–लेकिन जाना अवश्य है और ले जानेवालों से मानवता कभी वंचित नहीं होगी।

१

यात्रा

कारेन नदी के तट पर एक छोटी सी पान्थशाला थी, जहां शाम के वक्त कितने ही यात्री दिन भर की यात्रा के बाद विश्राम ले रहे थे। तस्पोन से यद्यपि इस्तख, जानेवाला रास्ता सीधे यहां से नहीं जाता था, किन्तु भारत और चीन की तरफ जाने वाले वणिक-सार्थ कभी-कभी इसी रास्ते दक्षिण से उत्तर जाते थे। मार्ग के अनुरूप ही यहां एक छोटी सी बस्ती थी। पान्थशाला में पथिकों के ही रहने का स्थान नहीं था, बल्कि उनके पशु, घोड़े, खच्चर, गदहे और ऊँट भी यहां ठहर सकते थे। भूमि पहाड़ी थी, और अयरान के अधिकांश पहाड़ों की भांति यहां का दिगन्त भी वृक्ष-वनस्पति-शून्य था। अधिक धनिकों का आना-जाना इधर से कम ही होता था, और आने पर भी वह अपना तम्बू साथ लाते थे;. छोटे राजकर्मचारी गांव के कत्ख्वता के घर के मेहमान होते। दूसरों के लिये पान्थशाला में कुछ कोठरियां अच्छी थीं। शाला के बाहर भी कुछ खुली कोठरियां थीं, जिनमें गरीब और भिखमंगे उतरते थे। लेकिन इनका उपयोग वह बर्फ या वर्षा के ही समय करते थे, नहीं तो सराय का खुला आंगन उनके रहने का स्थान था। गरीब पथिकों के तीन-चार छोटे-छोटे गरोह आज वहां डेरा लगाये हुये थे। उन्होंने कुछ रास्ते की कंटीली झाड़ियों, कुछ लीदे और गोबर का ईंधन जमा करके आग बाल रखी थी। यद्यपि अभी जाड़े का आरंभ नहीं हुआ था, किन्तु पतझड़ समीप आ रहा था, वृक्षों की पत्तियां पीली

पड़ चुकी थीं, इसलिये सायंकाल को आग या धूयें के किनारे बैठना सह्य था। एक जगह आग के किनारे एक स्त्री और दो पुरुष बैठे हुये थे। इसी समय एक चीथड़े के कंचुकवाला तीसरा व्यक्ति भी आ गया। उसने आज्ञा मांग के अपने पीठ का छोटा गट्ठर भूमि पर रखते पास में अपनी कमली बिछा दी। आदमी के उच्चारण से ही पता लग गया, कि वह अयरानी नहीं है।

पहले के तीनों व्यक्तियों में एक तरुण ने, अपने मैले कंचुक के कमरबन्द को ढीला करते कहा—भाई! जान पड़ता है तुम भी हमारी तरह से ही परदेशी हो। किधर के रहने वाले हो, यदि बाधा न हो तो बतलाओ।

आगन्तुक मानो पहले ही से इसके लिये तैयार था। अपनी दाढ़ी के भूरे और सफेद बालों को पीछे की ओर हटाते उसने कहा—हां, तुम्हारा अनुमान ठीक है, मैं सोग्दी हूँ। वर्षों से अयरान में भटक रहा हूँ। मेरे लिये जैसा सोग्द वैसा ही अयरान, न वहां कोई अपना और न यहां ही।

सोग्दी ने बात करते वक्त कंचुक के सामने के भाग को खुजलाने के बहाने इस तरह हटाया, कि पहले पुरुष ने वहां एक लाल रंग का चिह्न देख लिया। स्त्री ने भी आंख के संकेत से अपने साथी का ध्यान आकृष्ट कर दिया। पुरुष ने सोग्दी के साथ वार्त्तालाप जारी रखते हुये कहा—दुनिया में कब किसका ठिकाना है। घर द्वार की बात ही क्या राज्यों और राजवंशों को भी बिगड़ते देर नहीं लगती। तरुण ने पास पड़े झोले में से एक मोटी रोटी और कुछ अंगूर बाहर करके कपड़े पर रखते हुये कहा—जान पड़ता है, आज तुम्हें बहुत दूर से आना पड़ा है, भूख लगी होगी, यदि आपत्ति न हो, तो कुछ खा के पानी पीयो। रात अपनी है, बातें होती रहेगी। हां, हमें उत्तर की ओर जाना है, अगर उधर चलता हो, तो हम तीन से चार हो जायेंगे।

सोग्दी पुरुष आंख बचाकर बात करने वाले तरुण और उसके साथी की स्त्री के चेहरों की ओर बहुत ध्यान से देख रहा था। उसने बात में अधिक व्यवधान न डालने के लिये कहा—बहुत धन्यवाद है बिरादर ! आज मैं डेढ़ दिन के मार्ग को एक दिन में पूरा करके यहां पहुँचा हूँ। बेसरो-सामान के यात्री के लिये कहां समय पर खाना-पीना, सोना-बैठना मिलता है ? मुझे यहां से गुन्देशापूर की ओर जाना है। देर हो गयी, नहीं तो आज ही पहुँच जाता; लेकिन मेरे लिये जैसे ही आज बैसे ही कल। —कहते सोग्दी ने अपनी गठरी में से एक चमड़े का कुतुप बाहर किया—कुछ सूखे मेवे, भुने गेहूँ और यह एक कुतुप मदिरा परसों एक देह-यक् (गांव के नम्बरदार) ने दी थी। मित्रों के इतने सुन्दर समागमके आनंदोत्सव में सोग्दी भिखारी की यह भेंट स्वीकृत हो।—कहते सोग्दी भिखारी ने अपने नये साथियों के उत्तर की प्रतीक्षा किये बिना अपना काठ का चषक निकाला और उसे लाल मदिरा से आधा भर के कुछ घूंटें पी भी गया।

स्त्री ने तीन लकड़ी के प्याले रखकर उनमें मदिरा डाल दी और झोले में से एक रान मांस का बाहर करते हुये कहा—यदि आप थोड़ा धीरे-धीरे भोजन-पान करें तो मैं अभी इस वत्सतर मांस-खंड को तैयार कर देती हूँ।

सोग्दी भिखारी ने अपने सारे चेहरे को प्रसन्नता से भरते हुये कहा—लाल द्राक्षी मदिरा और वत्सतर-मांस, स्वर्ग में भी इनसे बढ़कर कोई भोजन नहीं मिलता खाहर ! हम अवश्य प्रतीक्षा करेंगे।

स्त्री ने, जिसके चेहरे पर पड़ी मैल की रेखाओं ने उसके सौन्दर्य और आयु को छिपा रखा था, अपने पतले मलिन हाथों में छुरी लेते हुये कहा—आग धीरे-धीरे तैयार हो रही है, निर्धूम होने में देर होगी। जल्दी चाहते हैं तो नमक डालकर उबाल दूं, सिरका भी हमारे पास है; या चाहें तो आग में भून दूं।

लोगों की सलाह मांस उबालने के लिये हुई। स्त्री ने पतीली में मांस के टुकड़ों को डाल के उसे सामने बलती आग पर तीन पत्थर के सहारे रख दिया और वह भी बात में सम्मिलित हो गई। सोग्दी कह रहा था—खानाबदोशी का जीवन बहुत कठोर होता है, कितनी नरम-गरम, कड़वी-मीठी अवस्थाओं से पार होना पड़ता है; लेकिन मुझे तो यह बड़ा आकर्षक और आनन्ददायक जान पड़ता है। तीस वर्ष हो गये जब कि घर छोड़ मैं बेघर हुआ।

—तो उस समय तुम्हारी आयु बहुत छोटी रही होगी बिरादर?

—सोलह बरस का था। नीड़ उजड़ गया और पक्षी को उड़ भागने का बहाना मिल गया। सोग्द के भाग्य में उजड़ना और बसना सदा से बदा है। उत्तर के तम्बूवाले सदा उसकी ओर लालच भरी निगाह से देखते रहते हैं।

—पहला प्रहार तो सोग्दियों के ऊपर पड़ता है—तरुण के साथी ने कहा—हम तो सोग्दियों के हिम्मत की प्रशंसा करते हैं। ये घुमंतू हम अयरानियों ऊपर सोग्दियों के प्रहार को संभाल लेने पर पहुँचते हैं; लेकिन तब भी वह हमारे लिये अजेय रहते रहे। यज्दगर्द द्वितीय बहुत दिन नहीं हुये, उन्हीं के हाथों निहत हुआ।

सोग्दी ने एक बार आग के लाल प्रकाश में दिखायी देते स्त्री के हाथों और अंगुलियों की ओर भावपूर्ण दृष्टि से देखते हुये कहा—सोग्दी बच्चे मां के दूध के साथ तलवार से खेलते हैं। सोग्दी तरुणियों में कोमल हाथों और पतली अंगुलियों का उतना मान नहीं, जितना फौलाद संभालने वाली भुजाओं का।

स्त्री ने हाथ और अंगुली का नाम लेते ही उन्हें कंचुक की बांह के भीतर छिपा लिया और उसके साथी ने कहना आरम्भ किया—धन्य हैं सोग्दी

ललनायें। उनकी वीरता की ख्याति अयरान में भी पहुँचने लगी है, अर्मनी में भी लोग सोग्द वीरों की गाथायें गाते हैं।

सोग्दी ने तरुण की बात को पूरा करते हुये कहा—अर्मनी भी वीर हैं; जिस तरह सोग्दियों को अपने उत्तर के घुमन्तुओं से लड़ते रहना पड़ता है, वैसे ही अर्मनी वीरों को भी अपने उत्तर के घुमन्तुओं से लोहा लेना पड़ता है।

तरुण के साथी ने सोग्दी की ओर दृष्टि डालते हुये कहा—अर्मनी भी तो देखा होगा बिरादर ?

—देखने की बात मत पूछो दोस्त ! इन तीस सालों में मेरे पैर में सदा चक्कर बँधा ही समझो। अर्मनी भी देखा है, इबेर भी देखा है और वहां के गगनचुम्बी हिमाच्छादित पर्वतों को भी देखा है। वैसे पर्वत तो हमारे सोग्द के पूरब में ही मिलते हैं। हां, हिन्दुओं का हिमवन्त उसी तरह का सुन्दर और विशाल पर्वत है। मुझे सदा हिम से आच्छादित रहने वाले पर्वत-शिखर बड़े सुन्दर मालूम होते हैं। उनसे भी सुन्दर उनके कटि-भाग के सदा-हरित वृक्षों की वनराजि मालूम होती है। वह मानो देखनेवालों को निमंत्रित करते हैं, यह स्थान है, जहां मनुष्य को रहना चाहिये।

मनुष्य ही नहीं बगों (देवताओं) के रहने का भी स्थान वही है, लेकिन बगों के स्थानों में सुनते हैं देवों और पइरिकाओं ने अड्डा जमा लिया है। बगों (देवताओं) और देवों (असुरों) का द्वन्द्व बहुत पुराना है।

सोग्दी ने सिर हिलाते हुये कहा—नहीं मित्र ! तुम समझते होगे, इन महान पर्वत-शिखरों, उनकी सनातन हिमानियों और चिरंतन वनालियों को देवों और पइरिकाओं ने दखल कर लिया है। यह विचार ठीक नहीं है। मनुष्य अपने से दूर के स्थानों के बारे में ऐसी ही सुनी-सुनाई बातें कहा करता है। मैंने कोहकाफ के पूरब वाले समुद्र के

बारे में सुना था, कि उसके तट पर मुंह से आग उगलने वाली पइरिकायें रहती हैं। मैं वहां गया हूं। हूणों को मानूषाद कहा जाता है, लड़ाई में लूट के समय अवश्य वे भयंकर रूप धारण करते हैं, किन्तु उनमें भी मनुष्य-हृदय वाले लोग हैं। मैं तो उनके भीतर भी घूमा हूं। खजार हूणों का जन इसी समुद्र के किनारे और बहुत दूर उत्तर तक रहता है। कहते हैं उधर तीन महीने तक दिन ही दिन रहता है। झूठ है या सांच इसके बारे में मैं नहीं कह सकता। मैं वहां गया नहीं हूं, लेकिन पइरिकाओं के मुंह से आग निकलने की बात झठी है। वह किसी के मुंह से नहीं वल्कि धरती के भीतर से निकलती है। खजार-समुद्र के पास दूर तक पहाड़ी भूमि है, जिसमें जमीन के भीतर से कड़ी गंध निकलती है, कूयें के पानी में भी वही गंधहोती है। मैंने देखा है, किसी-किसी कूयें के पानी को लत्ते में लपेट कर आगलगाने से वह जलने लगता है। इसी को दूर देशों में जा कर पइरिकाओं (परियों) के मुंह से निकलनेवाली आग बना दिया गया।

तरुण ने असहमति प्रकट करते हुये कहा—तो क्या देव और बग उन दुरारोह, दुर्लंघ्य पर्वतों पर नहीं हैं ? क्या बगों और देवों का युद्ध नहीं चल रहा है ?

सोग्दी ने मुस्कराते हुये कहा—देवों और बगों का युद्ध ! मुझे तो वह कहीं दिखलाई नहीं पड़ा। शायद वह युद्ध समाप्त हो गया, और देव पराजित हुये, बग विजयी हुये।

तरुण के साथी ने आग में कुछ कांटे डालते हुयें कहा—बग विजयी हुये, तब तो संसार में दीन के लिये अनुकूल समय आगया है।'

सोग्दी ने उसके कान के पास मुंह करके कहा—"हां, देरेस्तदीन के लिये।" स्वर इतना धीमा था, कि चारो ने ही उसे सुन पाया।

अब वे एक दूसरे के बहुत समीप थे।

× × × ×

अगले दिन सूर्य के अच्छी तरह उग आने के बाद गुन्देशापूर के दक्षिणी नगर द्वार से तीन पुरुष और एक स्त्री प्रविष्ट हो रहे थे।

गुन्देशापूर अयरान के भीतर और बहुत समृद्ध नगर था। वह तस्पोन के बराबर विशाल नहीं था, किन्तु उसके मकान, सड़कें, गलियां, नगर-प्राकार, नगर-द्वार, उद्यान, पुष्प-वाटिकायें, दूकानें तस्पोन से सौन्दर्य में कम नहीं थीं। तस्पोन से गुन्देशापुर में भारी अन्तर यदि कोई था तो यही कि वहां वैसी दरिद्र झोपड़ियां और गन्दी गलियां नहीं थीं। गुन्देशापूर अयरान में रोमक नगर का एक टुकड़ा था। यहां के निवासियों में रोमकों की संख्या अधिक थी। शाहपूर प्रथम और दूसरे शाहंशाहों ने जब-जब रोम को घुटना टेकने के लिये बाध्य किया, तब-तब हजारों रोमक बंदियों ने गुन्देशापूर की संख्या बढ़ाने का काम किया। बंदियों ने यहां आकर अपने वंदी जीवन से ही मुक्ति नहीं प्राप्त कर ली, बल्कि प्रथम शापूर के बसाये इस नगर की समृद्धि और सौन्दर्य-वृद्धि में पूरी तौर से भाग लिया। गुन्देशापूर धन की ही समृद्धि नहीं रखता, बल्कि विद्या और कला में विचारों की उदारता और सहिष्णुता में भी वह अद्भुत नगर था। यहां सभी धर्मों के अनुयायी प्रेम से एक साथ रहते थे। रोमक, जिनकी संख्या सबसे अधिक थी, ईसा के अनुयायी थे, अयरानी मज्द-यस्नी होते भी धर्मान्ध नहीं थे। भिन्न-भिन्न देशों के आदमी भी यहां पर्याप्त संख्या में रहते थे। गुन्देशापूर में विश्व का ज्ञान विज्ञान सुरक्षित था। यहां यवन विचारकों रोमक कलाकारों, हिन्दी ज्योतिषियों-चिकित्सकों को अपनी-अपनी विद्या और कला को प्रसार करते देखा

जाता था। यहां विश्व के सभी धर्मों के देवालय थे, जिनमें लोग अपने-अपने विश्वास के अनुसार पूजा-पाठ करते थे।

चारों यात्रियों को दक्षिण नगर-द्वार पर कुछ प्रतीक्षा करनी पड़ी क्योंकि बिना नाम लिखे द्वारपाल भीतर जाने नहीं देते थे। चारो यात्रियों को थोड़े ही समय बाद नगर में प्रवेश करने की छुट्टी मिल गई। द्वार-रक्षकों ने लकड़ी की पट्टियों पर दाहिने से बायें ओर लिखी जाने वाली लिपि में जो लिखा था, उससे पढ़नेवाला यही समझ सकता था, कि एक सोग्दी, दो अर्मनी स्त्री-पुरुष और एक रोमक कुल चार भिखमंगे अमुक तिथि को गुन्देशांपूर में प्रविष्ट हुये। सोग्दी अब अपने तीनों साथियों का पथ-प्रदर्शक बन गया था। वह उन्हें कई सड़कों और गलियों से घुमाते हुये नगर के उत्तरी छोर पर किन्तु प्राकार के भीतर ही एक अंधेरी गली में ले गया। यहां कच्ची ईंटों के दोमहले मकान इतने नजदीक थे, कि दिन में भी प्रकाश काफी नहीं पहुँचता था। ऐसी संकरी और अंधेरी गली के भीतर मकान उसी के अनुरूप होने चाहिये, लेकिन जब वे साधारण द्वार से प्रविष्ट हो बाहरी आंगन को पार करके सामने के कमरे में गये, तो जान पड़ा कि बाहर का दृश्य केवल भ्रम पैदा करने के लिये था। यद्यपि इस घर के कमरे महार्घ कालीनों और रेशमी पर्दों से सजाये नहीं गये थे, न दीवारें बहुत सजीले पत्थरों की और न द्वार मूल्यवान काष्ठ के कपाटों से ही तैयार किये गये थे; किन्तु वहां स्वच्छता और सुव्यवस्था बहुत दिखायी पड़ती थी। सोग्दी उन्हें घर के पिछले भाग की कोठरी में छोड़ गया और थोड़ी ही देर बाद दो स्त्रियों और एक पुरुष को साथ लिवाये मेहमानों के पास पहुँचा। मेहमानों को आश्चर्य हुआ, जब उन्होंने उस पुरुष को देखा, जिसे थोड़े ही समय पहले नगर के दक्षिणी द्वार पर द्वारपालों के सर-

दार के रूप में देखा था। यदि सोग्दी उसके साथ न होता, तो अवश्य ही उनकी चिन्ता बढ़ जाती। उन्होंनें आके मेहमानों का अभिनन्दन किया। रास्ते के बारे में कुशल-प्रश्न पूछ मेहमानदारी की तैयारी में अपने साथ आयी स्त्रियों को लगा के पुरुष वहां से विदा हो गया।

यात्रियों के सिर से मानो बहुत भारी बोझ उतर गया था। स्त्रियों में से एक ने तीनों पुरुषों और दूसरी ने उनकी सहयात्रिणी को स्नान के लिये गरम जल के प्रस्तुत होने की सूचना दी, और यह भी कहा कि नहाने का सामान और कपड़ा पानी के पास रखा है।

१८

कारा से पलायन

गुन्देशापूर के उत्तरी भाग में वही साधारण से मुहल्ले में कुछ असाधारण सा दिखलायी देता घर अब भी था; किन्तु आज उसके आंगन, क्रीड़ोद्यान तथा कमरों को देखने से मालूम नहीं होता था, यह वही घर है। उसके कमरे महार्घ कालीन तथा रेशमी पर्दों से सजाये हुये थे। बैठने की आसन्दियां और कोच देखने से ही जान पड़ता था, कि इस घर के सजाने में पूरी शाहखर्ची और सुरुचि से काम लिया गया है। व्यक्ति के बदल जाने से उसी घर में कितना परिवर्तन हो जाता है, इसका यहां अच्छा उदाहरण था। अब इस घर में सोग्द के किसी सामन्त की कन्या रह रही थी। उसके परिचारकों में अधिकतर स्त्रियां थीं। स्वामिनी जिधर चली जातीं, उधर ही मधुर सुगन्धि का प्रवाह बह जाता, जाड़े के दिन न होते, तो संभव है भौंरे भी उसका अनुसरण करते। आंगन के थोड़े से वृक्ष अब निष्पत्र हो गये थे, किन्तु दिन में गमलों के फूल जब बाहर सजा दिये जाते, तो उद्यान सजीव हो उठता। स्वामिनी राजकुमारी को सुगंधों का ही शौक नहीं था, बल्कि शरीर को अलंकृत करने में तो जान पड़ता था, वह और भी दिन का अधिक भाग लगाती हैं। परिचारिकायें भी बहुत विनीत और संतुष्ट मालूम होती थीं। घर की निस्तब्धता जाड़ों में रह गयी कुछ गृह-चटकाओं (चिड़ियों) के चहचहाने के अतिरिक्त बहुत कम भग्न होने पाती थी। लेकिन पक्षियों

के कलरव से गृहस्वामिनी का कलकंठ कम मधुर नहीं था। दिन का समय कभी बात करने, कभी आंगन में घूमने और कभी थोड़ा सा संगीत के अभ्यास में जाता था; लेकिन रात को संध्या होने के बाद ही सजे हुये बड़े कमरे में चौकी के नीचे निर्धूम कोयले की अंगीठियां रख दी जातीं, मूल्यवान कालीन, मखमली मसनदें चौकी के किनारे लगा दी जातीं और फिर हंसतूल भरी एक लम्बी-चौड़ी रजायी चौकी के ऊपर बिछा दी जाती। राजकुमारी सबसे महार्घ आसन की तरफ रजायी के भीतर कमर तक शरीर को डाल के बैठ जातीं। इस समय नगर के कुछ संभ्रान्त पुरुष मिलने आते, जिनकी संख्या दो तीन से अधिक कभी न होती। पुरुषों में किसी के साथ देर तक बात चलती रहती और किसी के आने पर बैठक संगीत की महफिल में परिणत हो जाती। लोग सोग्दी राजकन्या के संगीत और सौन्दर्य की प्रशंसा करते नहीं थकते थे। बड़ी रात जाने पर भोजन और पान के बाद महफिल बर्खास्त होती।

लोग जानते थे कि सोग्दी राजकन्या धार्मिक-तीर्थों के दर्शन के लिये निकली है। दिन में रोज पूजा-पाठ के लिये मग पुरोहित आ जाते। राजकन्या की जिस तरह कला और सौन्दर्य में ख्याति थी, उसी तरह धर्म के प्रति उनकी अगाध श्रद्धा भी थी। लेकिन यह आश्चर्य की बात थी, कि सौन्दर्य और संगीत की अद्वितीयता के रहते तीन महीने के बाद भी आने वाले संभ्रान्त पुरुषों की संख्या चार-पांच से अधिक नहीं हुई।

हेमन्त का मध्यकाल बीत रहा था, कभी-कभी बर्फ भी पड़ जाती थी, किन्तु अभी वह ठहरती नहीं थी। आज कल राजकन्या के पास एक नया व्यक्ति आता-जाता दिखायी पड़ रहा था। उसकी पोशाक और साथ आने वाले परिचारकों को देखने से मालूम होता था, कि वह असाधारण व्यक्ति है। उसकी पोशाक में महार्घ रेशम जैसे चमकते कोमल चर्म-कंचुक, उसी

की सिर पर टोपी थी, जिन्हें कमरे के भीतर घुसते ही वह उतार देता और फिर उसके शरीर पर जरदोजी के रेशमी कंचुक, कमरबन्द, पायजामे, रत्नजटित सुनहले कर्णभूषण, कंठभूषण, कंकण रह जाते। उसे संगीत से बहुत शौक था। उसकी बातों से मालूम होता था, कि वह संगीत का प्रेमी ही नहीं बल्कि पारखी भी है। वह अयरानी संगीत ही नहीं, हिन्दी, रोमक और सोग्दी संगीत का भी अच्छा रसज्ञ था। उसकी इस कदरदानी पर राजकुमारी और भी अधिक मुग्ध मालूम होती थीं; सिर्फ मन में ही नहीं मुंह से भी कहती थीं—"मुझे संगीत-कला की शिक्षा विशेष ध्यान से दी गयी थी; मेरी इस विषय में स्वाभाविक रुचि भी थी; किन्तु आप सा संगीत-पारखी और जगह मैंने नहीं देखा।" राजकुमारी का प्रौढ़ अतिथि बहुत गंभीर और समझदार आदमी मालूम होता था, इसलिये प्रशंसा के द्वारा उसे फुलाया नहीं जा सकता था। राजकुमारी भी कम-से-कम शब्दों का उपयोग करतीं और शब्दों की कमी को बोलने के ढंग से पूरा करतीं। इसमें संदेह नहीं, पहरभर रात जाने के बाद जब लाल मदिरा के चषक चलने लगते, तो शब्दों के ऊपर उतना संयम नहीं रह जाता था, तो भी अतिथि मदिरा को पीने में मात्रा का ध्यान रखता था। राजकुमारी भी अधिक आग्रह नहीं करती थीं, किन्तु दिन बीतते मालूम हो रहा था, मधु-कुतुप को जब राजकुमारी अपने सुन्दर हाथों से चषक के ऊपर उठातीं, तो मेहमान के इनकार करने का स्वर क्षीण हो जाता।

हेमन्त के दिन तेजी से बीत गये। अब राजकुमारी का मित्र भद्र पुरुष कितनी ही बार रात को यहीं रह जाता, रात्रि की हिमवर्षा इसके लिये कारण बन जाती। मेहमान अब केवल राजकुमारी के निवास पर आने से ही संतोष नहीं करता, बल्कि राजकुमारी भी उसके घर जाने के आग्रह को ठुकरा नहीं सकती थी। नये मित्र का घर गुन्देशा-

पूर से कुछ हटकर दुर्ग के पास पहाड़ की ढालुआं भूमि पर था। साधारण घर नहीं, वह एक छोटा किन्तु सुन्दर प्रासाद था। वसन्त के आने के समय इसका पीछे का फलोद्यान और आगे का पुष्पोद्यान बहुत सुन्दर दीखता। भद्र पुरुष को यही खेद था, कि इस समय वह राजकुमारी को उद्यान के सौन्दर्य को दिखा नहीं सकता था, किन्तु उसे विश्वास था, कि राजकुमारी को अभी स्वदेश लौटने की जल्दी नहीं है।

राजकुमारी के परिचारक-परिचारिकायें इधर कुछ अधिक चिन्तित दिखायी पड़ते थे। उनकी स्वामिनी अविवाहिता थी। उसका नया मित्र बहुत ही भद्रकुल—किसी पह्लव वंश का प्रभावशाली व्यक्ति था तथा शाहंशाह के वंश के साथ नजदीक का सम्बन्धी था। ऐसे व्यक्ति से राजकुमारी व्याह करने को राजी हो जाये, तो पिता की ओर से आपत्ति नहीं उठाई जा सकती थी। जहां तक कुलों की स्थिति का प्रश्न था, आपत्ति का कोई कारण नहीं था। लेकिन परिचारक-परिचारिकायें देश लौटने को आतुर जान पड़ते थे। वे वसन्त में लौटने की यात्रा की तैयारी कर रहे थे। राजकुमारी कभी-कभी तीन-चार दिन अपने आवास पर नहीं लौटती। राजकुमारी का मित्र "हजारपत" के पद से विभूषित था, राग(तेहरान) के पास उसकी एक अच्छी जागीर थी। यहां गुन्देशापूर के पास का दुर्ग उसके आधीन था। कह सकते हैं वह गुन्देशापूर और उसके प्रदेश का सबसे बड़ा शाही कर्मचारी था। वह "कनारंग" और "शाह" के पदों पर भी रह चुका था; लेकिन अब वह अपनी इच्छा से गुन्देशापूर के बड़े अधिकारी का काम संभाले हुये था। विद्या और कला से उसका बहुत प्रेम था, यह अपने मुंह से कहने की जरूरत नहीं थी। राजकुमारी जानती थी, कि वह एक असाधारण व्यक्ति है। उसके विचार दूसरे विस्पोह्रों की भांति रूढ़ियों से जकड़े हुये नहीं थे। यवन-दर्शन का वह विशेष प्रेमी था। राजकुमारी को अफसोस था,

कि दर्शन के क्षेत्र में उसने अरिस्तातिल, प्लातोन, सोक्रात जैसे कुछ नाम भर सुन रखे थे। हजारपत कभी-कभी दर्शन की चर्चा करता, किन्तु जल्दी ही राजकुमारी के चेहरे पर थकावट के चिह्न प्रकट होने लगते, उसकी दृष्टि अन्यत्र चली जाती, ओठों की स्वाभाविक मुस्कुराहट दूर हो जाती और हजारपत को विषय बदलना पड़ता।

हजारपत के भवन में परिचारक-परिचारिकाओं की संख्या बहुत थी, लेकिन परिवार का पता नहीं था। हजारपत के कथनानुसार परिवार में उसके दो लड़के-लड़कियां हैं, जो अपने दादी-दादा के पास चले गये हैं। लेकिन, राजकुमारी इस पर विश्वास नहीं कर सकती थी। उसे किसी ने बतला दिया था, कि उसकी पत्नी को इस भवन से गये बहुत दिन नहीं हुये। यह भी उसे मालूम हो गया, कि घनिष्टता बढ़ने पर हजारपत ने अपने भवन में ले आने का तब तक आग्रह नहीं किया, जब तक कि भवन अकंटक नहीं हो गया।

जाड़े के अन्त तक पहुँचते-पहुँचते हजारपत के रंग-ढंग में भारी परिवर्तन हो गया। मदिरा-चषक की मात्रा अधिक होने पर न संयम रखने की आवश्यकता रह गयी, और न मुंह से कुछ कहने की! हजारपत के व्यवहार से मालूम होता था कि वह राजकुमारी को प्राणों से भी अधिक प्रिय समझता है। उस दिन सायंकाल को राजकुमारी को थोड़ा सा सिर दर्द हो गया था, हजारपत ने रातभर जाग के सेवा-सूश्रुषा की। राजकुमारी की अपनी परिचारिकाओं में से एक या दो बराबर उसके साथ रहतीं। उसके पास आनेवाले पुरुषों में एक हजारपत का भी बहुत परिचित मित्रदात था। दोनों के जाति-वर्ग में एक ही सीढ़ी का अन्तर था, इसलिये पुरुष को शिष्टाचार के लिये बहुत नीचे दर्जे का अभिनय नहीं करना पड़ता

था। हजारपत के व्यवहार से यह भी पता लगता था, कि उसका इस पुरुष पर बहुत विश्वास है।

राजकुमारी अपने प्रेमी के बारे में जानती थी, कि हजारपत गुन्देशा-पूर और उसके दुर्ग का सर्वोपरि अधिकारी है, यह भी शायद समझती थी कि यहां के दुर्ग का कुछ विशेष महत्त्व है, क्योंकि पहले दिनों में प्रेमिका से छुट्टी ले वह वहां प्रतिदिन जाता था। अब वह काम अधिकतर अपने और राजकुमारी के भी परिचित पुरुष मित्रदात पर छोड़े हुये था। मित्रदात रोज प्रातः-सायं हजारपत के पास कार्य की सूचना देने आता। सूचना देने के समय राजकुमारी को अलग रखने की कोशिश की जाती थी, किन्तु राजकुमारी को इसकी उत्सुकता नहीं थी। यद्यपि हजारपत प्रौढ़-वयस्क था, दोनों की आयु में बीस वर्ष का अन्तर था, लेकिन जान पड़ता था, राजकुमारी उस पर मुग्ध है।

वसन्त की गर्माहट के आने से पहिले जाड़े के अन्तिम सप्ताहों में गुन्देशापूर प्रायः बर्फ की सफेद चादर से ढंका रहता। हजारपत का भवन पर्वत के कुछ ऊपर रहने के कारण वह और अधिक हिमवृष्टि का भागी था। राजकुमारी अब बराबर अपने मित्र के ही भवन में रहती थी। उसकी संगीत-गोष्ठी कभी-कभी रात के तीसरे पहर तक चली जाती थी। हजार-पत को अब मदिरा से बहुत प्रेम हो गया था। राजकुमारी के कोमल हाथों से गिरती लोहित धारा उसे ऐसी ही आकर्षक मालूम होती थी। अब मना करने पर भी वह चषक पर चषक चढ़ाये जाता था। अवस्था यहां तक पहुँच गयी थी, कि मध्यरात्रि जाते-जाते उसे कुछ होश-हवास नहीं रहता। हजारपत कहता—"मेरा जीवन मेरा धन-सर्वस्व तुम्हारे लिये है।" जब कभी राजकुमारी अपने देश और बंधु-बांधवों की चर्चा चलाती, तो

हजारपत विकल हो जाता, और राजकुमारी को उसे सान्त्वना देने के लिये बहुत यत्न करना पड़ता।

हजारपत के परिचारक-परिचारिकायें राजकुमारी को अपनी स्वामिनी मानने लगे थे, पुरानी स्वामिनी से भी अधिक मानते थे। वह उनके लिये एक साक्षात् भगवती मालूम होती थी। सौन्दर्य, तारुण्य और कला से पूर्ण होने पर भी राजकुमारी को अभिमान छू नहीं गया था। छोटी से छोटी परिचारिकाओं को वह अपने मधुर आलाप और आर्थिक उदारता से संतुष्ट किये रहती थी। इस भवन की वह स्वामिनी थी। उसकी आज्ञा को सभी शिरोधार्य मानने के लिये लालायित थे। वह राजकुमारी को अपने बहुत समीप समझते थे। सायं-प्रातः आनेवाले मित्रदात से यद्यपि अधिक घनिष्टता नहीं बढ़ पायी, लेकिन सामने रहने के क्षणों में वह भी बहुत नम्रता प्रदर्शित करता था। राजकुमारी के लिये सचमुच एक बड़े निर्णय का समय आ गया था। हजारपत का कहना था—अब तुम्हें देश जाने का ख्याल छोड़ देना चाहिये, नहीं तो मुझे भी अपने साथ ले चलना होगा।

राजकुमारी ने भी पहिले बहुत आनाकानी की। अपनी मां के प्रेम को वह भूल न सकती थी। वह कितनी ही बार नेत्रों से करुणाश्रु गिराने लगती। हजारपत हताश होने लगता, किंतु राजकुमारी अन्त में उसके प्रेम को सबसे बढ़कर स्वीकार करती। जाड़े के अन्त में अब अख्तरमारान (जोतिसियों) से शुभ मुहूर्त के बारे में पूछा जाने लगा। निश्चित हो गया था कि अबके वसन्त में जब सूखे वृक्षों पर पत्तियां कुड्मलित होने लगेंगी, सेब के वृक्ष सफेद-सफेद फूलों से ढंक जायेंगे, उद्यान-भूमि में हरे तृण बिछने लगेंगे और जाड़े भर के लिये दक्षिण की ओर निर्वासित पक्षी लौटकर फिर

लताओं और वृक्ष-शाखाओं पर कलरव करने लगेंगे; उसी समय दोनों का प्रणय, परिणय का रूप धारण करेगा।

राजकुमारी भी अब इस घर को पराया नहीं समझती थी। इसकी हरएक चीज में अपनत्व स्पष्ट होने लगा था। पूर्वाण्ह के समय जब हजारपत मदिरा से प्रभावित नहीं होता, यह देखकर गर्व अनुभव करता, कि राजकुमारी अब मेरे साथ सम्बन्ध रखनेवाली हरएक वस्तु के साथ आत्मीयता पैदा कर चुकी है। वह राजकुमारी की प्रसन्नता के लिये सब कुछ करने को तैयार था। उधर राजकुमारी ने, जान पड़ता है, उसके प्रेम को स्वाभाविक तौर से स्वीकार कर लिया था, और वह किसी कृत्रिम शिष्टाचार के दिखाने की आवश्यकता नहीं समझती थी। वसन्त के साथ दोनों एक हो जायेंगे। उस समय जाड़ों की चिरसुप्त प्रकृति जाग उठेगी। अभी से उ न, भवन और सारी चीजों को सजाने, नये बनाने की योजनायें बनने लगी थीं। राजकुमारी को यदि कोई शिकायत थी, तो यही कि हजारपत को इतनी अधिक मदिरा नहीं पीनी चाहिये; लेकिन मांगने पर वह इनकार नहीं करती थी। हजारपत को यह विश्वास था कि उसकी प्रेमिका उसके भविष्य और उसके हित को प्राणों से भी अधिक प्रिय समझती है। कभी-कभी अधिक पान के लिये राजकुमारी कृत्रिम क्रोध भी प्रकट करती थी। किंतु, मदिरा और अपनी राजकुमारी दोनों को वह अभिन्न बतलाता था।

× × × ×

अंधेरी रात थी। पृथ्वी पर और आकाश में घनी काली चादर फैली थी, पता नहीं लगता था, कहां समतल भूमि है और कहां पहाड़, कहां उपत्यका है और कहां अधित्यका। आकाश में बादल छाया होने से तारों की टिम-टिमाहट कहीं देखने में नहीं आती थी। रात आधी से अधिक बीत गई है, ऐसा समझने का कारण प्रकृति की कठोर निस्तब्धता और भीषण नीरवता

थी। इस काली चादर के नीचे विश्व में क्या हो रहा है, इसका किसे पता लग सकता था ? लेकिन इस सन्नाटे में भी सृष्टि के एक कोने में तीन सजीव प्राणी दिखलायी पड़ रहे थे। वहां निबिड़ अंधकार के बोझ से दबी जाती एक मोमबत्ती टिमटिमा रही थी। तीनों व्यक्तियों और उस क्षीण बत्ती के अतिरिक्त वहां और कुछ नहीं दिखलाई पड़ता था। जिस कोठरी में बत्ती जल रही थी, वह बहुत छोटी थी। उसकी छत के नीचे, लम्बे आदमी के खड़े होने की गुंजाइश नहीं थी। कोठरी की दो ओर के दो किवाड़ बन्द दिखलाई पड़ते थे, जो बहुत मोटे तौर से बनाये गये थे। दोनों द्वार बन्द थे, इसलिये कहा नहीं जा सकता था, कि उनके बाहर कौन सा संसार है ? तीनों व्यक्तियों में एक पुरुष द्वार के पास था, दूसरा एक साधारण सी चारपाई पर बैठा हुआ था। उसकी स्वप्निल दृष्टि और चेहरे पर आश्चर्य के चिह्न अंकित थे। वह खोया-खोया सा अपने सामने दीपप्रकाश में एक तरुणी के पूर्ण प्रकाशित चेहरे को बेपरवाही से देखता मौन धारण किये हुये था। दो-तीन बार आंखें मल-मल कर देखने और चारपाई को हाथ से टटोलने के बाद पुरुष ने धीमे स्वर में कहा—तुम क्यों आती हो ? मत आओ, प्रिये ! तुम्हारा आना मेरे लिये केवल परिताप ले आता है।

कृष्ण-परिधाना तरुणी ने धीमे और मधुर-स्पष्ट स्वर में कहा—मैं तुम्हें कष्ट देने के लिये नहीं आयी।

—रोज तुम यही कहती हो। तुम तो सामने से विलुप्त हो जाती हो, लेकिन तुम्हारी स्मृति सूइयां चुभाने लगती है। भूल जाने दो। बहुत सी बातें भूल गया हूँ। मुझे नहीं मालूम आज कौन सा वर्ष है, कौन महीना है, कौन दिन है। जाड़ा लगता है, तो समझता हूँ, यह जाड़ों का कोई महीना होगा। दो चार फूलों और वृक्षों को उद्यान नाम दिये उस स्थान में भी

जाना, मैंने छोड़ दिया है। भूल जाना अच्छा है। आह! तुम्हारी स्मृति!! लेकिन तुम मुझे भूलने नहीं देती!!!

करुणा की मूर्ति सी कृष्णवसना तरुणी धीरे-धीरे आगे बढ़कर चारपाई पर बैठ गई और पुरुष के हाथों को उसने अपने हाथों में ले लिया। पुरुप कुछ अधिक उत्तेजित स्वर में कहने लगा—तुम्हें मैं प्यार करता हूँ, सदा प्यार करता रहूँगा, किन्तु इससे क्या लाभ? रोज तुम्हारे हाथ मेरे हाथों में आते हैं, रोज तुम्हारे अधर मेरे कपोलों पर गरम-गरम चुम्बन देते हैं, किन्तु इस मृग-मरीचिका से कब सन्तोप हो सकता है? अब तो मुझे यह भी पता नहीं लगता कि, कब जगा और कब सो गया। काश! यदि मैं यह स्वप्न ही सदा देखता। लेकिन भूल जाता हूँ, कि तुम्हारा स्वप्न भी बहुत मधुर है, इससे बढ़कर मधुर वस्तु मेरे लिये कोई नहीं है; किन्तु अफसोस, मैं इस स्वप्न को अधिक बढ़ा पाने का सौभाग्य नहीं रखता।

तरुणी ने अपने मुंह को पुरुष के कपोल से संलग्न कर दिया, उसके कपोल पर से ढरकते गरम-गरम अश्रु पुरुष के कपोल को भिगोने लगे। वह अधीर होकर बोल उठा—आह, तुम रोती हो! क्षमा करो, तुम्हारा प्रेम ही मेरा जीवन-संबल है। देखो, मैं भी रोता हूँ। मेरी अश्रुधार दाढ़ी भिगो रही है। तुम जहां भी हो, स्मरण रखो, मैं तुम से कम विकल-हृदय नहीं हूँ। अच्छा आयी, तो ऐसे ही बैठी रहो—कहते हुये पुरुष अपने दाहिने हाथ से तरुणी की कटि को लपेटते हुये उसे वक्ष से लगा नीरव हो गया। उसकी नीरवता तरुणी को असह्य सी हो गयी। वह कम्पित स्वर में बोलने लगी—मैं स्वप्न में नहीं आयी हूँ।

—तुम रोज ऐसे ही कहा करती हो, लेकिन मैं जागृत को नहीं चाहता, मैं इसी स्वप्न को चिरंतन रूप में चाहता हूँ।

—ऐसा न कहो, फिर ऐसा न कहो। मेरा हृदय फट जायगा। तुम

स्वप्न नहीं देख रहे हो। मैं तुम्हारे सामने आयी हूँ। बड़ी कठिनाई से यहां पहुँची हूँ।

—यह कोई नयी बात नहीं है, मैं ही नहीं इस छोटी कोठरी की दीवारें, ये दोनों काठ के कपाट, ये छत और फर्श, यह चारपाई भी तुम्हारे इन शब्दों को बहुत बार सुन चुके हैं। ये सब साक्षी देंगे। कल जब किवाड़ खुलेगा और चक्कर काट करके दिन की रोशनी इस कोठरी के भीतर आयेगी, तो तुम्हारा कहीं पता नहीं रहेगा।

—क्या कह रहे हो ? क्या मेरे इन ठोस हाथों को अपने हाथों में ठोस नहीं देख रहे हो ? क्या मेरे उष्ण-अश्रुओं को अपने कपोलों पर से बहते अनुभव नहीं कर रहे हो ?

—सब कर रहा हूँ मेरी प्राण ! और यह सब मधुर है। इस स्वप्न की मैं जरा भी अवहेलना नहीं करता।

तरुणी ने पुरुष के लम्बे रूखे बालों पर हाथ फेरते अपने ठोस शरीर का विश्वास दिलाते हुये कभी उसकी गर्दन, कभी कंधे, कभी भुजमूल, कभी वक्षस्थल और कभी कुक्षि को दबाया, किन्तु पुरुष की चेष्टा में अन्तर नहीं जान पड़ा। वह घवड़ायी सी आवाज में बोल उठी—समय थोड़ा है, कवात् ! तुम्हारी सम्बिका इस रात को तुम्हें छुड़ाने के लिये आयी है। जल्दी करो, निकलो इस कारा से ! निकलने का सारा प्रबन्ध हो गया है।

कवात् को ये शब्द सर्वथा नये मालूम हुये। स्वप्न की प्रिया के मुंह से ऐसे शब्द कभी नहीं सुने थे। उसकी आंखें चमक उठीं और उसने बड़े ध्यान से सम्बिक् के मुंह की ओर देखा। डर था कि कहीं फिर वह स्वप्नमुद्रा में न चला जाये, इसलिये सम्बिक् ने उसे पकड़ कर चारपाई से नीचे खड़ा किया। कवात् ने अब भी अविश्वास प्रकट करते, किन्तु चकित स्वर में कहा—क्या सचमुच मेरी सम्बिका मेरी प्राण जागृत अवस्था में मेरे

पास आयी है !! कुछ भी हो, सम्बिका जो कहेगी, कवात् उसी पर चलेगा।

दो कदम दूर खड़े पुरुष ने एक तरफ के द्वार को खोल दिया। कोठरी के भीतर की वत्ती का प्रकाश बाहर नहीं जा सकता था, इसलिये कवात् सम्बिका का हाथ पकड़े पीछे-पीछे स्वप्न में ही किसी अज्ञात देश की यात्रा करने के लिये तैयार हो गया। बाहर आने पर मुंह पर ठंढी हवा का झोंका लगा, स्मृति सजीव होने लगी। उसने पहले से कुछ अधिक विश्वास के साथ सम्बिका के शरीर पर हाथ फेरते कहा—सम्बिका तुम्हीं हो। अच्छा तो मेरे लिये क्या आज्ञा है ?

सम्बिका ने अबकी बार कवात् को अधिक प्रकृतस्थ देख उसके सर्वांग को आलिंगन करते हुये उसके मुख और केशों पर अनेक बार चुम्बन देते हुये कहा—तुम्हारी मुक्ति का सारा प्रवन्ध हो गया है। कारापति मदिरा के नशे में है। मदिरा के अतिरिक्त मैंने उसे कुछ और भी दिया है। वह तीन दिन तक होश में नहीं आ सकेगा, किंतु मैं यहीं रहूंगी। इसी बीच में तुमको दूर चला जाना होगा।

कवात् का कंठ रुद्ध हो गया, फिर संभल कर उसने सम्बिका को छाती से लगाते हुये कहा—लेकिन तुम सम्बिका ?

—मेरी चिन्ता मत करो। अन्दर्जगर की कृपा मेरे साथ है। अपने धर्म-भाइयों की सहायता से मैं यहां तक पहुंच सकी, तुम नहीं, वह मेरी रक्षा करेंगे। मित्रवर्मा इसी गुन्देशापूर में मेरी सहायता के लिये मौजूद है।

कुछ स्मरण कर कवात् बोल उठा—और काबूस, मेरा—हमारा काबूस कहां है, उसे हत्यारों ने—

—हत्यारों ने उसका कुछ बिगाड़ नहीं पाया। वह अन्दर्जगर के पास है। वहां तुम काबूस को भी देखोगे। तुम्हारे लिये घोड़े तैयार हैं। स्मरण

रखना, सियाबख्श ने हमारे लिये जो किया , उससे हम कभी उऋण नहीं हो सकते ।

—सियाबख्श ! पल्लव-तरुण सियाबख्श, हमारे अन्दर्जगर का प्रिय शिष्य !

—बात करने का समय नहीं हैं । सियाबख्श अपनी आयु से कहीं अधिक बुद्धिमान है । निर्भयता और वीरता तो उसमें कूट-कूट कर भरी हुई है— कहते हुये सम्बिका ने एक बार फिर कवात् का गाढ़ालिंगन और चुम्बन किया । उस वक्त कवात् देख रहा था, सम्विक् की आंखों से झर-झर आंसू बह रहे हैं । प्रत्यालिंगन करते हुये विचलित-स्वर हो कवात् ने कहा—सासानी वंश की भगवती सम्बिक् ! तुम्हारी आज्ञा शिरोधार्य है और कुछ सोचने कहने की शक्ति मेरे पास नहीं है ।

—विचार करने की शक्ति की तुम्हें इस वक्त आवश्यकता नहीं, हमारे इस साथी के साथ जाओ । चार घोड़े और दो सवार मिलेंगे । रास्ते में स्थान-स्थान पर नये घोड़ों का प्रबन्ध है। तुम चारों को सोग्दी व्यापारियों का अभिनय करना है ।

—बचपन की सुनी सोग्दी भाषा को सम्बिका ! मैं भूला नहीं हूं । कवात् "अनुश्वर्त" (विस्मृतिकारा) में अपनी स्मृति को खो चुका था, किन्तु—

—किन्तु की बात फिर करेंगे, जब तुम्हारी सम्बिका तुम्हारे पास आयेगी ।

उन्होंने अन्तिम आलिंगन किया और अपने अश्रुओं से मुख-प्रक्षालन करते हुये उस अंधेरे में दोनों ने दो ओर के रास्ते लिये ।

११

मादों की भूमि

सारी जमीन पहाड़ी थी। वसन्त का समय, लेकिन उसका प्रभाव इन पहाड़ियों पर बहुत कम दिखायी पड़ता था। चार सवार घोड़ों को उत्तर की ओर दौड़ाये जा रहे थे। अभी तक उनका रास्ता किसी अधिक चालू वणिक-पथ या राजपथ से नहीं था, इसलिये रास्ते में बहुत कम आदमियों से भेंट होती रही। पहले दिन उन्होंने अपनी सारी यात्रा रात में की और सूर्योदय के बाद विश्राम किया। दूसरे दिन की यात्रा भी रात को हुई थी, यद्यपि उन्हें रास्ते में तीन जगह घोड़ों को बदलना पड़ा था। अभी तक उनकी यात्रा निर्विघ्न हुई। लेकिन अब वह हग्मतन (हमदान) की बड़ी सड़क से जा रहे थे। कुछ सोच कर उन्होंने दिन में यात्रा शुरू की थी। सायंकाल का वक्त था, अभी हग्मतन दूर था, रास्ते के ग्राम के भीतर में चारों सवार विश्राम करने के विचार से चले।

ग्राम कच्ची दीवारों और गुंबदवाली छतों का समूह सा मालूम होता था। गांव से बाहर बहुत से बाग और खेत थे, जिनमें वसंत ने हरियाली भर दी थी, किन्तु गांव के मकान बिलकुल सूखी मिट्टी के ढेर से मालूम होते थे। गांव के किनारे-किनारे कच्ची मिट्टी का रक्षाप्राकार दो पौरुष ऊँचा था। गांव में जाने के लिये केवल एक फाटक था, जिसके भीतर से सवार जब गुजरने लगे, तो द्वारपाल ने टोका। वह समझते थे, दूसरे गांवों की तरह इसका द्वार भी संकट-काल और रात्रि को फाटक बन्द करने के

लिये है। उन्हें यह नहीं मालूम था, कि यहां शाही भट द्वार पर नियुक्त हैं। यह मालूम नहीं हो सकता था, क्योंकि कौन जानता था, अयरान का वर्चुक-फरमादार आज यहां ठहरनेवाला है!

द्वारपाल के एकाएक टोकने से सवारों के दिल में घवड़ाहट पैदा हो गई, किन्तु बाहर से उन्होंने अपने चेहरे को बिलकुल शांत रखा। उनमें से एक ने द्वारपाल को उत्तर देते कहा—हम सोग्द के व्यापारी हैं। चीन के महार्घ वस्त्र और उत्तरी जंगलों के बहुमूल्य चर्म को लेकर शाह के दरबार में तस्पोन् गये थे।

द्वारपालों को यह बड़ा अच्छा मौका हाथ आया था, उन्होंने धमकाते हुए कहा—तुम हूणों के गुप्तचर हो, गुप्तचर भी व्यापारी बन के आया करते हैं।

प्रमुख सोग्दी ने अपने स्वर को बहुत नरम करके कहा—हमें गुप्तचर बनने से कोई लाभ नहीं। व्यापार से चार द्राख्म कमाना हमारा उद्देश्य है। हम आज हख्मतन पहुंच जाना चाहते थे, लेकिन अंधेरे के कारण यहां ठहरने के लिये मजबूर हुये हैं।

संदेश भेजने पर द्वारनायक भी आ गया। सोग्दी व्यापारियों को देख कर उसने अपने आदमी से कहा— क्या बात है, क्यों इनको रोके हुये हो?

सोग्दी वक्ता ने द्वारपाल को जवाब देने का मौका न देते कहा—ख्वताय! हम सोग्दी व्यापारी हैं, रात के लिये यहां ठहरना चाहते थे, ख्वताय की सेवा में हाजिर होने ही वाले थे।

द्वारपालों के नायक ने "सेवा में हाजिर" का अर्थ समझ के नरमी दिखाते कहा—इधर पास के घर में इनको ठहरा दो, सवेरे स्कन्धावार (कैम्प) के जागने के पहिले चले जायेंगे।—फिर उसने व्यापारियों की ओर मुंह

करके कहा–रात को तुम्हें खाने का कष्ट न होगा। तुम्हारे घोड़ों के लिये चारा आदमी दे देंगे और खाना हमारे साथ खाना।

सोग्दी भीतर ही भीतर बहुत प्रसन्न हुये। वे समझ गये कि सरदार को भेंट-पूजा करनी पड़ेगी, सब काम बन जायगा। घोड़ों को बांध कर उन्होंने सौ दीनार (सोने के सिक्के) और दो रेशमी थान लेके नायक के सामने भेंट रक्खी। नायक ने दीपक के प्रकाश में चमकते पीले दीनारों को देखकर वड़ी प्रसन्नता प्रकट करते कहा–हां, मैं जानता हूं, आप सोग्द के बड़े व्यापारी हैं। आप चिन्ता न करें, अगर कहें तो मैं अपने आदमियों को हख्मतन तक साथ कर दूं।

सोग्दी मुखिया ने बहुत बहुत धन्यवाद देते कहा–हख्मतन में हमारे सोग्दी व्यापारी हैं। कल दोपहर तक वहां पहुंच जायेंगे। हमें आपके आदमी की आवश्यकता नहीं है, किन्तु यदि वहां पर कोई यहां की तरह प्रतिबन्ध हो, तो उसमें हम आपकी सहायता चाहेंगे।

नायक ने हख्मतन के अपने दोस्त के लिये चिट्ठी देना स्वीकार किया और संकेत से साफ हो गया कि वहां फिर भेंट-पूजा चढ़ानी होगी।

सोग्दी व्यापारियों को इतनी आसानी से छूटने की आशा नहीं थी।

नायक ने खान बिछवाया और यात्रा में जो खान-पान सुलभ थे, उनको रख के मेहमानों के साथ भोजन किया। मदिरा का नशा चढ़ने के बाद सोग्दियों के प्रमुख वक्ता ने मदिरा और मदिरेक्षणा की बात छेड़ दी। नायक को नशे के बाद मदिरेक्षणा की बात और पसन्द लगी। सोग्दी प्रमुख ने कहा—सुन्दरियां तो अयरान में ही होती हैं, किन्तु सोग्द भी सौन्दर्य से खाली नहीं है।

फिर नायक ने अपनी यात्रा के अनुभवों से अर्मनी, इबेर, रोमक, मद्र (मिश्र), अथुर (असीरिया,) कपिशा, कानिश (काबुल), हरहुती

(हिरात) और वख्त्रिय में से एक एक की स्त्रियों के सौन्दर्य की प्रशंसा की, जिसमें कुछ उसकी अपनी देखी थीं, कुछ सुनी-सुनाई और कुछ बिल्कुल मनगढ़न्त। नशा और चढ़ने पर बात भी चढ़ती गयी और सोग्दी व्यापारियों को आधी रात बीत जाने पर मुश्किल से वहां से निकलने का मौका मिला।

सोग्दी अपनी जगह पर विश्राम करते द्वारपालों से कह चुके थे, कि अंधेरा रहते ही जगा दें।

सूर्योदय से बहुत पहले व्यापारी गांव से दूर निकल गये थे। प्रमुख सोग्दी ने कहा– धन्यवाद है, इतने सस्ते छूटने के लिये।

दूसरे साथी ने उसकी बात का समर्थन करते कहा–बाल-बाल बचे, किंतु संकट का रास्ता तो स्वीकार ही किया है। हमें दिन में नहीं चलना था।

प्रमुख ने कहा–रात में चलने पर और भी संदेह होता, क्योंकि यह प्रधान राज-मार्ग है। लेकिन कोई हर्ज नहीं, दीनार पास में रहने चाहिये। उनको क्या पता है, कौन जा रहा है।

तीसरे सोग्दी ने कहा—मैं जानता हूं इसका नाम जुवानदात है। खुशामद और पैसा बनाना खूब जानता है। पहले शाहंशाह कवात् का अनन्य-भक्त था और अब जामास्प का।

–वह किसी का भक्त नहीं है, यदि भक्त है तो दीनार का।

चौथे सोग्दी ने कहा– इसी को क्यों दोष दिया जाय। सारी व्यवस्था ही इसी तरह चल रही है। कहीं किसी विस्पोह्र की जागीर का बन्दक या हुतुखशान (मजूर या शिल्पी) रहा होगा। खुशामद और चापलूसी से स्वामी को प्रसन्न करके कितने ही आगे बढ़ते हैं। स्वामियों के वैभव को देखते हुये सभी दीनार की महिमा समझ जाते हैं, फिर जैसे हो तैसे दीनार जमा करना ध्येय हो जाता है।

—दीनार शाहंशाह को भी कड़वे नहीं हैं। इसकी आवश्यकतायें कम दीनारों से पूरी हो सकती हैं, इसलिये सौ दीनारों से ही हमने काम बना लिया; किन्तु बड़ों के लिये हजारों दीनार चाहिये।

प्रमुख सोग्दी ने कहा—यही तो आफत है। देश में धन पैदा करने वाले सब तरह का कष्ट उठाते हैं और उनकी कमाई मुफ्त में खानेवाले उन्हें लूटने-खसोटने में लगे हैं। तारीफ जरूर करेंगे कि आपस में लड़ते रहने पर फिर सभी मिल जाते हैं। रथयेस्तर पार्थीय भी हैं, और इरानी भी। पार्थियों का राज हटाके ईरानियों ने अपना राज्य स्थापित किया, लेकिन; आज भी सेनापति और दूसरे बड़े-बड़े पद पार्थीय विस्पोह्रों के हाथ में वैसे ही हैं, जैसे ईरानी विस्पोह्रों के हाथ में। आथ्रवन (पुरोहित) भी धर्माचार्य और न्यायाधीश बन कर मौज और आनन्द लूट रहे हैं। वस्त्रोत्र्यशान के हाथ में वाणिज्य, दूकान चली गयी है, और शिल्पियों, किसानों,. मजूरों की कमाई से बड़ी धन-राशि उनके हाथ में एकत्रित है। यही तीनों वर्ग हैं, जो ईरान की सारी संपत्ति और भोग के मालिक हैं। हुतुखशान (छोटे व्यापारी, किसान और मजूर) काम करने के मालिक हैं। यह और बन्दक (दास) सारा धन पैदा करते हैं, लेकिन अपमान और भूख की जिन्दगी व्यतीत करते हैं। ईरान में सौ में मुश्किल से बीस व्यक्ति होंगे, जो रथयेस्तर (शाह-परिवार और विस्पोह्र), आथ्रवन और वस्त्रोत्र्यशान वर्ग के हैं, बाकी अस्सी हैं हुतुखशखान और बन्दक।

दूसरे सोग्दी ने उसका समर्थन करते कहा—हां, किसी व्यक्ति को दोष देने से कोई लाभ नहीं। जब कूयें में ही शराब पड़ी हो, तो कौन नहीं मतवाला होगा।

हरुमतन प्रधान नगर था। यहां से कोहकाफ, सोग्द, दक्षिणी समुद्र और तस्पोन् के लिये राजपथ जाते थे। सायंकाल के संकट को स्मरण

करके उनकी इच्छा हुई, कि दिन में हख्मतन के भीतर से न जाया जाय। हख्मतन में सचमुच ही सोग्दी व्यापारी पर्याप्त संख्या में थे, जिनसे मिलने के लिये वे तैयार नहीं थे। इसलिये नगर द्वार के भीतर प्रविष्ट हुये बिना उन्होंने अपना रास्ता बदल लिया।

हख्मतन से उत्तर-पश्चिम काफी दूर जाने पर पर्वत मिले। किन्तु ये पहाड़ उतने नंगे नहीं थे। इन पर कहीं देवदार और कहीं बान तथा दूसरे हिमप्रदेशीय वृक्ष दिखाई पड़ते थे। नदियां भी यहां शुष्क और नीरव नहीं बल्कि, सदानीरा कल-कल करती चलती थीं। वसंत के मध्य में पशु-पक्षियों के क्रीड़ा और कूजन की तो बात ही क्या करनी? वे किसी राजपथ नहीं, बल्कि छोटे-छोटे गांवों से जाने वाली पगडंडियों से जा रहे थे। यहां के गांव यद्यपि छोटे-छोटे थे और लोग वेष-भूषा और बोल-चाल से उतने नागरिक और शिक्षित नहीं मालूम होते थे, किंतु सौजन्य और सौहार्द विशेष कर अतिथियों के प्रति उनमें अपार था। चारो सवार, जो अब अर्मनी वेष में थे, हर गांव में देख रहे थे कि लोग उनकी सहायता के लिये तैयार हैं। यहां उन्हें अधिक आत्म गोपन की भी आवश्यकता नहीं थी, क्योंकि शाहंशाही शासन की भुजायें यहां कम पहुंचीं और उतनी कठोर नहीं थीं।

इन पहाड़ी लोगों में अब भी पुराने समय के जनतंत्र का प्रभाव था। सवारों को इसका कारण भी ज्ञात हुआ—हजार बारह सौ ही वर्ष पहिले यहां माद (मद्र) लोगों का जनतंत्र था। उस समय तिग्रा और हुफ्रात की उपत्यकाओं में अस्सुर सम्राटों का राज्य था। उन्होंने कई बार स्वतंत्र चेता मादों को आधीन बनाना चाहा, किन्तु उसमें सफल नहीं हो सके। माद एक-एक उपत्यका में स्वतंत्र जन के रूपमें बसे हुये थे। शत्रुओं से आत्म-रक्षा करने के लिये यद्यपि आपस में वे मिल जाते थे, लेकिन सारे जनों में कोई

राजनीतिक एकता नहीं थी; जिसके कारण अस्सुर शत्रुओं से अधिक समय तक वह अपनी रक्षा करने में असमर्थ थे। अन्तिम अस्सुर आक्रमण से बचने के लिये वह देवक के नेतृत्व में लड़े। उन्होंने अस्सुर सेना को ही अपने यहां से नहीं मार भगाया, बल्कि उनकी राजधानी बाबिर को भी ध्वस्त किया, और ऐसा ध्वस्त किया कि उसके बाद फिर अस्सुर वंश संभल नहीं सका। लेकिन इस विजय से एक हानि हुई, मादों में जनतंत्र के स्थान पर राजतंत्र स्थापित हो गया—देवक उनका प्रथम राजा हुआ। फिर शासन मादों के हाथों में भी अधिक समय तक नहीं रह पाया, और पड़ोसी जाति-भाई पारस वाले अपने विशाल साम्राज्य को स्थापित करने में सफल हुये।

यद्यपि हजार वर्ष से अधिक मादों को परम निरंकुश राजतंत्र के आधीन रहते हो गया था, उनका पुराना नगर हग्मतन अब नाम के लिये मद्र (माद) देश में था, लेकिन इन पहाड़ों के निवासी अब भी अपने स्वतंत्रताप्रेमी पूर्वजों से दूर नहीं हटे थे। अखामन्शी सम्राट कोरोश, दारयोश आये और चले गये। यवन सम्राट और उनके बाद पार्थीय (अशकानी) भी राज कर चुके और आज-कल सासानियों का शासन चल रहा था। लेकिन सभी शासकों को बल दिखला के भी अंत में इन पहाड़ी मादों से समझौता करना पड़ा। हां यह कह कर—ये बर्बर जंगली हैं, टिड्डियों की भांति मर कर के भी अपना स्वभाव नहीं छोड़ेंगे।

सवार अब मादों की उस भूमि में जा रहे थे, जहां मानव का पतन उतना अधिक नहीं हुआ था। नागरिक जीवन ने कितनी ही अच्छी चीज़ें जो समाज को दी थीं, उनसे ये वंचित जरूर थे। यहां उनको यात्रा करने में कोई जल्दी का काम भी नहीं था।

चौथे दिन सूर्यास्त से कुछ पहले सवार नदी के एक भाग को पार

करते ही एक खुली उपत्यका (दून) में पहुंचे। यह जगह काफी खुली तो थी ही, साथ ही यहां प्राकृतिक सौन्दर्य की अपार राशि एकत्रित थी, जिसे देख कर सवारों को मालूम हुआ कि वह किसी दूसरे लोक में आ गये हैं। यहां पहाड़ों की चारो ओर वृक्षों की हरियाली दीख पड़ती थी। जगह-जगह झरने बह रहे थे, जहां तहां कुछ नंगे पाषाणों को छोड़ कर सभी जगह घास, जंगली फूल लगे हुये थे। नदी कुछ समतल सी भूमि में चलने की वजह से पत्थरों पर सदा तरंगित हो चलती भी उतनी घर्घर ध्वनि नहीं कर रही थी। नदी की दोनों तरफ चौड़ी समतल भूमि थी। सवार जुते खेतों और बहती नहरों के किनारे से गुजरे। आगे चलने पर उन्हें मेवों के बगीचों में से जाना पड़ा। विशाल बगीचे थे, लेकिन उनके किनारे कोई चहार-दीवारी नहीं थी। अभी फलों के आने में देर थी और वृक्षों में से किन्हीं में फूल और किन्हीं में पत्ते भर आ पाये थे। लेकिन बगीचों का सौन्दर्य अद्वितीय था। उनके नीचे की भूमि को आदमी के हाथों ने सँवार रखा था। सिवाय विशेष तौर से रखे स्थानों के कहीं घास का पता नहीं था। किसी वृक्षमें कोई सूखी डाली नहीं थी और न अंग-भंग वृक्ष दिखलाई पड़ते थे। कहीं दूर तक सेवों की पंक्ति चली गई थी, कहीं अनारों की। कहीं अंजीर (उदुम्बर) लगे हुये थे और कहीं नाशपातियां। अक्षोट, बादाम, पिस्ता की वृक्ष-पंक्तियां भी इसी तरह क्रम से लगी थीं। बीच-बीच में अंगूरों के केदार थे, जिनकी जड़ें भूमि से डेढ़-डेढ़ हाथ ऊपर खड़ी थीं और उनमें शाखायें फूटने लगी थीं। इनके अतिरिक्त कुछ टट्टियों वाले भी अंगूर थे, जिनकी लताओं पर पत्तियां अधिक दिखाई पड़ती थीं।

सवारों ने अयरान के और स्थानों में विशेष कर इस्तख्र, गुन्देशापूर आदि में कितने ही सुन्दर बाग देखे थे, शाही बागों को भी देखा था, जहां खर्च का कोई भी विचार न करके फूल सजाने की तरह बागों को सजाया

जाता था, लेकिन वहां भी इस तरह के सुन्दर वृक्ष और बाग देखने को नहीं मिले।

बागों में से होते चारो सवार बस्ती के पास पहुंचे। गांव, बाग, खेत, वन, पर्वत, नदी, सभी एक दूसरे से मिले हुये, सभी एक दूसरे के पूरक थे। दूसरे नगरों की तरह यहां गांव के किनारे रक्षा प्राकार नहीं था, लेकिन शायद उसकी आवश्यकता भी नहीं थी, क्योंकि रक्षा प्राकार का काम चारो ओर की पर्वतमाला कर रही थी। यहां के घर यद्यपि सीधे साधे थे, लेकिन वे सूखी मिट्टी के ढेर नहीं मालूम होते थे। मकान पांती से बने थे, जिनमें बीच से चौड़े रास्ते चले गये थे और रास्तों पर भी हरित छाया या फलों के वृक्ष लगे थे। किसी की दीवारें या छतें गिरी-पड़ी बिना मरम्मत या गंदी नहीं थीं। रास्ते इतने स्वच्छ थे, कि आदमी कहीं भी भूमि पर बैठ या लेट सकता था।

सवारों के गांवों में प्रविष्ट होने के समय यद्यपि सूर्यास्त हो चुका था, किंतु अभी गोधूलि के बीतने में कुछ देर थी। उन्हें ग्राम-वीथी में मिलते स्त्री-पुरुषों और बच्चों को देखकर आश्चर्य नहीं हो सकता था। इस ग्राम को जैसा उन्होंने देखा था, बनाने वालों और उसमें रहने वालों को वैसा ही होना भी चाहिए था। जान पड़ता था उस गांवमें दैहिक, दैविक, भौतिक ताप कभी नहीं आया। बच्चे हों या बूढ़े, स्त्री हो या पुरुष सब में स्वास्थ्य और स्वच्छता एक सी पायी जाती थी। उनकी वेष-भूषा में सादगी थी, किंतु वह सादगी कलापूर्ण और सुसंस्कृत सादगी थी। स्वस्थता और स्वच्छता के अतिरिक्त यहां के लोग और जगहों से लम्वे, अधिक गौर दिखलाई पड़ते थे। लाल और सुनहले बालों को छोड़ दूसरे रंग के केश यहां दिखाई नहीं पड़ते थे। आंखें उनकी अलसी के फूल की तरह अभिनील थीं। बच्चों और तरुणियों

के ओठ स्वतः विद्रुम सदृश लाल थे। यद्यपि सवारों में सभी गौर थे और तीन पिंगल केश भी, साथ ही उन्होंनें इन पहाड़ी मादों की तरह के नर-नारियों को भी अपने यहां देखा था, किंतु यहां केवल उन्हीं-उन्हीं को और ऐसी प्राकृतिक पृष्ठ-भूमि में देखकर उन्हें मालूम हुआ, जैसे उन्होंने कभी ऐसे रूप को देखा ही नहीं।

सवारों में से एक इस गांव का परिचित मालूम होता था, क्योंकि उसके सामने से गुजरते सभी नर-नारी स्वागत वचन कहे बिना नहीं रहते। हां, यह आश्चर्य जरूर होता था, कि आगन्तुक अर्मनी सवारों को देखकर उनम अधिक जानने की जिज्ञासा क्यों नहीं होती थी ?

ग्राम विशाल था। सभी मकान समानरूपेण स्वच्छ और सुन्दर थे, यद्यपि उनकी आकृति तथा सादे ढंग के बनाव-सँवार में अन्तर था। वे बीच की बीथी से होते गांव के दूसरे छोर पर पहुंचे। वहां अपेक्षाकृत एक अधिक लम्बे-चौड़े घर के फाटक से भीतर जा उन्होंने अपने घोड़ों को एक आदमी के हाथ में दे दिया और जब भीतरी फाटक पर पहुंचे, तो उसके द्वार पर एक श्वेतरक्त दाढ़ी वाला सुन्दर प्रौढ़ पुरुष अपने अर्धस्मित मुखमंडल से एक प्रभा सी बिखेरता उनके स्वागत के लिये खड़ा था। "स्वागत" शब्द मुख से निकलने के साथ उसने सबसे प्रथम आये सवार को अपने अंक में भर लिया और उसी तरह बाकी तीनों सवारों का भी गाढ़ा-लिंगन किया। सबके नेत्रों से हर्षाश्रु बह रहे थे।

१२

दिह-बगान

रात के चार सवारों में सियाबख्श और मित्रदात पहिले से ही दिह-बगान से परिचित थे, किन्तु उनके दो साथी पहिले ही पहल इन पहाड़ों में आये थे। यह कहने की आवश्यकता नहीं कि उनमें एक भारतीय मित्रवर्मा था और दूसरा कवात्, ईरान का पदच्युत शाहंशाह । रात में यद्यपि उन्हें ग्राम के जीवन को अधिक देखने का मौका नहीं मिला था, किन्तु भोजन के समय ही उन्हें मालूम हो गया कि यहां एक दूसरी ही दुनिया बसी हुई है। सारे गांव के पांच हजार व्यक्तियों का यद्यपि भोजन एक जगह नहीं था, किंतु तो भी सौ से अधिक स्त्री-पुरुष -बच्चे वहां एक साथ बैठकर भोजन करते रहे। और उन्हीं के बीच उसी पंक्ति में एक समान ही उनके अन्दर्जंगर मज्दक-बामदातान भी थे। भोजन में मांस नहीं था, और न मदिरा ही; क्योंकि अन्दर्जंगर अपने उच्चवर्गीय अनुयायियों के लिये इन्हें अभक्ष्य-अपेय समझते थ। लेकिन मधु, मक्खन, चावल, गेहूँ, माष, सुस्वादु मेवे जहां बहुतायत से हों और पाककला से भी पूरा परिचय हो, वहां सैकड़ों तरह के स्वादिष्ट भोजन तैयार करने में क्या कठिनाई हो सकती है ? मित्रवर्मा और कवात् को यह भोजन बहुत ही मधुर मालूम हुआ और उससे भी मधुर भोजनशाला का वातावरण था, जहां न स्त्री और पुरुष का भेद था और न छोटे-बड़े का। सब अकृत्रिम रूप से एक दूसरे से बात करते भोजन कर रहे थे। पीछे आगन्तुकोंको पता लगा, कि इस तरह की चालीस

भोजनशालायें दिह्-बगानमें हैं, जहां सब लोग बैठ कर इकट्ठा भोजन करते हैं। चाहते तो सारा गांव एक जगह भोजन कर सकता और सबकी एक भोजनशाला बनायी जा सकती; क्योंकि भोजन का सारा प्रबन्ध सारे गांव की सम्मिलित पंचायत की ओर से होता है।

दिह्-बगान उन गांवों में था, जहां अन्दर्जगर, मज्दक और उसके पूर्वज गुरुओं का स्वप्न साकार रूप में पृथ्वी पर उतारा गया था। यहां किसी का कोई वैयक्तिक संपत्ति नहीं, सारे फलोद्यान, सारे खेत, सारी जंगम-स्थावर संपत्ति ग्रामके सारे व्यक्तियों की सम्मिलित संपत्ति है। जिससे जितना हो सकता है, उतना कोई न कोई उपयोगी कार्य करता है—और लोग शक्ति से अधिक कार्य करने के लिये प्रयत्नशील रहते हैं। और जैसी जिसके लिये आवश्यकता होती है, उस परिमाण में लोगों को चीजें दी जाती हैं। रोगी और बच्चे काम नहीं करते, वही बात अधिक बूढ़े-बूढ़ियों की भी है। लेकिन यहां काम भार-सा मालूम नहीं होता। लोग उसे अपने धार्मिक कर्त्तव्य का प्रधान अंग मानते हैं इस प्रकार सबके सम्मिलित श्रम से उपार्जित फल हो या अन्न, दूध हो या मधु, सभी की सम्मिलित संपत्ति है। हां, मधु ? दिह्-बगान में तो जान पड़ता है, उसकी सरिता बहती है। पास के पहाड़ों में वृक्षों की अधिकता के कारण यहां के घरों में लकड़ी का उपयोग अधिक है। हरेक घर में दीवार के भीतर मधुमक्खियों के रहने के लिये, चारो तरफ से लकड़ी के फलकों से घेरकर संदूक से घर बने हैं, उनमें बाहर की तरफ बहुत छोटा एक छेद मधुमक्खियों के भीतर जाने के लिये रहता है। छत्तों से मधु निकालने के लिये छोटी कपाटिका भी लगी होती है। दिह्-बगान अपने श्वेत मधु के लिये सर्वत्र प्रसिद्धि प्राप्त कर लेता यदि वह कोई व्यावसायिक ग्राम होता।

दिह्-बगान में सादगी है, लेंकिन सादगी का यह अर्थ नहीं, कि वहां

के लोगों का कला से प्रेम नहीं है। वे कला को अपने धर्म का अंग मानते हैं। वे अच्छी तरह जानते हैं, कि उनके परमगुरु मानी फातिक-पोल्ह महान चित्रकार थे, वे संगीत के अद्भुत विद्वान थे। उनका काव्य और साहित्य पर पूरा प्रेम और अधिकार था। दिह्-बगान को हम कलाकारों का ग्राम कह सकते हैं। यहां के एक-एक कार्य में कला झलकती है। तांबे और पीतल के वर्तनों को देखें या मिट्टी के बर्तनों को, सभी में सुन्दर रंग और सुन्दर चित्र उत्कीर्ण या आलिखित मिलेंगे। और बातों की भांति कला में भी दिह-बगान या उसके अन्दर्जगर एकदेशीयता को पसन्द नहीं करते। यहां चीन के ढंग के भी चित्र देखे जाते और रोम के ढंग के भी। भारतीय चित्र-कला का तो बहुत अधिक सम्मान था। मित्रवर्मा पल्लव-चित्रकला के सिद्ध-हस्त चित्रकार थे और अपने से कुछ समय पहले की उत्तर भारतीय-गुप्त-कला के बड़े प्रेमी पारखी भी। उन्हें अगले दिन सायंकाल को मन्दिर में जाने पर भीत्ति-चित्रों में उसके सुन्दर नमूनों को देखकर बड़ा आश्चर्य हुआ था।

दूसरे दिन मित्रवर्मा के पूछने पर अन्दर्जगर ने बतलाया—हम मनुष्य-मनुष्य में भेद नहीं करते। हम अपने धर्म और पराये धर्म के विचार से मनुष्य का मोल नहीं लगाते। हमारे लिये विश्व के सारे मनुष्य भाई-भाई हैं। यदि कोई मार्ग भूला हुआ है, तो इसके कारण वह हमारा भाई छोड़ दूसरा नहीं हो सकता। जहां तक हमारे आतिथ्य और सहायता का सम्बन्ध है, हम पूर्ण मानव बन्धुता को मानते हैं, देश, काल या जाति का कोई भी भेद नहीं करते। हां, शत्रुओं से हमें सावधानी रखने की आवश्यकता होती है। हमारे लिये वह कितने भयंकर हैं, इसे कहने की आवश्यकता नहीं।

मित्रवर्मा ने उनका समर्थन करते हुये कहा—अभी हाल ही में उस भयंकर रक्तपात से हम गुजरे हैं, जिसमें हमारे लाखों भाई-बहनों ने प्राण गँवाये।

—इसीलिये हमें शत्रुओं से सावधान रहने की आवश्यकता पड़ती है। यहां इस दुर्गम पर्वतमाला में और इन सच्चे किन्तु दुर्दान्त मनुष्यों में दिह्-बगान को आंच नहीं लग सकती, सभी इसे बगों (भगवानों, देवताओं) का दिह (गांव) मानते हैं। मनुष्य मात्र से प्रेम और बन्धुता यही हमारे गुरुओं की शिक्षा है। उन्होंने इसे थोड़े क्षेत्र में व्यवहृत करना चाहा, मैंने उसे और व्यापक रूप दिया। उनको आरंभ करना था, और आरंभ में इतना अवसर नहीं था। मैंने अब ऐसा अवसर देखा है, जब कि उसे मनुष्य-मात्र में फैलाया जा सकता है। केवल बेघरों में ही नहीं, घरवालों में भी समान भोग और समान जीवन को व्यवहार-संगत बनाया जा सकता है। हमने अपने शिष्यों को मनुष्यमात्र के साथ प्रेम करने की शिक्षा केवल मौखिक नहीं दी। हमने उन्हें इस प्रेम को कार्यरूप में परिणत करने के लिये भिन्न-भिन्न देशों में भेजा है। वे चीन में गये, हिन्द में गये, रोम और यवन देश में गये हैं; यही नहीं वे दक्षिण में अरब के तम्बूधारियों और उत्तर के हूण-शक यायावरों में भी हो आये हैं। प्रेम का मार्ग फूल की शय्या नहीं है, यह वह जानते हैं; और वे प्रसन्नता से इतनी कठोर यात्राओं के लिये तैयार हुये। साथ ही वह यह भी जानते हैं कि प्रेम से बढ़कर रक्षक दूसरा कवच नहीं। उन्होंने भिन्न-भिन्न देशों और जातियों में केवल अपनी बात सिखाने के लिये यात्रा नहीं की, बल्कि स्वयं भी बहुत सी चीजें सीखीं, जो कि यहां दिह्-बगान में मिलेंगी। सबसे बड़ी सीख जो उनको मिली, वह थी कूप-मंडूकता से निकलना।

—कूपमंडूकता !

—हां, कूपमंडूकता भारी अभिशाप है। यह अज्ञान का ही दूसरा नाम है, यद्यपि इसके नशे में आदमी उसे समझ नहीं पाता। मुझे बहुत देशों में घूमने का मौका नहीं मिला, यद्यपि मेरी बहुत इच्छा रही, किन्तु समय

नहीं निकाल पाया और अब तो और भी कठिन मालूम होता है। लेकिन मैं अपने साथियों से दुनिया के बारे में पूछा करता हूँ। जानने योग्य संसार बहुत बड़ा नहीं है, फिर क्यों न उसका ज्ञान प्राप्त किया जाये। रोमक ज्योतिषियों ने पृथ्वी को गोल कह करके उसकी लम्बाई-चौड़ाई भी निश्चित कर दी है।

—रोमक ज्योतिषी ही नहीं, हमारे एक आज भी जीवित भारतीय ज्योतिषी आर्य्यभट्ट ने पृथ्वी का व्यास १०५६ योजन,और परिधि ८००० योजन बतलायी है; लेकिन वह पृथ्वी को सूर्य के किनारे घूमने की बात कहता है, जिससे लोग उसे अधर्मी कह के बदनाम करते हैं।

—लोगों को नाहक दोष दिया जाता है—मज्दक ने कहा—वस्तुतः धर्म के व्यापारी इस तरह का विरोध करते हैं। सारा नवज्ञात सत्य उनके लिये हानिकारक अतः अधर्म है। उस भारतीय ज्योतिषी ने ऐसे ही थोड़े यह नाप-तोल निश्चय कर दी होगी ? उसने वर्षों रात-दिन इस खोज में लगाये होंगे। कुछ भी हो मुझे विश्वास है, पृथिवी उतनी बड़ी नहीं है। हमारे बच्चे देशांतरों से लौटे हैं। उन्होंने कहीं पैदल यात्रा की, कहीं घोड़े पर और कहीं सामुद्रिक जहाजों पर भी। चीन से नौ मास में हिन्द (सिन्ध) नदी के संगम पर जहाज पहुँचता है और वहां से दो मास में तस्पोन्, यवद्वीप से नौ मास में तस्पोन् पहुँचते हैं। ह्वतन (खोतन) तस्पोन् से केवल चार मास का रास्ता है। रोम और यवन तो और नजदीक हैं। यहां से दो महीने में उत्तर के हूण घुमंतुओं के देश में पहुंचा जा सकता है। हमारे लोगों को इस देश-ज्ञान से बहुत लाभ हुआ। हमारी जड़ता इससे दूर हुई, साथ ही हमने इसका आर्थिक लाभ भी पाया है। आज हमारी गायें तुमने देखी हैं।

—हां, मैंने यहां कुछ गायें अपने देश जैसी देखीं ।

—और कुछ रोम और यवन देश जैसी भी हैं। हमारी यह गायें साधारण गायों से अधिक दूध देती हैं और अधिक मक्खन भी। हमने भिन्न-भिन्न देशों से गायें और बछड़े मंगवाये, कवात् के शासनकाल में इसमें और भी सुभीता मिला । अब हमारे यहां अधिक से अधिक दूध-घी देनेवाली गायें हैं । इसी तरह घोड़ों की जाति को भी हमने बेहतर बनाया है । भिन्न-भिन्न देशों की अच्छी जाति के घोड़ों के संमिश्रण से ऐसा हुआ । अभी ताजे फल नहीं हैं, किन्तु पुराने फलों को तुमने खाया है ।

—हां, वह बहुत बड़े और मीठे हैं। किंतु वह छ छ महीने तक कैसे ताजे बने रहे ?

—रखने की विधि है । अच्छे पौधों के तैयार करने की युक्ति है । हमारे यहां की द्राक्षा, सेब, नाशपाती, उदुम्बर, ख़र्बूजे-तर्बूजे किसी चीज को ले लो, सबसे मीठे और सबसे बड़े फल यहां दिह्-बगान में मिलेंगे । यदि दिह्-बगान केवल अपने बल पर, वैसा करना चाहता, तो कभी उसे सफलता नहीं होती । उसे सभी देशों का सहयोग मिला है । सभी देशों के मानव-बन्धुओं ने अपने अनुभवों को हमें सिखलाया है, इसीलिये इतने कम समय में दिह्-बगान को यह सारी नियामतें मिलीं ।

नवागन्तुक व्यक्तियों में यद्यपि दो ही ऐसे थे, जिन्होंने इस अद्‌भुत ग्राम को पहिले नहीं देखा था । किन्तु पहले देखे हुओं के लिये भी यहां की हर नयी यात्रा में कुछ नयी चीजें देखने को प्रस्तुत रहती थीं, क्योंकि दिह्-बगान के निवासी चिर-नवीनता के पक्षपाती थे । कभी वहां नये ढंग के मकानों की पंक्ति तैयार देखने में आती, कभी कोई नयी नहर निकली दिखायी पड़ती, कभी पहाड़ी भूमि और जंगल को काट कर समतल

करके नये खेत और बाग तैयार किये दीख पड़ते, कभी नदी किनारे नयी आटा पीसने की पनचक्कियां या लकड़ी के बर्तनों तथा दूसरी वस्तुओं के लिये पन-खराद लगे मिलते।

आज-कल खेत बोये जा चुके थे। कुछ अब और कुछ जाड़े से पहिले के बोये खेत थे। दोनों में हरियाली छायी हुई थी। उनमें कहीं निराई का काम हो रहा था और कहीं सिंचाई का। स्त्री-पुरुष अपने-अपने काम में लगे हुये थे और उनके सम्मिलित संगीत के स्वर से पता लगता था, कि उन्हें यह काम श्रम का काम नहीं मालूम होता। यहां के खेत बहुत बड़े-बड़े थे। जब वे सारे गांव की सम्मिलित संपत्ति थे, और मा-बाप से बेटों तथा बेटों से पोतों में टुकड़े-टुकड़े होकर बंटने वाले नहीं थे, तो बड़े क्यों न होते? एक खेत में काम करने वाले नर-नारियों के गानों का उत्तर दूसरे खेत वाले दे रहे थे। गाने की होड़ की भांति जान पड़ता है, काम की भी होड़ लगी थी। बागों में भी कहीं खोदने और कहीं सूखी डालियों तथा वृक्षों के निकालने का काम चल रहा था।

लेकिन दिह-बगान के सारे निवासी खेतों और बागों में ही नहीं थे। गांव में छोटे बच्चे अपने खेलों में लगे थे, जिनमें ही कवात्-पुत्र काबू सभी था। उनसे सयाने पढ़ने में लगे थे। दिह्-बगान का कोई निवासी ऐसा नहीं था, जो लिख पढ़ न सके। परमगुरु मानी ने जिस पूर्ण लिपि को तैयार किया था, उसी में यहां सारी पढ़ाई होती थी। कुछ ऊपरी श्रेणी के बड़े विद्यार्थी थे, जिनमें कितने ही ग्राम के बाहर के थे और जिन्हें पिछली राजनीतिक आंधी ने यहां ला फेंका था। ये विद्यार्थी दूसरे देशों के धर्मों ही नहीं, विद्याओं को भी पढ़ रहे थे। हां, वे सभी अयरानी भाषा के ही द्वारा पढ़ते थे। यवन दार्शनिक प्लातोन और अरिस्तातिल का यहां आदर था, साथ ही अध्यापक ने भारतीय नागार्जुन, असंग और दिगनाग के दर्शन,

विशेषकर तर्कशास्त्र की बड़ी प्रशंसा की। यहां देखने से पता लगा, कि क्यों देरेस्तदीन वाले इतने उदार होते हैं। दर्शन के अध्यापक ने बतलाया—अंधकार या अज्ञान भय की वस्तु है, ज्ञान या प्रकाश तो केवल उलूकों और बटमारों के लिये ही भयावह हो सकते हैं।

दिह्-बगान अपने उपयोग की सारी वस्तुयें तैयार कर लेता है और बहुत कम चीजें बाहर से मंगाता है। परिधान की वस्तुओं में थोड़ा रेशम और कुछ कपास के कपड़े ही बाहर से आते हैं। ऊनी वस्त्र बनाने में बहुत कम स्थान यहां का मुकाबला कर सकेंगे। यहां एक ही दो तरह के महत्व-पूर्ण कपड़े नहीं बनते, बल्कि ऊनी कपड़ों के अच्छे से अच्छे नमूने यहां तैयार होते हैं। कुछ में सीधे ताने-बाने की विचित्रता देखने में आती है। कुछ में फूल-पत्ते निकालने की। कुछ कंचुक के काम के कपड़े होते और कुछ ओढ़ने के। फर्श पर बिछाने के सुन्दर कालीन, अनेक फूल-पत्तों और भिन्न-भिन्न काल और स्थान के दृश्यों से अलंकृत तैयार किये जाते। वह नाना प्रकार के प्राकृतिक दृश्यों सहित महापुरुषों की जीवनियों तथा उपदेशप्रद कहानियों से चित्रित कर दीवार के कालीन भी बनाये जा रहे थे। कलाचार्य चित्रशाला में अपने शिष्यों को चित्रविद्या सिखाने और मूर्तिनिर्माण कराने में लगे थे।

इस पर भी अन्दर्जगर का कहना था—हम जानते हैं, कि हम अपने एक छोटे गांव में विश्व की सारी सुन्दर चीजों को नहीं ला सकते, उसके लिये तस्पोन् भी पर्याप्त नहीं हो सकता। हां, तस्पोन् बड़ा नगर भले ही हो, लेकिन वह दिह्-बगान की समानता नहीं कर सकता। कहां वहां लोगों के रक्त के गारे से उठाये महल, भूखे रखकर दूसरों से छीन कर लाये भोग और कहां दिह्-बगान, जहां रक्त निकालने और भोग छीनने की कल्पना भी नहीं हो सकती।

अगला दिन आगन्तुकों का या तो गांव या सके बाहर घूमते लोगों को काम करते, खेलते, खाते देखने या अन्दर्जगर से वार्त्तालाप करने में बीता। सायंकाल को अन्दर्जगर के साथ वे मन्दिर में गये। इस विशाल मन्दिर में यद्यपि गांव के सभी नर-नारी नहीं बैठ सकते थे, किंतु एक सहस्र तो जरूर वहां आ सकते थे। सामने की दीवार पर एक विशाल चित्र अंकित था, जिसमें सिंहासन के ऊपर भगवान अहुर्मज्द थे, जिनके कंधों पर पंख और सिर पर मुकुट था। उनकी अगल-बगल में चार बग (देवता)–अन्वेषण, ज्ञान, स्मरण और आनन्द–खड़े थे, उसी तरह जैसे कि अयरान के शाहंशाह की अगल-बगल में मगोपतान्‌मगोपत्, हेर्पत-वचुर्क, अस्पाह-पत और रामशगर रहते। इनके नीचे सात दूसरे अधिकारियों की भांति बारह दूत दूसरी बगल में भगवान की सेवा में हाथ बांधे खड़े थे, जिनके नीचे ये बारहो नाम लिखे हुये थे–ख्वानन्दक (स्वनन्तकं), देहन्दक (ददन्तक) वरन्दक (भरन्तक), ख्वरन्दक (स्वरन्तक), दवन्दक (धावन्तक), ख्वेजन्दक (उत्तिष्ठन्तक), कुशन्दक (ताड़न्तक), ज़नन्दक (हनन्तक), कुनन्दक (कृण्वन्तक), आयन्दक (आयान्तक), शवन्दक (शवन्तक) और पावन्दक (पाबन्धक)। उनके नीचे अकामेनू (शैतान) हाथों-पैरों में श्रृंखलाबद्ध, नत-शिर दिखलाया गया था। दीवारों के बाकी भागों में भी तरह-तरह के दृश्य चित्रित किये गये थे, जिनमें कुछ में मानी के जीवन की घटनायें थीं–उसका प्रथम अर्दशीर के शासनकाल में भारत जाना, प्रथम शाहपोह्र (शापोर) के शासनारूढ़ होने पर उसके दरबार में जाना, लोगों के सामने उपदेश देना और संसार के सामने घोषित करना–"अब्-जेर्‌वानग् इश्-इस्नोखाग हेम। चे अज् बाबेल् ज़मिग् विस्प्रेख्त।" (मैं अबजेरवानग् का आदमी हूँ और बाबुल जमीन से संदेश पहुँचाने के लिये आया हूँ।) "ख्वर्ख्‌शेध् इ रोशन उद् पूर् माह ब्रजाग्।" (सूर्य

प्रकाशमान और पूर्णचन्द्र दीप्तिमान है।) एक चित्र में मानी को दार पर खींचा गया और दूसरे में उसके सिर को काट कर गुन्देशापूर के एक द्वार पर टांगा दिखलाया गया था।

चित्रों में कुछ बुद्ध के जन्म, उपदेश और निर्वाण से सम्बन्ध रखते थे और कुछ में बुद्ध के परोपकारमय जीवन की जातक कथायें बड़ी सुन्दरता के साथ भारतीय ढंग से चित्रित की गयी थीं। मित्रवर्मा के लिये यह उतनी अचरज की चीज नहीं हो सकती थी, क्योंकि पहिले ही से वह जान चुका था, कि मानी ने भारत में जाकर बुद्ध के उपदेशों का अध्ययन ही नहीं किया था, बल्कि उनमें से कितनी ही बातें स्वीकार भी की; जिनमें संसार में फिर जीवन धारण करना भी एक था, जो कि पश्चिम के किसी धर्म में नहीं माना जाता था। ईसा की भी कुछ जीवन-घटनाओं को बड़े भावपूर्ण रूप में अंकित किया गया था। मन्दिर की एक पूरी दीवार मज्दक के अपने मधुर स्वप्नों के लिये सुरक्षित थी। यहां जहां पर पृथ्वी पर स्वर्ग लाने के प्रयत्न चित्रित किये गये थे, वहां भविष्य की सुन्दर झांकी भी दी गयी थी। मनुष्य के पूर्णतया समान होने, सबके समान कार्य करने और समान भोग के अधिकारी होने, सबमें मानव-प्रेम को प्रचारित और स्वीकृत होने से कैसे गांव, कैसे नगर और कैसी दुनियां बनेगी, इसे दिखलाया गया था।

अन्दर्जगर ने नर-नारियों, बृद्धों-बच्चों से भरे मन्दिर में प्रार्थना शुरू की—हे बगानूबग् अहुर! तूने स्वर्ग में अकामेनू को परास्त किया और उसे ऐसा बना दिया, कि वह फिर सिर न उठा सके। लेकिन अब भी हमारे हृदयों को उसने रणांगन बना रखा है। अब भी हमारे भाई-बहनों में 'मेरा-तेरा' का भाव बना है, अभी भी उनमें राग है और द्वेष है। हे मज्दा! हमें बल दे, कि जैसे तूने अकामेनू पर विजय प्राप्त की, उसी तरह हम अपने हृदय पर विजय प्राप्त करें और तेरे यशस्वी पुत्र बनें।......"

अपने अन्दजंगर के साथ सभी लोगों ने बगान्बग् की प्रार्थना की, फिर अन्दर्जंगर के संक्षिप्त उपदेश को सुना। अन्दर्जंगर बेकार के उपदेश के पक्षपाती नहीं थे। वह उपदेश स्वयं अपने काम से देते हैं, इसीलिये उनके संक्षिप्त उपदेश का भी बहुत मान था। प्रार्थना और उपदेश के आदि, मध्य और अन्त में संगीत से सारी शाला मुखरित हो गयी।

मन्दिर में अब भी कुछ लोग थे, जब कि अन्दर्जगर अपने अतिथियों के साथ बाहर निकले। उन्होंने मित्रवर्मा को सम्बोधित करके कहा—आज देख रहे हो, यह भूमि कितनी गौ और गोस्पन्दों (भेड़ों) से पूर्ण है, कितने सुन्दर उद्यान और खेत यहां लगे हैं। तीस साल पहिले यहां आदमी का वास नहीं था, भूमि कहीं ऊँची-नीची और कहीं पत्थरों से भरी थी। आज यह जो सुन्दर परिवर्तन दिखायी दे रहा है, यह आदमी के हाथों का चमत्कार है। मज्दा ने धरती, आकाश, पर्वत, पानी सब बनाया, साथ ही आदमी को कितना सुन्दर ही नहीं, कितना चमत्कारिक हाथ दिया, ऐसा हाथ जो मनुष्य छोड़ किसी के पास नहीं है। उसी हाथ ने यह सब कुछ किया। उस हाथ से काम करो, संसार में दुःख का लेश नहीं रह जायेगा। उस हाथ को बेकार छोड़ो, फिर दुनियां भर के पाप होने लगेंगे। मज्दा ने हाथों को बेकार या बदकार होने के लिये नहीं बनाया। जो बदकार और बेकार हैं, वह हाथों से वह काम नहीं लेते, जिनके लिये कि वे बनाये गये। लेकिन मनुष्य कब तक इस सत्य को नहीं समझेगा, और कब तक अकामेनू (शैतान) के थोड़े से अनुचरों की बात में पड़ कर गुमराह होता रहेगा। अन्त में मनुष्य अवश्य अपने ध्येय पर पहुँचेगा, वह ध्येय है—समस्त मानवों की समता, परस्पर प्रेम और सार्वत्रिक सुख-समृद्धि !

१३

समता

दिन जाते देर नहीं लगती, दिनों और सप्ताहों के बीतने के साथ दिह-बगान की प्रकृति में भी नये परिवर्त्तन आये। उस दिन साप्ताहिक छुट्टी थी। मध्याह्न-भोजन के उपरांत ग्राम के नर-नारी वन-उपवन-चारिका के लिये निकले थे। किसी की पोशाक (कंचुक और सुत्थन) पीली थी, किसी की नीली, किसी की हरी, किसी की लाल तथा किसी-किसी की सफेद भी थी। कुछ स्त्रियों ने अपने पिंगल, अरुण या कृष्ण-श्वेत केशों को जूड़े की तरह पीठ की ओर बांध रखा था; किन्तु अधिकांश मुक्त-केशियां थीं। लोग उद्यानों, नहर-तटों और वनों की ओर बिखरते जा रहे थे। सेब के वृक्ष अब हरे पत्तों से ढंक गये थे, किन्तु उनमें पत्तों की अपेक्षा फल अधिक थे। अभी-अभी उनके फलों पर धूसरित रक्तिमा चढ़ने लगी थी। फलभार के मारे कितनी ही वृक्ष-शाखायें भूमि तक पहुँच गयी थीं, और कितनों को टूटने से बचाने के लिये थूनियों का अवलम्बन दिया गया था। अंगूर की पेड़ियां या लतायें अब बड़े-बड़े हरे-हरे पत्तों से ढँक गयी थीं और उन पर हरे फलगुच्छक मोती की लड़ी की तरह से पिरोते जा रहे थे। यद्यपि अभी फलों के पकने में दो-तीन मास की देर थी, किन्तु नेत्रों और हृदय को तृप्त करने के लिये वे अब भी सक्षम थे। उद्यान की क्यारियों और कुल्या-तटों पर कहीं-कहीं रंग-बिरंगे गुलाब खिले हुये थे, जिनमें से कुछ दिह-बगान की सुन्दरियों के केशों की शोभा बढ़ा रहे थे।

उद्यान और खेत के बाहर की भूमि तो प्राकृतिक पुष्पवाटिका का रूप ले चुकी थी। नर-नारी कहीं-कहीं बच्चों के साथ भी छोटी-छोटी टोलियों में बैठे थे। कहीं गीत-मंडली जमायी जा रही थी और कहीं ऐसे ही वार्त्तालाप चल रहा था। एक जगह नहर के किनारे मरकती-मखमल जैसी हरी घास पर तीन जोड़ियां स्त्री-पुरुषों की बैठी थी, सभी तरुण थे, किसी की आयु ३० से ऊपर नहीं थी। यहां हमारे चिरपरिचित तीन अतिथि मौजूद थे— मित्रवर्मा के पास सम्बिक् बैठी थी, कवात् के पास एक सुवर्णाक्षी और सियाबख्श के पास एक नीलाक्षी। तीनों घास पर कुछ बैठे और कुछ भूमि के सहारे लेटे से दिखायी पड़ रहे थे। सम्बिक् शाही-महल की परम सुन्दरी सासानी बम्बिश्नान्-बम्बिश्न् (महारानी) यहां दूसरी नारियों से भिन्न नहीं मालूम हो रही थी। वह अकृत्रिम रूप से मित्रवर्मा के मुख की ओर देखती निभृत-वार्त्ता में लीन थी। उसके पास ही कवात् अपनी सुवर्णाक्षी तरुणी के हाथ को अपने हाथों में लिये स्मित मुख कोई बात कहते उसे हँसा रहा था; सियाबख्श भी अपनी नीलाक्षी को न जाने किस साहस-यात्रा की बात कह रहा था कि वह चमकती पुतलियों के साथ बड़े ध्यान से उसकी ओर देख रही थी।

दिह-बगान में इतनी श्रेष्ठ और अधिक परिमाण में सौन्दर्यराशि एकत्रित थी, कि यहां आने पर दुनियां की बहुत सी श्रेष्ठ सुन्दरियों का गर्व खर्ब हुये बिना नहीं रहता। सम्बिक् तो यहां की कोमलांगियों किन्तु दृढ़ बाहुकाओं को देखकर कहती थी—मैं इनका पानी भरने लायक भी नहीं हूँ।

थोड़ी देर के भीतर ही एक दूसरे से पूछ कर तीनों सुन्दरियों ने कोई मधुर गीत गाया, नीलाक्षी का स्वर कोकिल-कंठ को लज्जित कर रहा था। गीत समाप्त होते-होते कवात् ने कहा—दिह-बगान ठीक नाम है। यह बगों (भगवानों, देवताओं) का गांव है।

मित्रवर्मा ने उसकी बात पूरी करते कहा—वर्गों और वर्गों के लोक की कल्पना इससे अधिक ऊँची नहीं जा सकती थी, जो कि हम यहां देख रहे हैं।

सियावख्श—कितना मुक्त वातावरण और कितना मधुर तथा आनन्दमय !

कवात् ने सम्बिक् की ओर दृष्टि करके कहा—और तुम कैसा अनुभव कर रही हो सम्बिका ?

—क्या ईर्ष्या तो नहीं हो रही है ?

कवात् ने सुवर्णाक्षी के हाथों को उसी तरह लिये हँसते हुये कहा—वर्गों के लोक में ईर्ष्या कहां सम्बिका ! किन्तु तुम्हारे साहस को स्मरण करके मुझे आश्चर्य होता है।

सम्बिक् ने मित्र वर्मा के हाथों में से अपने हाथों को लेकर उसे कवात् को दिखलाते हुए कहा—पीरोज दुख्त अब वह नहीं है, अब वह देखने में कोमल होते हुये भी भीतर से उसी तरह फौलाद सी होती जा रही है, जैसी दिह-बगान की दूसरी नारियां। अब मैं उनके साथ बराबरी के साथ खेतों में काम करती हूँ, उनके साथ गाने और नाचने की होड़ लगाती हूँ,

कवात् ने व्यंग करते हुए कहा—देखना सम्बिका ! कहीं बाहर से भी फौलाद न हो जाना, भीतर से तो फौलाद बन ही गई हो।

नीलाक्षी ने कवात् को अबकी जवाब दिया—दिह-बगान की नारियां यदि भीतर और बाहर से फौलाद की बन ही गई हों, तो भी उन्हें मोम को बनते देर नहीं लगती। पीरोज-पोह्र को चिन्ता नहीं करनी चाहिये, ख्वाहर (बहिन) सम्बिक् सब कुछ होते भी अपनी कोमलता को नहीं छोड़ सकेगी।

सब लोग उसी वार्त्तालाप की ओर ध्यान किये हुये थे। अब की मित्र-वर्मा ने मुंह खोला—मेरे लिये और शायद आप सबके लिये भी यह कैसी

दूसरी मधुर दुनिया दिखाई पड़ रही है। यहां चिन्ता और कटुवचन स्वप्न हो गये हैं। यहां की भूमि, आकाश, वायु और पास बहती कुल्या में भी केवल प्रेम प्रवाहित हो रहा है; इन दो महीनों के निवास में मैंने अनुभव से देखा, एक मनुष्य दूसरे मनुष्य से भिन्न है, इसलिये कभी-कभी आपस में मतभेद हो सकता है, लेकिन उसका प्रभाव क्षणिक होता है। क्योंकि यहां के वातावरण में प्रेम, सहानुभूति बहती रहती है, यहां द्वेष के लिये स्थान नहीं और न आर्थिक लोभ की गुंजाइश, और यही जगत को कटु बना देते हैं।

सियाबख्श—सुख और शान्ति का जीवन मनुष्य को ऊपर उठाता है न?

मित्रवर्मा—कितने ही संदेह करते हैं, कि सुख और शान्ति के जीवन से आदमी स्वार्थी और कायर बनता है। लेकिन सम्बिक् ने पहिले ही अपने उदाहरण से इस बात को झूठा सिद्ध कर दिया।

सम्बिक् ने अपने अरुण कपोलों को और भी अरुण करते कहा—नहीं मित्र! मेरी प्रशंसा मुख पर तो न करो। मैं समझती हूँ, मेरी यह दोनों सखियां ही नहीं, बल्कि दिह-बगान की जितनी तरुणियों से मुझे परिचय प्राप्त है, सभी समय पाने पर अद्भुत वीरता दिखाये बिना नहीं रहेंगी।

मित्रवर्मा ने सम्बिक् के रेशम जैसे कोमल सुवर्ण-केशों के स्पर्श से अनिर्बचनीय आनन्द सा अनुभव करते हुये उसके दीर्घ-पक्ष्मल विशाल नेत्रों की ओर देखते हुये कहा—सम्बिका! रोष मत करो, जीवन का भोग अज्ञानपूर्वक भी होता है और ज्ञानपूर्वक भी। कायरता वहीं आती है, जहां भोग अज्ञानपूर्वक किये जाते हैं। लेकिन अज्ञानपूर्वक भोग करने वालों में भी हम देखते हैं, कि राजा, और उनके सामन्त-भट भोग का दाम चुकाने के लिये बड़ी प्रसन्नता से रण में कूदते हैं, शत्रु से भिड़ते हैं। दिह-बगान के

नर-नारियों के लिये तो कहना ही क्या, जिनके सामने एक उच्च आदर्श काम करा रहा है और जो चाहते हैं कि ऐसे दस-पांच गांव नहीं, बल्कि सारा देश दिहबगान जैसा हो जाय.। मैं ही जानता हूँ, इन उच्च आदर्श के मतवालों में आकर मुझे कितना आनन्द प्राप्त हुआ।

सियाबख्श ने अपने को रोकने में असमर्थ हो कहा—मित्र! और तुम भी हमारी आग में कूदे, जान को जोखम में डाला।

मित्रवर्मा ने कुछ अनमना हो कर कहा—नहीं भ्रात! मैंने उससे कुछ भी अधिक नहीं किया, जो कि अन्दर्जगर के साधारण अनुयायियों को भी मैंने करते देखा। मेरा भी तो दुनिया में घूमना उसी आदर्श और सत्य की खोज के लिये है, मैं भला उनसे कैसे पीछे रह सकता था?

अन्तिम वाक्य समाप्त नहीं होने पाया था कि अन्दर्जगर आके सम्बिक् की बगल में बैठ गये और लोगों के बात में व्यवधान न होने देने के लिये बोले—मैं भी सुनना चाहता हूँ मित्र! आशा है तुम संकोच न करोगे।

अन्दर्जगर की उपस्थिति से सबके नेत्रों और मुख पर विशेष-प्रकार की आभा दौड़ गयी, किंतु सभी पूर्ववत् अपनी जगह पर बैठे रहे। मित्रवर्मा ने अपने वाक्य के क्रम को आगे बढ़ाते हुये कहा—पहिले ही दिन मन्दिर में नर-नारियों को रक्त-पट पहिने देखकर मुझे अपने देश के किसी की स्मृति हो आयी।

—बुद्ध शाक्यमुनि की?—अन्दर्जगर ने कहा।

मित्रवर्मा का मुख अधिक विकसित हो उठा और उसने कहा—हां, अन्दर्जगर ने वही बात कही, जो मैं अपने मन में सोच रहा था।

अन्दर्जगर—इसमें कोई चमत्कार समझने की आवश्यकता नहीं है। यह रक्त-पट बुद्ध के ही संघ से लिया गया है।

—हमारे यहां रक्त-पट (ताम्रसाटीय) भिक्षु-भिक्षुणियों का एक प्रसिद्ध वर्ग है, कुछ स्थानों पर अरुण या पांडुरवर्ण के भी परिधान (चीवर) पहने जाते हैं, किन्तु गंधार और काश्मीर की ओर रक्त-पट की प्रधानता है।

अन्दर्जगर—हमारे परम गुरु मानी फातिक-पोह्ल भारत की यात्रा में काश्मीर, गंधार ही गये थे। बुद्ध की शिक्षा और भिक्षुओं के नियमों का अध्ययन करके उन्होंने बहुत सी बातें अपनायीं। यद्यपि मानी ने अपने मज्दयस्नी धर्म के अतिरिक्त दूसरे सारे धर्मों का अध्ययन किया था, यवन दर्शन का भी अवगाहन किया था; किन्तु वे बुद्ध के धर्म से जितने प्रभावित हुये, उतने किसी से नहीं। उनकी प्रकृति थी, गुण सबसे लेना, किन्तु दूसरों के अवगुणों को गिनते न फिरना। यह भी उन्होंने बुद्ध से ही सीखा। धर्म की सेवा में सदैव तत्पर रहनेवाले स्त्री-पुरुषों के लिये अविवाहित रहना भी उन्होंने बौद्ध भिक्षुओं से सीखा, और प्राणिमात्र पर दया और सबमें समता का भाव भी। हमारे गुरुओं ने जो बात नहीं ली थी और आज मैं व्यवहार में ला रहा हूँ, उस पर भी बुद्ध के विचारों की छाप है। मित्र! जानते हो न त्रिरत्न को?

मित्रवर्मा—बुद्ध, धर्म और संघ।

—हां, बुद्ध अर्थात् ज्ञानी या परमज्ञानी। दुनिया का कल्याण ज्ञानी की शरण में जाने से हो सकता है, अज्ञानियों, स्वार्थियों और पाखंडियों की शरण में जाने से कभी कल्याण नहीं हो सकता। तुम जिसे धर्म कहते हो, उसी को हम देरेस्तदीन (सम्यक्-मार्ग) कहते हैं, जिस पर चलने वाले कभी दूसरे का अनिष्ट नहीं करना चाहेंगे। इसी मार्ग से व्यक्ति और समष्टि सबका कल्याण हो सकता है। ऐसे धर्म की शरण जाने में कौन से बुद्धिमान पुरुष को संकोच हो सकता है? और तुम्हारे तीसरे रत्न संघ

को तो हम सबसे अधिक मानते हैं, और सबको संघ की शरण में ले जाना चाहते हैं। बुद्ध जिस देश और काल में हुये थे, वहां पूरा संघवाद अपने व्यवहार में नहीं लाया जा सकता था। देश काल की भी सीमायें होती हैं, व्यवहार-प्रधान महापुरुष ऐसे समय मार्ग का संकेत भर करके छोड़ देते हैं। हम जिस संघवाद को आज फैला रहे हैं, मुझे विश्वास है, बुद्ध शाक्य मुनि को उसका परिचय था। मैंने उनके सभी उपदेशों को पढ़ने का अवसर नहीं पाया, और न ईरानी अथवा सोग्दी भाषा में सबके अनुवाद हैं, तो भी मुझे विश्वास है कि बुद्ध संघवाद के समर्थक थे। मित्र ! तुमको अधिक पढ़ने और जानने का अवसर मिला है, क्या बुद्धोपदेश में कहीं ऐसा संकेत या प्रतिध्वनि देखने में आयी ?

मित्रवर्मा—संकेत नहीं अन्दर्जगर! स्पष्ट वचन मिलता है। बुद्ध की माता मायादेवी उनके जन्म के सातवें ही दिन मर गयीं और उनकी मौसी प्रजापती गौतमी ने अपना दूध पिला के उन्हें पाला-पोसा। सिद्धार्थ गौतम बुद्ध बनने के बाद जब अपनी जन्मभूमि में गये, तो प्रजापती ने उन्हें अपने हाथ के काते-बुने वस्त्र को देना चाहा। उस समय बुद्ध ने स्पष्ट कहा था—गौतमी, यह वस्त्र यदि मुझे देगी, तो तुझे व्यक्ति को दान देने का पुण्य प्राप्त होगा और यदि संघ को देगी तो सांघिक दान का। व्यक्ति चाहे कितना ही बड़ा हो, किंतु वह संघ के बराबर नहीं हो सकता। इसलिये यदि तू महापुण्य की भागिनी होना चाहती है, तो इसे मुझे न दे, संघ को दान कर दे। इसी समय बुद्ध ने यह भी कहा था कि आज ही नहीं भविष्य काल में संघ चाहे अयोग्य व्यक्तियों से ही बना हो, तो भी उसकी महिमा मुझसे बड़ी होगी, क्योंकि मैं एक व्यक्ति भर हूँ।

अन्दर्जगर के दाढ़ी से अनावृत मुख पर पूरी प्रसन्नता छा गयी और उन्होंने उल्लसित स्वर में कहा—मुझे इसका विश्वास था मित्र ! मैं बुद्ध को

अद्वितीय पथ-प्रदर्शक मानता हूँ, उनकी बुद्धि अनुपम थी, उनका हृदय असीम था। मैं समझता हूँ, यदि उन्हें संभव जँचा होता, तो अपने संघवाद और समतावाद को सारी जनता में फैलाने से वह बाज न आये होते।

मित्रवर्मा—उनका जो संघवाद या साम्यवाद था भी, उसे पीछे के राजाओं और सामन्तों ने बरबाद कर दिया।

अन्दर्जगर—उनका स्वार्थ इसी में है। हमारे गुरुओं ने बुद्ध की भांति इहलोक और परलोक दोनों के सुख के लिये लोगों को मार्ग दिखलाया। बुद्ध की तरह उन्होंने भी थोड़े से नर-नारियों में समता के आदर्श को व्यावहारिक रूप देना चाहा, लेकिन विषमता के समुद्र में समता का द्वीप ठहर नहीं सकता।

सियाबख्श—विषमता का समुद्र कभी उसे सह्य नहीं कर सकता। समता अपनी शक्ति से विषमता के समुद्र को सोख सकती है, क्योंकि समता से लाभ उठाने वाले अनन्त व्यक्ति हैं, जब कि विषमता से लाभ पाने वाले मुट्ठी भर।

अन्दर्जगर—लेकिन हमारे आचार्यों और बुद्ध ने भी अपने साम्यवाद को भोग की समानता ही तक सीमित रखा था। भोग के उत्पादन में समान श्रम के विचारों का उन्होंने आश्रय नहीं लिया, इसीलिये वहां दिह-बगान नहीं, भिक्षु-भिक्षुणियों के मठ भर बन पाये, जो अन्त में अपनी चहार-दीवारियों के भीतर भी समता को सुरक्षित नहीं रख सके।

सम्बिका ने अब की अन्दर्जगर की तरफ बड़े स्नेह और सम्मान की दृष्टि से देखते हुये कहा—केवल भोग की समानता सचमुच अधूरी भी समानता नहीं है। यह वैसी समानता है, जिसकी जड़ भूमि के भीतर गड़ नहीं सकती।

अन्दर्जगर ने सम्बिका के पीठ पर हाथ फेरते हुये कहा—ठीक कहा

सम्बिक् ! समानता से उत्पन्न की हुई सामग्री ही भोग-साम्य को भी स्थायी रख सकती है, साथ ही उत्पादन का श्रम बड़े आनन्द की वस्तु है।

सम्बिक्—मुझे इसके बारे में अपना तत्काल का अनुभव है। एक मास तक मेरे शरीर को कष्ट जरूर मालूम होता रहा, हाथों में छाले भी पड़ गये, किंतु उसके बाद शरीर कितना हल्का और कितना उत्साहयुक्त मालूम होता है ? अब तो काम भी गीत और नृत्य की तरह एक प्रसन्नता की वस्तु मालूम पड़ता है।

अन्दर्जगर—किन्तु प्रसन्नता की वस्तु तभीतक सम्बिक ! जबतक उसे मात्रा के भीतर किया जाये। स्वादिष्ट भोजन भी मात्रा से अधिक होने पर दुःस्वादु हो जाता है। अस्तु, इसीलिये मैंने भोग साम्य को श्रम-साम्य के बिना अधूरा समझा। लेकिन श्रम से उत्पन्न सामग्री में समता का आदर्श इतने ही से चिरस्थायी नहीं हो सकता। भाई-भाई मिलकर प्रेम से काम करते हैं, कुछ समय तक उनमें प्रेमपूर्वक भोग-साम्य भी चलता है, किंतु आगे वह समता टूटने लगती है, जब कि उनकी पृथक्-पृथक् संतानें आन उपस्थित होती हैं। हरेक भाई अपनी संतान का पक्षपात करने लगता है, जिनके जितने अधिक बच्चे हैं, उनकी चिन्ता उतनी ही अधिक बढ़ती है। और वे उतने ही अधिक निजी स्वार्थ के फेर में पड़ने लगते हैं। इसका परिणाम बड़ी कड़वाहट के साथ उनका बिलगाव होता है। हमारे तथा कुछ दूसरे गुरुओं ने इसका इतना ही उपाय सोचा, कि विवाह ही न किया जाय।

मित्रवर्मा—हमारे यहां हिमवन्त के पास एक दूसरा उपाय भी सोच निकाला गया, या पहिले ही से चला आ रहा है।

सम्बिक् ने बीच में टोक दिया—सो क्या मित्र ?

मित्रवर्मा—यही कि सभी भाइयों की केवल एक पत्नी हो, अर्थात् सबकी संतानें सम्मिलित हों।

अन्दर्जगर—मैंने भी इसे सुना है, किन्तु यह औषधि केवल एक परिवार के लिये उपयुक्त हो सकती है और वह भी पारिवारिक स्वार्थ तक सीमित रखते हुये । विश्व केलिये साम्यवाद का पाठ इस तरह व्यवहार्य नहीं बनाया जा सकता ।

सुवर्णाक्षी ने अब की बार कहना आरम्भ किया—मैं समझती हूँ, परिवार के लिये जो उपाय हिन्द के भाई ने बतलाया, वह बहुत संकुचित स्वार्थ की ही साधना के लिये हो सकता है । एक माता-पिता की संतानों में प्रेम स्वभावतः होता है, उसको बांध करके रखना कम कष्ट-साध्य है, किन्तु इसके द्वारा मानव-मात्र में प्रेम का प्रसार नहीं किया जा सकता । संबंध-निषेध करके साम्य-धर्म की रक्षा तो मुझे अस्वाभाविक मालूम होती है, क्यों कवात् ?

—कवात् के ही हृदय की बात बोल रही हो ।

सुवर्णाक्षी—इसे अस्वाभाविक मैं साधारण दृष्टि से कह रही हूँ, एकाध ऐसे व्यक्ति हो सकते हैं, जो अपने उच्च आदर्श में तन्मय रहने के कारण उधर आकृष्ट न हों ।

नीलाक्षी ने असंतोष प्रकट करते हुये कहा—इसकी भी क्या आवश्यकता है ख्वाहर ! क्या पास में खिले सुन्दर गुलाब को देखकर सूंघने की इच्छा बुरी है ? यदि सुवर्णाक्षी के दीर्घ-नेत्रों से आकृष्ट होकर कोई चुम्बन दे दे, तो यहां कौन सा बड़ा अन्तर हो जाता है ? सियाबख्श यह प्रशस्त ललाट, तुंग नास, पीत श्मश्रु, कम्बु ग्रीव, वृष स्कन्ध, पीनउरस्क पुरुष यदि किसी सुवर्णाक्षी, नीलाक्षी या सम्बिक् को हठात् एक स्पर्श के लिये आकृष्ट करे, तो कौन सी अस्वाभाविक बात हो जाती है ? मैं तो समझती हूँ, प्रेम जीवन का स्वाभाविक रस है । हां, हमें हरेक चीज को अति में नहीं जाने देना चाहिये ।

मित्रवर्मा–अर्थात् मध्य मार्ग पर रहना चाहिये क्यों ?

नीलाक्षी–ठीक कहा मित्र ! लेकिन अब हमें अन्दर्जगर से सुनना चाहिये ।

अन्दर्जगर–ठीक है नीलाक्षी ! हरेक चीज सीमा के भीतर ही अच्छी होती है, तभी जीवनके हरेक अंग का सामंजस्य रहता है। यदि प्रेम का परिणाम दो ही तक मीमित रहता, तो मानव वग होते।

मित्रवर्मा–वग भी भिन्न नहीं होते अन्दर्जगर ! हमारी कथाओं में मेनका-रम्भा आदि बगिनियों (देवियों) की कथा आती है, जो अपने प्रेम के परिणाम-भत संतति को छोड़ कर चली गयीं।

अन्दर्जगर–बच्चे-बच्चियों को अनाथ छोड़ कर ! बड़ी क्रूरता !

मित्रवर्मा–ऐसे ही एक प्रेम का परिणाम शकुन्तला जैसा सुन्दर शिशु था, जिसको लेकर हाल ही में हमारे देश के एक महान् कवि कालिदास ने नाटक लिखा है।

–नाटक ! अभिनय किया जाने वाला नाटक ?

–हां, अभिनय वाला नाटक। किन्तु उसके बारे में फिर कभी; अभी हमें अन्दर्जगर की बात सुननी है।

अन्दर्जगर–मैंने भाइयों के सम्मिलित विवाह को परिवार तक ही उपकारक समझा और अपने गुरुओं के समय से चला आता विवाह-प्रतिषेध थोड़े से बर्गुजीदगान (संत) नर-नारियों तक ही व्यवहार्य देखा। लेकिन हमें तो एक ऐसा आदर्श सामने रखना है, जिसमें विषमता आ न सके। इसीलिये मैंने सोचा कि विवाह-प्रथा संतान में 'मेरा-तेरा' का कारण होती है; जिसकी वजह से माता-पिता समता को तोड़ फेंकना चाहते हैं। यहां दिह-बगान में देख रहे हो न, हमारे सुन्दर बालकों को पता ही नहीं, कि पिता जानने-पूछने की भी आवश्यकता है; आवश्यकता पड़ने पर वे केवल

माता का नाम लेते हैं। आज पच्चीस साल तक के तरुण इस नवीन वातावरण में पाल-पोस कर बड़े हो गये हैं, जो पुरानी भावनाओं को समझते ही नहीं। दिह्-वगान में यदि बच्चों के प्रति पिता और पुत्र का 'मेरा-तेरा' वाला भाव पैदा हो जाये, तो निश्चय ही इस समानता को लुप्त होते देर नहीं लगेगी।

सम्विक्—कावूस भी अब कवात् को भूल गया मेरे अन्दर्जगर !

—अच्छा, तुम्हें तो नहीं भूला—कवात् ने ताना देते हुये कहा।

तीनों तरुणियों ने एक स्वर से कहा—माताओं को इसके लिये विशेष अधिकार है। माताओं का यह अधिकार सामाजिक-समता में बाधक नहीं हो सकता।

तीनों पुरुषों ने एक सांस में कह डाला—तो विषमता की जड़ पुरुष हैं ?

अन्दर्जगर ने बात समाप्त करते कहा—किसी कार्य की एक जड़ या कारण नहीं हुआ करता, बहुत कारण मिलकर एक रोग पैदा करते हैं। इसीलिये हमें समता के मार्ग के सभी कांटों को दूर करके रहना है। मानव दुःख से बचता और सुख की इच्छा रखता है और वह सुख समता से ही मिल सकता है।

१४

"क्व गच्छामि"

मनुष्य के श्रम का फल खेतों और उद्यानों में तैयार था। अबकी साल फसल भी अच्छी रही और फल भी। बोने-जोतने के समय जिस तरह से दिह-बगान में तत्परता दिखायी देती थी, वही बात अब खेत काटने और फसल-संचय के समय हो रही थी। खेतों के काम में तो लोग न दिन को दिन समझ रहे थे और रात को रात। खेती की कटाई के समाप्त होने के बाद भी फलों के संचय का काम जारी रहा। अंगूर की लताओं में डेढ़-डेढ़ अंगुल लंबे तथा अंगूठे जैसे मोटे सुनहले दानों के बड़े-बड़े गुच्छे लगे हुये थे। ज्यादातर अंगूर सुनहले रंग के थे, किन्तु कुछ लतायें काले अंगूरों की भी थीं। अंगूरों के गुच्छों को टांगने के लिये खास तरह के घर बने थे। छतों के ऊपर झरोखेदार दीवारें भी अंगूर सुखाने के लिये तैयार की गयी थीं। फलों के संचय में बच्चे भी बड़ी तत्परता दिखा रहे थे; लेकिन यह कहना मुश्किल था कि मीठे-मीठे दानों को चुन कर मुंह में डालने के लिये वे जाते थे या वस्तुतः काम में सहायता करने के लिये। हां, वे कभी यह मानने के लिये तैयार नहीं थे, कि उद्यानों में जाकर काम नहीं करते। गुच्छे या शाखाओं से गिरे दानों को दौड़-दौड़ कर जमा करनें में बच्चे बहुत फुर्ती दिखा रहे थे।

प्रकृति अपने यौवन पर पहुँच कर अब निढाल होने जा रही थी। पहाड़ के ऊपरी भागों में नंगे होने वाले वृक्षों के पत्ते पीले पड़ने लगे थे,

यद्यपि नीचे अभी सर्दी उतनी बढ़ी नहीं थी। गांव के सारे घराट (पन-चक्कियां) जाड़े भर के लिये आटा तैयार करने में लगे हुये थे। ढोर और भेड़-बकरियां मुटाई की चरम सीमा पर पहुँच चुकी थीं। लेकिन अब गोचर-भूमि के तृण सूखते और उच्छिन्न होते जा रहे थे, और आगे घर में जमा किये तृण-भूसे की ही आशा थी। दिह्-बगान में मांस नहीं खाया जाता; नहीं तो इस वक्त अपनी मुटाई की पराकाष्ठा में पहुँचे हजारों पशु मांस के लिये मारे जाते। दिह्-बगान जाड़ों के लिये चारा काफी जमा कर लेता था, इसलिये हेमन्त के अन्त तक उसके पशु उतने दुबले नहीं होते थे। गांव से दूर-दूर भी कितने ही गोष्ठ बने हुये थे, तो भी जाड़ों में पशुओं के एक जगह रखने से स्थान का स्वच्छ रखना कठिन काम था।

एक ओर दिह्-बगान के सारे नर-नारी जाड़े के पांच महीनों के खाने-चारे-ईंधन आदि के संचय में लगे थे, और दूसरी ओर कुछ और भी योजना तैयार हो रही थीं। आज योजना पर खुल कर विचार करने और निर्णय पर पहुँचने के लिये एक कमरे में अन्दर्जगर, सियाबख्श, कवात्, मित्रबर्मा, सम्बिक् बैठे हुये थे। अतिथि छ महीने तक दिह्-बगान में रहे। बाहर की सूचनायें बराबर उनके पास पहुँचती रहीं, इसलिये वे किसी बात के अंधेरे में नहीं थे, तो भी कवात् के लिये उनकी चिन्ता कम न थी। अनुरवर्त से कवात् के भाग निकलने पर उसके शत्रु कैसे निश्चिन्त रह सकते थे ? पिछले छ महीनों से सारा अयरान छाना जा रहा था। यदि दिह्-बगान अकेला ऐसा गांव होता और दुर्गम पहाड़ों तथा दुर्दम जनों के भीतर न होता, तो निश्चय ही वह बच नहीं पाता। इधर ध्यान न देने का एक कारण इस प्रदेश का ख्वता (अधिकारी) भी था, जो देरेस्तदीन का गुप्त अनुयायी था। उसने दिखावे के इतने अधिक अभियान इधर-उधर भेजे, जितने न नेशापूर के कनारंग, न गर्जिस्तान के बराजबन्द, न जाबुलिस्तान के पीरोज,

न किर्मान-शाह के शाह अथवा किसी प्रदेशपति ने भेजे, और न इतनी तत्परता और कड़ाई ही दिखलायी। लेकिन कवात् का एक जगह छिपकर चुपचाप रहना भी ठीक नहीं था, क्योंकि इसमें और मृत्यु में क्या अन्तर था? भेष बदल कर अनुयायियों में कवात् को जिन्दगी भर रखा जा सकता था, लेकिन यह जिन्दगी न कवात् के काम की होती, न देरेस्तदीन के। आज सोचा जा रहा था कि कवात् को कहां भेजा जाय? कहां उसे सहायता मिलेगी, जिसमें वह फिर तस्पोन् के सिंहासन पर बैठ कर देरेस्तदीन के स्वप्न को सत्य बनाने में सहायक हो सके।

मित्रवर्मा ने अपनी राय देते कहा—पूरब में भारत या चीन समुद्र के रास्ते आसानी से पहुँचा जा सकता है, लेकिन चीन से सैनिक-सहायता मिलेगी, इसकी बहुत कम संभावना है। चीन एक तो वहुत दूर है, और दूसरे आज कल वह कई राजवंशों में बँटा है। कम्बोज और यवद्वीप से तो और भी आशा नहीं रखी जा सकती। भारत के दक्षिण भाग में पल्लव, कादम्ब और गंग तीन प्रभावशाली राजवंश हैं।

सियाबख्श—पल्लव तो हमारे पह्लव हैं?

मित्रवर्मा—हां, पह्लव ही पल्लव हैं, इसमें कोई संदेह नहीं, और यद्यपि अपने दो प्रतिद्वन्दियों के कारण पहिले जैसे वह सबल नहीं हैं, तो भी अभी ढाई सौ सालों से चली आती पल्लव-राजलक्ष्मी बूढ़ी नहीं हुई है।

सियाबख्श—पल्लव हमारे स्ववंशी हैं, इससे तो आशा रखनी चाहिये कि वे हमें ठुकरायेंगे नहीं, और सबल हैं, अतः सहायता भी कर सकते हैं।

मित्रवर्मा—ठुकारेयेंगे नहीं, बल्कि सासान-वंशी कवात् को वह सिर आंखों पर रखेंगे, लेकिन मुझे आशा नहीं है, कि पल्लव वाहिनी-सामुद्रिक पोतों से आकर तस्पोन् पर अधिकार जमाने की हिम्मत करेगी। हिम्मत होने पर भी सफलता पाने में भारी सन्देह है।

हाथ से दाढ़ी के बालों को खींचते चिन्तामग्न अन्दर्जंगर ने कहा—मैं इसे असंभव समझता हूँ। तस्पोन् जल-सेना नहीं, स्थल सेना द्वारा ही हाथ में किया जा सकता है। तिग्रा के भीतर घुसने पर सैनिक-पोतों को सबल अयरानी स्थल सेना से लोहा लेना पड़ेगा। अतः जलमार्ग से सैनिक सहायता की आशा नहीं रखनी चाहिये।

मित्रवर्मा—वैसे तो भारत के उत्तर का राज्य स्थल-सेना में सदा सबल रहता रहा है; लेकिन स्थल सेना कपिशा (काबुल) से पश्चिम कभी आयी हो, इसका हमें पता नहीं। आज कल गुप्तवंश के छिन्न-भिन्न होने पर उत्तरी भारत कई राज्यों में बँट गया है। ऊपर से उसके बहुत बड़े भाग को हूणों ने ले लिया है।

अन्दर्जंगर—हूणों ने नहीं, केदारियों ने। वस्तुतः ये हूण नहीं हैं, बल्कि सोग्द से उत्तर की महानदी के पार हूणों का राज्य हो जाने से उस पुराने शकद्वीप को पिछले चार-पांच सौ वर्षों से हूण-देश कहा जा रहा है। वहां के कुषाण, पार्थीय आदि शक दक्षिण भाग आये, लेकिन कितने ही शक-वंशी वहां रह गये, जिन्हें भी हूण कहा जाने लगा। अपने जनपति केदार के नेतृत्व में उन्होंने दक्षिण की ओर बढ़कर सोग्द, ख्वारेज्म, बख्त्री, कपिशा और हिन्द के भीतर तक को जीत लिया। उन्होंने अपने शत्रुओं के साथ हूणों से कम बर्बरता नहीं दिखलायी, इसीलिये लोग उन्हें हूण कहने लगे। लेकिन केदारियों की बात अभी छोड़ो, पहिले और जगहों को देखो, जहां कवात् जाके शरण ले सकता और सहायता की आशा कर सकता है।

सियाबख्श—हमारा पश्चिमी पड़ोसी बहुत समीप और सबल भी है।

मित्रवर्मा—अर्थात् रोमक कैसर !

—हां—सियाबख्श ने कहा—रोमक कैसर को समुद्र पार से सेना लाने

की आवश्यकता नहीं, उसके दुर्ग तो फ़ुरात के किनारे हमारी राजधानी से कुछ ही दिनों के रास्ते पर मौजूद हैं।

—लेकिन सियावख्श तुम दूसरी तरफ ध्यान नहीं दे रहे हो—अन्दर्जगर ने कहा—ये ठीक है कि जरथुस्ती और ईसाई जैसे परस्पर विरोधी धर्मों के मानने वाले होने पर भी, अयरानी और रोमक एक दूसरे को शरण देते रहे हैं, और अपना काम बनाने के लिये अपने अनुकूल आदमी को सैनिक सहायता भी देते रहे हैं; लेकिन कवात् को वह भी कभी सहायता देने को तैयार न होंगे, क्योंकि कवात् ऐसे विचारों का समर्थक है, जिसे न मज्दयस्नी, फूटी आंखों देखते और न ईसाई ही। सहायता की बात तो दूर, शायद कवात् को शरण भी न दें।

—हां, हमें इस बात का ध्यान रखना चाहिये—मित्रवर्मा ने कहा—देरे-स्तदीन केवल दीन (धर्म) की बात नहीं करता, नहीं तो बहुत से मतभेदों की गुंजाइश थी। देरेस्तदीन स्वल्पजन नहीं, बहुजन के हित के लिये संघर्ष कर रहा है। जहां वह अपनी बातों को समझा पाता है, अपने कामों को दिखा पाता है, वहां बहुजन उसकी ओर खिंच आते हैं। अयरान में देखा न, लोग कितने इसे मानने लगे !

सियावख्श—अयरान ही नहीं, उत्तर के घुमन्तुओं में भी जो हमारे दूत गये, उन्होंने उनको अपनी तरफ खींचने में काफी सफलता पायी। मैंने इस ओर ध्यान नहीं दिया था और "शत्रु का शत्रु मित्र" के साधारण न्याय को लागू करने लगा था। मैं भी समझता हूँ, कि रोमक-सम्राट मज्दकी-कवात् की कभी सहायता नहीं करेगा, बल्कि भय है कि वह धोखा न दे। अच्छा, उत्तर के घुमन्तू कैसे रहेंगे ?

—उत्तर के घुमन्तू चाहे उत्तर-पूरब के घुमन्तू—अन्दर्जगर ने कहा—उत्तर के घुमन्तू खजार आजकल उतने सबल नहीं, उनमें आपस में फूट

है, उनके जन बिखर गये हैं। दस-पांच हजार की संख्या में ही अचानक ग्रामों-नगरों को लूटना दूसरी बात है, लेकिन अयरानी सेना से लड़ते हुये तस्पोन् तक पहुँचना उनके लिये संभव नहीं।

—तस्पोन् का उनका रास्ता उतना आसान नहीं। रास्ते में इबेर (गुर्जर) और अर्मनी जैसी लड़ाकू जातियों के भीतर से गुजरना पड़ेगा। मैं नहीं समझता, रास्ते भर लड़ते हुये खजारों के पास इतनी शक्ति रह जायेगी, कि वह तस्पोन् तक पहुँच सकें।

—फिर तो केदारी ही अवलम्ब रह जाते हैं।—मित्रवर्मा ने कहा—आजकल केदारियों की शक्ति बहुत बढ़ी है, यह इसी से समझ में आ सकता है, कि भारत भी उनके नाम से कांपता है। उनके राजा तोरमान ने गुप्तों की कमर तोड़ दी। "सद्यो मुंडितमत्त हूणचिबुकप्रस्पर्धि-नारंगक" को देखते ही तहलका मच जाता है।

—क्या हिन्द में वीरता के लिये स्थान नहीं रह गया है ?—कुछ अनमना से ही सियाबख्श ने कहा।

—नहीं—मित्रवर्मा ने उत्तर दिया।—वीरता की कमी नहीं है, लेकिन जब वह वीरता पारस्परिक लड़ाई में खर्च होने लगे, तो विदेशी शत्रु से लोहा कैसे लिया जा सकता है ? फूट बड़ी बुरी चीज होती है। फूट के अतिरिक्त और भी एक बुरी चीज हमारे देश में है। वहां लड़ाई केवल एक क्षत्रिय जाति का काम मान लिया गया है, अर्थात् सौ में केवल पांच व्यक्ति संग्राम में जाने के अधिकारी हैं।

—हमारे यहां भी मगोपतों ने बांध तो ऐसा ही बांधा था—कवात् ने अबकी कहा—और केवल विस्पोह्र, सथूदार युद्ध के अधिकारी थे। किंतु पड़ोसी शत्रुओं से कई बार ठोकर खाके अजातों (किसानों-शिल्पियों) को भी शस्त्र चलाने का अधिकार देना पड़ा।

अन्दर्जगर–कुछ भी हो, यह निश्चित है, कि हमारे पड़ोसियों में केदारी घुमन्तू सबसे अधिक शक्तिशाली हैं। पिछले पचास वर्षों से उनकी शक्ति घटने का नाम नहीं ले रही है।

–जब से कि उन्होंने हमारे दादा येज्दगर्द द्वितीय को युद्ध में मारा। कवात् ने कहा–लेकिन मैं समझता हूँ, हमारी पैतृक शत्रुता के बाद भी केदारी हूण हमारी सहायता करने के लिये तैयार हो सकते हैं।

–क्योंकि उनको मज्दकी भय तंग नहीं किये हुये है।–अन्दर्जगर ने कहा–यद्यपि केदारी सामन्त और राजा अब राजसी ठाट-बाट से रहते हैं, किंतु अब भी उनके भीतर घुमन्तू जनों का प्राबल्य है। उनका राजा दूसरों के लिये राजा है, किंतु अपने भीतर जन-इच्छानुवर्ती जनपति मात्र है। और साथ ही वर्तमान केदारी राजा कवात् का अधिक स्नेही-संबंधी भी है।

–वह मेरा भगिनी-पति ही नहीं है–कवात् ने कहा–मैं बचपन में कई सालों उसके पास रहा हूँ। युद्ध के समय चाहे जैसी भी क्रूरता हो, किंतु है वह वैसा क्रूर नहीं। उसका पुत्र मित्रकुमार (मिहिरग्युल) मेरा सम-वयस्क था। हम दोनों साथ खेला करते थे। साथ ही मेरी बहन भी वहां सहायता के लिये मौजूद है।

–केदारी हूण–मित्रवर्मा ने कहा–हां, हम उन्हें भारतवर्ष में हूण ही कहते रहे हैं। यद्यपि हूणों के नाम से जैसी बर्बरता का ख्याल आता है, वह शायद उनमें नहीं है। धर्म के बारे में वह और उदार हैं। उत्तर भारत के गोपगिरि (ग्वालियर) में राजा तोरमान ने एक बहुत सुन्दर सूर्य मन्दिर बनवाया है, कहते हैं इतना कलापूर्ण मन्दिर गुप्तों के वैभव के समय में ही बन पाया था।

–उनकी उदारता बौद्धों के प्रति देखने में नहीं आती, यह बात तो

तुमने भी मित्र ! किसी समय कही थी ।—इतनी देर के बाद सम्बिक ने मुंह खोलते कहा ।

—लेकिन उसमें कारण धार्मिक असहिष्णुता नहीं है—मित्रवर्मा ने उत्तर दिया—केदारी हूण कुषाणों के उत्तराधिकारी हैं। सोग्द, कपिशा से भारतवर्ष के भीतर तक फैले कुषाण-राज्य का उन्होंने ध्वंस किया। मूलतः दोनों ही शक थे, किन्तु केदारी सनातन घुमन्तुओं की भूमि से शलभ-दल की भांति अभी-अभी निकले थे, इसलिये शताब्दियों से राज करते, भोग भोगते कुषाणों की तरह वह कोमल नागरिक नहीं बन पाये थे। तो भी कुषाणों ने हथियार नहीं रखा। दोनों में भीषण संघर्ष चला। कुषाण कनिष्क राजा के समय से बौद्धधर्म के पक्षपाती होते आये थे, इसलिये बौद्धों का कुषाण वंश के प्रति अनुराग होना स्वाभाविक था, फिर केदार बौद्धधर्म से कैसे सहानुभूति रखते ? लेकिन हमें तो यहां वैर और पक्षपात की बात नहीं देखनी है, बल्कि यह देखना है, कि कवात् का वह कैसा स्वागत करेगा और कहां तक सहायता देने के लिये तैयार होगा।

—जहां तक स्वागत का संबंध है—कवात् ने कहा—मुझे इतना सुभीता और कहीं नहीं मिलेगा।

—और सहायता भी वहां से पूरी मिलेगी—अन्दर्जगर ने जोर देते हुये कहा—किंतु यह किसी परमार्थ के विचार से नहीं, केदारियों में अब भी तम्बू में रहनेवालों की ही अधिकता है, अब भी थोड़ा सा पशु-पालन के अतिरिक्त लूट और युद्ध को ही वे बहुत पसन्द करते हैं। केदारी जनपति कवात् का मुंह देखकर उसे सैनिक सहायता देने के लिये अधीर नहीं हो जायगा। घुमन्तुओं के राजा को सदा अपने अनुयायियों को काम देकर युद्ध और लूट का अवसर देकर, शान्त रखना पड़ता है। बाहर लूट-मार का मौका न मिलने पर वह आपस में लड़ने लगते हैं। केदारी शासक जानता

है, कि यदि मेरे घुमन्तुओं को लूट-मार का मौका नहीं मिला, तो इतने परिश्रम के साथ सजायी-बसायी राजधानी (बरखशा) उजाड़ कर रख दी जायेगी। केदारी सेना जब कवात् को लेकर तस्पोल् आयेगी, तो रास्ते में उसे कितने ही नगर और ग्राम लूटने को मिलेंगे और उनके राजा को भी वर्षों ढेर के ढेर पीले-पीले दीनार मिलते रहेंगे। यह प्रलोभन इतना बड़ा है, कि वह ऐसे अवसर को हाथ से जाने नहीं देंगे।

—और जहां तक यहां से हूण-सीमा में पहुँचने की बात है—सियाबख्श ने कहा—खतरा तो पग-पग पर है, इसे मैं इनकार नहीं कर सकता, किंतु मुझे विश्वास है, अपने धर्म-भाइयों की सहायता से कवात् को हूण-सीमा के भीतर पहुँचने में कोई भारी बाधा नहीं होगी।

—इसलिये कवात् का हूणों की तरफ जाना ही ठीक है।—अन्दजंगर ने उपसंहार करते हुये कहा।

१५

लोलियों में

"क्या यह पर्वत सदा हिमाच्छादित रहता है ?"

—आजकल भला कौन-सा पहाड़ है, जिस पर बरफ दिखलाई पड़ेगी? हिम पात होने में अभी कम से कम दो महीने की देर है।

—तो यह पर्वत बहुत ऊँचा होगा।

—ऊँचा तो पास जाने पर मालूम होगा, किंतु यह हम जानते हैं, कि इसके शिखर से कभी हिम नष्ट नहीं होता, इसीलिये बल्कि इसे दिमवन्त (दमावन्द) कहते हैं।

—यह शायद वही हिमवन्त शब्द है। आश्चर्य ! कैसे भारत के महान पर्वत का नाम यहां चला आया?—मित्रवर्मा ने कहा।

—चले आने की क्या आवश्यकता ? बर्फ को जब हिम कहते हैं, तो बर्फवाले पहाड़ को हिमवन्त (हिमवाला) कहना स्वाभाविक है।

दो नौजवान गदहों को हांके आपस में इस तरह बातें करते चले जा रहे थे। गांव के वाहर नहर के किनारे बैठी एक तरुणी ने खड़े होते कहा—देवर ! मैं तुम्हारे लिये ठहर गयी। क्यों देर हुई ?

—देर की बात पूछती हो भाभी ! यह तुम्हारे गदहों का कसूर है, जो चलना ही नहीं चाहते और चाहते हैं कि इसी गांव में डट जायें।

—नहीं देवर! हमारे लोग अगले गांव में पहुंच ही नहीं गये होंगे, बल्कि वहां तम्बू भी तान चुके होंगे।

—लेकिन ये गुल और बुलबुल चलें तब न ?

—चलना नहीं चाहते, छोड़ दो यहीं—पहिले पुरुष ने विहसित-वदन हो अपने साथी के प्रस्ताव का अनुमोदन करते कहा ।

—चाहे इन्हें कंधे पर ही ले चलना पड़े, लेकिन पहुंचना अवश्य है इन्हें लेकर अगले गांव में ।

—इनके चलाने की विद्या मैं जानती हूं देवर, यह तुम्हें पहचान गये हैं—कहते स्त्री ने "देवर" के हाथ से डण्डा लेकर ताबड़तोड़ गदहों की पीठ पर लगाया। सचमुच गुल और बुलबुल बड़ी तेजी से चलने लगे। स्त्री ने गर्व के साथ कहना शुरू किया—गदहों को इस तरह हांका जाता है, मैं क्या-क्या तुम्हें सिखाऊँ ?

देवर के साथी ने मुस्कराते हुये कहा—भाभी नहीं सिखलायेगी तो कौन सिखलायेगा ।

—लेकिन, तुम बच्चे तो नहीं हो ।

—भाभी यह तो तुम स्वीकार करोगी कि तुम्हारा देवर सीखने में मन्द नहीं है, एक दो बार बतलाने से वह सीख जाता है ।

भाभी ने देवर का हाथ पकड़ के उसकी आंखों की ओर देखते कहा—सचमुच देवर ! लेकिन अब गांव से बाहर निकल चलें तब बात करेंगे—कहते भाभी ने बात बन्द कर दी ।

गांव बहुत बड़ा नहीं था, लेकिन प्रधान वणिक् पथ पर होने के कारण वहां से व्यापारिक सार्थ आते-जाते रहते थे, जिससे गांववालों को आमदनी होती रहती थी। गांव से बाहर बहुत से मेवों के बगीचे थे। एक स्त्री और दो पुरुषों को गदहे हांके जाते देख, कौन उनकी ओर ध्यान देता? उनके कपड़े गंदे और फटे थे, बाल और हाथ-मुंह देखने से जान पड़ता था , कि उन्होंने शायद युगों से पानी नहीं डाला। गदहे भी दुबले-पतले और उनकी

पीठ पर की चीजें भी लता-पात्रा थीं, फिर ऐसे यात्री की ओर कौन देखता? कहीं यदि टिकान मांगने लगें तो और भी मुश्किल होती। लेकिन उन्होंने टिकान नहीं मांगी। स्त्री ने गांव से निकलते ही एक तान छेड़ी, जिसे सुन कर पथ में खड़े लोगों का ध्यान उधर आकृष्ट अवश्य हुआ, क्योंकि स्त्री का कंठ मधुर था। लेकिन इन लोली गायिकाओं और नर्तकियों का गाना-नाचना इस गांव के लिये कोई नई चीज नहीं थी। गा-नाच के मांगना लोलियों का पेशा समझा जाता था। दूसरे गांवों की तरह इस गांव के लोग भी लोलियों को भयंकर जादूगर समझते थे। मातायें विशेष तौर से सावधान रहती थीं। बच्चों को चुरा ले जाना तो लोलियों का व्यवसाय बन गया था। तीनों को इस तरह गांव की सड़क से जाते देख कर लोग चौकन्ने हो गये थे। गांव से निकलते-निकलते एक दो-तीन वर्ष का लड़का सड़क पर खड़ा दिखाई पड़ा। मां को, मालूम देता है, संकेत से ही तीनों लोलियों के आने की सूचना मिल गई थी। उसने बच्चे को बहुत बुलाया, लेकिन वह सड़क पर मिट्टी का घरौंदा बना रहा था। तीनों यात्रियों को निकट आता देख मां का धैर्य टूट गया। वह दौड़ कर बच्चे की बांह पकड़ मारती घसीटती घर में ले गई। लोलियों का ऐसा ही आतंक था, क्या जाने उठाके थैले में डाल लें। जादूगरनी का क्या ठिकाना, वह तो आदमी को मच्छर बना सकती है।

गांव से काफी बाहर निकल गये। कुछ दूर पर नंगे पहाड़ थे और रास्ता नंगी ऊँची-नीची भूमि पर जा रहा था। गुल और बुलबुल को दण्ड-धारिणी का पता लग गया था, इसलिये खांसना भी सुनकर वे टनमन होके चलने लगते थे।

—छोड़ी बात फिर कहूंगी, किन्तु देख रहे हो न देवर, यह लोग हमें किस दृष्टि से देखते हैं।

—बड़ी घृणा की दृष्टि से और बड़ी शंका की दृष्टि से भी।

—घृणा यह सभी के लिये करते हैं, लेकिन भय और शंका सभी लोलियों से करने की आवश्यकता नहीं। बहुत से लोली ऐसे भी हैं, जो भीख नहीं मांगते, जिनके संगीत का दरबारों में बहुत मान है।

—तो क्या उन्हें भी ये लोग इसी तरह घृणा की दृष्टि से देखते हैं?

—उनके शरीर पर स्वच्छ सुन्दर कपड़ा होता है, हाथ में दीनार होते हैं, पास में दास-दासियां रहती हैं। इन गांववालों को उन्हें पहचानने का मौका कहां मिल सकता है ? यदि पहचान पायें तो, मातायें जरूर सावधान हो जायेंगी। हमारी गोरी लड़कियों को देख कर कहते हैं—काले लोलियों के पास अयरानियों जैसे बच्चे कहां से आये ? जरूर इन्होंने कहीं से चुराया है। लोलियों का जीवन !

—भाभी ! तुमने भारत तो देखा है, उधर चले जाने का क्यों नहीं ख्याल करती ?

—देवर ! हमें यह पता है कि हम भारत के हैं, हम बोली भी अपनी भूले नहीं हैं, अर्मनी और इबेर में जरूर हमारे कुछ भाई पहुंच गये हैं, जिनकी भाषा बिगड़ गई है। कुछ तो केवल नाम के लोली हैं। मैं दस वर्ष की थी, जब कि हम भारत गये थे। अब भी मुझे याद है, वहां की हरी-भरी भूमि , बड़ी-बड़ी नदियां, जंगल से ढंके पहाड़। यहां कहां वह बातें ?

—लेकिन ईरान के मेवे बहुत मीठे होते हैं।...

—लेकिन हिन्द का आम कहां मिल सकता है देवर ?

—क्या वह अब भी भूला नहीं है ?

—अपना देश कहीं भूलता है—लम्बी सांस लेकर स्त्री ने कहा—लेकिन

हमारे भाग्य में एक जगह रहना कहां बदा है ? हमारे पैरों में तो चक्कर बंधा हुआ है, आज यहां तो कल तीन योजन दूर।

—लेकिन भाभी ! तुम्हें देश देखने का कितना अच्छा अवसर मिलता है ?

—हमारे इस जीवन में भी आकर्षण है और रस भी देवर—स्त्रीने कहा—तभी तो हम लोग बराबर चक्कर काटते रहते हैं। लोलियों को बांध के रखा नहीं जा सकता, न उनके लिये राज्य की सीमा बाधक होती है।

—क्या एक राज्य की सीमा पार कर दूसरे राज्य में जाते समय दिक नहीं करते ?

—दिक करने पर भी हम लोग उसकी परवाह नहीं करते, सुनी को अन-सुनी, और कही को बे-कही मान लेते हैं। पिछले साल बसंत में हम रोमक राज्य के भीतर थे, अब अयरान में से चल रहे हैं। आधा अयरान भी समाप्त कर चुके हैं। कल या परसों रगा (रै, तेहरान) में पहुंचेंगे। जाड़ा पूरी तरह से आने से पहले हम हूणों के राज्य में पहुंच जाने की आशा रखते हैं। सभी सीमांत-सैनिक जानते हैं, कि लोलियों का काम ही है एक जगह से दूसरी जगह जाना। और यदि आंखें कड़ी देखीं, तो जहां दो तान सुनाई कि उनका दिल नरम हुआ।

—यह तुम्हारा जीवन तो मुझे भी बहुत पसन्द आता है भाभी ! किंतु—

—किंतु की क्या बात है देवर ! हमारे लोलियों ने तो मज्दक बाबा की बात मान ली है, हां भीतर से ही, बाहर कहने की आजकल किसको हिम्मत है। लेकिन यदि चाहो तो वह बीस बरस की मेरी बहन वर्दक तुम्हारे लिये तैयार है।

—क्या कह रही हो भाभी ! क्या देवर को ठुकराना चाहती हो इसी बहाने ?

—स्त्री ने देवर के हाथ को फिर अपने हाथ में ले लिया और यात्रा जारी रखते कहा—नहीं देवर ! लेकिन भाभी को छोड़ मत जाना ।

—छोड़ना न छोड़ना मेरे हाथ में नहीं है भाभी ! यह तो तुमको मालूम ही है ।

—हां देवर ! लेकिन मेरा हृदय तो मस्त हो जाता है, जब सोचती हूं—कि देवर का संग छूटनेवाला है ।

—अभी नहीं छूटेगा भाभी । अभी खुरासान और गुरगान के रास्ते के अलग होने तक हमें साथ चलना है ।

—मैं तो सोचा करती हूं देवर ! कि कैसे तुम्हें बांध रखूं !

—मन से बंधा हूँ भाभी ! और तुम तो भाभी भी हो और गुरु भी । पिछले तीन सप्ताहों में मुझे तुमने कितनी बातें सिखलायीं ।

—सचमुच ही देवर! अब तुम पक्के लोली बन गये हो और यह भैया तो बोलते ही नहीं ?

—देवर भाभी के बीच में पड़ना जानती हो न, अच्छा नहीं होता । सब बातें सुन तो रहा हूं । बीच-बीच में तुम जब दूसरी भाषा बोलने लगते हो, तो मेरे लिये कठिन हो जाता है, इसीलिये मैंने निश्चय किया है, कि देवर-भाभी को बोलने का काम सौंप दो और स्वयं गुल और बुलबुल को संभाले उसे सुनते चलो ।

—तो भाभी ! अब तो तुमको विश्वास है न, कि हमें लोली छोड़ कर दूसरा नहीं कहा जायगा ?

—हां, देवर ! और तुम्हें पहले भी दूसरा नहीं कहते, क्योंकि बाल कोयले की तरह काले हैं, रंग भी बहुत नहीं तो कम से कम यहां वालों की अपेक्षा अधिक हरा है ही । लेकिन भैया को उतना सुभीता नहीं है । बाल और दाढ़ी में एक दिन भी रंग न लगायें, तो पीले-पीले मालूम होने लगते हैं ।

—यह तो बताओ भाभी ! तुमको अन्दजंगर की बातें क्यों अच्छीं मालूम हुईं ?

—यह भी पूछने की बात है देवर! देखते नहीं सारी दुनिया हम बे-घरोंको घृणा की दृष्टि से देखती है। मनुष्य के समाज से हम बहिष्कृत हैं, लेकिन अन्दर्जंगर बड़े सहृदय हैं। वह कितने विशाल और कितने कोमल हृदय हैं। मैंने तस्पोन् में अकाल के समय उन्हें कई वार नजदीक से देखा था। उन्होंने लाखों के प्राण बचाये। उनका स्वभाव कितना सरल है। हमारे बच्चे उनके पास जाते, तो वह उन्हें अपनी गोदी में बैठा लेते। मुंह से नहीं कहने पर भी उनके रोम-रोम से मालूम होता है, कि वह हमें अपना सगा-सम्बन्धी समझते हैं। मैं उनकी बातें कहां समझ सकती हूँ, एक तो स्त्री और उस पर से लोली। लेकिन जो कुछ हमने आंखों से देखा, उस पर कैसे अविश्वास कर सकते हैं ? अन्दर्जंगर को हमारी जाति वाले सबसे प्रिय समझते हैं।

बात का क्रम गंभीर होते देख देवर ने उसे दूसरी ओर मोड़ते कहा—और यह देखो भाभी, यह दमावन्त पास खड़ा है, कितना सुन्दर पहाड़ है !

—सुन्दर है देवर ! किंतु पास की बात मत कहो। यह दमावन्त, जानते हो, ऐसा-वैसा पहाड़ नहीं है।

—हां, ऐसा-वैसा नहीं है भाभी ! वहां तो पैरिकायें (परियां) रहती हैं।

—लोग इसीलिये वहां जाने से डरते हैं। लड़के-लड़कियों को तो वह अवश्य उठा ले जाती हैं।

—वह भी लोलियां तो नहीं हैं, क्यों देवर की भाभी ?—तीसरे व्यक्ति ने कहा।

—उधर जाओ तब पता लगे, यहां से बात करना बहुत आसान है।

—पैरिकायें क्या अंधी, लूली, लंगड़ी होती हैं ?

—नहीं, बहुत सुन्दर, तप्तकनक या अग्नि-ज्वाला की तरह बड़ी सुवर्ण।

—फिर ऐसी पैरिकाओं के हाथ में पड़ना तो सौभाग्य की बात है। वह खा तो नहीं जातीं ?

—वह तो नहीं खातीं, लेकिन उनके भाई-बंद देव भी इसी दमावन्त में रहते हैं, जो मनुष्य-मांस को बहुत पसंद करते हैं।

—क्यों भाभी ! तुमने कभी किसी देव को देखा है ?

—देव देखनी तो क्या देवर-भाभी की इस समय बात हो सकती थी ? ये देव एक-एक पहाड़ जैसे होते हैं, और उनके सिर पर कई हाथ लम्बी सींगें, मुंह में कई बित्ते के दांत होते हैं। दमावन्त पर इसीलिये लोग नहीं चढ़ते। रात को तो लोग और भी जाने से डरते हैं।

—पहाड़ के ऊपर वैसे भी कोई क्यों जायेगा ? जाके भूखे मरना पड़ेगा। हां, कोई पैरिका मिल गई तो अवश्य भाग्य खुल जायेगा। भाभी ! इतनी सुन्दर पैरिकाओं के बंधु देव इतने कुरूप, इतने बुरे क्यों होते हैं ?

—बुरी क्या पैरिकायें कम होती हैं ? वह दूसरे के आदमी-बच्चे को पकड़ कर भेड़ बना रखती हैं, या वृक्ष बना के खड़ी कर देती हैं।

—इसमें कौन सी बुरी बात है ? दिन भर की चिन्ता से बच जायगा, यदि आदमी वृक्ष बना दिया जाय। मैं पैरिकाओं को देखने की बड़ी इच्छा रखता हूं। एक पैरिका को भी देख लूं तो भी अच्छा।—देवर ने कहा।

—वह देखो एक पैरिका तुम्हारी प्रतीक्षा में खड़ी है।—सामने रास्ते पर खड़ी नारी को दिखला कर उसके साथी ने देवर से कहा।

—हां देवर ! यह देखो वर्दक। इसे इतना भी धैर्य नहीं हुआ, कि तम्बू में थोड़ी देर प्रतीक्षा करती। देखो रास्ते में आके खड़ी है।

वर्दक सचमुच ही वर्दक (गुलाब) थी। उसके साधारण और कुछ मैले से वस्त्रों के कारण उसका सौन्दर्य निस्तेज नहीं हो सकता था। उसका सारा शरीर सांचे में ढला मालूम देता था। अयरानियों के लिये वर्दक अद्वितीय सौन्दर्य रखती थी, वे उसके चमकीले कृष्ण-केशों पर मुग्ध हो जाते थे।

साथियों को पास आये देख वर्दक ने कहा—हमने तो समझा, तुम लोगों को डाकू ले गये।

देवर ने वर्दक के पास पहुंचकर जवाब दिया—तुम यही मना रही थी क्या? हमें यदि डाकू ले जाते या दमावंत का देव ले जाता, तो कोई परवाह नहीं होती, लेकिन इन गुल और बुलबुल की क्या हालत होती?

वर्दक ने देवर के कपोल पर लीला-ताड़न करते कहा—खान-पान तैयार है। लोग तुम्हारी प्रतीक्षा कर रहे हैं। मुझसे प्रतीक्षा नहीं हो सकी, इसलिये इधर चली आई। सचमुच मेरे हृदय में तरह-तरह की आशंकायें होती थीं।

—आशंका—अबकी भाभी ने कहा— तू समझती होगी, तेरे तरुण को दमावंत की कोई परी न उठा ले जाय और मक्खी बनाकर रख न छोड़े।

—दमावन्त की परी की क्या आवश्यकता है—

—जब कि कोई साथ ही चल रही हो—नवतरुणी ने कहा।

—क्या वर्दक! तू अपनी बहन पर विश्वास नहीं करती।

वर्दक ने अपनी बहन को अंक में भर लिया और मुख चूमते हुए कहा—नहीं बहिन! तू बुरा मत मान।

लोग जल्दी-जल्दी कदम बढ़ाने लगे। गांव के बाहर नहर के किनारे एक बाग के पास छोलदारियां खड़ी थीं। पुरुष अपने पीछे छूटे साथियों की प्रतीक्षा कर रहे थे। गुल और बुलबुल अपने भाई-बन्धुओं में

जा मिले, उनके साथ आये पुरुष और स्त्री भी अपनी जाति वालों में मिल गये। थोड़ी देर में वह कम्बल पर बैठे गर्म-गर्म मांस-सूपको फूंक फूंक कर पीने में लग गये।

अभी अंधेरा नहीं हुआ था। रात यहीं काटनी थी। लोलियों का तम्बू ही घर है, और जिस गांव में वह गड़ गया वही उनका अपना गांव। इसलिये कोई अचरज नहीं, जो खाने और पान के वाद बाजे बाहर निकाल लिये गये और लोली स्त्री-पुरुष गीत और नाच में व्यस्त हो गये। बड़ी रात जाने तक सोना आज ही नहीं हुआ, जहां कहीं भी एक दिन से अधिक के लिये डेरा लगता, वहां नाचे-गाये विना उन्हें कल नहीं पड़ती।

———

१६

मृत्यु का नृत्य

आस-पास पहाड़ों से दूर, किन्तु उन्हे देखते हुए रगा (तेहरान) की नगरी फैली हुई थी, जो देखने में उद्यान सी मालूम होती थी। इन वृक्ष-वनस्पति हीन पर्वतमाला और मैदान के बीच में यह उद्यान-नगरी सचमुच ही दर्शक को अपनी ओर आकृष्ट किये बिना नहीं रह सकती थी। स्पन्दियार विस्प्रोह्ल की नगरी रागा उद्यान-भवनों से परिपूर्ण ही नहीं थी, बल्कि चीन और भारत से आने वाले स्थल मार्ग पर होने के कारण सार्थवाहों और श्रेष्ठियों की नगरी होने से बड़ी धन-सम्पन्न भी थी। स्पन्दियार विस्पोह्ल सासानी साम्राज्य का पुस्तैनी अरगपत (दुर्गपाल) था, इस नगर और कितने ही ग्रामों का वह शाह था। पिछले दस साल विस्पोह्लों और वचुर्कों के लिये बुरे थे। लेकिन अब उनके विचारों से अहुरमज्द ने दीन की रक्षा कर ली और बेदीनों को ध्वस्त कर दिया। अब वह फिर अपने दासों और कर्मकरों के प्राण-धन के वैसे ही स्वामी हैं। रगा नगरी के बाहर बहुत-सी छोलदारियां उस जगह गड़ी थीं, जहां से दमावन्त के हिम-शीतल जल को लाने वाली नहर बह रही थी। यह सभी छोलदारियां लोलियों की थीं। उनकी अधिकता से जान पड़ता था, वहां चारो दिशाओं के लोली एकत्रित हुये हैं।

दिन का तीसरा पहर था। तम्बुओं के मालिक बाहर निकल गये

थे। डेरे में अधिकतर उनके कुत्ते, बच्चे और बूढ़ी स्त्रियां रह गयी थीं। कुछ अपनी बानर-बानरी को लेकर गये थे, कुछ अपने भालू को लेकर तमाशा दिखाके जीविका अर्जित करने निकले थे और कुछ जादू का तमाशा दिखाने गये थे। कितने ऐसे ही भीख मांगने या भिन्न-भिन्न देशों से लाई चीजों को बेचने गये थे।

एक तम्बू में वर्दंक पीतल के दर्पण को सामने रखे बालों और चेहरे को सजाने में लगी थी। उसका तरुण मित्र, "देवर" सामने बैठा बात कर रहा था। वर्दंक कह रही थी—मुझे आज विस्पोह्ल के प्रासाद में जाना है।

तरुण ने पूछा—विस्पोह्ल के प्रासाद में अकेले जाने में डर नहीं लगता ?

—डर क्यों लगेगा, क्या सिंह है जो खा जायगा ? सभी जीविका कमाने के लिये किसी न किसी तरफ गये हुए हैं। गलियों या घरों में गाने के लिये उतना थोड़े ही मिलता है, जितना विस्पोह्ल के दरबार में। गाना और नाचना दोनों में से एक दिखलाना होगा, और मैं अकेले नहीं होऊंगी।

—क्यों, वहां और भी गायिकायें होंगी ?

—विस्पोह्ल का अन्तःपुर तस्पोन् के अन्तःपुर से कम नहीं है। हजारो नारियां और एक से एक सुन्दर और गुणी वहां मौजूद हैं। मेरी बारी में मैं भी गाऊँ या नाचूंगी। मुझे विश्वास है, यदि अवसर मिला तो नृत्य में सबको परास्त करके आऊंगी।

—आने पाओगी ? वर्दंक ! मुझे भी अपने साथ ले चल, मैं बाजा बजाऊंगा।

—दुत् ! पुरुष का अन्तःपुर में जाना, विशेषकर जहां पान और संगीत, गोष्ठी चल रही हो, संभव नहीं है।

वर्दंक ने अपने काले केशों को बीच से फाड़कर पीठ की ओर लेजा उनकी

कवरी (जूड़ा) बनायी भौओं के बालों के ठीक करने में डेरे की सर्व चतुर बुढ़िया ने सहायता की, और अतिरिक्त रोमों को अलग करके दो जुड़ी कमानों की भांति उन्हें सजाया। आंखों में हल्की अंजन-रेखा, ओठों पर अधर-राग लगाया। शरीर पर नये सुन्दर रंग का कंचुक और नीचे सुत्थन नहीं अधिक घिरावे का लहंगा था। तरुण उसकी ओर देखते हुए बोल उठा— तो आज तू अपनी कला से सभी को परास्त करके आयेगी !

—और बहुत-सा पारितोषिक भी लाऊंगी, जिसमें विस्पोल्ह के अर्ग की पुरानी लाल मदिरा अवश्य होगी। फिर हम दोनों बैठकर पीयेंगे। क्यों मौसी ?

—हां, बेटी, जीती रह !

वर्दक के सज के तैयार होते-होते सूर्य भी अस्ताचल की ओर चल दिये और वह मौसी के साथ अर्ग की ओर रवाना हुई।

वह अन्तःपुर की रक्षिता नहीं थी। कितनी ही बनी-ठनी होने पर भी पोशाक उसकी जाति को छिपा नहीं सकती थी। अर्ग में जाने के लिये रगा की पण्य-वीथि से नहीं जाना था, नहीं तो सायंकाल में भी हाट-बाजार देखने को मिलती। भिन्न-भिन्न वस्तुओं की पण्यवीथियां सारे नगर में फैली हुई थीं, जिनमें कुछ तो अपने ऊपर की छतों के कारण दिन में भी अंधेरी मालूम होती थीं। वर्दक को नगर के बाहर की वीथी से जाना था, जिस पर, घर तो थे, किन्तु पण्यशालायें नहीं थीं, इसीलिये उस पर अधिक लोगों का आना-जाना भी नहीं होता था। अर्ग के महाद्वार से बहुत पहिले ही लोली राजा (मुखिया) मिला और "समय हो गया है", कहकर उन्हें लिये महाद्वार की ओर चला। अर्ग वस्तुतः एक सुदृढ़ दुर्ग था और उसका महाद्वार एक सुदृढ़ द्वार। उसके विशाल कपाटों पर बाहर की ओर आधे-आधे बित्ते की मोटी नोकदार कीलें साही के कांटों की तरह लगी थीं। इस

वक्त अर्ग आमोद-प्रमोद का स्थान था, लेकिन उसे शत्रु के आने पर दुर्ग बनने के लिये तैयार होना आवश्यक था। क्या जाने कब केदारी इधर आ पड़ें या खजार कोहकाफ को कूदते-फांदते इधर आ धमकें।

अर्ग के भीतर प्रवेश सबके लिये खुला नहीं था। लोली राजा अपनी रंग-बिरंगी पोशाक में बड़ी निश्चिन्तता से फाटक के भीतर चला गया, उसे, किसी ने नहीं रोका। हां, द्वारपाल भटों के हाथ वर्दक को देखते ही अपनी मूंछों पर पहुंच गये। राजा ने भीतर जाके एक प्रौढ़ स्त्री के हाथ में वर्दक को सौंपा, जो न जाने कितनी ड्योढ़ियों को पार करते वर्दक और उसकी मौसी को क्रीड़ोद्यान में ले गई। वहां एक ओसारे के नीचे और भी पचासो तरुणियां प्रतीक्षा कर रही थीं। एक दूसरी वृद्धा ने आके उनमें से दस को चुना। वर्दक को प्रसन्नता होनी ही चाहिये, क्योंकि वह उन दसों में थी। दसों को अब और भीतर जाना पड़ा। दोनों ओर के कमरों की पांतियों के बीच से गुजरते हुए वर्दक की नजर कभी किसी कमरे के भीतर जा पड़ती और कभी दीवारों पर बने चित्रों पर। अन्त में वह एक अत्यन्त सजे कमरे में पहुंचायी गयी, जिससे निकलती सुगन्ध बहुत पहिले ही उसके पास पहुंच चुकी थी। कमरे के फर्श पर एक सुन्दर विशाल कालीन बिछा था। दीवारों पर सुन्दर चित्रकारी थी, जिनमें कई शिकार के दृश्य थे—घोड़े पर चढ़ा कोई विस्पोह्ल कानों तक ज्या को तान कर क्रुद्ध सिंह को बाणों से बेध रहा है, कहीं घोड़े पर बैठा पीठ की ओर मुंह करके भागते जंगली भेड़ों का आखेट कर रहा है, कहीं सूअर और हरिन पर प्रहार हो रहा है।

चित्रों पर एक नजर दौड़ाकर वर्दक का ध्यान एक सजीव चित्र की ओर आकृष्ट हुआ। कमरे या शाला के छोर पर सिंहासनके ऊपर एक तरुण सुंदरी सहित एक अधेड़ पुरुष पैरों को एक दूसरे पर फैलाये बैठा था। उसके सिरपर एक छोटा-सा मुकुट था, जिससे कुछ कटे से केश पीछे की ओर फैले हुये थे।

मूंछें बड़ी किंतु दाढ़ी छँटी हुई थी। उसके शरीर से चिपका घुटनों तक का कंचुक था, जो कामदार मूल्यवान लाल ऊनी वस्त्र का बना था। कंचुक के ऊपर सुवर्ण-सूत्रों से बने सुन्दर फूल-पत्तों के अतिरिक्त सामने की ओर गोल वृत्त में एक कुत्ता बना हुआ था—कुत्ता मज्दयस्नी धर्म में अच्छा पशु माना जाता है। पुरुष की उम्र पचास से कम न होगी, किंतु व्यायाम और मृगया के अभ्यास के कारण उसके शरीर में व्यर्थ की चर्बी नहीं थी। उसका शरीर छरहरा था, छाती से कमर पतली थी, जिसमें रत्नजटित सोने का कमरबंद बँधा था। नीचे पंखदार चौड़ा पाजामा था, जिससे नीचे पैरों की एड़ी और पंजे नंगे थे। पुरुष के शरीर में कमरबंद के अतिरिक्त गले में एकावली माला और हाथों में कंकण थे। सिंहासन परब हुत नरम मखमली गद्दा बिछा था, और पीठ की ओर गद्दीदार ओठँगनी लगी थी। सिंहासन के चारो पैर हाथी दांत के थे, जिन पर सोने का काम किया हुआ था। सिंहासन से थोड़ा हटकर एक अंगीठी जल रही थी, जिसके ऊपर लोहे के तीन छड़ों के सहारे पानी भरा बर्तन रखा हुआ था। कमरे के भीतर उस पुरुष के अतिरिक्त सारी स्त्रियां ही स्त्रियां दिखायी देती थीं—जिनकी संख्या बीस से कम नहीं थी। स्त्रियों का कंचुक एड़ी के करीब तक पहुँचता था, और नीचे सलवार तथा उसमें सिला पैरों का मोजा दिखलायी पड़ता था। खान-पान से सम्बन्ध रखने वाली सभी स्त्रियों के मुंह पर रूमाल बँधी थीं, जिसमें कि मुंह की गंदी श्वास स्वामी के चर्व्य-चोष्य-लेह्य-पेय में न पड़ जाये। कुछ स्त्रियों के हाथों में जल की झांरी या सुरा की सुराही थी, जिनके हाथों में कुछ नहीं था, वह बड़े सम्मान से दोनों हाथों को स्वस्तिक बनाते छाती पर रखे खड़ी थीं। पुरुष के पास सिंहासन पर बैठी स्त्री आयु में बहुत कम थी, और मद्य वितरण करनेवाली परिचारिकायें, मद्य-चषक देते समय उसके प्रति उतना ही सम्मान दिखा रही थीं, जितना कि पुरुष के लिए।

सिंहासन की अगल-बगल में दो और स्त्रियां खड़ी थीं, जिनमें से एक के हाथ में चँवर था और दूसरे के हाथ में मोरछल। इनकी पोशाक में कुछ विशेषता थी। इनके शरीर में सलवार के स्थान पर चौड़ा लँहगा था और लम्बा कंचुक घुटनों तक ही पहुँच पाता था। इनके गले के नीचे कंधे और पीठ को लेते कामदार कपड़े की चुंदन सिली थी।

वर्दक के पहुँचने के समय सिंहासन से थोड़ा हटकर एक स्त्री मुंह से वंशी बजा रही थी, दूसरी त्रिकोणी-तंत्री के तारों को छेड़ रही थी। परिचारिकायें चषक को मदिरा से रिक्त नहीं होने देती थीं, लेकिन पुरुष और साथ बैठी सुंदरी स्वयं धीरे-धीरे पी रहे थे। हां, नीचे बैठी सुंदरियों को पान कराने में वे अधिक उदार मालूम होते थे।

गाने का चौक समाप्त हुआ। पुरुष ने परिचारिका से धीमे से कुछ कहा। अब दूसरी चार स्त्रियां सामने लायी गयीं, जिनमें एक वर्दक भी थी। एक स्त्री के हाथ में शकटाकार तंत्री थी, जिसके तारों का स्वर मधुर होते भी अधिक सबल था। दो स्त्रियां हाथ में डफ लिये थीं। उन्होंने पहले ताल बजायी, तान हिन्दी थी। विस्पोह्न को हिन्दी तान, जान पड़ता है, अधिक प्रिय थी। हिन्दी तान पिछले सौ वर्षों से अयरान में बहुत लोकप्रिय हो गयी थी, जब कि शाहंशाह बहराम ने अपने मित्र भारतीय राजा से विशेष आग्रहपूर्वक संगीत के गुनी मंगवाये। भारतीय संगीत को स्वीकार करते भी अयरान ने उसे अपने रंग में रंगा, और भिन्न-भिन्न तानों और रागों को ऋतुओं, मासों और दिन की घटिकाओं के साथ जोड़ दिया। गत के बाद वर्दक ने अयरानी भाषा में हिन्दी राग का एक प्रेम गीत गाया। सिंहासनासीन पुरुष की आंखें अब रक्त हो चुकीं थीं। वर्दक के मधुर कण्ठ ने उसे अपनी ओर आकर्षित किया और वह उसकी ओर देखने लगा। पास बैठी तरुणी के चेहरे पर आशंका की छाया पड़ती दीख पड़ी। पुरुष

ने मुस्कराते हुये परिचारिका से कुछ कहा। गीत समाप्त होते ही उसने वर्दक से और बाजा बजाने वालियों से भी कुछ कहा।

अब नृत्य की गत बजने लगी। वर्दक उठ खड़ी हुई। यह नहीं कहा जा सकता, कि वहां वही सबसे सुंदर स्त्री थी, चेहरे और उसकी रंग रेखा में दूसरी और भी अधिक सुंदर हो सकती थीं, लेकिन शरीर का जैसा सुन्दर गठन वर्दक के पास था, वैसा और किसी के नहीं। वर्दक के हाथ धीरे-धीरे फैलते गतिशील होने लगे। जान पड़ता था, हंस के पंख हल्की हवा में धीरे-धीरे नीचे उतर या ऊपर चढ़ रहे हैं। उसके पैरों की गति, गति नहीं जल में कुशल तैराक का प्लवन या पारावत का लीलापूर्वक आकाश में नीचे ऊपर उड्डयन जैसा जान पड़ता था। धीरे-धीरे नृत्य की गति बढ़ती गयी। सिंहासनासीन-पुरुष भी सब ओर से दृष्टि हटाकर वर्दक की ओर एकटक देखने लगा। वर्दक अपने एक-एक अंग पर अधिकार रखती थी और उसकी आज्ञा पर उसका अंग-अंग इस तरह मुड़ता था, मानो वहां हड्डी जैसी कोई कड़ी चीज नहीं है। वर्दक अब बहुत शीघ्रता से घूमती मंडल बना रही थी। कभी वह अपने इर्द-गिर्द पूरा चक्कर बनाती और कभी अर्द्ध-चक्कर, कभी हाथों को गुल्फों तक ले जाती और कभी कमर पर शरीर को दुहरा करती। मालूम होता था, उसे नाचते युगों हो गये। सभी समय का ज्ञान भूल गये थे। अन्त में वर्दक ने नृत्य समाप्त किया, लोग स्वर्ग से पृथ्वी पर उतर आये। पुरुष की आज्ञा पर परिचारिकाओं ने स्वामी की लाल मदिरा में से चषक भर के वर्दक के हाथ में दिया। वर्दक ने एक बार धरती तक झुक के वंदना की, फिर उसे एक सांस में पी गई। वर्दक की कला दरबार को पसन्द आयी। आज उसका भाग्य खुलने वाला था।

भाग्य खुलने पर भी वर्दक के लिए उसकी सीमा थी, वर्दक क्या, किसी केलिये भी सीमा थी। वर्दक तो नीच लोली (रोमनी) जाति की कन्या थी।

यदि अयरानी भी होती, तो भी विस्पोह्र के अन्तःपुर में विस्पोह्र छोड़ दूसरों की कन्या पत्नी के तौर पर नहीं स्वीकृत की जा सकती थी। रगा के विस्पोह्र के पास सौ से अधिक विस्पोह्रों की कन्यायें थीं। इनके अतिरिक्त कुछ अपनी बहनें और पुत्रियां भी पत्नी के रूप में मौजूद थीं, जिनका सम्मान सबसे अधिक था। इन्हीं की ज्येष्ठ संतान भावी स्पन्दियार हो सकती थी। पातेख़शाहज़न (भट्टारिका) का पद इन्हीं में से किसी को मिलता। दूसरे विस्पोह्रों और वचुर्कों की कन्यायें साधारण पत्नी हो सकती थीं। उनके बाद चाकरजन (चाकर-पत्नी) का नम्बर आता था, जिनकी संख्या रगा के अन्तःपुर में एक हज़ार से कम न थी, फिर सुन्दरी दासियों-परिचारिकाओं का नम्बर आता था। स्वीकृत होने पर वर्दक दासी और परिचारिका तक ही पहुँच सकती थी और उसमें भी उसे किसी अन्न-पान को छूने का अधिकार नहीं होता ।

वर्दक के बाद और भी गायिकाओं ने अपना जौहर दिखलाया, और उनमें कुछ ने प्रशंसा के शब्द भी पाये, लेकिन नृत्य में कोई वर्दक की बराबरी नहीं कर सकी। वर्दक यद्यपि हर बार थक जाती थी, किंतु बीच-बीच में थोड़ा वाद्य-संगीत को अवसर देकर उसे फिर-फिर नाचना पड़ता। रात का तीसरा पहर आरंभ हुआ था। नशे का जोर सारी मजलिस की आंखों पर स्पष्ट दिखायी पड़ रहा था। स्वामी की आंखें झंप-झंप जाती थीं। थक कर चूर-चूर वर्दक को चौथी बार नाचने के लिये आज्ञा दी गयी। यद्यपि हर नृत्य के बाद प्रसाद-रूपेण प्राप्त चषक की मदिरा ने उसके शरीर को पूरी तौर से अवसन्न होने नहीं दिया था, लेकिन चौथी बार नृत्य के लिये उसका शरीर असमर्थ हो चुका था। वर्दक साहस करके उठी और उसने शरीर की शक्ति की कमी को मन की शक्ति से पूरा करना चाहा। वह नृत्य में अबकी भी उतनी ही यत्नशील रही, उसकी गति में कहीं

शिथिलता नहीं आने पायी; लेकिन नृत्य और वाद्य के तानों के मौन रूप धारण करने के साथ वर्दक अपने को संभाल न सकी, वह कटे वृक्ष की भांति कालीन पर गिर पड़ी। सिंहासनासीन पुरुष की नशे में झपकती आंखें अब सजग ही नहीं हो उठी थीं, बल्कि वह स्वयं दौड़कर उसके पास पहुँचा और परिचारिकाओं के साथ उसने स्वयं भी वर्दक को उठा बैठाने की कोशिश की, लेकिन वहां इसके लिये शक्ति कहां बच रही थी। वर्दक के मुंह पर स्वेद बिंदु झलक रहे थे और कंचुक पसीने से भींगा हुआ था। संकेत पा परिचारिकायें पंखा झलने लगीं। दूसरों को छुट्टी दे दी गयी। स्वामी के चेहरे से नर्तकी के प्रति भारी सहानुभूति झलक रही थी और उसने उसकी सेवा-उपचार में परिचारिकाओं से भी अधिक भाग लिया। वर्दक को इसका पता नहीं था, नहीं तो वह कितनी प्रसन्न होती?

१७

जीवन का दर्शन

कल इन तम्बुओं के गांव में कितनी चहल-पहल थी ? अधिकांश व्यक्तियों के बाहर चले जाने पर भी डेरे में रह गये लड़के-लड़कियों की किलकारियों से यह बस्ती हँसती सी मालूम होती थी । आज डेरे के सभी नर-नारी घर में मौजूद थे, लेकिन चारो ओर मौन और उदासी छायी थी । इसी छोलदारी के भीतर कल वर्दक अपने केशों और मुख को सँवार रही थी और भविष्यद्वाणी कर रही थी—"आज मैं विजय प्राप्त करके आऊंगी", वह वस्तुतः विजय प्राप्त करके लौटी । आज वह उसी छोलदारी के सामने लेटी हुई है । उसका सारा शरीर नये लाल वस्त्र से ढँका है, केवल मुंह खुला है । वर्दक गंभीर निद्रा में है । कोई उसे जगाओ मत, वह स्पन्दियार की मजलिस में विजय करके आयी है । उसकी आंखें बन्द हैं, किन्तु ओठों में हल्की मुस्कराहट साफ दिखायी पड़ती है । अधर-राग और मुख-चूर्ण कब के मिट चुके हैं, चेहरे का रंग भी कुछ पीला है; लेकिन जान पड़ता है, वर्दक को जो आत्मसंतोष मिला, उससे उसका चेहरा पहले से अधिक खिल उठा है । उसके पास बैठी उसकी बहन, और मौसी अपने बालों को नोच रही है—"हा वर्दक !" "हाय मेरी बहिन !" 'हाय मेरी बेटी !" और फिर छाती पीटती, बाल नोचती हैं ।

क्यों इतना कोलाहल मचा हुआ है ? इन्हें मालूम नहीं कि वर्दक सोयी

है, उसे जगाना नहीं चाहिये । हां, डेरे के बच्चे वर्दक के मुंह को देखकर ऐसा ही सोचते और आपस में बोलते थे; लेकिन क्या वर्दक जागने के लिये सोयी थी? डेरे के सभी नर-नारी इस तरुण जीवन के अवसान को असह्य मान रहे थे । किसी के नेत्र गीले हुये बिना नहीं थे । सभी चिल्ला के नहीं रो रहे थे, किंतु सबके दिल मसोस रहे थे । वर्दक, कितनी सुन्दर गुलाब जैसी । फूल भी नहीं अभी उसे मुकुल की अन्तिम अवस्था में ही कहना चाहिये। और कितने गुण थे ?–संगीत-नृत्य का ही गुण नहीं, बहुत से दूसरे गुण भी । डेरे की नारियां सभी कह रहीं थी–"आः वर्दक किसी से लड़ना नहीं जानती थी । हमेशा प्रसन्न रहती थी ।" जान पड़ता है, उसने एक लम्बे जीवन के आनन्द को बीस वर्ष के जीवन में भर लिया था, इसीलिये वह किसी समय भी शोक और चिन्ता को अपने पास नहीं आने देती थी ।

भाई-बंधु अब अन्तिम क्रिया की सोच रहे थे । दख्मा के कूप में रख आना, यही अन्तिम क्रिया अयरानी धर्म में प्रचलित थी । दख्मा के गवाक्षों में शरीर को बैठाने की देर होती, फिर गिद्ध-कौये उस पर टूट पड़ते । लेकिन वर्दक का स्मित-वदन कह रहा था–क्या मैं चील-कौओं के लिये हूं ? शायद यही जानकर वर्दक के बहनोई ने कहा–"हमारे लिये दख्मा मिलना आसान नहीं है। दख्मा बड़ी जातिवालों के अपने होते हैं । हमारी वर्दक को कौन अपने दख्मा में रखने देगा ? जमीन में गाड़ने के पक्ष में भी मैं नहीं हूं । वर्दक के इस हँसते मुख को गिद्धों के सामने छोड़ना या भूमि के भीतर कीड़ों के कुतरने के लिये दबा देना, दोनों ही क्रूरता है ।"

–तो क्या उसे डेरे में रखना चाहते हो ?–पास बैठे मुखिया–राजा ने कहा ।

–नहीं, डेरे में रखने की बात नहीं है, डेरे में रहना होता तो वह कल मृत्यु से लड़ने न गयी होती–कहते-कहते बहनोई का गला भर आया–मेरी

राय है, कि वर्दक को न हमें मज्दयस्नियों की तरह दख्मा में रखना चाहिये और न ईसाइयों की तरह भूमि में गाड़ना चाहिये। हमें अपने हिन्द देश का रिवाज स्वीकार करना चाहिये। कुछ अधिक पैसा लगेगा, लकड़ी यहां मँहगी है, लेकिन वर्दक के हँसते मुख को अग्नि की भेंट करना अच्छा होगा। वही बात की बात में वर्दक की सौन्दर्यपूर्ण आकृति को अपने में लुप्त कर लेगी।

—आज मुझे आग में जलाने का गुन मालूम हो रहा है—मुखिया ने कहा—सचमुच ही अपने प्रिय को, चाहे उसमें दुःख-सुख अनुभव करने की शक्ति न रह गयी हो, इस तरह कौओं और कीड़ों के हाथ में छोड़ना क्रूरता कही जायेगी।

डेरे के भीतर पहर भर दिन तक रोना और छाती पीटना जारी रहा। इस बीच में सारी तैयारी कर ली गयी। नगर से बहुत दूर एकांत जगह में जलाने की मूक अनुमति भी प्राप्त हो गयी। वर्दक अब चार जनों के कंधों पर जा रही थी। अगले दोनों आदमी वही दोनों थे, जो उस दिन गदहों को हांके आ रहे थे। उस दिन के 'देवर' ने कंधा अवश्य बदला, लेकिन पाटी नहीं छोड़ी। उसका दिल भीतर ही भीतर घुट रहा था। वह सोच रहा था—दूसरे मुझसे अधिक भाग्यवान् हैं, जो रोकर अपनी व्यथा हल्की कर लेते हैं।

रगा में शायद ही कभी कोई मुर्दा जलाया गया हो। अग्नि बग (देवता) मुर्दा जलाने से अपवित्र हो जाते हैं, यह कहकर शायद कोई बाधा भी उपस्थित की जाती, किंतु स्पन्दियार वर्दक की मृत्यु से बहुत प्रभावित हुआ था। वह व्यक्तिगत तौर से बुरा आदमी नहीं था। नशे की अवस्था में उसने फिर-फिर नाचने का हुक्म दिया और इसी हुक्म का परिणाम यह भीषण घटना हुई, इसे वह अच्छी तरह समझता था। रात को ही वर्दक

के अचेत होने पर उसका नशा दूर हो गया था। उसने अपनी शक्ति भर सारी कोशिश की, रगा के अच्छे से अच्छे वैद्य उसी रात को बुलाये गये, लेकिन कई वैद्य तो अभी अर्ग में पहुँच भी नहीं पाये थे, कि वर्दक के हृदय की गति सदा के लिये बन्द हो गयी। स्पन्दियार ने इतने आंसू जीवन में कभी नहीं बहाये होंगे। उसने सोचा–"जीवन में तो वर्दक के लिये मैं कुछ नहीं कर सका, इसलिये उसकी मृत्यु का ही सम्मान करना चाहिये।" किन्तु वह सर्वोच्च जाति का एक श्रेष्ठ विस्पोह्र—सामन्त था। एक लोली बालिका के साथ मृत्यु के बाद भी अधिक घनिष्टता दिखलाना कुल-धर्म और देश-धर्म के विरुद्ध था। लेकिन उसने वर्दक के शव को अच्छे कपड़े से अपने सामने ढंकवाया, उसे एक अच्छी शव-मंचिका पर लिटा के लोलियों के डेरे में भेजा। शव क्रिया के व्यय के अतिरिक्त उसने वर्दक के परिवार के लिये उसकी मौसी के हाथ में हजार दीनार दिये। हजार सोने के दीनार, जिससे चार हजार धेनु गायें खरीदी जा सकतीं, यह कोई कम धन नहीं था। लेकिन इससे वर्दक को क्या ?

नये श्मशान में पहली चिता चुनी गयी। वर्दक के शव को उस पर रखा गया। अन्तिम बार फिर एक बार उसकी बहन ने मुंह खुलवाया। फिर रोदन का कोलाहल मचा। वर्दक गाढ़ निद्रा में थी। अब भी उसके मुंह से मुस्कराहट लुप्त नहीं हुई थी। मुंह फिर ढँक दिया गया। चिता में आग लगा दी गयी। देखते-देखते लकड़ियां धांय-धांय जलने लगीं। वर्दक के शरीर पर पड़े कपड़े का लाल रंग आग की लपटों में उतर आया था। लोग तबतक वहां बैठे रहे, जबतक लकड़ियां दहकते कोयले में परिणत न हो गयीं और ऊँची चिता भूमि के बराबर नहीं बैठ गयी।

सबसे अधिक मार्मिक पीड़ा उस तरुण को हो रही थी, जो उस दिन वर्दक के सिंगार करते समय सामने बैठा था और जिसने कौतूहल-वश साथ

चलने के लिये कहा था। वर्दक को अकेली महायात्रा पर जाना था, वह क्यों किसी को साथ ले चलती ? रात वर्दक नहीं आयी, तो सबेरे आने का विश्वास था। सबेरे जिस रूप में आयी, उस पर उसे विश्वास नहीं होता था। अभी कै घड़ी बीती थी, जब कि उसने उसी मुंह से कितनी मीठी-मीठी बातें सुनी थीं। उसे विश्वास नहीं होता था कि वह कंठ सदा के लिये मौन हो गया, वह स्वर और वे शब्द फिर सुनने को नहीं मिलेंगे, जो कि अब भी उसके कानों में गूंज रहे थे। लोग वर्दक को डेरे से उठाने की सोच रहे थे, किंतु उसका मन कह रहा था—"क्यों उसे दूर कर रहे हैं, इतनी जल्दी इसे लोप मत करो।" लेकिन जब दख्मा और मिट्टी दबाने की जगह जलाने की बात आयी, तो एक बार उसकी बुद्धि लौट आयी। उसने मन ही मन उस सलाह का अनुमोदन किया। श्मशान-यात्रा में अन्त तक वह वर्दक को अपने कंधे पर ले गया, वह इसी तरह अपना अन्तिम स्नेह दिखला सकता था। वर्दक सुन्दर सुगंधित गुलाब थी। गुलाब में कांटे होते हैं, किंतु वर्दक बिना कांटों का गुलाब थी। वह उसे कितना प्यार करती थी। तीन ही चार सप्ताह साथ बीते थे, लेकिन वह कितनी समीप हो गयी थी ? कुछ घंटे भी अलग रहने पर उसे कल नहीं पड़ती थी। तरुण के साथ वर्दक का बहुत घनिष्ट संबंध था, जिसे सारे डेरे वाले और बर्दक की बहिन भी जानती थी। वह कितने सपने देख रही थी—कम से कम अब तरुण हमारे डेरे का होके रहेगा। लेकिन आज वह वर्दक को अपने कंधों पर अंतिम यात्रा के लिये ले जा रहा था।

यद्यपि औरों की भांति तरुण की आंखों से बहुत आंसू की बूंदें नहीं गिरीं, लेकिन उसकी भीतरी व्यथा को वर्दक के सभी आत्मीय जानते थे। उसने शाम तक किसी से बात नहीं की, बात करना उसके लिये संभव नहीं था। जान पड़ता था, स्वरयंत्र, अश्रुयंत्र और क्रन्दनयंत्र तीनों

ही उसके एक में मिश्रित हो गये थे, उसे बांध टूट जाने का भय था ।

शाम को वह अपने साथी के साथ नहर के ऊपर की ओर बहुत दूर चला गया । फिर नहर से हटकर दोनों एक एकान्त पहाड़ी टीले पर जा पहुँचे । आधी रात तक चांदनी थी, इसलिये उन्हें जल्दी नहीं थी । साथी ने तरुण से कहा—ऐसे समय मित्र ! धैर्य देने की बात करना बिल्कुल अनुचित है । वर्दक के साथ तुम्हारा स्नेह यद्यपि वैसा नहीं था, जो पथ-विमुख होने का कारण बनता, किंतु वह मूल्यवान् प्रेम था । और अब तो वह अनमोल हो गया ।

—मेरे लिये जीवन की यह सबसे मधुर स्मृति रहेगी, जो कि वर्दक से मेरा परिचय हुआ, उससे समालाप हुआ, उसके साथ इतनी घनिष्टता हुई । मैं इन तीन सप्ताहों को जीवन के अन्त तक नहीं भूल पाऊँगा । लेकिन क्या पहेली है ? यह मनुष्य क्या चीज अपने भीतर पैदा कर लेता है ? पृथिवी, जल, वायु और आग यही तो मनुष्य को बनाते हैं, लेकिन यही चीजें निर्जीव रूप में एकत्रित या अलग-अलग मिलती हैं, और दूसरे जीवों में भी मिलती हैं । मनुष्य में इनका विलक्षण मिश्रण जरूर है, इसीलिये उनमें विलक्षण गुण भी दिखलायी पड़ते हैं । दूसरे भी प्राणधारी प्रेम करते हैं, किंतु मनुष्य का प्रेम बिल्कुल भिन्न है । उसका प्रेम एक व्यक्ति तक, एक हृदय और उसके एक क्षण तक सीमित नहीं रहता, वह उसके प्रभाव को अपने सारे वातावरण में और अपने ही नहीं, बल्कि अपने विद्यमान साथियों और आनेवालों के लिये भी छोड़ जाता है ।

—प्रेम मनुष्य के लिये मित्र ! आवश्यक है और मैं तो कहता हूँ यही जीवन का सबसे मधुर रस है । किंतु इसका अस्तित्व जहां आनन्द का कारण होता है, वहां इसका अभाव हृदय में शूल चुभाने लगता है ।

—हां, दार्शनिकों ने प्रेम के बहुत से गुण-दोष दिखलाये हैं, विरागियों ने प्रेम से बचे रहने की बहुत शिक्षायें दी हैं। लेकिन, मुझे उनकी बातें एकांगी मालूम होती हैं।—तरुण ने कहा।

—क्यों एकांगी मालूम होती हैं? हो सकता है प्रेम में गुण ही गुण देखनेवाले एकांगिता कर रहे हों।

—किसी चीज को इसलिये दोषयुक्त और त्याज्य समझना कि वह सदा स्थायी नहीं रहती, यह कोई उचित तर्क नहीं मालूम होता। यदि कोई चीज सदा के लिये हमारे पास रह जाये, स्थायी हो जाये, तो मैं समझता हूँ, वह अंत में आनन्दजनक नहीं रह सकेगी। चेतना के उद्-बोधन के लिये नवीनता की सबसे अधिक आवश्यकता है। किसी रमणीय स्थान पर हम जाते हैं, तो वह कितना आकर्षक मालूम होता है। पक्षियों के मधुर कूजन ही नहीं, छोटे कीटों की झंकार भी कौतूहल पैदा करती है। लेकिन वह कौतूहल दृश्य के पुराने होने पर अपने आप लुप्त हो जाता है। विश्व में चीजें स्थायी नहीं हैं, इसीलिये तो विश्व के निरंतर नवीन होने का रास्ता खुला है।

—और नवीनता आकर्षक और सौन्दर्य का हेतु बनती है, यही न कहना चाहते हो?

—मैं इस समय सर्वथा तर्क-संगत बात करना भी चाहूँ, तो भी नहीं कर सकता; क्योंकि चित्त का उद्वेग मुझे कहीं से कहीं खींचे लिये जा रहा है। चिर-नवीनता को मैं सौन्दर्य का कारण मानता हूँ, लेकिन चिरंतन स्मृति को भी मैं कम मूल्यवान नहीं समझता, इसे परस्पर-विरोधी कहा जा सकता है। शायद मधुर स्मृति प्रथम नियम का अपवाद है। चिर-नवीन आनन्द प्रेम से पैदा होता है, चिरन्तन मधुर-स्मृति आनन्द भी देती है और मन में टीस भी पैदा करती है। किंतु यदि उसका सर्वथा अभाव हो जाय

किसी पुरुष में मधुर-स्मृति नाम की वस्तु ही न रहे, तो मैं नहीं समझता, वह अपने या दूसरों के लिये भार छोड़कर कुछ और हो सकता है।

—तो चिरस्मृति और चिर-नवीन का झगड़ा मनुष्य के जीवन के साथ लगा जान पड़ता है। स्मृति कोई साकार पदार्थ न होने पर भी क्यों कभी कभी आदमी के हृदय के लिये दुःसह हो जाती है ?

—दुःसह और सुसह सभी तरह की बातें जीवन में मिलती हैं। मैं तो समझता हूँ, दुःसह घटनाओं या दुःखों का अस्तित्व मनुष्य के जीवन में साकार रूप में न सही, निराकार रूप में ही सदा थोड़ा बहुत रहना चाहिये। यदि दुःख की घड़ियों से न गुजरे, तो सुख के मूल्य को आदमी नहीं समझ पाता। धूप में जल के आये आदमी को ही शीतल छाया प्यारी लगती है, बरफ पड़ते दिनों में छाया को कोई नहीं पूछता। हमारे दार्शनिक कहते हैं—भोग दुःख-संपृक्त है, कोई भी भोग नहीं है, जिसमें लेशमात्र भी दुःख की संभावना न हो ; अतः सारे भोग उसी तरह त्याज्य हैं, जिस तरह विष-सम्पृक्त मधुरतम भोजन।

—यह तो अवश्य भारी एकांगिता है, यह वास्तविकता का अपलाप है।

—मैं चिर-नवीनता का पक्षपाती हूँ। चिर-नवीनता हमें खड़े होकर नहीं, चलते-चलते जीवन के सभी कार्यों को करने के लिये कहती है। दुनिया सारी चल रही है। चल नहीं दौड़ रही है, काल कितना तेज दौड़ता है, कभी इसकी कल्पना भी हमने की है ?

—काल की दौड़ तो सचमुच ही अगम्य सी मालूम होती है। अपने ही जीवन के पच्चीस-छब्बीस सालों के ऊपर दृष्टि डालने से मालूम होता है, कि यह कैसी प्रबल वेगवाली दौड़ है। जैसे दौड़ में स्थान पीछे छूटे जाते

अस्पष्ट और धूमिल बनते जाते हैं, उसी तरह हम अपने जीवन में इस दौड़ का प्रभाव देखते हैं।

—लेकिन वस्तुतः यह काल नहीं दौड़ रहा है, दौड़ रही है दुनिया और उसकी हरेक वस्तु। वस्तुतः दुनिया की दौड़ को हमने काल का नाम दे रखा है। दुनिया तेजी से दौड़ रही है। इस दौड़ में व्यक्ति पीछे रहते हैं, दुर्बल होकर पीछे पड़ जाते हैं, लेकिन दूसरे आगे बढ़ते हैं। वे भी पीछे पड़ जाते हैं, लेकिन आगे बढ़ने वालों से दुनिया खाली नहीं होती। व्यक्तियों के लिये स्मृति ढारस देती, और कभी-कभी अधीर भी कर देती है; किंतु, चिरन्तन-मधुर स्मृति को भी कभी चिर-नवीनता ने ही प्रदान किया था। फिर दौड़ में अशक्त रहकर पड़ जाने वालों के लिये कब यह शोभा देता है, कि वह आगे बढ़ने वालों को प्रोत्साहन न दें।

—मुझे तो यह कल्पना का दर्शन न बहुत समझ में आता है, न आकर्षक ही मालूम होता है।

—जिसे तुम कल्पना का दर्शन कह रहे हो, उसे साकार दर्शन के रूप में देखा जा सकता है। जिन गिनतियों को हम निराकार रूप में जोड़ते हैं, उन्हें चाहें तो गोटियों या कौड़ियों के रूप में रखकर गिन भी सकते हैं, इसलिये साकार के आधार पर जो दार्शनिक कल्पना होती है, उसे भी हमें दूसरी कोटि में नहीं रखना चाहिये। आज वर्दक भी साकार रूप को छोड़कर विश्व में विलीन हो गई है, उसी तरह जैसे पहले भी करोड़ों विलीन हुये, और आगे भी विलीन होते रहेंगे; लेकिन विलीन हुई वर्दक भी मेरे लिये कुछ है, थी नहीं, अब भी है, और मेरे जीवन भर रहेगी। यह ठीक है, स्मृतियां उसी व्यक्ति के जीवन तक रहती हैं, उसके बाद फिर वह विलीन हो जाती हैं, उनकी आवश्यकता भी उसी व्यक्ति को रहती है। लेकिन हम जिन बारीकियों को लेकर आज वर्दक के अभाव की व्याख्या

कर रहे हैं, क्या वह इतने महत्त्व की चीज है कि और बातों को पीछे डाल दिया जाय ?

—यही मैं भी कहना चाहता था। यह मेरे समझ के भीतर की बात है। बर्दक को क्यों बिना खिले ही मुर्झा जाना पड़ा ? यदि रगा के विस्पोह्ल और उसके विषमतापूर्ण समाज की जगह दिह-बगान में बर्दक को रहना पड़ता, तो क्या उस गुलाब की कली को चटकने के साथ धराशायी होना पड़ता।

—नहीं, तब ऐसा नहीं हो सकता था। आज सारे रगा के नर-नारियों का सब कुछ विस्पोह्ल के हाथ में है। उसके ऊपर जामास्प है; किन्तु उसने यहां का सारा अधिकार विस्पोह्ल पर छोड़ रखा है। सामाजिक-व्यवस्था ने उसके पास बिना परिश्रम के अपार संपत्ति जमा कर दी है, उसी के फल स्वरूप सबसे अधिक संख्यावाले लोग जीवन कीमा मूली आवश्यकताओं से भी वंचित हो गये हैं। ये वंचित अपने ही हाथ की कमाई को वहां जाकर भिक्षा के रूप में दया के तौर पर पाना चाहते हैं, जिसके लिये वह उसकी हरेक बात को मानने के लिये बाध्य हैं। इस बाध्यता का परिणाम इसी तरह के भीषण रूप में प्रकट होता है, जिसे हमने यहां देखा।

—इसीलिये मित्र ! मैं तो समझता हूँ दार्शनिक भूल-भुलैयों से अलग रहकर हमें अपनी समस्याओं को उनके साकार रूप और साकार परि-स्थिति में देखना चाहिये और ऐसा उपाय सोचना चाहिये, जिसमें कि ऐसी घटनायें और उनके कारण होनेवाली ऐसी दुःसह स्मृतियां न होने पायें।

—ओह ! अन्दर्जगरं !!

—

१८

मनुष्य और मनुष्यता

लोलियों का कारवां फिर पूरब की ओर रवाना हुआ था। रगा में उन्होंने अपने में से एक को खोया, जिसका अभी हृदय में ताजा घाव था, जिसे समय धीरे-धीरे भर देगा। आज कारवां पर्वत के मेरुदण्ड को पार करने वाला था। दोपहर के वक्त वे मेरु (जोत) के समीप थोड़ा विश्राम और भोजन के लिये ठहरे। पास में ही देवदार का जंगल था। यहां लकड़ी की कोई कमी नहीं थी। दोनों तरुण मित्र रोटी और कूजे में पानी ले कुछ दूर हटकर वृक्षों के नीचे जा बैठे। उन्हें यह जगह बड़ी सुहावनी मालूम हो रही थी। अयरान में बहुत कम ऐसे स्थान हैं, जो प्राकृतिक तौर से वृक्ष-वनस्पति से ढंके हों। यही सोच के एक ने कहना आरंभ किया–अयरान में क्यों पर्वत इतने नंगे हैं, यह भी तो अयरान का ही भाग है?

–नहीं देख रहे हो–दूसरे ने कहा–रास्ते के पास विशेषकर पानी के झरनों के किनारे, जहां आने जाने वाले लोग ठहरते हैं, भूमि वृक्षों से खाली हो गयी है। यह कितने ही कटे थून बतलाते हैं, कि अभी हाल तक जंगल की सीमा यहां तक थी।

दूसरे तरुण ने अपने साथी की ओर आश्चर्य और सम्मान से देखते हुये कहा–तो जंगल की सीमा को संकुचित करने का दोष आदमी के ऊपर है?

रोटी को दांत से काटकर चबाते हुये दूसरे ने कहा—हां आदमी के ऊपर और उसके सहचर कड़ी खुरवाले पशुओं के ऊपर भी । आदमी वृक्षों को काटकर उच्छिन्न कर देते हैं और उनके घोड़े, गदहे, बैल और भेड़-बकरियां अपने खुरों से भूमि को इतना रौंदती रहती हैं, कि नये जमे अंकुर वहां पनप नहीं सकते । मैंने तो यह भी सुना है कि वृक्षों के अधिक रहने पर पर्वत भी तर रहते हैं, उनके भीतर जगह-जगह झरने निकलते रहते हैं । ऐसे कितने ही सूखे झरनों को मैंने देखा है ।

—आज भी देखा । सवेरे घड़ी भर चलने के बाद रास्ते में एक पत्थर का बना कुंड था । वहां पानी गिरने का गोमुख भी लगा था, किंतु पानी का पता नहीं । सूखी जगहों में तो किसी ने कुंड और गोमुख बनवाया नहीं होगा ?

—हां, मनुष्य वृक्षों को काट के उच्छिन्न करते हैं, उनके पशु नये वृक्षों को जमने नहीं देते । फिर कुपित प्रकृति मनुष्य को लकड़ी से वंचित कर देती है, और पानी से भी; यही नहीं, भूमि की उर्वरता से भी वंचित कर देती है, क्योंकि वृक्षों के पत्तों, झाड़ियों और घासों के न होने, न सड़ने से खाद नहीं बन पाती ।

—आः ! मनुष्य ने कितने दिनों से यह कांड जारी कर रखा है !!

—जब से मनुष्य का इतिहास है, मैं नहीं समझता, आदमी ने तभी से ऐसी अदूरदर्शिता करनी शुरू की ।

—तो क्या तुम समझते हो, पहिले के मनुष्य आज से अधिक अच्छे थे ?

—इसके लिये हमारे पास प्रमाण क्या है, लेकिन बुद्ध की एक बात मुझे युक्तियुक्त मालूम होती है ।

—भाई, तुम्हारा बुद्ध बड़ा अग्रसोची था, उसकी जो-जो भी बातें तुमसे सुनीं, मैंने उससे पता लगता है, कि उसकी प्रतिभा अप्रतिम थी ।

—केवल इतनी ही कसर थी, कि वह अपने समय से बहुत पहले पैदा हुआ था और सूखा आदर्शवादी नहीं व्यवहार-बुद्धि रखनेवाला पुरुष भी था। यही व्यावहारिकता कल्पना पर अंकुश डाल देती थी। हां, तो बुद्ध ने कहा था, पहिले मनुष्यों की अलग संपत्ति नहीं थी, जंगल में अन्न और फल अपने आप उपजते थे, लोग मिलकर जमा कर लाते और मिलकर खाते थे। बहुत दिनों बाद किसी के सिर पर स्वार्थान्धता सवार हुई, उसने अन्न-फल बटोर कर अपने लिये ढेर करना शुरू किया। फिर दूसरे ने जंगल जाने के परिश्रम से बचने के लिये रात-विरात उसी ढेर में से कुछ निकाल लिया। मनुष्य की स्वार्थान्धता ने इस प्रकार चोरी को जन्म दिया। देखा-देखी दूसरे भी स्वार्थान्ध बनने और ढेर जमा करने लगे। चोरी और बढ़ी, फिर उसके कारण लड़ाई और मारपीट शुरू हुई। तब न्याय करने के लिये पंचों की आवश्यकता पड़ी। झगड़ों की संख्या अधिक होने पर पंचों के लिये यह मुश्किल हो गया, कि न्याय करते घर का भी काम करें। लोगों ने अपने में से किसी सज्जन होशियार ईमानदार को स्थायी तौर से पंच बना दिया। उसे धन कमाने के काम से मुक्त कर दिया और जीविका के लिये अपनी कमाई में से उसे देने लगे। यह था पहला राजा, जिसका प्रादुर्भाव उसी वैयक्तिक स्वार्थान्धता के कारण हुआ। बुद्ध की इस सीधी सी कहानी में सत्य का कुछ अंश अवश्य मालूम होता है।

—सत्य का अंश नहीं, यह बिल्कुल सत्य बात मालूम होती है। हमारे अयरान में पहले आर्यों का कोई राजा नहीं था। मद्र (मिदिया) वालों ने देवक को सबसे पहिले राजा बनाया। अयरानियों में वही प्रथम राजा था। उसकी राजधानी हग्मतन (हमदान) हम देख आये हैं। देवक की कुछ पीढ़ियों ने राज्य किया, फिर उनसे पारस वंश ने राज छीन लिया, जिसमें कुरु (कोरोश) और दारयव (दारयोश) जैसे बलशाली राजा

हुये। देवक की कथा भी सिद्ध करती है कि पहिले राजा नहीं होते थे, जन ने विशेष कार्य के लिये उसे अपने में से चुना।

–और राजा के चुन लेने पर मनुष्य मनुष्य में भेद और विषमता का विष तेजी से फैलने लगा। देवक को हुये बारह-तेरह सौ वर्ष से अधिक नहीं हुये, इतने ही समय में हम देख रहे हैं, कि मनुष्य कितना पतित हो गया। लेकिन पतन का दोष सारी जनता पर नहीं है। यद्यपि स्वार्थान्धता का दुष्परिणाम सभी को भोगना पड़ता है, लेकिन उससे लाभ थोड़े ही आदमियों को होता है। यही थोड़े आदमी हैं जो सारे देश को भाड़ में झोंकते हैं। अब भी दिह-बगान जैसे स्थानों को देखने से पता लगता है, कि सुख-शान्ति का रास्ता यह नहीं, वह है।

–अर्थात् मानव निजी स्वार्थ को भुलाकर सबके हित में अपना हित समझे।

–हां, सामने ही देख लो यदि ऐसा समझा होता तो ये बहुत से पर्वत वृक्ष-वनस्पतिहीन नहीं हुये होते। यात्री समझता है, हम तो अब पार हो रहे हैं, यहां और किसको आना है, इसलिये रास्ते के जंगल या भूमि का चाहे कुछ भी हो, हमें तो अपना तुरंत का लाभ देखना है, पीछे आनेवाले जायं चूल्हे भाड़ में।

–यात्रियों की बात क्यों कर रहे हो मित्र ? मनुष्य अपने सामने अपनी संतान तक के हित की परवाह नहीं करता। अपने अनिश्चित भविष्य के लिये धन संग्रह करना आवश्यक है, और मृत्यु-समय निश्चित न होने के कारण कुछ धन संभाल के रखना पड़ता है; इस तरह संतान को कुछ मिल जाता है, नहीं तो बहुत से बापों के लड़के अकिंचन हो के रहते।

–अकिंचन हो के रहते, तो मैं समझता हूँ, दुनियां के लिये बुरा नहीं होता। बिना परिश्रम के धन पानेवाले ही दुनियां में भारी दुःख का बीज बोते हैं।

—तो ये जंगल इन पचासों नये कटे वृक्षों-खूथों के देखने से पता लगता है कि निम्न भागों से जंगल उजड़ता ही जा रहा है। यदि मनुष्य की अदूरदर्शिता और स्वार्थान्धता इसी तरह चलती रही, तो ये महान् पर्वत भी किसी समय वैसे ही नंगे हो जायेंगे, जैसे अयरान में के दूसरे पहाड़।

कारवां भोजन करने के बाद चलने के लिये तैयार हो गया। दोनों तरुण केवल बात ही में नहीं लगे थे, उन्होंने अंगूर के साथ रोटियां खा के पानी पी लिया था। लोलियों के घोड़े-गदहे और लड़के-बच्चे आगे को चले, "गुल" और "बुलबुल" अब भी उनमें थे, दोनों तरुणों को इस वक्त उनकी देख-भाल करने का काम नहीं मिला था।

दूसरे तरुण ने छोड़ी बात को फिर छेड़ते हुये कहा—मनुष्य क्या संपत्ति का केवल संहार ही करता है, संपत्ति से मेरा मतलब ह, प्रकृति द्वारा संचित संपत्ति से।

—मनुष्य में सिर्फ संहार की ही अद्‌भुत शक्ति नहीं है, वह निर्माण करने की भी बड़ी अद्‌भुत क्षमता रखता है। मनुष्य के मस्तिष्क और भूमि के गर्भ में क्या—क्या छिपा है, इसका अनुमान करना भी मुश्किल है। देखा है न लोहे की खानों को, सीसे की खानों को ? मनुष्य उनकी खोज में पहाड़ छेदकर पाताल पहुँचा है। तुम्हें शायद यह पसन्द न लगे, लेकिन मुझे तो मनुष्य की शक्ति को देखकर विश्वास हो गया है कि जगत का यही बग है, बाकी अनेक बग अथवा एक बगानबग झूठी कल्पना हैं।

—क्या सचमुच ही मित्र ! तुमको बगानबग पर कभी विश्वास नहीं होता ?

—यदि तुम्हारा बगानबग न होता, तो मनुष्य का काम बहुत आसान होता। यदि तुम उसे मानने का ही आग्रह करते हो, तो यही कहना पड़ेगा, कि बगानबग (भगवान) ने दुनियां के कोने-कोने को अन्याय, अत्याचार,

खूनी संघर्ष और अव्यवस्था से भर रखा है, जिसे कम करने के लिये मनुष्य सरतोड़ कोशिश कर रहा है।

—इस बात में मैं तुमसे सहमत नहीं हो सकता मित्र !

—मैं भी इसके लिये आग्रह नहीं करता।

—यदि कोई शक्ति न होती, यदि कोई महान् बग पहिले न होता, तो यह दुनियां बनती कैसे ?

—इसके बारे में मैं इतना ही कह सकता हूँ कि यह अन्यायों की मारी दुनियां है, जिसके अधिकांश प्राणधारी केवल तड़प-तड़प कर मरने के लिये पैदा किये गये हैं। ऐसी क्रूर दुनिया को बनाके रखनेवाला कोई क्रूर व्यक्ति ही हो सकता है। इस दुनियां से तुम बगानबग को सिद्ध नहीं कर सकते, हां, शैतान को आसानी से मनवा सकते हो। लेकिन शैतान के जानने मानने से मनुष्य को लाभ क्या ? फिर, हरेक चीज का एक बनानेवाला होना चाहिये, यह मिथ्या धारणा है।

—अर्थात् किसी कारण के बिना ही वस्तु का बन जाना मानना, यह सच्ची धारणा है ?

—तुमने मुझे पूरा कहने नहीं दिया। कारण से मैं इनकारी नहीं हूँ, लेकिन दुनिया में कोई छोटी से छोटी भी ऐसी वस्तु नहीं है, जो केवल एक कारण से पैदा हुई हो। अनेकों कारण मिलकर एक कार्य को पैदा करते हैं। अनेक कारणों को मान लेने पर एक कारण बगानबग का महत्त्व जाता रहता है।

—लेकिन बग का विश्वास आदमी को शांति देता है ?

—निर्बल हृदयों को अवलम्ब देता है, इसे मैं मानता हूँ; इसीलिये निर्बल हृदयों से उनके बग को छुड़ाने का प्रयत्न वैसा ही क्रूर है, जैसा सच्चे हाथी मानकर खेलनेवाले बच्चे से उसका खिलौना छीन लेना।

दूसरे तरुण ने मुस्कराते हुये कहा—तो तुम हम सबको बच्चे ही मानते हो !

—कम से कम इस बात में। बग का विचार बस मनुष्य का यही उपकार कर सकता है, कि उसे वृक्ष के सहारे खड़ी रहनेवाली लता की भांति सदा पराश्रित रखे। मनुष्य की एक भी समस्या को हम नहीं देखते, जिसे बग ने आकर हल की हो। मानव अंधाधुंध एक ओर बढ़ता चला जाता है, और बिना समझे-बूझे या कुछ जानकर भी अपने और दूसरों के रास्ते में कांटा बोता चलता है। फिर एक समय उसे होश आता है, और वह बिखरे कांटों को चुनने लगता है। पीढ़ियों के बिखरे कांटे एक पीढ़ी भी नहीं चुन सकती है, एक या दो व्यक्तियों के चुनने की तो बात ही क्या ?

—यह तो देखा जाता है कि जब मनुष्य दारुण विपद् से बचने के लिये किसी बात की आवश्यकता समझता है, तो अपने निजी स्वार्थों को दूर करके उसमें लग जाता है।

—शताब्दियों के बोये कांटों को चुनने का काम आज अन्दर्जगर और और उनके शिष्य कर रहे हैं। हम नहीं कह सकते, कि वह अवश्य ही सफल होंगे। यदि सफल न भी हों तो भी उनका प्रयत्न अकारथ नहीं जायेगा। यह जलाई आग बुझनेवाली नहीं है, एक पीढ़ी नहीं दूसरी या तीसरी, एक शताब्दी नहीं दूसरी या तीसरी बीतेगी, कभी ऐसा समय अवश्य आयेगा, जब मनुष्य अपने निवास की गंदगी को दूर करके दुनियां को मनुष्य के रहने लायक बनायेगा।

—तो तुम समझते हो कि हमें अपनी समस्या स्वर्गीय शक्ति के ऊपर नहीं छोड़नी चाहिये ?

—यदि समस्याओं को हल नहीं करना है, उन्हें और भारी से भारी होने देना है, तो अवश्य आकाश की ओर मुंह बाये बैठे रहना चाहिये।

यदि तुम्हारे ये किसान आकाश की ओर मुंह ताकते रहते, तो कभी इन सुमधुर मेवों के उद्यानों को नहीं खड़ा कर सकते थे। कितने परिश्रम से कितने दूर-दूर से बूंद-बूंद पानी बटोर कर किसान बागों में ले जाता है। थोड़ी-थोड़ी दूर पर कूयें खोदकर उन्हें नीचे नाली से मिला के मीलों दूर से पानी की नहरें लाता है। यदि उन्हें भूमि के ऊपर लाता, तो प्यासी भूमि और सूरज की किरणें बहुत से जल को पी जातीं; इसीलिये वह अपनी नहरों को धरती के भीतर भीतर से ले आता है। यहां समस्या का हल उसने अपने निकाला है। और भी, तुमने देखा है, किस तरह घंटीयंत्र (रहट) से कूयें के भीतर का पानी बाहर करके खेतों को किसान हरा-भरा करता है, कूयें से एक घड़ा पानी निकालना बेकार सिद्ध होता, मनुष्य ने घड़ों की माला बना एक चक्के पर रख दी। और दूसरे चक्के को घुमाने के लिये बैल या ऊँट जोत दिया। अब घंटी की माला अपने आप घूमने लगी, एक ओर घड़े पानी में डूब के ऊपर की ओर उठते जाते और दूसरी ओर के बाहर के बाहर पानी उडेल के भीतर पानी भरने के लिये उतरते जाते हैं। मैं समझता हूँ मनुष्य के मस्तिष्क की शक्ति के उपयोग का अभी आरंभ ही हुआ है।

—लेकिन कितने हैं जो इन बातों को समझते हैं?

—समझ तो बहुत पावें, यदि उन्हें समझने दिया जाय। अज्ञान बहुत है। हमारे यही लोली क्या समझते हैं? बस यही कि एक जाड़े में रोमको के राज्य में रहें, तो दूसरे जाड़े में हूणों के राज्य में जा पहुँचना चाहिये, इसी तरह भूखे रहते, अपमान सहते दिन काट देना है, जैसे कि उनके बाप-दादा करते रहे हैं।

—लेकिन हमारे साथ मित्र! इनका वर्ताव बहुत सुंदर रहा।

—अज्ञान और अपरिचय का यह अर्थ नहीं, कि मनुष्य मानव-गुणों

से वंचित रह जायें। इन्होंने हमारे साथ कितना आत्मीय जैसा वर्ताव किया। हम कौन हैं इसका उन्हें पता नहीं। अन्दर्जगर में इनकी बड़ी भक्ति है, क्योंकि वह उनके जैसी सबसे अधिक पद-दलित जातियों को समानता दिलाने का प्रयत्न कर रहे हैं, इसके लिये हर तरह का कष्ट उठाने के लिये तैयार हैं। हम भी उनके चेले हैं, बस इतना भर इनमें से कुछ जानते हैं। लेकिन, साथ ही वह यह भी जानते हैं, कि अन्दर्जगर और उनके चेलों की मदद करना साधारण अपराध नहीं है।

—हम अब उस जगह पहुँच रहे हैं मित्र ! जहां इनका और हमारा रास्ता अलग होगा।

—शायद कल या परसों हम पीरोज़कुह पहुँच जायें, वहीं से इन्हें उत्तर की ओर और हमें पूरब की ओर जाना पड़ेगा।

साथी ने उदास होते कहा—फिर कौन जानता है, कि इनसे कभी भेंट हो सकेगी; इन्होंने हमारे साथ जो नेकी की है, उसका बदला देने की बात तो अलग।

—नेकी का बदला देना संभव नहीं है। आदमी, जैसा कि तुम कह रहे थे, बहते प्रवाह का एक अंग है। सारे उपकृत और उपकारकर्त्ता नदी-नाव संयोग से मिलकर बिछुड़ जाते हैं। फिर ऋण का प्रतिशोध कैसे संभव है ?

—मानवता का जिसने कुछ पाठ पढ़ा है, वह ऋण-प्रतिशोध किये बिना नहीं रहता। वह उपकार को केवल एक व्यक्ति द्वारा किया नहीं समझता, बल्कि समझता है कि उपकार समाज की ओर से हुआ है, व्यक्ति तो निमित्त मात्र है। चाहे व्यक्ति से उऋण होने का अवसर न मिले, लेकिन समाज तो ऋण-प्रतिशोध के लिये मौजूद है।

—और कौन जाने जैसे चलते-फिरते अब भेंट हुई, इसी तरह फिर कभी हो जाये।

—विदा लेने का समय आ रहा है। मनुष्य बेंत (बीरी) की हरी डाली है, बस थोड़ी सी भूमि स्निग्ध होनी चाहिये, फिर गड़ने के साथ ही वह भूमि में जड़ फेंकने लगती है। हमी जब इनमें आये थे, तो अपरिचित थे। इनसे अपरिचित थे और इनके रीति-रवाज, चाल-व्यवहार से भी। लेकिन कितनी जल्दी हम इनके हो गये ? महीने भर बाद आज यह सोचना मुश्किल हो रहा है, कि बिदाई के समय कैसे इनके आंसुओं को रोका जाये।

—विशेषकर बर्दक की बहन और मौसी के आंसू तो आसानी से नहीं रुक सकेंगे।

—बेचारी बर्दक ! यदि कहीं वह भी साथ होती, तो बिदाई लेनी कितनी कठिन हो जाती। इसीलिये कहना पड़ता है, मनुष्य सभी जगह जड़ फेंकने के लिये तैयार रहता है। कहते हैं बग मनुष्य की सुध लेता है, लेकिन मैं कहता हूँ, बग नहीं सुध लेता, मनुष्य की सुध मनुष्य लेता है। भाषा नहीं जानने पर भी सिर्फ मनुष्य का रूप देखकर अपरिचित देश में भी लोग हस्तावलम्ब देने को तैयार हो जाते हैं। मैं बहुत देशों में घूमा हूँ और कितनी ही बार बिल्कुल खाली हाथों। अनमोल पण्यों और रत्नों से भरे पोतों के सार्थवाह पोतभंग होने पर उसी रूप में किसी अपरिचित द्वीप में जा निकलते हैं, जिस वेष में कि वह संसार में आये थे। भाषा का एक शब्द भी न जानते लोग उनकी सहायता करने के लिये तैयार मिल जाते हैं। मनुष्य के प्रति मनुष्य की सहानुभूति स्वाभाविक है।

—हां, इस गुण से हमारे लोली खाली नहीं, बल्कि अधिक परिचित हैं।

—उन्हें भी तो बराबर नये देशों को देखते रहना पड़ता है।

दोपहर की चढ़ाई के बाद शाम तक कारवां पहाड़ पर तिर्छे उतरता ही चला गया। पहाड़ बहुत तेजी से जंगलहीन होते गये। फिर सूखी भूमि और सूखे पहाड़ों में कच्ची मिट्टी के गोल-गोल ढेरों जैसे घरवाले गांव जहां-तहां दिखायी पड़ने लगे। यहां वृक्ष मनुष्य ने अपनी तपस्या के बल पर लगा रखे थे।

१९

तीन राजकुमार

यह दिहमगान का इलाका था। जिसका केन्द्र दिहमगान (दमगान) एक अच्छा खासा नगर था और जैसा कि नाम से प्रगट है, यहां मगों (पारसी पुरोहितों) की बस्ती थी। यहां से एक रास्ता उत्तर में गुरगान की ओर जाता और दूसरा पूरब की ओर अबहरशहर (खुरासान) की तरफ। तीन सवार दिहमगान से अभी-अभी बाहर निकले थे, इसी समय एक यहूदी आके उनसे मिला। तीनों सवार सोग्दी पोशाक में थे, जिनमें एक की लाल दाढ़ी में कुछ-कुछ सफेद केश भी दिखाई पड़ते थे, और आंखें नीली थीं। दूसरे दो सवार बिल्कुल तरुण और सोग्दी व्यापारी के भेष में थे। यहूदी ने शायद सोग्दी सौदागरों से सौदे के बारे में बात की, या किसी दूसरे विषय में, इसे नहीं कहा जा सकता। इधर के यहूदी कुछ व्यांपार भी करते थे, किंतु उससे भी अधिक उनकी ख्याति वैद्य के तौर पर थी। जिस समय सोग्दी व्यापारी बस्ती से बाहर हुये थे, उस समय दिन काफी चढ़ चुका था। उनके वाल्हीकी घोड़े विशाल और सुन्दर थे सर्दी अधिक थी, इसलिये उनकी पोशाक यद्यपि चमड़े की थी, किंतु वह साधारण चमड़ा नहीं था। सौदागरों ने अपने माल के काफिले को आगे भेज दिया था, और अब निश्चिन्त हो पीछे से चल रहे थे।

दिहमगान का इलाका भी ईरान के दूसरे प्रदेशों की तरह ही

बिल्कुल रूखा-सूखा है। प्राणियों और मनुष्यों के लिये न कहीं जल का पता न तृण का। इसीलिये गांव भी यहां दूर-दूर पर मिलते हैं। अबहरशहर और आगे का मार्ग व्यापार के कारण बहुत चलता रहता है, इसलिये भी इतने गांव जहां-तहां मिलते हैं, नहीं तो इस स्वागतहीन भूमि में इतनी बस्तियां क्यों बसतीं ? दिहमगान (दमगान) और दूसरे रास्ते के गांवों में लोंगो ने मेवों के बाग बगीचे लगा रक्खे हैं, किंतु वह केवल मनुष्य की तपस्या के फल हैं। आजकल वृक्षों के पत्ते गिर चुके थे।

गांव दूर छूट चुका था। तीनों सवारों के आस-पास दूसरे आदमी नहीं थे। वे अपनी बातों में मस्त थे। आयु में सबसे ज्येष्ठ सवार कह रहा था—क्या आश्चर्य की घड़ी है, कैसा संयोग है, कि हम तीन राजपुत्र यहां सोग्दी व्यापारी के रूप में एकत्रित हुए हैं। समय सदा एक सा नहीं रहता। रथ का चक्का कभी ऊपर आता है, कभी नीचे। वह तो कोई बात नहीं, किंतु सुनसान बयावान में तीन राजकुमारों का मिलना विचित्र संयोग है।

उमर में दूसरे नंबर के सवार ने अपने ज्येष्ठ साथी की बात में बात मिलाते कहा—इसमें क्या संदेह है ? हमारे साथी की आप बीती तो सुन ही चुके हैं और मेरी भी बातें आपको मालूम हैं ; लेकिन हमारी बड़ी इच्छा है, कि आपकी बातें सुनें। यह तो हम जानते हैं, कि आप कुशान-वंशी (कुषाण) राजकुमार हैं।

कुशान—कुशान अर्थात् कुशाना कुशों का, हां, व्यक्तियों की तरह राजवंशों का भी उदय और अस्त होता है, और एक ही बार होता है। हमारे वंश ने पांच सौ बरस के करीब राज्य किया। राज्य भी साधारण नहीं। हिन्द देश का अधिकांश हमारे जनके हाथ में था। कपिशा (काबुल),

वाह्लीक (बलख), सोग्द से लेकर पश्चिमी (कास्पियन) समुद्र तक कुशानों की ध्वजा फहरा रही थी। कुशान राजलक्ष्मी से दुनियां को ईर्ष्या हो रही थी, लेकिन राजलक्ष्मी किसके पास सदा रही है। हमारे वंशने बहुत उतार-चढ़ाव देखे। कनिष्क और हुविष्क का विशाल राज्य सिकुड़ने लगा, तब भी पचास साल पहले तक कपिशा और पश्चिमोत्तर का भाग हमारे हाथों में था।

तीसरा सवार—व्यक्ति की भांति राजवंशों में भी जवानी, बुढ़ापा और फिर मृत्यु आती है।

ज्येष्ठ—इसमें विचित्रता की कोई बात नहीं है। वंश की स्थापना ऐसा ही व्यक्ति कर सकता है, जिसमें अच्छे योद्धा और योग्य शासक के गुण हों। वस्तुतः वह केवल पहिले के राजवंश की दुर्बलता से ही लाभ नहीं उठाता, बल्कि स्वयं अपनी वीरता के बल पर छत्र धारण करता है। उसके पुत्रों ने राज्य की स्थापना में यदि कोई भाग नहीं लिया है, तो निश्चय ही उनमें उचित गुणों का अस्तित्व संदिग्ध होगा। योग्य शासक अपना उत्तराधिकार भी योग्य को ही देना चाहता है, लेकिन बहुत कम ऐसा देखने में आता है, कि योग्य पिता का पुत्र योग्य ही पैदा हो। इसी का परिणाम होता है, कि नये राजवंशों का वैभव दो-चार पीढ़ी से अधिक ऊपर की ओर नहीं उठता है। सिंहासन के उत्तराधिकारी अधिक विलासी हो सैनिक और शासक के गुणों से अधिकतर विमुख होते जाते हैं। फिर ऐसे राजवंशों के उत्तराधिकारियों का सिंहासन पर बना रहना तभी हो सकता है, जब कि उनके शत्रुओं में योग्यता की कमी हो।

तृतीय सवार—पार्थियों का उदाहरण इसकी पुष्टि करता है। यद्यपि उन्होंने कुशानों से थोड़ा ही कम समय तक शासन किया होगा किंतु तो भी उन्हें हम शक्तिशाली कह सकते हैं।

ज्येष्ठ–पार्थिय कुशानों से पहिले ही अपना राज्य स्थापित कर चुके थे। मैं समझता हूं, उन्होंने कुशानों से कम समय तक राज्य नहीं किया और बहुत समय तक तो दोनों प्रताप में एक दूसरे के समकक्ष रहे। पार्थियों और कुशानों का कभी-कभी युद्ध भी होता था, किंतु दोनों ही विशाल शकवंश के नाते भाई-भाई थे, इसलिये उनमें बहुत कम आपसी छेड़खानी होती रही।

तृतीय सवार–पार्थियों को पश्चिम में रोमकों का भी तो डर था। इसलिये वह नहीं चाहते थे, कि कुशानों से युद्ध करके शक्ति को निर्बल करें। मैं समझता हूँ, उनके उत्तराधिकारी सासानियों ने कुशानों को छेड़कर अच्छा नहीं किया।

ज्येष्ठ– बुरा किया। सासानियों के युद्ध से निर्बल होने कारण ही कुशानों को केदारी हूणों ने धर दबाया। शायद सासानियों ने उस समय इसे नहीं समझा, लेकिन अब वह इसे अच्छी तरह सोच ही नहीं रहे हैं, बल्कि परिणाम भी भोग रहे हैं—एक शाहंशाह उनके हाथों मारा जा चुका है। केदारियों की शक्ति सबल ही होती जा रही है, इसलिये क्या मालूम सासानियों पर क्या बीते ?

द्वितीय सवार ने अबकी मुंह खोला– क्या बीतने की बात भविष्य के गर्भ में है, किंतु अभी तो हम केदारियों के पास बड़ी-बड़ी आशायें लेकर जा रहे हैं, और आशा है कि हम हताश होकर नहीं लौटेंगे।

ज्येष्ठ– हताश होने की बात क्या है, जब हम ख़ाकान के निमंत्रण पर वहां जा रहे हैं।

द्वितीय सवार– मैं एक बात पूछूं ? मुझे यह नहीं समझ में आता, कि आप कैसे केदारी ख़ाकान के इतने अनुरक्त हो गये और कैसे उसने आप पर विश्वास किया।

ज्येष्ठ—अनुरुक्त होने की बात तो नहीं है, लेकिन मैं हेफ्तालों का विरोधी नहीं हूं। विरोध तो तब करता, जब मुझे आशा होती कि कुशान-राजलक्ष्मी को मैं फिर मना लाऊंगा। मुझे विश्वास है कि कुशान वंश फिर अपने गौरव को लौटा नहीं सकता, वह केवल सामन्त बनकर ही कुछ समय और भोग भोग सकता है।

तृतीय सवार—जैसे पुराने पार्थिय सोरन पह्लव अभी सासानियों के बड़े सम्मानित सामंत के तौर पर भोग रहे हैं। उनका पद ऊंचा है, उनका सासानी वंश से बराबर साला-बहनोई का सम्बन्ध रहता है।

द्वितीय सवार—नया राजवंश दूसरे राज्यवंश के मुकुट और सिंहासन को छीन लेता है, लेकिन उसके अवशेष को मिटाना नहीं चाहता।

ज्येष्ठ—अवशेष को मिटाने की आवश्यकता नहीं है। अधिक हुआ तो पिछले वंश में के अन्तिम गद्दीधर की संतानों में से कुछ को नष्ट कर दिया। अधिक शताब्दियों तक राज्य करनेवाले वंश का खानदान भी बढ़ जाता है, फिर सबको नष्ट भी कैसे किया जाये। आखिर ये पदच्युत राजवंश के लोग कृपा-पात्र बनाये जाने पर सबसे अधिक विश्वासपात्र भी होते हैं

द्वितीय सवार—वास्तविकता यही मालूम होती है, देश के धन और ऐश्वर्य को कुछ सीमित वंशों ने आपस में बांट लिया है। वह कभी-कभी अपने स्वार्थ के लिये आपस में लड़ते हैं, किंतु जब सबके स्वार्थ पर आक्रमण होता है, तो सब एक हो जाते हैं। इसीलिये विजेता पुराने वंशों को उजाड़ते नहीं, उन्हें सम्मान देते हैं। जो वंश एक बार राज्य कर चुका है, उसका फिर से राज्यारोहण कहां देखा जाता है ?

ज्येष्ठ—आप जानते हैं कि केदारी राजा मुझसे कोई भय नहीं रख सकता। मेरा वह भगिनीपति है, लेकिन राजाओं में भगिनीपति

या दामाद होने के कारण झगड़े बंद नहीं हुआ करते, किंतु हम तो बुझे हुए कुशान वंश की राख हैं।

द्वितीय सवार—सामन्ती के स्थान पर आपको व्यापार क्यों पसंद आया।

ज्येष्ठ—अर्थात् कुशान कुमार के लिये यह शोभा नहीं देता? ठीक है, मैं एक सामंत की तरह अपनी भूमि में रह सकता हूं, लेकिन मुझे घूमने का चस्का लगा है। आपको मालूम है, कि हमारा वंश सदा बौद्धधर्मी रहा। राजकुमारों में से कितने ही भिक्षु बनते रहे। उन्होंने प्रचार के लिये दूर-दूर तक यात्रायें कीं। मैं भी भिक्षु था। मेरे जन्म के समय कुशान वंश का सितारा डूब चुका था। अगर न डूबा होता तो भी शाहनशाह का पुत्र होने पर भी मेरा नम्बर कइयों के बाद आता। मैंने पूरब में चीन तक की यात्रा की है। आजकल चीन की दुनिया पर धाक नहीं है, जो पहले किसी समय थी, क्योंकि वह बहुत से राज्यों में विभक्त हो गया है। तो भी चीन समृद्ध देश है, उसके रेशम को कौन नहीं जानता? वहां की कारीगरी भी अद्वितीय है।

तृतीय सवार— क्या चीन का रास्ता इसी तरह का है?

ज्येष्ठ— हां, ऐसी भी भूमि है। कभी-कभी तो बिल्कुल बालू की भूमि आ जाती है, लेकिन कहीं-कहीं जंगल वाले पहाड़ भी मिलते हैं। आदमियों की कई जातियां भी देखने लायक होती हैं।

द्वितीय—आपको कौन सी जाति सबसे ज्यादा अच्छी लगी?

ज्येष्ठ—अच्छी लगने का अर्थ यह नहीं समझें, कि मैं दूसरी जातियों को बुरा समझता हूँ। सभी जातियों में गुण भी होते हैं, दोष भी, लेकिन मुझे तुखार (तुषार) सबसे अच्छे लगे।

तृतीय— तुखार क्या वक्षुतट की भूमि?

ज्येष्ठ–नहीं, यह नाम तो हम कुशानों के यहां आने के कारण पड़ा। तुखार जाति पुरानी जाति है, हम कुशान भी मूलतः तुखार थे।

तृतीय सवार–मूलतः तुखार !

ज्येष्ठ–हां, तुखारों की एक नगरी का नाम आज भी कुशान (कुचान) है।

तृतीय सवार–तो कुशान उसी कुचान से आये थे ?

ज्येष्ठ–यह कहना इतना आसान नहीं है। हमारे पूर्वज कुचान से और भी एक महीने के रास्ते पर रहते थे, कुचानों की भी वही आदिभूमि थी। आज भी उस इलाके में हमारे वंशवाले कुछ मिलते हैं, यद्यपि उनमें अब कोई प्रभुता नहीं है और केवल भेड़-बकरी के चरवाहों की तरह रहते हैं। किसी समय वहीं हम कुशों का हूणों से युद्ध हुआ।

द्वितीय सवार–यह कितने समय की बात होगी ?

ज्येष्ठ–बहुत समय हो गया। शायद छः सात सौ बरस बीते होंगे। लेकिन वह हूण केदारी हूण नहीं थे। केदारी हूणों को हूण या श्वेत हूण जबर्दस्ती लोगों ने बना रखा है, वह यह नाम पसंद नहीं करते। वस्तुतः वे हूणों द्वारा शासित देश से आये थे, इसीलिये लोगों ने उन्हें हूण कहना शुरू किया, नहीं तो वह हमारे समीपी के हैं।

तृतीय सवार–और तुखार ?

ज्येष्ठ–तुखार तुम्हारे दूर के सम्बन्धी हैं। हमारी पुरानी भाषा अब भी कुचान में बोली जाती है। हम कुशानों ने इधर आके अपनी भाषा छोड़ के सोग्दी या हिन्दी भाषा अपना ली।

द्वितीय सवार–तो तुखारी भाषा से बहुत अन्तर हो गया होगा ?

ज्येष्ठ–बहुत अन्तर है, लेकिन इसका यह अर्थ नहीं है कि उसका कोई शब्द नहीं मिलता। हिन्दी और अयरानी भाषा में क्षीर (दुग्ध) कहते हैं,

लेकिन तुखारी में "मल्क" या "मल्कवेर"। इसी तरह हिन्दी हाथी को ईरानी फील कहते हैं, लेकिन तुखारी में "क्लोन"।

द्वितीय सवार–जान पड़ता है, तुखारों के देश में आप बहुत दिनों रहे हैं।

ज्येष्ठ– हां, और मुझे वह देश बहुत पसन्द आया। यह मालूम होने पर कि कुशानों के ही वह अपने वंश के हैं और कुशानों की भाषा अब भी वहां सुरक्षित है, मेरा उनसे क्यों नहीं अधिक स्नेह होता? किंतु मैं यह अपनों के पक्षपात के कारण उनकी प्रशंसा नहीं कर रहा हूं। तुखारों का स्वभाव बड़ा मधुर है। जैसा ही उनको सुन्दर रूप मिला है, वैसा ही सुन्दर हृदय भी।

तृतीय सवार–तुखार बहुत सुन्दर होते हैं? क्या मादों से भी अधिक?

ज्येष्ठ–मैं कह सकता हूं कि तुखारों की भूमि सौन्दर्य की खान है। इतने अधिक सुन्दर नर-नारी कहीं देखने में नहीं मिलेंगे, लेकिन जो हमें सुन्दर मालूम होते हैं, जरूरी नहीं कि वह सारी दुनिया के लिये सुन्दर हों।

द्वितीय सवार–भला यह भी कोई बात है, जो सुन्दर है वह सारी दुनियां के लिये सुन्दर है।

ज्येष्ठ–नहीं, सौन्दर्य के लिये जातियों के अलग-अलग माप दण्ड होते हैं। कुचान के लोगों और मादों को देखकर उनके सौन्दर्य की हम प्रशंसा करते नहीं थकते, लेकिन चीनियों को मैंने तुखारों के बारे में कहते सुना है; लम्बे तगड़े तो होते हैं, लेकिन उनके लाल-लाल केश और नीली-नीली आंखें बिल्कुल बन्दर जैसी हैं, यह लम्बी नाक तो उनके सारे रूप को चौपट कर देती है।

द्वितीय सवार–तो हमें अपने सौन्दर्य की कसौटी को बदलना पड़ेगा?

लेकिन चीनियों के सौन्दर्य के ही सम्बन्ध में। शायद आपके सुन्दर तुखारों के बारे में हमारा मतभेद नहीं होगा। लेकिन आप तो उनको ऐसा बतला रहे हैं, मानो वह पृथ्वी पर स्वर्ग के देवता हों।

ज्येष्ठ–मैं कई वर्षों उनके भीतर रहा हूँ। पहले भिक्षु के तौर पर और फिर गृही बन के। मैं उनका अपना हो गया था। वस्तुतः अब भी जब मैं उनके स्नेह को स्मरण करता हूँ, तो ख्याल आता है, मैं क्यों वहां से चला आया। उनमें आगन्तुक के प्रति बड़ा स्नेह होता है। उत्तर के हूणों और पूरब के चीनियों के टक्कर में पिसते उनसे तुखारों का सम्बन्ध अच्छा नहीं है, अपनी स्वतंत्रता के लिये तुखारों को उनसे कई बार लड़ना पड़ा है।

द्वितीय सवार–उनके पास क्या उतना जन-बल है, कि चीन की शक्ति से लड़ सकें, हूणों का मुकाबला कर सकें?

ज्येष्ठ–तुखारों के दैनिक जीवन को देखकर भी यह ख्याल कभी नहीं आयेगा, कि वे युद्ध-क्षेत्र में इतने वीर होते होंगे। उनकी संख्या दरअसल अधिक नहीं है, और इसीलिये सामर्थ्य से अधिक सेना आने पर वह कितनी ही बार अधीनता स्वीकार कर लेते हैं, लेकिन जैसे ही शत्रुओं की शक्ति निर्बल होते देखते हैं, वह फिर स्वतंत्र हो जाते हैं।

द्वितीय–उनके दैनिक जीवन की बात कैसी है?

ज्येष्ठ–दैनिक जीवन में तुखार बड़े सुखजीवी हैं, वह कल की परवाह नहीं करते। खाना और खिलाना उनका व्यसन सा है। दिन का तीसरा याम आया नहीं कि नृत्य और संगीत की तैयारी होने लगी। लाल, द्राक्षी मदिरा के कुतुप खुलने लगे। उनकी स्त्रियां बहुत स्वतंत्र हैं, कह सकते हैं, कि वह अपने को परुष से कम नहीं समझतीं। संगीत और नृत्य में तुखारों का लोहा चीन वाले भी मानते हैं। सचमुच आज़ यहां से सोचने

पर मुझे जान पड़ता है, कि तुखारों के रूप में आदमी नहीं बग और बगिनियां रहती हैं।

द्वितीय सवार—वह धर्म कौन सा मानते हैं ?

ज्येष्ठ—केवल बौद्ध धर्म को। उनके देश में कितने ही सुन्दर संघाराम बने हुये हैं, जिनमें मूर्तियां और चित्र इतने सुन्दर अंकित हैं, कि देखकर आदमी चकित हो जाता है। शोभायात्रा के समय तो पूरा सप्ताह सब काम छोड़कर नर-नारी तथागत की रथयात्रा मनाते, नृत्य तथा नाटक में बिता देते हैं। विद्या में भी वह आगे बढ़े हैं। उनमें बहुत से विद्वान् हुये हैं। वस्तुतः चीन में जो बुद्ध की वाणी का इतना प्रचार हुआ है, उसमें तुखारों का बहुत हाथ है।

—लेकिन तुखारों का जो रूप आप बतला रहे हैं, उसके कारण तो भिक्षु को चीवर-रक्षा करना असम्भव होजाता होगा—कहते दूसरे सवार ने हँस दिया।

ज्येष्ठ—तुम्हारा कहना ठीक है, और मैं इसका प्रमाण हूं। लेकिन तब भी वहां काफी भिक्षु हैं। कैसे वह इन अप्सराओं से बचते रहे हैं, यह समझना मुश्किल है; लेकिन तुखारों के बारे में हम कह सकते हैं, कि एक तरफ वह जीवन के साथ प्रेम रखते, इस लोक के एक-एक क्षण का मूल्य चुका लेना चाहते हैं, किन्तु साथ ही तथागत के जैसे परलोकवादी धर्म पर भी उनकी अपार आस्था है। यह उनके उत्सवों को देखने से मालूम हो जायेगा। लेकिन मैं कहां से कहां चला गया।

द्वितीय सवार—मर्त्यलोक की बात छोड़कर देवलोक की तरफ चले गये। लेकिन, देवलोक कोई बुरी वस्तु नहीं है।

ज्येष्ठ—बुरी वस्तु क्यों है। मेरे लिये तो वह एक बहुत मधुर वस्तु है। मैंने अपने बंधु-बान्धवों को देखने के लिये कूचा से वाह्लीक की ओर प्रयाण

किया और फिर भगिनी तथा भगिनीपति के स्नेह के कारण रह जाना पड़ा। मैंने व्यापारिक जीवन को इसीलिये स्वीकार किया, कि मुझे कभी-कभी फिर कुचान जानेका मौका मिले।

तृतीय सवार--तो कुचान की कोई अप्सरा आपके घर में तो अवश्य होगी ?

ज्येष्ठ--यही तो कठिन है। कुचान की कन्यायें बाहर जाना नहीं चाहतीं। उनको अपने देश से बहुत प्रेम है और अभिमान भी है, इसीलिये दूसरे देशों को अवहेलना की दृष्टि से देखती हैं।

द्वितीय--क्या तथागत के देश भारत को भी ?

ज्येष्ठ--यह कहना मुश्किल है। आखिर तथागत में उनकी अपार भक्ति है, फिर देश के प्रति अवज्ञा कैसे दिखला सकती हैं। लेकिन मैं समझता हूं, वह भारत में भी जाके रहना पसंद नहीं करेंगी।

तीनों सवार एक दूसरे की बात में तन्मय घोड़ों को अपनी चाल से चलने के लिये छोड़े हुए थे। इसी समय उत्तर की ओर से हवा तेज हुई, और उसकी सरसराहट और कंकड़ियों के उड़ने से घोड़ों के कान खड़े हो गये। सवारों को अभी छत मिलनी संभव नहीं थी, इसीलिये बात को वहीं छोड़कर उन्होंने घोड़ों को जल्दी-जल्दी हांकना शुरू किया।

८०

आतिथ्य

सोग्दी सौदागर आज अबह्रशह्र (खुरासान) के प्रमुख नगर नेशापोर में दाखिल हुए। नेशापोर शापोर प्रथम (२० मार्च २४२–७२ ई०) द्वारा निर्मित भव्य नगर था। यह चार प्रधान द्वारों का चौकोर नगर ऊँचे प्राकार से घिरा था। इसकी सारी सड़कें सीधी एक छोर से दूसरे छोर तक एक दूसरे को समकोण पर काटती चली जाती थीं। शाहंशाह शापोर ने एक सुन्दर नगर का स्वप्न देखा था, जो यहां साकार रूप में उतारा गया था। चीन और भारत के व्यापार-पथ पर होने से जहां यह नगर अपना खास महत्त्व रखता था, वहां कला कौशल में भी उसका खास स्थान था। लेकिन इसे हेफ्तालों के आक्रमण का सदा भय बना रहता था।

नगर के भीतर प्रवेश करने में कोई कठिनाई नहीं हुई। प्रधान व्यापारी पहिले ही से काफी परिचय रखता था, और व्यापार के सिलसिले में आते-जाते रहने के कारण अपनी भेंटों और बख्शीशों के द्वारा नेशापोर के अधिकारियों और साधारण कर्मचारियों में उसका मान था। नेशापोर के व्यापारी जब हेफ्तालों की भूमि में जाते, तो वह उनका उसी तरह से प्रति-सम्मान करता। सोलह चौरस्तों के इस विशाल नगर के निर्माण में शापोर प्रथम ने सेलूकस के तस्पोन् निर्माण करने की तरह ही शाखर्ची दिखलायी थी। आज भी उसकी बनवाई नगरी की बाहरी-भीतरी सजावट

की चीजें वहां मौजूद थीं। तस्पोन् विखरा नगर था—वह तिक्रा के दोनों तटपर सात-सात जगहों में बँटा हुआ था, लेकिन नेशापोर एक मैदान के ऊपर कालीन की तरह बिछा हुआ था। यद्यपि अबहरशहर का कनारंग पास के तूस नगर-दुर्ग में रहता था, लेकिन उससे नेशापोर की समृद्धि में कोई क्षति नहीं हुई थी। सोग्दी व्यापारी भी कनारंग गज्नस्पदात से दो योजन दूर रहने पर संतुष्ट थे।

काफिला पीछे छूट गया था। तीनों सवार सीधे नगर के एक सामंत के महल की ओर गये। सामंत ने अपने चिर-परिचित सोग्दी व्यापारी और उसके साथियों का खुले दिल से स्वागत किया, तथा अपने प्रासाद के सबसे अच्छे प्रकोष्ठ में उन्हें रहने को जगह दी। ज्येष्ठ व्यापारी ने अपने दोनों साथियों का परिचय सोग्द के राजवंशिक के तौर पर कराया, विशेष कर द्वितीय तरुण को एक बड़े प्राचीन सामंती वंश का ज्येष्ठ कुमार बतलाया और यह भी कि वह व्यापार के लिये नहीं बल्कि सैर के लिये आये हैं। उनके थोड़े विश्राम करने के बाद काफिला भी आया और सामंत के घर के विशाल आंगन में सैकड़ों माल ढोने वाले पशु अपने भारों को गिराने लगे। नेशापोर बड़ा नगर है, आदमियों और जानवरों को खाने-पीने का यहां अच्छा प्रबंध था, इसलिये सरदार ने एक सप्ताह यहीं रहने का निश्चय करके दो चाकरों को आगे खबर देने के लिये भेज दिया।

द्वितीय सवार या ज्येष्ठ सौदागर के कथनानुसार प्रतिष्ठित राजकुमार को सामंत का घर बहुत पसंद आया। सामंत को बाहर जाना था, इसलिये उसने अपनी तरुणी कन्या नवानदुख्त को राजकुमार के आतिथ्य का प्रबंध करने के लिये नियुक्त कर दिया। राजकुमार और नवानदुख्त दोनों ही तरुण और सुन्दर थे, इसलिये तरुणी का आतिथ्य-सत्कार में ध्यान केवल पिता की आज्ञा के कारण ही नहीं लग रहा था। राजकुमार

शीतकाल के आरम्भिक सर्दी से नवानदुख्त के आरक्त कपालों में प्रतिफलित अपने मुख को देखकर अधिक समय उसके चुम्बन से अपने को वंचित नहीं रख सका। प्रथम चुम्बन से ही नवानदुख्त की लजीली आंखों के नीची हो जाने और चेहरे की रक्तिमा के बंट जाने पर भी उसने देख लिया, कि कुमारी ने बुरा नहीं माना। नवानदुख्त सिर्फ नौकर-नौकरानियों को भेजकर ही कुमार की सेवा का प्रवन्ध करने पर संतुष्ट नहीं थी, बल्कि वह स्वयं भी उसके पास पहुंच जाती थी। पहले दिन यद्यपि उसका आना जाना दोही तीन बार हुआ था, किंतु दूसरे दिन से किसी न किसी बहाने घड़ी-घड़ी पर वह पहुँचती रहती थी।

नवानदुख्त नगर के एक बड़े सामंत की चतुर कन्या थी। पिता के प्रशंसा भरे शब्दों से समझ गई थी, कि जिसको हृदय देने का उसका मन कर रहा है, वह उसका सर्वथा पात्र है। कुमार केवल रूप-यौवन-संपन्न ही नहीं थे, बल्कि एक वह वैभवशाली कुल के उत्तराधिकारी थे। दूसरे दिन जब कुमार ने नवानदुख्त के हाथों को अपने हाथ में ले लिया, तो उसने सिर और आंखों को नीचे भर कर लिया। संध्या समय तक दोनों प्रणय-सूत्र में बंध चुके थे, जिसकी पुष्टि सायंकाल में दोनों ने एक चषक से उदुम्बरी मदिरा पान करके किया। तीसरे दिन तो नवानदुख्त को घर वालों से भी छिप कर आने-जाने की चिन्ता नहीं थी। माता बहुत कुछ जान चुकी थी और कोई आपत्ति न देख नवानदुख्त और भी निः-शंक कुमार के प्रकोष्ठ में जाती और अपनी दासियों के आते-जाते भी एक आसन पर बैठी रहती थी। कुमार तरुणियों से अपरिचित नहीं था, किंतु नेशापोर की यह भोली सी लगनेवाली कन्या उसे बहुत पसंद आई। अब वह अपने दोनों साथियों से भी न मिल अधिकतर अपने प्रकोष्ठ में

रहता था। उसको चिंता थी तो यही, कि क्यों ज्येष्ट सौदागर ने यहां एक मास की टिकान नहीं की।

कुमार का रहस्य वैसे ज्येष्ठ साथी से भी छिपा नहीं था, और तृतीय साथी तो उसका अभिन्न-हृदय था ही। उससे और अधिक समय नेशापोर में रहने की व्यवस्था करने के लिये कहा, लेकिन ज्येष्ठ ने इसकी सलाह नहीं दी। शायद सीमांत पर, जो यहां से दूर नहीं था, कितने ही लोग स्वागत करने के लिये आये हुये हों, शायद कनारंग का खामखा पड़ोसी राज्य के सौदागरों के प्रति संदेह का भाव भी टिकान को और बढ़ाने में वाधक हुआ।

लेकिन इसमें संदेह नहीं, कि जिस तरह दिन नेशापोर में बीत रहे थे, उससे वे सात दिन नहीं मालूम होते। सोने के वक्त कुमार दिन की सारी घटनाओं पर दृष्टि डालता, तो मालूम होता, कि वह सब एक दिन में नहीं हो सकतीं। कुमार नवानदुख्त के साथ वार्त्तालाप में कुछ ही घंटे नहीं बिताये, उसके मधुर हास-विलासों का तन्मय हो जो आनन्द लिया, उसकी इतनी कम घड़ियां नहीं हो सकती। रात्रि को वह यही मनाता था, कि आगे के दिन भी लम्बे होते जायें।

नवानदुख्त अपने को कुमार पर न्योछावर कर चुकी थी, वह बिना किसी शर्त के सेविका बन चुकी थी, लेकिन वह नारी थी, नारी का बल और अधिकार ही कितना? जिस वक्त उसने कुमार को अपना हृदय दिया था, उस समय नहीं सोचा था। कुमार के रूप और स्वभाव पर वह मुग्ध थी, और कुछ सोचने समझने की आवश्यकता क्या थी? किंतु जब चौथा दिन बीत चुका, तो उसे ख्याल आया; कुमार अब तीन ही दिन का मेहमान है। बीते चार दिन, इसमें संदेह नहीं, नवानदुख्त के जीवन के सबसे मधुर दिन थे। इन दिनों की एक-एक घड़ी नहीं, एक एक क्षण को उसने केवल आनन्द में

निमग्न हो के विताया था। इतना आनन्द निमग्न कि नवानदुख्त को और किसी बात का पता नहीं रहा। लेकिन तीसरे दिन के बीतने के समय उसके हृदय में पहिले पहिल टीस लगी, जिससे उसका हृदय विचलित हो उठा। तो भी उसका मुंह नहीं खुल रहा था, केवल उसके प्रसन्न बदन पर कोई मलीन छाया सी पड़ी दीख पड़ती थी। कुमार ने उसकी मलीन सी आंखों और मुरझाये से चेहरे को देखकर भांप लिया। उसने नवानदुख्त को पास खींचकर उसके कंधे पर बायें हाथ और दाहिने हाथ से अवनम्र मुख को ऊपर करके एक गाढ़ चुम्बन लेते कहा—प्रिये! आज तुम मुरझाई सी मालूम होती हो।

नवानदुख्त की पलकें और गिर गयीं, चेहरे पर छाया की दूसरी तह पड़ गयी, किंतु उसने कोई उत्तर नहीं दिया। कुमार ने और धैर्य न रखकर प्रेयसी को अपने बाहुपाशों में बांधकर कहा—प्रिये! तुमको ख्याल होता होगा, कि हमारे मिलन के समय के आधे से अधिक दिन बीत चुके हैं, दो दिन बाद हम एक दूसरे से अलग हो जायेंगे।

नवानदुख्त की आंखों से आंसुओं की धारा बह निकली, जिसकी कुछ बूंदें कुमार के हाथ पर पड़ीं। कुमार ने उद्विग्न मन हो के कहा—प्रेयसी तुम रो रही हो! रोने का कारण नहीं है। मैं चार दिन के आगन्तुक की तरह तुमसे प्रेम नहीं कर रहा हूँ। मैंने तुम्हें अपना हृदय हल्के दिल से नहीं दिया। जीवित रहने पर मैं तुम्हारे बिना नहीं रह सकूंगा। रोने का नहीं मुझे समझने का प्रयत्न करो।

नवानदुख्त कुमार से निःसंकोच बात करती रहती थी, लेकिन आज जैसे उसका मुंह खुलना नहीं चाहता था। शायद हृदय के भीतर भाव इतने अधिक थे, और एक ही साथ बाहर निकलना चाहते थे, जिसके लिये वाणी अपने को असमर्थ पाती थी। तो भी कुमार के उत्साहित

करने पर नवानदुख्त ने कहा—परदेशी की प्रीति ! हरेक नारी ने न जाने कितने गीत ऐसी प्रीति से सावधान रहने के बारे में सुने और गाये होंगे ।

कुमार—मेरी प्रीति का मूल्य इतना ही कर रही हो प्यारी ! मैं परदेशी जैसी प्रीति तुमसे नहीं करना चाहता । यदि मेरी बात पर विश्वास कर सकती हो, तो यह समझो कि मैंने तुम्हें सदा के लिये प्यार किया है ।

—लेकिन तीसरे दिन तो तुम चले जाओगे । फिर न जाने कौन तुम्हें मोह ले ।

कुमार ने नवानदुख्त को गले से लगा उसके कपोलों को अपने अधरों से स्पर्श करते उसमें धैर्य और विश्वास भरते हुये—मैं कैसे अपने हृदय को निकाल कर तुम्हारे सामने रखूं—यह कहते कुमार का हँसता चेहरा कुछ उतर गया । उन्होंने नवानदुख्त के नेत्रों को ऊपर की ओर उठाकर उसकी तरफ देखा ।

नवानदुख्त को कुमार की स्वर्णिम पुतलियों और पास की श्वेतिमा में कुछ ऐसा संकेत अंकित मिला, कि उसके अविश्वास का बांध ढहने लगा । वह समझने लगी, कि मैंने अविश्वास प्रकट करके प्रियतम के प्रति अन्याय किया है । ये नेत्र क्षणिक प्रीति को नहीं प्रकट कर रहे हैं । उसने पहली बार अपने हाथों को कुमार के सिर और कपोल पर फेरते हुये कहा—नहीं प्रियतम ! मैं तुम पर अविश्वास नहीं करती । शायद अविश्वास और वियोग के भेद को मैं समझ नहीं पायी । आखिर मैं किशोरी हूँ, मेरी बुद्धि ही कितनी ? लेकिन उस दिन का ख्याल करके न जाने क्यों हृदय को रोकना कठिन हो जाता है—कहते नवानदुख्त का गला रूद्ध हो गया ।

कुमार ने फिर अपनी प्रेयसी को हृदय से लगाते हुए उसे अपने अंतस्तल के समीप लाने की कोशिश की और अपने हाथ की अंगूठी निकाल कर देते हुये कहा—यह लो प्यारी ! किंतु इसे मेरी वाहरी अंगुली

की मुद्रिका न समझना। इसके पद्मराग को मेरे हृदय का टुकड़ा समझना। मैं इसके द्वारा तुम्हें विश्वास दिलाना चाहता हूँ, यदि उसकी आवश्यकता है, कि जीवन रहते मैं तुम्हारे बिना नहीं रह सकूंगा। तुम मेरे लिये प्राणों से प्यारी रहोगी।

नवानदुख्त के दिल में अकस्मात् न जाने कौन भाव उत्पन्न हुआ कि उसके मुख से चिन्ता की छाया हटकर उस पर उसी तरह हर्षोल्लास छा गया, जिस तरह बादलों से ढँके सूर्य की किरणें जरा सा छिद्र पाते ही प्रखर प्रकाश फैलाने लगती हैं। कुमार ने एकाएक इस परिवर्त्तन को देख कर प्रसन्न हो नवानदुख्त को फिर हृदय से लगाते हुये कहा—तो मेरी प्रियतमा ने मुझपर विश्वास किया, और शायद कुछ समझ कर ही उसका चेहरा एकाएक इस प्रकार खिल उठा। प्यारी! क्या उस रहस्य को जानने का मुझे भी अधिकारी समझती हो ?

नवानदुख्त की आंखों पर फिर लज्जा लौटने लगी, किंतु कुमार के कई स्पर्शों ने उसे अपसारित करने में सफलता पा ली। नवानदुख्त ने कहा—किशोरियों, अल्पवयस्काओं की मूर्खता कहिये।

—मूर्खता ही सही, किंतु मेरे लिये किशोरी की मूर्खता बड़े आनन्द का कारण होगी। अपने रहस्य में मुझे भी सम्मिलित करो, यदि मुझे उसका अधिकारी समझती हो।

नवानदुख्त को अब और अपने रहस्य को रहस्य रखने की हिम्मत नहीं हुई उसने कुमार के हाथ को अपने हाथों में लेकर दबाते शक्ति प्राप्त करने की कोशिश करते हुये—बेबूझ की बात थी। सोच रही थी, यदि मज्दा ने हमारे इस प्रणय का कोई फल दिया—यह कहते-कहते रुक गयी।

कुमार ने उसके ललाट और कपोलों पर कई चुम्बन देते कहा—फल! मज्दा हमारे प्रणय के फल को प्रदान करे। कितनी आनन्द की बात होगी,

यदि तुम्हारी बात सच्ची निकले। प्यारी! यदि वह पुत्र हुआ, तो मेरा सब कुछ उसका होगा, यदि पुत्री हुई तो वह मुझे सबसे प्रिय होगी।

नवानदुख्त ने कुमार के मुख से निकले शब्दों को जिस भावपूर्ण रूप में सुना, उससे उसका अन्तस्तल एक अद्भुत आनन्द से परिव्याप्त हो गया। वह कुमार की अपार अनुकम्पा और विश्वास के लिये कृतज्ञता प्रगट करने के लिये शब्द पाने की कोशिश कर रही थी, किंतु उसे सफलता नहीं हो रही थी। अंत में हताश होकर उसने कुमार के वक्ष पर अपने सिर को रख दिया। कुमार देर तक उसके सुवर्ण-तन्तुओं से जालित तथा सुगंधित सिर पर हाथ फेरते उसके कपोलों को हृदय से लगाये नीरव बैठा रहा। दोनों के लिये वाणी की उपयोगिता समाप्त हो चुकी थी, वह अनुभव कर रहे थे कि प्रेम की सीमा वाणी की सीमा से बहुत परे तक है।

× × × ×

आठवें दिन अंधेरा रहते ही सोग्दी व्यापारियों का काफिला रवाना हो चुका था, किंतु तीनों व्यापारी अपने कुछ परिचारकों के साथ दिन चढ़ने के बाद रवाना होने वाले थे। सामंत अपने अतिथियों के आतिथ्य का भार अपनी प्रवीणा कन्या के कन्धों पर रख किसी आवश्यक कार्य के लिये बाहर चला गया था। उसने अतिथियों को अपने व्यवहार से इतना संतुष्ट कर दिया था, कि प्रस्थान के दिन गृहपति के न रहने के कारण कोई भ्रम नहीं हुआ। नवानदुख्त के लिये आज का दिन सबसे दुःसह दुर्भर दिन था। वह कुमार के प्रकोष्ठ में सारी रात उनींदी उपधान को आंसुओं से सींचती पड़ी रही। यद्यपि कुमार ने देखा कि वह नहीं चाहती है, कि कल की यात्रा में कुमार बिना अच्छी तरह निद्रा लिये जायें। सबेरे कुमार के उठने से पहले ही परिचारिकाओं को प्रातराश की तैयारी और परिचारकों को भेंट सौगात बांधने में लगा दिया। उसने कुमार के सामने बहुत धैर्य रखने की कोशिश की, जिसमें बहुत हद तक सफल भी

रही, किंतु अंत में उसके पास इतनी शक्ति नहीं रह गई कि कुमार को बिदा करने के लिये प्रासाद-द्वार पर आती। कुमार ने नवानदुख्त की मजबूरी को समझ लिया, और प्रयाण के चुम्बन और आलिंगन को बार-बार देकर उसने बाहर प्रतीक्षा करते साथियों के पास पहुंचने की जल्दी की।

सोग्दी अतिथि बाहर चले गये थे। शायद वह अबहरशहर नगरी से योजन-डेढ़-योजन पर पहुंच चुके थे, किंतु नवानदुख्त अब भी अपने प्रेमी के प्रकोष्ठ में उसी शय्या पर पड़ी उपधान में मुंह छिपाये रो रही थी। दोपहर हुआ किंतु अब भी उसका रोना बंद नहीं हो रहा था। सखियां और दासियां सब उपाय करके थक गयीं। सायंकाल को मां बेटी के पास पहुंची। उसके मुख को तकिये से उठाकर उसने अपने कपोलों से लगाया। मां के सान्त्वनापूर्ण वचनों ने नवानदुख्त को जितना ढारस दिया, उससे कहीं अधिक उसके हृदय की उन भावनाओं ने सहायता की, जिनको वह किसी के सामने रखना चाहती थी। मां ने बड़े कोमल स्वर में कहा—दुख्त! तुमने अस्थान में प्रीति नहीं की। अवश्य तुमने उस तरुण में कोई विशेषता देखी होगी।

नवानदुख्त ने आंसू पोछ के कुछ कहने के लिये आंखों को खोला, वह अधिक चमक रही थी – हां मां! तुम ठीक कह रही हो। मेरा प्रियतम मुझे दिल से प्यार करता है, वह मुझे भुला नहीं सकता—यह कहते नवानदुख्त ने कुमार की दी हुई अभिज्ञान-मुद्रिका को दिखला दिया।

मां के पूछने पर और बातें बतलाते हुये नवानदुख्त ने कहा, कि उसका प्रेमी घर के भीतर जिस पाजामे को पहने था, वह लाल जरबफ्त (सुवर्णपट) का था, मां ने यह सूचना घर आने पर पिता को दी, तो दोनों को निश्चय होगया कि कुमार अवश्य कोई शाही राजकुमार है।

२१

सीमान्त

घोड़ों और खच्चरों के काफिले के साथ तीन सोग्दी सवार एक पहाड़ी दर्रे के भीतर से ज़ा रहे थे। यहां भी वही नंगे पहाड़ थे, किंतु वह कुछ अधिक नजदीक थे। दोपहर के समय वह पहाड़ के ऊपर की ओर चढ़ रहे थे। तीनों सवार बिल्कुल मौन थे, शायद उन्हें मुंह न खोले युगों बीत गयें। अभी पहाड़ की घाटी और आगे थी। रास्ते में मिट्टी के कच्चे घर दिखलाई पड़े, जो एक ऊंची प्राकार के भीतर थे। पास पहुंचने से पहले ही एक नौकर सवार ने आकर कहा—"सीमापाल मौजूद हैं, आज भीड़ नहीं है, इसलिये बहुत देर नहीं लगेगी।" जैसे-जैसे तीनों सवार सीमापाल के स्कन्धावार के नजदीक पहुँच रहे थे, उनके हृदय की धड़कन बढ़ती जा रही थीं, जिसका प्रभाव उनके चेहरे पर भी मालूम हो रहा था। अंत में सारा काफिला स्कन्धावार के सामने पहुँचा, सीमापाल ज्येष्ठ सोग्दी व्यापारी का सुपरिचित था। सोग्दी व्यापारी के आदमी से सूचना पा उसने दस्तरखान बिछवा उस पर कुछ फल, मदिरा की सुराही और चषक रख दिये थे। ज्येष्ठ व्यापारी से वह बड़े सम्मान के साथ मिला। सोग्दी व्यापारी के परिचय कराने के बाद उसने उसके दोनों साथियों का भी स्वागत किया। सोग्दी व्यापारी ने पूछने पर बतलाया कि हम जाते समय बाख्त्रिय और हिरात के रास्ते गये।

यद्यपि दस्तरखान पर बैठे चषक पर चषक भरते ज्येष्ठ व्यापारी

बात करने में इतना संलग्न था, कि मालूम होता था, आज वह वहां से चलने वाला नहीं है, किंतु उसके साथियों के लिये एक-एक क्षण एक-एक वर्ष जैसा बीत रहा था। सीमांतपाल के आदमी काफिले के पण्य-पुटों को साधारण तौर से खोल के देख रहे थे। स्वामी के इतने सम्माननीय परिचित व्यापारी की पण्य वस्तुओं को बारी-बारी से देखने की आवश्यकता क्या थी ? ऊपर से व्यापारी ने उनके लिये भी पारितोषिक पहिले ही प्रदान कर दिये थे।

आदमी ने आकर सूचना दी, कि सीमांत के निरीक्षण-परीक्षण का काम समाप्त हो गया। यद्यपि सीमांतपाल इतनी जल्दी छोड़ना नहीं चाहता था, किंतु अपने आज के अतिथि के अत्यन्त आग्रह को टाल भी नहीं सकता था। काफिले के कुछ आगे चले जाने के बाद तीनों सवार टेढ़े-मेढ़े रास्ते से पहाड़ की ऊपर की ओर बढ़े। चढ़ाई अधिक नहीं थी। थोड़ी देर में वह पहाड़ की रीढ़ पर पहुँच गये। पीछे की तरफ पहाड़ियों से भरा ईरान था, और उत्तर तरफ कुछ पीली सी चमकती अनन्त दूर तक फैली बाल की राशि दिखलाई पड़ रही थी, यद्यपि वह पहाड़ की जड़ से काफी दूर थी।

रीढ़ से उतरते ही हेफ्ताल सीमापाल ने आकर दोनों हाथों को छाती पर रख भूमि के पास तक झुककर मझले व्यापारी का अभिवादन किया और सबको लिये वह नीचे की ओर चला। डांड़े से एक योजन से अधिक उन्हें चलना पड़ा। वहां एक चश्मे के किनारे बहुत से तम्बू लगे हुये थे। सवारों को वहां पर पहुंचते ही हेफ्ताल (केदारी) सैनिक एक राजसी वेष-भूषा वाले तरुण सवार के नेतृत्व में आगे बढ़े। नजदीक पहुंचते ही औरों के उतरने से पहिले राजकुमार घोड़े से उतर गया। उधर मझला सवार भी घोड़े से कूदा। दोनों एक दूसरे से मिलने के लिये उतावले से हो दौड़ पड़े और कितनी देर तक वह परस्पर आलिंगन करते रहे। मझले सवार ने पहले कहा—ओहो, युवराज मिहिरकुल, तुम कितने बड़े हो गये।

मिहिरकुल ने अब भी अपने मित्र के हाथ को दृढ़तापूर्वक पकड़े हुए कहा—आह, शाहंशाह कवात्, आपसे इतने दिनों बाद मिल के कितनी प्रसन्नता हुई ?

—शाहंशाह नहीं हम दोनों वही बालमित्र कवात् और मिहिर हैं। आज तुमसे मिलके सारी चिंतायें और मार्ग के सारे कष्ट दूर हो गये।

इस तरह निभृत वार्तालाप में संलग्न दोनों तरुण एक लाल रंग के मखमली शिविर के पास पहुंचे। भटों ने झुक झुक कर कितनी ही जगह अभिवादन किया, किंतु उनकी तरफ दोनों तरुणों का ध्यान नहीं था। शिविर के पास पहुंचते ही कवात् ने मिहिरकुल से अपने साथी पल्लव-कुमार का परिचय कराया। ज्येष्ठ सोग्दी व्यापारी तो पहिले ही अपने युवराज का बड़े सम्मान के साथ अभिवादन कर चुका था। शिविर के द्वार पर एक असाधारण सुन्दरी षोड़शी कुछ लज्जित और कुछ उत्सुक सी कभी दृष्टि को आगे डालती और कभी नीचे करती खड़ी थी। मिहिरकुल ने आगे बढ़कर उसके हाथ को पकड़ लिया और संकोच करते हुए भी उसे कवात् के पास ले आके कहा—"मित्र, यह है राजमहिषी फीरोज-दुख्त की कन्या," और फिर कुमारी की तरफ मुंह करके कहा—"अपने मामा कवात् के साथ इतना संकोच क्यों ?"

षोड़शी के किसी निश्चय पर पहुंचने के पहिले ही कवात् ने उसे अंक में ले उसके ललाट, भ्रू और केशों पर अनेक चुम्बन दे दिये। उसकी आंखें कुछ गीली हो आई थीं, जब की राजकन्या ने उसकी तरफ अपनी आंखें खोलीं। मिहिरकुल ने मित्रवर्मा को पास के शिविर में रखने का संकेत किया, फिर राजकन्या के साथ दोनों मित्र लाल तंबू में गये।

शिविर के भीतर आज के माननीय अतिथि के स्वागत का प्रबन्ध पहिले ही सें हो चुका था। मिहिरकुल ने बताया कि परले पार पता न लग जाय,

इसलिये केवल सौ सवारों के साथ हम चुपचाप यहां स्वागत के लिये आये। स्वागत का पूरा प्रबंध मर्व में किया गया है।

कवात् इस सीधे सादे किंतु अत्यन्त स्नेह-पूर्ण स्वागत से बहुत संतुष्ट था। इतने समय तक उसे जिन कठिनाइयों का सामना करना पड़ा, भागने पर जिस तरह मृत्यु की छाया में लुका-छिपी करते उसे रहना पड़ा, अब यहां आते ही मालूम हुआ, जैसे हृदय से एक पर्वत-समान भार उतर गया। अपना बाल-मित्र भारत, कपिशा, वाह्लिक, सुग्ध और खारेज्म के महा-राजाधिराज तोरमान के युवराज मिहिरकुल से बहुत दिनों बाद भेंट हुई। उसके साथ उसकी अपनी सहोदरा की कन्या थी, जिसका अभी नाम भर तक उसने सुना था। दोनों मित्र दस साल के थे, जब एक दूसरे से अलग हुये थे, और आज सहत्र वर्ष बाद वह फिर मिल रहे थें। आयु में बहुत अंतर था, शायद पहिले से पता न होने पर वह एक दूसरे को पहिचान न पाते। अब उनके पास सत्रह वर्ष की बातें कहने को थीं। वह भला क्या एक दो दिन में समाप्त होने वाली थीं ? चीन के रेशम और सोने से बुने कालीन पर बैठते उनके सामने चौकी पर रेशमी दुकूल बिछ गया और अयरान, भारत और सोग्द के बहुत से स्वादिष्ट फल चुन दिये गये कई प्रकार के पकवान तथा मांस रख दिये गये। राजकन्या का संकोच बड़ी जल्दी-जल्दी दूर हो गया और उसने अपने मामा के सामने आग्रहपूर्वक स्वादिष्ट सुगन्धित भोजन को रख बहुमूल्य चषक में लाल मदिरा डाली। कवात् दोनों के बीच में बैठा सचमुच ही सब कुछ भूल गया। पिछले साल की घटनायें उसे दुःस्वप्न सी जान पड़ीं, जिनका कि वह स्मरण भी नहीं करना चाहता था। जिस वक्त कवात् अपनी बहिन के बारे में भांजी से पूछ रहा था, उसी समय उसे संबिक् और सियाबख़्श याद आये, चित्त कुछ उत्सुक हो

उठा, किंतु तुरंत बात में लग के उसे भुलाना चाहा—दुख्त, कहो मेरी बहन कैसी है, मुझे याद करती है ?

शाहदुख्त ने और समीप पहुंच के अपने हृदय के भावों को प्रगट करते हुए कहा—मां बहुत याद करती है। जिस दिन उसे खबर मिली कि भाई अनुश्र्वर्त में डाल दिया गया, कई दिनों तक उसने भोजन नहीं किया। पिता महाराज ने बहुत समझाया, किंतु आंसू बहाना छोड़ उसने कुछ नहीं माना। जब अनुश्र्वर्त से भागने की सूचना मिली, तब से उसे ढारस हुआ और बड़ी उत्सुकता से अपने भाई के आने की प्रतीक्षा कर रही है। उसकी चले तो वह रोज एक आदमी पता लगाने के लिये भेजे, लेकिन पिता महाराज ने इसे खतरे की बात सोचकर नहीं कर दिया।

शाहदुख्त (राजकन्या) के रक्त अधरों से यह मधुर शब्द जिस वक्त धीरे-धीरे निकल रहे थे, कवात् अपने चषक को एक हाथ में लिये उसे भूल गया और बांयें हाथ से अपनी भांजी के सुनहले बालों के ऊपर हाथ फेरता, कभी उसके कन्धे पर रखकर उसकी विशाल स्वर्णिम पुतलियों की ओर गंभीरता से देखता। शाहदुख्त के रक्त-अधरों की छाप उसके कपोलों पर पड़ रही थी, किंतु अब उसे बिल्कुल संकोच नहीं रह गया था। मिहिरकुल को सबसे अधिक ध्यान इस बात का था, कि उसके अतिथि का चषक खाली न रहने पाये। यद्यपि वहां हाथ-बांधे परिचारिकायें खड़ी थीं, किंतु वह स्वयं ही सुराही से मदिरा ढालने में तत्पर था। लाल तम्बू के बाहर जान पड़ता था, तीनों के लिए अब कोई दुनियां नहीं रह गयी है। बल्कि कह सकते हैं तंबू, उसमें बिछा कालीन, उसके भीतर की दूसरी सुन्दर बहुमूल्य वस्तुयें भी उनके लिये कोई अस्तित्व नहीं रखती थीं। स्वादिष्ट भोजन वह कब तक करते रहे, चषक कितने चले, यह भी उन्हें याद न रहा। वह केवल अपने अतीत और परोक्ष की वस्तुओं के ही अनुस्मरण और वर्णन में लगे हुये थे।

कवात् के हाल के अनुस्मरण खेदजनक थे, इसलिये उससे उनके बारे में कोई जिज्ञासा नहीं की जा सकती थी। शाहदुख्त ने अपनी मां, अपने पिता और राजधानी की कितनी ही बातें बतलाईं। मिहिरकुल ने अपनी यात्राओं का बड़ा रोचक वर्णन किया। यद्यपि वह एक दिन में खतम होने वाली नहीं थीं। रास्ते के बारे में पूछने पर उसने कहा—यहां से हमारी राजधानी तक जैसा कठिन रास्ता है, वैसा हिंद का रास्ता नहीं है। पहाड़ी रास्ते हैं और रास्ते में ऐसे पहाड़ आते हैं, जिनके सामने यहां के पहाड़ बच्चे मालूम होते हैं। जब दूसरी जगह हिम का नाम नहीं रहता तब भी वहां हिम दिखलाई पड़ता है। किंतु यह भयंकर रेगिस्तान वहां नहीं है। वक्षु नदी, वाह्लीक देश, फिर गन्धमादन (हिन्दूकुश) की विशाल पर्वतश्रेणी पार करके कपिशा की द्राक्षावलय–भूमि आती है, फिर सिंधुनद तक पहुंचने में कितनी ही छोटी-मोटी पर्वत-श्रेणियां हैं।

कवात्—हिन्दु (सिन्धु) महानद वक्षु से भी बड़ा है क्या ?

मिहिरकुल—वक्षु उसके सामने क्या है ? उसकी गंभीर अतल चलायमान जलराशि को पार करके तक्षशिला नगरी आती है, जहां हमारा क्षत्रप रहता है। कुषाण-राजा ने यहां पर बहुत डट कर हेफ्ताल सेनाओं का मुकाबिला किया था। हमारे लोग बड़ी संख्या में मारे गये थे, इसलिये दादा महाराज की आज्ञा से सारे नगर को जलाकर भस्म कर दिया गया। पास में नवीन नगरी बसी है, लेकिन वह पहिले जैसी सुन्दर और समृद्ध कहां हो सकती है ? निवासी बहुत कम हैं। फिर पांच नदियों को पार करके मध्य-देश और यमुना के तट पर पहुंचते हैं। इसी के तट पर शकों की एक राजधानी मथुरा बसी हुई है। हमारे युद्ध में इस नगरी को भी बहुत क्षति पहुंची।

कवात्—जान पड़ता है, हेफ्ताल विजेताओं ने सैनिक कार्य के महत्त्व की ओर ही अधिक ध्यान दिया और जनरंजन की ओर कोई ख्याल नहीं किया।

मिहिरकुल—हां, यह बात ठीक है, इसीलिये हमारे वंश से लोग केवल भय खाते हैं प्रेम नहीं करते। मैं समझता हूं, विजय और प्रजारंजन दोनों की क्षमता होनी चाहिये। पिता महाराज का ध्यान इधर अवश्य हुआ है, लेकिन पहले लगे दाग का मिटाना आसान नहीं है। फिर हिन्दु-देश में योद्धाओं की कमी नहीं है। आश्चर्य यह है, कि इतनी विद्या, रणकौशल और वीरता के रहते भी क्यों उस देश पर कुषाण चार सदियों तक शासन करते रहे? क्यों हम लोग सोग्द और वक्षु के तट से जाकर वहां अपना राजध्वज गाड़ने में सफल हुये?

कवात्—तो क्यों ऐसा हुआ?

मिहिरकुल—वीर होने पर भी आपसी वैमनस्य हिन्दुओं में बहुत है। वह आपसी शत्रुता में विदेशियों को अपना मित्र बना लेते हैं, लेकिन फिर उकता भी जाते हैं, तब किसी विदेशी का वहां ठहरना मुश्किल हो जाता है। कुषाण अपवाद थे। उनमें एक गुण था, वह अपनी प्रजा के भावों का बहुत ख्याल करते थे। हिन्दु-देश में जाकर वह हिन्दी बन गये। मैं अपने राज्य की सीमा से बाहर गुप्तों के नगरों में भी गया हूँ। जब संधि हो जाती है, तो कल के शत्रु राजकुमारों का भी स्वागत होने लगता है। गुप्तों ने अपने नगरों और प्रासादों को सुन्दर रूप में बसाने तथा अपने विशाल देवालयों को अद्भुत कला की निधि के रूप में परिणत करने में अद्वितीय सफलता पाई है। लेकिन इस बात में कुषाण भी पीछे नहीं थे। मैंने उनकी राजधानी मथुरा को देखा है, तक्षशिला तथा पुरुषपुर (पेशावर) के संघारामों में भी मैं गया। गुप्तों से किसी प्रकार भी वे कम नहीं थे। ब्राह्मण और बौद्ध भिक्षु दोनों ही कुषाणों की प्रशंसा करने में थकते नहीं थे। पितामह महाराज केवल सैनिक थे, उन्होंने इन बातों की ओर ध्यान नहीं दिया, जिससे केदारी वंश की बड़ी क्षति हुई। युद्ध के समय तो पिता महाराज ने

भी हिन्दू शत्रुओं के साथ कोई दया नहीं दिखलाई, किंतु अब वह कुषाणों की दूरदर्शिता को समझते हैं। हमारे वंश ने हजारों बौद्ध संघारामों को बड़ी क्रूरता के साथ नष्ट किया, इसके कारण बौद्ध हमसे बहुत घृणा करते हैं। उनको हम कभी अपनी तरफ कर सकेंगे, इसमें संदेह है, किंतु ब्राह्मणों को हमने अपनी ओर मिलाने में बहुत सफलता पाई है। मिथ्र (मिहिर, सूर्य्य) हमारी जाति और ईरानियों के भी प्रतापी देवता हैं। हिन्दू भी सूर्य्य की पूजा करते हैं। पिता श्री ने गोपगिरि (ग्वालियर) पर्वत पर सूर्य्य का एक बहुत ही सुन्दर मंदिर बनवाया है, जिसमें गुप्तों और कुषाणों की भांति पाषाण-शिल्प और सुन्दर वास्तु-शिल्प तथा सुन्दर मूर्ति-कला का प्रयोग हुआ है। पिता श्री मानते हैं कि राजा को प्रजारंजन का सदा ख्याल रखना चाहिये।

यद्यपि कवात् अब अयरान की सीमा से बाहर था और हेफ्तालों की धाक इतनी अधिक थी, कि कनारंग गज्नस्पदात पता लगने पर भी उनकी सीमा के भीतर घुसने की हिम्मत न करता, किंतु तो भी यही अच्छा समझा गया, कि जितना जल्दी हो उतना सीमांत से दूर निकल जायें। चश्मा आगे एक छोटी सी नदी बन गया था। संध्या होने से पहिले युवराज मिहिरकुल और कवात् अपने साथियों के साथ उसी के किनारे किनारे चलते रहे। उस दिन वह मरुभूमि के किनारे पहुंचने से पहिले ही ठहर गये। दूसरे दिन सारा दिन वहीं बिताकर उन्होंने शाम के समय मरुभूमि में पैर रखा। चारों ओर बालुका ही बालुका थी, जिसमें कहीं-कहीं छोटे-छोटे टीलों जैसे बालू के ढेर थे। यहां रास्ता पहिचानना आसान काम नहीं था, लेकिन मरुभूमि के पथप्रदर्शक वहां के रास्तों को अपनी हाथ की रेखा की तरह जानते थे। चांदनी रात थी। इस मरुभूमि पर वर्षा के बादल कभी ही कभी दिखाई पड़ते हैं, इसलिये तारों को देखते पथप्रदर्शक

आगे ले चला। मरुभूमि में कहीं-कहीं दूर से ईंटों को लाकर मीनार खड़े किये गये थे। मीनार के साथ घर बने हुये थे, जिनमें सैनिक रहते थे। यह मीनार एक ओर मार्ग का निर्देश करते थे, दूसरी ओर सीमांत की सूचना को शीघ्र राजधानी में पहुंचाने में सहायता करते थे।

रात सारी यात्रा में बीत गई। कवात् के लिये वैसे होता, तो यह आराम की बात नहीं थी, किंतु हाल के जीवन ने उसे सभी तरह की कठिनाइयों का अभ्यस्त बना दिया था। अगले दिन वह रेगिस्तान पार न हो सके। तीसरे दिन मुर्गाब (नदी) मिली। इस जीवन शून्य भूमि में यह सरिता क्यों अपने अनमोल जल-बिन्दुओं को नष्ट कर रही है? इसका उत्तर उन्हें तुरन्त मिल गया, जब उन्होंने इसकी कुल्याओं के किनारे सुन्दर और विशाल उद्यान तथा दूर तक फैले खेत देखे। आजकल खेत खाली थे और उद्यानों के वृक्षों के पत्ते सभी पीले पड़कर गिर चुके थे, तो भी उनको देखने से मालूम होता था, कि मरुभूमि के बीच में यह हरित भूमि इसी पुण्यसरिता की कृपा का फल है।

संध्या को मर्व नगरी में पहुंचे। एक बालुका-भूमि को वह पार कर आये थे, आगे उससे भी बड़ी बालुका-राशि उनके रास्ते में आनेवाली थी; दोनों को देखने से यह अनुमान नहीं होता था, कि मरुस्थल के भीतर इतनी विशाल नगरी हो सकती है। यह विशाल नगरी हेफ्ताल-राज्य की प्रथम नगरी थी, जिसमें ईरानी शाहंशाह के स्वागत का विशाल आयोजन किया गया था। युवराज और शाहंशाह के नगरी के सामनें पहुंचते ही एक विशाल हेफ्ताल-सेना उनके स्वागत के लिये आई, जिसमें आगे आगे रथ, फिर पर्वताकार हाथी और तब सवार तथा अनगिनत पैदल भट थे। सारा नगर शाहंशाह के दर्शन के लिये प्राकार से बाहर चला आया था। उनके चेहरे-मोहरे जैसे थे, उनको देखकर कौन कह सकता था, कि पचास

वर्ष बाद ही उनमें ऐसा परिवर्तन होने लगेगा, कि आगे चलकर यह ~ गया भी मुश्किल हो जायेगा, कि यहां भूरे केश-दाढ़ी, नुकीली नाक के नर-नारी रहा करते थे ; जिनकी भाषा सोग्दी थी। तरह्-तरह् के वाद्यों के साथ सारी मर्व नगरी ने ईरानी शाह् का स्वागत किया। मर्व की सड़कें सुगंधित जल से सिंचित की गई थीं, जिसमें धूल न उड़े। नगर के भीतर से होते शाह् और युवराज आरग (दुर्ग) में गये। यहां बहिन रानी की भेजी भारतीय और हूण दो परिचारिकायें तथा राजा तोरमान के भेजे कितने ही दास और कमकर आये हुये थे। आरग के फाटक के भीतर विशाल आंगन पार हो वह आस्थानशाला होते विश्राम-कक्ष में गये।

अब सारा मर्व जानता था, कि ईरान का शाहंशाह कवात् भाग कर मर्व नगरी में पहुंचा है। दस दिन बाद सारा अयरान भी इसे जान जायेगा, कि कवात् अयरान के बड़े भयंकर शत्रु के पास पहुंच गया है। यह खबर निश्चय ही कनारंग तथा तस्पोन् के शासकों की नींद को हराम कर देगी।

२२

दो राजाओं का मिलन

मर्व महानगर था। जनसंख्या में हूंण राजधानी से कहीं बड़ा था। यहां का राज-प्रासाद राजधानी के राज-प्रासाद से कम विशाल और सज्जित नहीं था। एक सप्ताह वहां रहने के बाद कवात् का चेहरा खिल उठा। दो बरसों तक उसका मानसिक तनाव जो एक मारक व्याधि की भांति पीछे लगा हुआ था, अब वह हट चुका था।

सातवें दिन वह मर्व के पूर्वी द्वार से निकले। दोपहर तक जाने के बाद उन्हें फिर विशाल मरुभूमि से वास्ता पड़ा, यह जाड़े का आरम्भ था, नहीं तो इस मरुभूमि में रात छोड़कर दूसरे समय चलना दुष्कर था। गर्मियों में आंधी और तेज हवा बराबर उठा करती, उस वक्त दिन में प्रायः चलना नहीं हो सकता था। बालुका-समुद्र में तीन दिन बिताकर वह वक्षु के तट पर पहुंचे। मरुभूमि में भी जगह-जगह राजकीय विश्रामागार बने थे, जिनके कारण उन्हें बहुत कम कष्ट हुआ।

कवात् गुमनाम सोग्दी व्यापारी या तीर्थ-यात्री के रूप में नहीं जा रहा था। सभी जानते थे, कि वह ईरान का शाह है। षड्यंत्र द्वारा उसे तख्त से उतार दिया गया है, किंतु फिर भी वह तख्त पर बैठ सकता है, विशेष कर जब कि केदारी राजा तोरमान उसका भगिनीपति तथा सहायक है। रास्ते में हर तरह से उसके आराम के लिये वैसा ही ध्यान रखा गया था, जैसा राजा तोरमान के लिये रखा जाता था। कवात् के

चढ़ने के लिये वाह्लिक का सुन्दर सफेद घोड़ा खास तौर से भेजा गया था। कवात् ने अधिक तड़क-भड़क वाली पोशाक से इनकार कर दिया था, यद्यपि हूणराज का उसके लिये आग्रह था।

मित्रवर्मा ने एक ही दो दिन तक मर्व नगर के बारे में अपनी गवेषणा जारी रखी। मर्व किसी समय पार्थियों—पह्लवों—की द्वितीय राजधानी रह चुका था। मित्रवर्मा के पूर्वज पह्लव से पल्लव बने थे, इसलिये वह मर्व के बारे में विशेष जानकारी पाने की कोशिश कर रहा था। दो तीन दिन तक कवात् का अधिकतर उठना-बैठना युवराज मिहिरकुल के साथ था, और उससे भी अधिक समय वह हूणराज-प्रेषित सुन्दरियों के साथ बिताता था, लेकिन दो ही तीन दिन बाद उसे फिर मित्रवर्मा का अधिक वियोग अखरने लगा। यात्रा में कवात् की अगल-बगल में मिहिरकुल और मित्रवर्मा रहते और कभी हूणराज-दुहिता अपने घोड़े पर चढ़ी उनके साथ होती।

उनके पास बात करने के लिये बहुत सी चीजें थीं, यात्रा में न गरमी की परेशानी थी न आंधी का डर। सुनसान मरुभूमि में जहां-तहां टीलों पर उगी घासें या फरास के बौने वृक्ष हरियाली के लिये तरसती आंखों को तृप्त कर रहे थे। कवात् ने मरुभूमि की ओर देखते मित्रवर्मा से कहा—मित्र, तुम्हारे देश में भी ऐसी मरुभूमि है ?

मित्रवर्मा—हमारे यहां सभी तरह की जलवायु वाले स्थान तथा सभी तरह की भूमि है। भारत के उत्तरी सीमांत पर दूर तक हिमालय चला गया है, जिसके सौन्दर्य के सामने कोहकाफ और दमावंत तुच्छ हैं। ऐसे भी स्थान हैं, जहां चार-चार हाथ बर्फ पड़ जाती है, तथा जहां साल में कभी गर्मी नहीं होती। दूसरी तरफ मेरी जन्म-नगरी काञ्ची और उसके आस-पास का प्रदेश है, जहां के लोग जानते नहीं, कि जाड़ा किसको कहते हैं।

कवात्—बहुत दक्षिण होगा वह स्थान, हमने भी सुना है, कि दक्षिण जाने पर सर्दी खतम हो जाती है।

मित्र—हां, वह हिन्दु-देश के सबसे दक्षिण वाले भाग में अवस्थित है।

मिहिरकुल ने बात में सम्मिलित होते हुये कहा— मैं अवन्तिपुरी (उज्जैन) से और दक्षिण नहीं गया। गया भी तो जाड़ों में, लेकिन सुना था, कि आगे गर्मियों में भयंकर गर्मी होती है।

मित्र—हमारे यहां गर्मी होती है, लेकिन वर्षा के कारण वह उतना उग्र रूप धारण नहीं करने पाती, जितना कि गुप्तों के राज्य में।

मिहिरकुल—हमारे भारतीय राज्य में भी यही बात बतायी जाती है। पिता श्री और पितामह एवं मैं भी कभी गर्मियों में वहां नहीं रहे। मुझे मालूम है, हमारे कितने ही मंत्री और उच्च-अधिकारी गर्मियों में वहां रहने के कारण मृत्यु को प्राप्त हुए।

कवात्—मैं मरुभूमि के बारे में पूछ रहा था?

मित्र—हां, हिन्द के पश्चिमी भाग में मरुकान्तार नामका एक विशाल प्रदेश है। मैं तो उसके छोर तक ही पहुंचा, बहुत भीतर नहीं गया, लेकिन वहां की भूमि भी इसी तरह की है।

कवात्—तो वहां भी चर्म-अस्त्र (मशक) में जल भर के ले जाना पड़ता होगा।

मित्र—हां, पानी वहां के लिये सबसे दुर्लभ चीज है। मरुकांतार बहुत भयानक समझा जाता है। लोगों में इसके बारे में बहुत सी कहानियां प्रचलित हैं। कहते हैं, वहां बड़े-बड़े राक्षस रहते हैं, जो काफिले के काफिले को उनके पशुओं सहित खा जाते हैं, जिनकी सफेद हड्डियां जहां-तहां बिखरी दिखाई पड़ती हैं।

मिहिरकुल—हड्डियां तो यहां भी बहुत बिखरी मिलती हैं। हर टिकान पर चूने की तरह सफेद मनुष्यों और पशुओं की हड्डियां मिलती हैं। लेकिन इनकी अधिकता राक्षसों की जमात के कारण नहीं है। जो पशु चलने में असमर्थ होते हैं, उन्हें यहीं छोड़ दिया जाता है। पानी और चारे के बिना मरने के सिवा उनके लिये चारा क्या है? कभी-कभी ऐसा भी होता है, कि मरुभूमि के बीच में पहुंचकर आदमी रास्ता भूल जाता है—यह मरुभूमि तो उत्तर दक्षिण बहुत दूर तक, शायद महीने के रास्ते तक फैली है। रास्ता छोड़ बैठने पर काफिले के काफिले को मरना पड़ता है। फिर डाकुओं के आक्रमण भी होते रहते हैं। दूर-दूर पर जैसे यहां कूयें खोदे हुए हैं, जिनके लिये पाताल तक खोदना पड़ता है; मैं समझता हूं, तुम्हारी मरुभूमि में भी यही होता होगा।

मित्र—हां, हमारी मरुभूमि में भी बहुत गहरे खोदने पर भी कभी कभी पानी नहीं निकलता। कूओं में से पानी निकालने के लिये चरसा इस्तेमाल किया जाता है, जिसे ऊंट खींचता है।

वक्षु नदी के तट पर पहुंचकर मित्रवर्मा का हृदय इतना भावपूर्ण हो विह्वल हो उठा, कि वह अपने हर्ष को छिपा नहीं सकता था। मिहिरकुल ने कहा—मित्र, तुम्हें हमारी वक्षु में अपनी गंगा याद आती होगी? यद्यपि वह गुप्तों के राज्य में है, किंतु मैं उसके किनारे गया हूं।

मित्रवर्मा—हां कुमार, गंगा या कावेरी, आपका अनुमान ठीक है। जब से मैंने भारत छोड़ा, तिग्रा और फ़ुरात छोड़ विशाल नदी मैंने नहीं देखी। लेकिन हमारी गंगा वर्षा में ही इतनी मटमैली रहती है, नहीं तो उसका जल नीला हो जाता है तो भी यह विशाल धारा मुझे अपनी नदियों का स्मरण दिलाती है—

"गंगे च यमुने चैव गोदावरी सरस्वती,
नर्मदे, सिन्धु, कावेरि जलेस्मिन् सन्निधिं कुरु।"

कवात्—यह तुमने क्या बात कही और किस भाषा में ?

मित्र—यह संस्कृत का पद्य है, जिसमें हमारी बहुत सी नदियों का नाम गिनाया गया है। गंगा, यमुना, गोदावरी, सरस्वती, नर्मदा, सिन्धु, कावेरी—ये हमारी विशाल और पवित्र नदियां हैं। वर्षा की अधिकता के कारण उनकी धारायें बहुत विशाल हैं। हमारी नदियों में नौका के यातायात की बहुत अच्छी सुविधा है। वह हमारे देश के लिये विस्तृत व्यापार-मार्ग का काम देती हैं।

मिहिरकुल—हमारी भी यह वक्षु और उत्तर की श्यामा (सिर) नदी बहुत दूर तक नौका चलाने में काम देती है।

वक्षु के दोनों तटों से जरा ऊपर दो बड़े-बड़े निगम बसे हुए थे। उन्हें कोई जल्दी नहीं थी। राजधानी में जाना था। रास्ते में आराम की सभी चीजें मौजूद थी। दोनो ही ओर के नगरों में विशाल उद्यानों सहित सुन्दर राजप्रासाद थे। मर्व से शाह कवात् के अनुगमन के लिये एक हजार भट और अधिकारी चल रहे थे।

वक्षु पार करने पर कवात् को पता लगा, कि उसकी बहिन राज-प्रासाद में आके ठहरी है। १७ वर्ष बाद वह अपने भाई से मिल रही थी, इसलिये उतावली होकर यदि वह राजधानी से ६ दिन चलकर भाई से मिलने यहां आई हो, तो कोई आश्चर्य नहीं। कवात् अपनी सहोदरा से मिला। वह प्रयत्न करने पर भी अपनी अश्रुधारा को न रोक सकी। उसे यह सुनकर प्रसन्नता हुई, कि कवात् को हूण राज्य के भीतर आने के बाद कोई कष्ट नहीं हुआ और उसकी दुहिता ने मामा के आराम का पूरा ध्यान रखा।

यहां से अब वह वक्षु के दाहिने तट से नीचे की तरफ बढ़े। यद्यपि

कुछ और हटने पर यहां भी जहां-तहां मरुभूमि थी, किंतु वह अधिकतर वक्षु की धार के पास से चल रहे थे, जहां गांव बसे हुये थे ।

हूण राज्य में आये दो सप्ताह हो चुके थे। भगिनीपति के सुन्दर आतिथ्य के कारण कवात् को मालूम होता था, जैसे वह अब भी तस्पोन् की गद्दी पर है, और राजकीय काम के लिये राजसी ठाट से घूम रहा है। कवात् की बहिन को देखकर सम्बिग याद आने लगी। उसने अपनी बहन से न जाने कितनी बार सम्बिग की प्रशंसा की। आज उसे बड़ी इच्छा हो रही थी, कि कहीं वह पास होती।

मित्रवर्मा के लिये यह नयी भूमि मालूम होती थी, यद्यपि अभी ब्ररफ नहीं पड़ रही थी, किंतु सर्दी बहुत थी। चलते समय रास्ते में जब हवा तेज हो जाती ; तो सर्दी बढ़ जाती थी, लेकिन इन राजकीय सवारों और महिलाओं के शरीर पर उत्तरी देशों से आने वाले महार्घ चर्मकंचुक पड़े थे, जिनके लोम मक्खन की तरह कोमल और रेशम की तरह चमकीले थे। श्वेत रंग के चर्मकंचुक कवात् की बहन और उसकी लड़की ने पहन रखे थे। वह ऐसे भी अनिंद्य सुन्दरियां थीं, किंतु उस पोशाक में तो वह देविकाओं सी मालूम होती थीं।

मित्रवर्मा को वक्षु के इस पार आने पर कुछ और आत्मीयता मालूम होने लगी। यद्यपि जलवायु में उतनी समानता नहीं थी, किंतु अब बड़े-बड़े निगमों में ही नहीं, कहीं-कहीं तो गांवों में भी भिक्षु-संघाराम दिखाई पड़ते थे। भिक्षु-संघारामों में मित्रवर्मा को बहुत रहने का मौका मिला था। भारत के संघारामों में भी उसने विदेशी भिक्षुओं को देखा था। विद्या और कला के पीठ स्थान होने के साथ चारों दिशाओं से आये साहसी और विद्वान भिक्षुओं का समागम उनकी विशेषता थी। मित्रवर्मा अयरानी भाषा अच्छी तरह समझता और बोल लेता था। यद्यपि इधर की भाषा

(सोग्दी) में कुछ अंतर था, किंतु उसे वह थोड़े से परिश्रम से समझने लगा था। वक्षु-पार पहले ही दिन भिक्षु-संघाराम का नाम सुनते वह वहां पहुंचा। उसे बड़ी प्रसन्नता हुई, जब देखा कि वहां एक भारतीय भिक्षु ठहरे हुये हैं। दूर देश में जाके मातृभूमि की महिमा और स्नेह का आदमी को पता लगता है। मित्रवर्मा ने बड़ी देर तक उनसे बात-चीत की, लेकिन उन्हें भारत छोड़े मित्रवर्मा से भी अधिक वर्ष हो गये थे, अतः विशेष कुछ नहीं बतला सकते थे।

आगे वक्षु से कुछ हटकर बाबकंद का विशाल नगर आया। यहां उन महाधनी सार्थवाहों का निवास था, जिनके व्यापार का सम्बन्ध चीन, भारत, रोम तथा उत्तरी सप्तसिन्धु तक था। इनके वैभव के सामने कितने ही अयरानी या भारतीय सामंत भी कुछ नहीं थे। नगर में कई बौद्ध विहार थे।

राजधानी में पहुंचने से पहले दिन वह एक ऐसे नगर में पहुंचे, जिसके केन्द्र में एक विशाल बौद्ध विहार था और उसी के नाम पर नगर को भी 'बिहार' (बुखारा) कहा जाता था। बिहार में मित्रवर्मा को बहुत दूर-दूर के भिक्षु मिले और वीथियों में दूर देशों के आदमी भी। पहिले उसने सुन रखा था कि 'हूणों' का राजा तोरमान बौद्ध धर्म का भारी शत्रु है, लेकिन यहां उसने अपनी आंखों देखा, कि हेफ्ताल राज्य में ही नहीं बल्कि राजधानी तक में विशाल संघाराम बने हैं। तोरमान और मिहिरकुल के कृपापात्रों में भी बहुत से बौद्ध थे। पूछने पर मिहिरकुल ने कहा--व्यक्तिगत तौर से राजा किसी धर्म को मान सकता है, किंतु प्रजारंजन के ख्याल से उसे अपनी सहानुभूति और सम्मान का पात्र देश के सभी धर्मों को बनाना पड़ता है।

मित्रवर्मा--एक बात पूछूं युवराज, आप लोगों को हूण क्यों कहते हैं?

हूणों को मैंने तस्पोन् में देखा, यहां भी बड़े नगरों में जब-तब कोई मिल जाता हैं, लेकिन उनका चेहरा और रंग बिलकुल दूसरा होता है। उनके मुंह पर मूंछ दाढ़ी नाम मात्र की होती है, भौहें और आंखें ऊपर की ओर उठी होती हैं, गाल की हड्डियां भी ज्यादा चौड़ी और उठी तथा नाक चिपटी दोनों कपोलों में धँसी होती है, जैसी कि चीनी लोगों की।

मिहिरकुल—हम लोग हूण नहीं हैं। देख ही रहे हैं, कि अयरानियों से भी हम अधिक श्वेतांग, अधिक पिंगल केशर होते हैं, हमारी नाक, आंख, मुंह अयरानियों से मिलते हैं। हमारा वही वंश है, जो कि पार्थियों और शकों का। उत्तर के देशों पर, जहां हमारे पूर्वज पशु पाल कर जीवन व्यतीत करते थे, कालांतर में हूणों का आक्रमण हुआ। अन्ती, शक और पार्थीय जैसे कबीले ज्यादा सबल अतएव कड़ा प्रतिरोध करने वाले थे। हार जाने पर उन्हें अपनी पशुचारणा भूमि छोड़कर दक्खिन को भागना पड़ा। हमारी तरह के छोटे कबीलों ने हूणों के शासन को स्वीकार किया और वहीं घुमन्तू जीवन व्यतीत करते रहे। पीछे हूणों के वंशजों अवारों के प्रहार से हम भी अपनी चर-भूमि छोड़ भागने के लिये मजबूर हुये। अभी आधी शताब्दी नहीं हुई, जब कि हम इस ओर आये। कुषाण राजवंश बूढ़ा जर्जर हो गया था। उसमें न सैनिक योग्यता थी न शासक की ही। राजा केवल विलासी थे। हमारे कबीले का उनके साथ संघर्ष हुआ और पराजित हो कुषाण राजा को भारत की ओर भागना पड़ा, हमारे लोगों को वहां तक उनका पीछा करना पड़ा। उन्होंने हूणों के देश से आया होने के कारण तथा बदनाम करने के लिये भी हमें हूण कहना शुरू किया, इस प्रकार हमारा नाम हूण पड़ा।

मित्रवर्मा—कुषाणों का राज्य भारत में भी था। जान पड़ता है उन्होंने ही यह नाम भारत में पहुंचाया।

मिहिरकुल—युद्ध में सभी घुमन्तू जातियों की भांति हमारी जाति भी बहुत निपुण है, किंतु हूणों जैसी क्रूरता हममें नहीं है। हूणों के राज्य में रहने के कारण हमारे भीतर हूणों के कुछ शब्द आ गये हैं। मेरे ही नाम में 'कुल' (ज्युल) हूण भाषा का शब्द है।

मित्रवर्मा—"कुल" तो हमारी भाषा में "वंश" के लिये प्रयुक्त होता है।

मिहिरकुल—किंतु कुल का अर्थ हूण भाषा में कुमार होता है।

मित्र—अर्थात् युवराज का नाम मित्र-कुमार है।

मिहिरकुल—हां, जहां जातियां इकट्ठा रह जाती हैं, तो उनमें कितनी ही बातों का देना लेना आरम्भ हो जाता है, फिर हूण तो ४०० वर्षों से हमारी भूमि में शासन करते थे।

कवात् ने अपनी भांजी के साथ के वार्तालाप की संलग्नता को भंग करके मित्रवर्मा से पूछा—मित्र, यहां तुहें कौन सी बात विशेष मालूम होती है?

मित्र—मुझे तो यह सोग्द देश दुनियां की नाना जातियों का मिलन-स्थान मालूम होता है। यहां समृद्ध नागरिक भी हैं, शिविर-निवासी घुमन्तू सामंत भी। संभवतः युगों से यहां यही होता आया है और आगे भी होता रहेगा। युवराज, आपका वंश उत्तर के देशों से चला आया, अब तो वहां ही हूण रह गये होंगे?

मिहिरकुल—हां, हूण ही रह गये हैं। किंतु अब वह विस्मृत होता जा रहा है। जान पड़ता है, हूण शब्द इतना बदनाम हो गया है, कि उनके वंशज भी इस नाम को स्वीकार करना नहीं पसंद करते। हूण वंश पश्चिम में दूर तक चला गया है—खजार (कास्पियन) समुद्र से एक और विशाल समुद्र (कालासागर) फिर उसमें गिरनेवाली महानदी दुनाइ (डेन्यूब)

के ऊपर तक चला गया है। हूण जातियां अब खजार, अवार, बुलगार जैसे कई नामों से विख्यात हैं। अवारों का लोहा चीन ने भी माना है, और हमारे तो पड़ोसी होने से हर वक्त उनसे भय लगा रहता है।

मित्र–तो अवार बड़े लड़ाके हैं, वह तो हूणों ही जैसे होंगे ?

मिहिरकुल–हूणों का ही वह कबीला है।

मित्र–कौन जाने हेफ्तालों के बाद उनकी बारी आये। यह भूमि तो जातियों की मिलन भूमि है ही।

मिहिरकुल–किंतु यह जितनी जातियां हमारे नगरों में देखी जाती हैं, उनकी शकल-सूरत में कम अंतर मालूम होता है। अयरानियों का और हमारी जाति वालों का चेहरा घनी मूंछ और दाढ़ी से भरा रहता है।

मित्र–चाहे आकार-प्रकार कैसा ही रहा हो, एक जगह रहने पर ऐसा मिश्रण होता ही रहता है। मैंने जो दूसरी विशेषता देखी, वह यहां के लोगों का धार्मिक पक्षपात से मुक्त होना है। अयरान में आज देरेस्तदीन का नाम भी लेना खतरे की बात है और पहले भी उसकी ओर घृणा की दृष्टि से देखा जाता था। यहां धार्मिक संकीर्णता का बिलकुल अभाव मालूम होता है। लोग धर्म से विरत नहीं हैं, लेकिन धार्मिक दुराग्रह के लिये उनके हृदय में जगह नहीं है।

बिहार वाले नगर (बुखारा) में पहुंचने से पहले ही सोग्द नदी की नहरें मिलीं। मिहिरकुल के बतलाने की आवश्यकता नहीं थी, कि इसी नदी के कारण इस देश का नाम सोग्द पड़ा। यद्यपि फलों से उद्यान के वृक्ष खाली हो गये थे, किंतु घरों में बहुत प्रकार के फल मिलते थे। मिहिरकुल ने सोग्द नदी के जल को फलों की अत्यंत मधुरता का कारण बतलाया। मित्रवर्मा ने हरित रोद (हिरात) और मुर्गाप नदियों की नहरों में भी वह

गुण सुना था। यह नदियां बहुत सी नहरों में विभक्त हो कृषि-उपयोगी भूमि की प्यास बुझाती अंत में बालुका राशि में लुप्त हो जाती हैं। सोग्द नदी भी झाड़ू की तरह नहरों में विभक्त हो अंत में बचे-खुचे पानी को लिये बालू में विनष्ट हो जाती है।

अंत में एक दिन मंडली 'हूण' राजधानी से एक योजन पर अवस्थित् राजोद्यान में पहुंची। तोरमान अपने साले अयरान शाह की अगवानी के लिये वहां पहुँचा हुआ था। उसकी घनी श्वेत दाढ़ी, उन्नत ललाट और स्निग्ध नीलिम आंखों में उस क्रूरता का पता नहीं था, जिसे कि उसके साथ कथाओं में जोड़ा जाता था।

२३

तोरमान-राजधानी

कवात् के लिये एक विशाल प्रासाद दे दिया गया था, जिसमें नौकर-चाकरों और दास-दासियों की पल्टन हर वक्त आज्ञा पूरा करने के लिये तैयार रहती थी। प्रासाद राजा के अन्तःपुर से दूर नहीं था। इस समय राजा तोरमान का निवास स्कंधावार राजधानी से बाहर के विशाल मैदान में था। यह मैदान वस्तुतः रेगिस्तान का ही एक भाग था। यह स्कंधावार मित्रवर्मा को कुछ विचित्र सा मालूम होता था। नगर और उसके पास दूर तक फैले उद्यानों में स्वच्छ जल की नहरें बह रही थीं। आजकल पत्ते न होने पर भी उद्यान-भूमि कितनी हरी-भरी रहती होगी, इसका अनुमान आसानी से किया जा सकता था। उद्यानों और खेतों से बाहर निकलते ही बालुका-राशि सामने आती थी। इसी वालू पर तम्बुओं का एक नगर बसा हुआ था, जिसने राजधानी से कम भूमि नहीं घेर रखी थी। कितने ही तम्बू रंग-विरंगे घोड़ों के बालों के थे, कितने ही नम्दों के और कितने ही सूती कपड़े के भी थे। राजा और उसके सामंतों के तो तम्बू नहीं, कपड़े से बने महल खड़े थे। हां, वह सभी एकतल्ले थे। आस्थान-शाला (दर्बार) हजार खंभों का वहुत से टुकड़ों से जुड़ा एक विशाल पटमंडप था, जिसमें पांच सहस्र आदमी बैठ सकते थे और उसके सजाने में तस्पोन् की आस्थान-शाला से कम कौशल नहीं दिखलाया गया था। आस्थान-शाला को चित्रित करने में भारतीय,

चीनी, अयरानी और सोग्दी कलाकारों ने अपने कौशल दिखलाये थे। छत में तोरमान और उसके पिता की वीर-गाथायें चित्रों में अंकित थीं। किनारे के खम्भों को जहां सुवर्णपट और रंग-बिरंगे रेशम से अलंकृत किया गया था, वहां उन पर भी कहीं-कहीं हेफ्ताल-वीरों के चित्र लटक रहे थे। सारी आस्थान-शाला पटभित्ति से घिरी हुई थी, जिसके बाहर जगह-जगह भट खड़े थे और आदमी द्वार के भीतर से, सो भी आज्ञा लेने के बाद ही जा सकता था। अपने दर्बार को सजाने में तोरमान ने बहुत सी बातें कुषाणों से ही नहीं बल्कि अयरानियों और भारतीयों से भी ली थीं। तोरमान ने अपने विजयों में दूसरे देशों की संपत्ति ही नहीं लूट के अपनी राजधानी में भेजा था, बल्कि वहां के शिल्पियों, विद्वानों और रूप-राशि को भी एकत्रित करके वहां पहुँचाया था। यद्यपि हेफ्ताल संस्कृति में हूणों से बहुत आगे बढ़े हुये थे, किंतु जब वह दक्षिण की ओर भाग्य-परीक्षा के लिये भागे, तो अभी घुमन्तू जीवन को छोड़े हुये नहीं थे। वे उत्तर के घुमन्तू-जीवन का गर्व करते थे, और नगर या ग्राम के निवासियों को कायर, दब्बू, बनियां-बक्काल कहकर घृणा की दृष्टि से देखते थे। यद्यपि अब तोरमान की राजधानी में उसके बनाये महल सासानी या गुप्त महलों से वैभव में कम नहीं थे और बहुत समय वह, उसका परिवार या स्वजातीय सामंत इन महलों में रहा भी करते थे, तो भी कहीं उन्हें कायर दब्बू न समझा जाने लगे, इसलिये वह तंबू के जीवन को अब भी बहुत पसंद करते थे।

तम्बुओं के नगर में चुनी हुई बीस हजार पल्टन, राज्य के कर्मचारी, सामंत और दर्बारी रहते थे, फिर वह अव्यवस्थित रीति से नहीं बसाया जा सकता था। आने-जाने के लिये रास्तों का भी ख्याल रखना पड़ता था और स्वास्थ्य तथा सफाई का भी। नगरी में चौड़ी सीधी सड़कें चली गई थीं, जिनके किनारे ये तंबू लगे हुए थे। जगह-जगह चौरास्ते थे, जहां

नगर के छोटे-छोटे दूकानदारों ने दूकानें खोल रखी थीं, कहीं फलवालों ने सेब, नाशपाती, अंगूर, सर्दा, खूबानी, आड़ू को सजा के रखा था, कहीं आंटा, चावल, मक्खन, मधु जैसी चीजें बिक रही थीं। इन दूकानों के अतिरिक्त कुछ सड़कें बाकायदा पण्य-वीथी बन गई थीं, जिनमें कोई वीथी जौहरियों की थी, तो कोई वस्त्र वणिकों की। किसी-किसी जगह चीन, भारत, रोम के व्यापारियों ने भी अपने देश के माल को सजा रखा था। इनके अतिरिक्त ऐसी भी वीथियां थीं, जिनमें दास-दासी बिकते थे, किंतु यह इसी राजधानी की ही विशेषता नहीं थी। उस समय के भारतीय, अयरानी या चीनी किसी भी राजधानी में ऐसी वीथियां देखी जा सकती थीं। हेफ्ताल लड़ाई में हूणों को अपना आदर्श मानते थे और युद्ध के बिना जीवन को व्यर्थ समझते थे। आधी शताब्दी राज्य करते हो गया, लेकिन अब भी साधारणतया हेफ्ताल नर-नारी घरों में नहीं तम्बुओं में रहते थे, खेती या वाणिज्य नहीं बल्कि पशुचारण या युद्ध को अपनी जीविका का साधन मानते थे। तोरमान यदि नगर के महल में ही बराबर रहने लगता, तो निश्चय ही हेफ्ताल-जन की दृष्टि में गिर जाता। वह एक तिहाई भारत, आधे मध्य एशिया और सारी कपिशा (काबुल) का राजा होने से भी पहिले हेफ़्ताल-जन का सरदार था। उसके योद्धाओं में सबसे वीर विश्वास-पात्र यही अपने जन (कबीले) के लोग थे। यह कैसे हो सकता था, कि वह उनकी दृष्टि में अपने को गिरा लेता। यह भी एक कारण था, जो यहां यह तंबुओं की नगरी बसी हुई थी।

तम्बुओं की नगरी का पूरा वर्णन करने पर वह भी एक नगर के वर्णन से अधिक होगा, क्योंकि नगर से इस नगरी में कितनी ही विचित्रतायें थीं। यह नगरी घुमंतू जीवन का प्रमाण-पत्र थी, इसलिये घुमंतू खान-पान, आमोद-प्रमोद का भी यहां प्रबंध होना आवश्यक था। नगरी के उपांत में

कितनी ही जगह घुमंतुओं का सुस्वाद अश्व मांस तैयार हो रहा था। यह कहने की आवश्यकता नहीं कि, हेफ्ताल अन्न बहुत कम और मांस अधिक खाते थे। उनका सबसे प्रिय मांस वह था, जिसे वह बड़े यत्न से बनाते थे; भूमि में एक गड्ढा खोद के उसमें बहुत से उपले जला दिये जाते थे, खूब तप जाने पर आग निकालकर पूरे घोड़े को उसमें रख दिया जाता, फिर ऊपर से मिट्टी डाल के बहुत सी आग रख दी जाती थी। पूरे दिन भर उसे इस तरह रखकर पकाया जाता। फिर कभी-कभी तो इसी के किनारे अपने अपने छुरे और सींग के मद्य-चषक को लेकर हेफ्ताल वीर बैठ जाते, और उनका भोज और मनोविनोद घंटों चलता रहता। सभी उत्तरी घुमन्तू जातियों की भांति हेफ्ताल कल्पना नहीं कर पाते थे, कि मनुष्य घोड़े के बिना भी जी सकता है। घोड़ा उनके लिये सब कुछ था। यात्रा में सवारी का काम देता था। घोड़ी के दूध को वह दूध और दही की तरह ही इस्तेमाल नहीं करते थे, बल्कि सड़ाकर एक तरह की मदिरा (कूमिश) बनाते थे, जिसके बिना उनका आतिथ्य-सत्कार पूरा नहीं हो सकता था। तोरमान सभ्य देशों के स्वादिष्ट भोजनों का अभ्यस्त था, किंतु वह भी कूमिश और अश्व-मांस बिना अतृप्त रहता था। अश्व-मांस के अतिरिक्त भेड़, बकरी, सूअर का मांस भी नगरी में बहुत इस्तेमाल होता था, यद्यपि पवित्र समझे जाने पर भी गाय का मांस बहुत कम इस्तेमाल किया जाता था। कुषाणों ने ही इसके उपयोग को कम कर दिया था। श्वेत हूणों का राज्य भारत में भी फैला रहने से वह भी गाय के प्रति दूसरी भावना बनाते जा रहे थे, इसलिये सूर्य की बलि के अतिरिक्त बहुत कम गोमांस व्यवहार में आता था।

कवात् अब चाहे पदच्युत भी हो, किंतु सासानी बादशाह था, इसलिये वह पहिले की तरह खुलकर घूम नहीं सकता था। अभी भी उसके तस्पोन्

के सिंहासन पर बैठने का भय था, इसलिये जामास्प के आदमी इस कंटक को दूर करने की कोशिश कर सकते थे। मित्रवर्मा को स्वच्छंद विचरने का खुला मौका था। उसे एक भारतीय राजकुमार मिल गया, जो कि तोरमान का प्रतिष्ठित दरबारी था। उस दिन मित्रवर्मा अपने भारतीय साथी के साथ तंबुओं की नगरी में घूम रहा था। हो सकता है, तोरमान की राजधानी में वह सभी चीजें मिलती हों, लेकिन वहां ऊँची अट्टालिकाओं और लम्बी दीवारों के कारण सभी चीजें ढँकी सी मालूम होती थीं, किंतु यहां वह सभी आंखों के सामने थीं। दास-दासियों के हाट में जाते ही दलाल उनके पीछे पड़ गये। किसी ने कहा—भारत की बड़ी सुन्दरी दासियां मौजूद हैं और बहुत सस्ते दाम में। दूसरे ने तुखार दासी के वय और सौंदर्य की प्रशंसा करके खींचना चाहा। तीसरे ने चीनी दासी के बारे में कहा। चौथे ने आवारों की छोटी आंखों लम्बे केशों और गठीले शरीर की प्रशंसा की। दोनों मित्रों को दास-दासी खरीदने नहीं थे। तोरमान की कृपा से दासियों की कमी नहीं थी। वह दास-वीथी को देखना चाहते थे। मित्रवर्मा और उसके साथी ने दास-वीथी की बहुत सी पण्य-शालायें देखीं, जहां दूसरे निर्जीव पण्यों की तरह मानव-पण्यों को बहुत सजा के रखा गया था। उनके शरीर पर नये साफ और सुन्दर कपड़े थे। उनके बालों और मुंह को संवारा गया था। वय को कम दिखाने के लिये किसी-किसी के बालों पर मेहदी का रंग लगाया गया था। यहां तक कि ग्राहक के आने पर इशारे पर अपनी शोभा वृद्धि के लिये विक्रेय स्त्रियां मुस्कुरा भी देती थीं। दोनों मित्र देखते थे, वह मुस्कुराहट बिलकुल ऊपर की चीज थी, भीतर से वह दुख और चिंता में जल रही थीं। मित्रवर्मा को सारी दास पण्यशालाओं को देखने की हिम्मत नहीं थी। उसका हृदय खिन्न हो गया। वह अपने मित्र को

लेके वीथी से निकल गया, और दिल के भार को हलका करने के लिये कहने लगा—यह भी हमारे जैसे मानव हैं। इनके भी प्रिय देश, प्रिय नगर, प्रिय जाति और प्रिय बंधुबांधव होंगे। यह अपनी खुशी से तोरमान की नगरी में बिकने नहीं आये। इन्हें बलात् घर से निकाल के यहां लाया गया है। आज यह पशु से भेद नहीं रखते। उन्हीं की तरह इनका क्रय विक्रय हो रहा है। उन्हीं की तरह मर-मर कर इन्हें स्वामी का काम करना होगा, उसकी इच्छा पूरी करनी होगी।

मध्याह्न भोजन तोरमान के शिविर में करना था, इसीलिये दोनों वहां पहुंचे। कवात् तो अपनी भांजी से अलग नहीं रह सकता था, वह भी वहां मौजूद थी। तोरमान आस्थान-शाला में नहीं अपनी भोजन-शाला में बैठा था, पास में उसके कितने ही मेहमान बैठे थे। यद्यपि विधिपूर्वक आग में पकाया बछड़े का मांस और अश्विनी-क्षीर की मदिरा का अभाव यहां भी नहीं था, किंतु प्रधानता भिन्न-भिन्न देशों के नागरिक भोजनों और फलों की थी। मित्रवर्मा को तोरमान से बहुत दूर नहीं बैठना पड़ा था। उसने देखा कि जहां भारतीय तथा दूसरे राजकुमार और सामन्त तोरमान के सामने उसका सम्मान करते हुये अपने को अकिंचन सा प्रदर्शित करते वहां हेफ्ताल तोरमान के साथ आत्मीय जैसा बर्ताव करते वह भी अपने सामने की चौकी पर पड़े मांस-खंड को कभी स्वच्छ वेष वाले किसी हेफ्ताल को देता और कभी उनमें से कोई अपनी खाद्य वस्तु उसके सामने रखता—आज के भोज में हेफ्तालों की संख्या अधिक थी। भोजन को देखने से मालूम होता था, कि राजा तोरमान का संबंध अपने हेफ्तालों से दूसरा है और दूसरों के साथ दूसरा। बात करने में भी हेफ्ताल उतना सम्मान नहीं प्रगट करते थे, जितना कि दूसरे। पान भोज का अभिन्न अंग था। तोरमान स्वयं भी पानशूर नहीं था, किंतु अपने सरदारों को

बहुत आग्रह पूर्वक पिलाता था। यहां सुन्दर महार्घ चषक भी थे, लेकिन हेफ्ताल–सरदार उनकी जगह सींग के चषक को अधिक पसंद करते थे। तोरमान ने यह भोज विशेषकर अपने साले ईरान के शाह के अभिनन्दन में किया था। कवात् को बचते-बचते भी इतना पान करना पड़ा, कि वह भोजन-समाप्ति के बाद मुश्किल से अपने पैरों पर खड़ा हो सकता था।

मित्रवर्मा और उसका भारतीय साथी तोरमान के सम्मुख नहीं थे, इसलिये उन्होंने मात्रा से मदिरा पी थी। सायंकाल दोनों भोज से विदा हो नगर की ओर चले। अभी कुछ दिन था। हरे वृक्षों की पंक्तियों के बीच हरे जल की एक नहर बह रही थी। दोनों उसी के किनारे टहलने को चल पड़े। मित्रवर्मा ने अपने साथी से कहा–कितना परस्पर-विरोध है। हमने दास-वीथी देखीं और वहां के भाग्यहीन मानव की नई भड़कीली पोशाक के भीतर सुलगती निर्धूम आग को भी देखा, फिर तोरमान के भोज में उसके सैनिकों, सामन्तों को भी। इन्हीं सामन्तों के भुजबल पर यह देश के मानव दास-दासी के रूप में यहां आये हुये हैं। दास-वीथी में मानव और मानव का अंतर कितना भारी मालूम होता था। यदि हम दास से सीधे बात करते, तो उसपर दया दिखलाते थे।

–इधर तोरमान अपने हेफ्ताल–सामन्तों के साथ सेवक की तरह नहीं बल्कि भाई की तरह बर्त्ताव करता था।

मित्र–बिलकुल बराबर का बर्ताव, किंतु वह हमारे साथ ऐसा नहीं करता था। हम उसके लिये दास से ऊपर थे, किंतु उसके सिंहासन से बहुत नीचे।

–राजा के राज्य में इतना अंतर तो रहता ही है।

मित्र–राज्य तो राजा ही का होता है और वहां छोटे-बड़े होने के भी बहुत से दर्जे हैं।

—लेकिन तोरमान का राज्य अपने हेफ्तालों पर राजा का राज्य नहीं है। तोरमान उनके लिये कुल-ज्येष्ठ है। यद्यपि बहुत दिन नहीं बीता, किंतु अभी ही कुछ अंतर पड़ गया है। संभव है मिहिरकुल के शासन में हमारे यहां जैसी सामंती ठाट चल जाये। अभी तोरमान और हेफ्तालों का संबंध वस्तुतः गणराज्य जैसा है।

मित्र—गणराज्य के बारे में पढ़ा था केवल पुस्तकों में। लिच्छवियों के गण की महिमा सुनी थी।

—यौधेयों के गण के बारे में नहीं सुना ?

मित्र—कभी किसी ने कहा तो था।

—और अभी सौ वर्ष भी नहीं बीते, जब कि प्रतापी यौधेय गण की ध्वजा शतद्रु और यमुना के बीच फहरा रही थी। उन्होंने कितने ही देशी-विदेशी राजाओं के छक्के छुड़ाये। शकों ने यौधेयों का लोहा माना था। गुप्त चक्रवर्ती समुद्रगुप्त ने उनका मान किया था, लेकिन आज यौधेय गण का नाम आप जैसे बहुश्रुत भी नहीं सुन पाये।

मित्र—मेरा जन्म दक्षिण में पल्लव-राष्ट्र में हुआ। भारत में प्रायः सर्वत्र घूमा हूँ, तो भी यमुना से पश्चिम नाम मात्र ही पहुंच सका। शायद यौधेयों के बारे में आपको अधिक मालूम होगा। मैं किसी वक्त सुनना चाहूँगा। आप तो गुप्त-वंश के राजकुमार हैं न ?

—मेरा नाम वीर यौधेय है, यद्यपि यौधेय नाम अब कम प्रचलित है। गुप्तवंश से हमारा घनिष्ट संबंध रहा। कह सकते हैं, उस घनिष्ट संबन्ध ने ही यौधेयगण को नाम-शेष करने में बहुत सहायता की। मैं गुप्त-दौहित्र हूँ। यद्यपि आज गुप्तवंश का वही प्रताप नहीं है, किंतु तो भी उसका पुराना यश अभी तक चला जा रहा है। इसी कारण कह सकते हैं, कि मुझे यौधेय की जगह गुप्त कहने में तोरमान के दरबार को प्रसन्नता होती है।

मित्र—तो आप तोरमान के दरबार में कैसे पहुंचे ?

वीर—गुप्त-राज्य के कुछ भाग को तोरमान ने ले लिया और आक्रमण तो उसने मगध तक किया, नगरों को लूटा, बस्तियों को उजाड़ा। मेरा निवास उत्तर पंचाल (रुहेलखंड) में था। यौधेयों के उजड़ने पर वहीं मेरे परदादा को जागीर मिली थी। मुझे तोरमान के पास आने की आवश्यकता नहीं थी, लेकिन इसे मोह कह लीजिये। यौधेय भूमि का प्रेम मुझे तोरमान के पास ले आया। आप जानते हैं, यौधेय भूमि सारी आज तोरमान के हाथ में है।

मित्र—तो तुम—आप समझते हैं, तोरमान यौधेय भूमि को फिर यौधेयों के हाथ में सौंप देगा ?

वीर—मित्र, 'तुम' ही कहो, 'आप' से वह अधिक प्रिय लगता है। हम दोनों की आयु में कोई अधिक अंतर भी नहीं है।

मित्र—वीर, तुमने कोई स्वप्न देखा होगा ?

वीर—हां, स्वप्न ही कह लो।

मित्र—स्वप्न बुरे अर्थों में मैं नहीं कह रहा हूँ। कोई महान कार्य की मानसिक पूर्व कल्पना को मैं यहां स्वप्न का नाम दे रहा हूँ। मैं भी अभी एक स्वप्न-द्रष्टा को देख के आ रहा हूँ—महान् स्वप्न-द्रष्टा, जिसका स्वप्न यदि सत्य हुआ, तो स्वर्ग इसी भूमि पर उतर आयेगा, लेकिन वह कभी दूसरे समय।

वीर—हां, मैंने भी एक स्वप्न ही देखा, उसी को सत्य करने के लिये तोरमान का पल्ला पकड़ा, बल्कि पल्ला पकड़ना भी नहीं कह सकता।

मित्र—हां, तोरमान यौधेय भूमि को मुक्त थोड़े ही कर सकता है, वह ऐसी दरिद्र भूमि तो नहीं है।

वीर—दरिद्र नहीं, वसुंधरा है। वहां की गायें घड़े-घड़े दूध देती हैं,

वहां की भैसों से रोज मानी-मानी मक्खन निकलता है। शस्य-श्यामला भूमि के कारण ही उसका नाम हरितावली (हरियाना) पड़ गया।

मित्र–हां, मैं समझता हूँ, तुम तोरमान से ऐसी सुनहली भूमि को दान के रूप में पाने की आशा नहीं रख सकते। तुम्हारे खयाल में होगा, कि देखें हूणों के पास विजय का कौन सा मंत्र है। उससे भी अधिक यह, कि जिस वक्त हूण-सिंहासन लड़खड़ाने लगे, उस वक्त यौधेय की मुक्ति का ध्वजा खड़ा किया जाय। मैं नहीं चाहता, कि तुम्हारे रहस्य को तुम्हारे ही मुंह से खुलवाऊँ, किंतु इतना अवश्य कहना चाहता हूँ, यदि मैं उस समय कहीं आस-पास होऊँ, तो मेरी सेवायें तुम्हारे साथ होंगी।

वीर–मैंने यौधेयों से भी ऐसे उत्साह के शब्द नहीं सुने। मेरा हृदय कितना आनन्द अनुभव कर रहा है, इसका अनुमान खुद कर सकते हो। अभी तो यह स्वप्न है, अभी तो तोरमान के शासन में कहीं निर्बलता देखने में नहीं आती। वह भोग के जीवन को पसंद करता है, किंतु उसी सीमा तक जिसमें कि वह उसके शासक और सैनिक के कर्तव्य में बाधा नहीं हो। उसके मिहिरकुल में भी अभी वे व्यसन दिखलाई नहीं पड़ रहे हैं, जो पतनोन्मुख राजवंश के कुमारों में देखे जाते हैं। थोड़ा सा स्वभाव उसका क्रोधी अवश्य है, किंतु इतने से हूण-वंश का ह्रास नहीं होगा।

मित्र–राजवंश अपनी निर्बलता से भी नष्ट होते हैं और शत्रुओं की अधिक सबलता से भी। हमें अभी इसके बारे में भविष्यवाणी करने का अधिकार इससे अधिक नहीं है, कि सभी समय एक सा नहीं जाता। अभी तो यौधेयों का प्रश्न सामने नहीं आया है। न जाने कब तुम्हारे स्वप्न को सामने आने का अवसर मिलेगा। तब तक मैं एक दूसरे ही मधुर स्वप्न द्रष्टा की आग में पैर रखे हुये हूँ।

वीर—मधुर स्वप्न-द्रष्टा वह कौन सा धन्य व्यक्ति हैं ? क्या वह भी किसी ध्वस्त गणराज्य का उद्धार करना चाहता है।

मित्र—गणराज्य से भी बढ़कर उसका मधुर स्वप्न है। वह मानव-मात्र की समानता स्थापित करना चाहता है, और केवल वाचिक क्षेत्र में ही नहीं बल्कि आर्थिक व्यवहार-क्षेत्र में भी।

वीर—आपका अभिप्राय मज्दक बामदात-पुत्र से है, लेकिन गालियां देने के लिये ही तो लोग उसका नाम लेते हैं। तुम तो मित्र, उसे बहुत नजदीक से जानते हो।

मित्र—बहुत नजदीक से जानता हूँ और अपने को उसके स्वप्न का साझीदार समझता हूँ। वह गाली का पात्र नहीं है, वह ऐसा महान् पुरुष है, जैसे दुनिया में बहुत कम पैदा होते हैं।

सूर्यास्त होने को आया था। इसलिये दोनों मित्रों ने अपने वार्तालाप को समाप्त करके लौटना पसंद किया। अब वह एक दूसरे के बहुत नजदीक थे।

२४

श्वेता

हेमन्त ऋतु अपने यौवन पर थी। नहरों का पानी क्षीण हो गया था, और कभी-कभी कई दिनों भूमि पर श्वेत हिम की चादर बिछी रहती थी। मित्रवर्मा अब कवात् के प्रासाद में नहीं रहता था, यद्यपि उसे हर दूसरे तीसरे अपने मित्र के पास जाना पड़ता था। कवात् भी अकेला नहीं था, क्योंकि सियाबख्श अब आ चुका था, और वह उसी के प्रासाद में रहता था। मित्रवर्मा ने नगर से बाहर एक उद्यान-भवन को अपने लिये पसंद किया था। यद्यपि हिम ऋतु के कारण इस वक्त उद्यान सूखी लकड़ियों का जंगल सा मालूम होता था। वीर यौधेय के परामर्श से ही यह उद्यान लिया गया था, उसका भी निवास पास में था। अब दोनों मित्र दिन में कई घंटे इकट्ठा रहते थे। मित्रवर्मा कभी मज्दक के मधुर-स्वप्न की बातें करता, कभी बुद्ध के उपदेश और दर्शन की चर्चा छेड़ता, कभी उन सारी घटनाओं का वर्णन करता। जिनके भीतर से उसे गुजरना पड़ा। वह स्वप्न-दर्शी था, वीर यौधेय भी उसी तरह का एक स्वप्नदर्शी था। मित्रवर्मा ने यद्यपि बेकार समझ के तोरमान से अधिक घनिष्टता नहीं की, किन्तु वह कवात् के मुख से इस भारतीय तरुण की प्रशंसा सुन चुका था, और यह भी जानता था, कि वह उसी पल्लव-कुल का है, जो शकवंश की एक शाखा थी जिसके साथ उसके अपने वंश का भी संबंध है। अधिक न मिलने-जुलने पर भी वह मित्रवर्मा की खबर लिया करता था। अपना विशेष

स्नेह प्रकट करने के लिये तोरमान ने एक विदेशी दासी भी मित्रवर्मा की सेवा में भेज दी थी ।

वह किस देश से आयी है, इसे समझना कितने ही समय तक मित्रवर्मा के लिये मुश्किल था। सकला (स्लाव) नाम का यद्यपि शक शब्द से संबंध मालूम हो रहा था, किन्तु वह उन शकों से संबंध नहीं रखती थी, जिनका कि उसे ज्ञान था। पहले ही दिन उस तरुणी को देखने से वह प्रभावित हुआ था। वह स्वस्थ, अस्थूल, लम्बी तरुणी थी। पहिले-पहिल जब मित्रवर्मा ने उसके बालों को पीछे से देखा, तो समझा कि वह श्वेतकेशा वृद्धा है, उसके केश ऐसे ही श्वेत थे, यद्यपि वह वृद्धों के केशों से अधिक चमकीले और रंग में अंतर रखते थे। उसकी आंखें नील सरोज सी और वर्ण आरक्त शंख समान था। तरुणी पहले अत्यंत संकोचशीला थी और अत्यावश्यक होने पर ही बोलती थी। स्वामी की दृष्टि पड़ने पर वह प्रसन्न वदन होने की कोशिश करती थी, किंतु भीतर के भावों को भांप कर मित्रवर्मा को आश्चर्य नहीं होता था। वह जानता था, कि वह भी युद्ध और दासता की सतायी मानवी है । मित्रवर्मा ने समझा था कि शायद वह दूसरें देश से इस देश में अचिर आई होने से यहां की भाषा से अपरिचित है। भाषा से बहुपरिचित तो वह नहीं थी, किंतु उसे अल्पपरिचित भी नहीं कहा जा सकता था। मित्रवर्मा अपने सभी परिचारकों की भांति उस तरुणी के साथ भी बहुत सहृदयता का बर्ताव करता था। वस्तुतः मित्रवर्मा को दास-प्रथा से चिढ़ होने के कारण वह अपने दासों और परिचारकों के साथ अधिकतर समानता से बर्तने की कोशिश करता था। दूसरे दास और परिचारक उतने दूर के न थे। शुभ्र केशा तरुणी के साथ उसका व्यवहार और भी सहानुभूतिपूर्ण था।

अधिक दिन नहीं बीते कि श्वेता की शंका-संकोच दूर हो गई। यद्यपि वह हर एक प्रश्न का उत्तर देती थी, किंतु पहले कितने ही महीनों तक वह स्वयं कुछ करने या जानने की कोशिश नहीं करती थी। जाड़ों में मित्रवर्मा के पास खाली समय बहुत रहता था। जब बर्फ पड़ने लगती, तो बाहर जाने की इच्छा नहीं होती थी, और बर्फ के पिघलने पर उछलती कीचड़ में चलने की किसको हिम्मत होती? नगर और आस-पास के स्थानों को वह देख चुका था। तोरमान ने एक नयी आस्थानशाला बनवाई थी, जिसे देखने वह वीर यौधेय के साथ एक बार गया था। तोरमान को अपने राजप्रासाद के प्रकोष्ठों को चित्रित करने तथा दूसरी कला की चीजों से सजाने का बड़ा शौक था और आस्थान-मंडप की दीवारों को तो उसने चित्रशाला का रूप दे दिया था। यहां तस्पोन् के अपादान से भी सुन्दर चित्र थे, जिनमें अधिकतर भारतीय चित्रकारों के बनाये हुये थे। तोरमान का भारतीय चित्रकला के प्रति विशेष पक्षपात था। हेफ्ताल अपने को कुषाणों का उत्तराधिकारी ही नहीं रक्त-संबंधी भी समझते थे। कुषाणों का भारतीय कला के प्रति बहुत प्रेम था। जान पड़ता है, उसी से हेफ्ताल-राजा भी प्रभावित हुआ था। अब मित्रवर्मा के लिये वैसी दर्शनीय चीजें नहीं रह गयी थीं।

बाहर बर्फ पड़ रही थी और उसके फाहे अपेक्षाकृत बड़े आकार में हवा में तैरते हुये गिर रहे थे। श्वेतकेशा एक स्तम्भ के सहारे खड़ी, उस दृश्य को बड़े ध्यान से देख रही थी। अब उसे उतना संकोच नहीं था। मित्रवर्मा भी उसके पास पहुंच के हिम के फाहों को देखने लगा। तरुणी की आंखों में चमक अधिक देखकर उसने पूछा—श्वेता, तुम्हें यह हिमपात बहुत अच्छा लगता है?

—हां, और विशेषकर ये बड़े-बड़े फाहे आकाश से नीचे गिरते बहुत सुन्दर मालूम होते हैं। हमारे देश में बर्फ बहुत पड़ती है, फिर तरुण-तरुणियां लकड़ी के विशाल पादत्राणों को पैरों में डाल डंडों के सहारे बर्फ पर खूब फिसलते हैं, उनके सिर और कपड़ों को यह सद्यः-पतित हिम पड़ के बिलकुल श्वेत बना देती है, हम इसे बहुत आनन्द की बात समझते हैं।

मित्रवर्मा ने तरुणी के विकसित बदन पर दृष्टि डालते हुये कहा—तुम भी उसी तरह हिमतल पर खेलती रही होगी, तुम्हारे केशों को भी उसी तरह यह हिम के फाहे ढांक देते होंगे; आज वही स्मरण आ रहा है?

—हां, मुझे वही स्मरण आ रहा है।

—और हसरत भी आ रही है। तुम्हारे जन्म-ग्राम या जन्म-नगर में तुम्हारी समवयस्कायें इस हिमपात के समय पादत्राणों पर फिसल रही होंगी, और तुम यहां अपरिचित देश में अपरिचिता सी दासता की इस एकान्तता के दुख को भोग रही हो!

श्वेता की आंखों में आंसू भर आये, जिन्हें उसने छिपाने के लिये दृष्टि नीचे कर ली, किंतु दो मुक्ताफल जैसे अश्रुबिंदु कपोलों पर ढुलक ही पड़े।

मित्रवर्मा ने खिन्न स्वर में कहा—क्षमा करना श्वेता, मैं तुम्हारे किसी मर्म पर चोट करने का कारण हुआ, किंतु यह प्रकरण ही हमें उधर ले गया।

—क्षमा की कोई बात नहीं है स्वामी, वैसे भी मैं अकेली आंसू बहाती, लेकिन यहां आप की समवेदना मुझे उस खेद को हल्का करने में सहायक हो रही है। अपनी मातृभूमि तथा अपने स्वजन घर पर रहते

भी प्रिय लगते हैं, और अति दूर जाने पर वे कितने प्रिय मालूम होते हैं, इसे बतलाना मुश्किल है ।

मित्रवर्मा ने और भी सहानुभूति दिखलाने की आवश्यकता समझ के कहा—तुम्हारा देश वहुत दूर होगा । वह कितना दूर है, कौन-सी दिशा में ?

—दिशा, यहां से पश्चिम में हमारा देश है, कितना दूर है यह नहीं कह सकती । मैं अपनी जन्मभूमि से सीधे यहां नहीं पहुँची ।

—कैसे यहां आयी ?

—बहुत क्रूर कथा है—यह कहते हुये तरुणी का कंठ रुद्ध हो गया । मित्रबर्मा ने उसके पीठ पर लटकते चीनांशुक जैसे मसृण केशों पर हाथ फेरते कहा—तुम्हें कष्ट हो रहा है । इतने दूर देश से अपनी इच्छा से नहीं आयी होगी, बलात्, अपहरण करके तुम्हें यहां लाये होंगे ।

श्वेता ने सिर पर बँधे वस्त्र-खंड की कोर से आंखों को पोंछते कहा—मुझे अवार पकड़ ले आये, यह छः साल की बात है । अवारों का राज्य बहुत विशाल है, वह चीन के सीमांत से लेकर हमारे देश की सीमांत तक फैला हुआ है । अवारों नें हमारे देश पर आक्रमण किया । मेरा पिता अपने जनों का सरदार था, उसके नेतृत्व में पुरुषों ने ही नहीं, स्त्रियों ने भी शत्रु का मुकाबिला किया, लेकिन अवार टिड्डी-दल की तरह टूट पड़े । हमारे दुर्ग का पतन हुआ । बहुत से पुरुष वीरगति को प्राप्त हुये, कितनी ही स्त्रियों ने रण में प्राण त्यागा और कितनों ने आग में जल के । अवारों ने हमारे नगर को लूटा और अल्पबयस्क सुन्दर और स्वस्थ तरुणियां जो मिल सकीं उन्हें बन्दी बना के ले आये । मैं भी उन्हीं अभागिनों में थी । अवार-खाकान के पास मुझे भेंट के तौर पर पेश किया गया । वहां चार बरस अवार-रानी की परिचारिका रही । दासी थी, और मेरे

साथ वैसा बर्ताव होना ही चाहिये था। फिर मुझे यहां हेफ्ताल-राजा के पास भेंट के तौर पर भेज दिया गया। दो बरस से यहां हूँ। अब मेरा सौभाग्य समझिये कि राजा ने आप के चरणों में मुझे डाल दिया है। मैं आपके स्वभाव को परख गयी हू, दूसरे परिचारकों के साथ भी आपका बर्ताव अकृत्रिमरूपेण सहानुभूतिपूर्ण होता है। मैं तो अपने को और भी अनुगृहीत पाती हूँ।

मित्रवर्मा–तो तुम्हारे घर में कोई नहीं रह गये होंगे ?

–पिता वीरगति को प्राप्त हुये, मां आत्मसम्मान के ख्याल से आग में जल मरी, मैं उस वक्त १२-१३ साल की थी, मुझे उतना ज्ञान नहीं था अथवा प्राण अधिक प्रिय थे, जो मैंने आत्महत्या नहीं की। की होती तो पिछले छः वर्षों के दुसह, दिन देखने को न मिलते। मेरे जन्म-नगर में अब कौन रह गया, इसका मुझे पता नहीं। क्या जाने प्राण बचा के भागे लोग कहां गये ? अब कहां उनसे भेंट होने की संभावना है ? किसी से मिलने की संभावना नहीं है, मुझे जब वह स्मृतियां आती हैं, तो हृदय फटने लगता है। निर्जीव एक एक वस्तु आंखों के सामने घूमने लगती थी, इसी वक्त हिम के इन फाहों ने सुप्त स्मृति को उत्तेजित कर दिया।

मित्रवर्मा–अवारों का राज बहुत विशाल है ?

–बहुत विशाल। आर पार होने में ५-६ महीने लगते हैं। कहते हैं, चीन दुनियां के एक छोर पर है।

मित्र–पृथ्वी विशाल है। तुम्हारे देश से पश्चिम और भी न ज़ाने कहां तक चली गयी है। अवारों में तुम्हें बहुत कष्ट हुआ होगा ? वैसे जिस परिस्थिति में तुम हो, उसमें कष्ट न होना ही आश्चर्य की बात होगी।

—विशेष तौर से कष्ट देने की किसी ने कोशिश नहीं की। जिस वक्त जलते जन्म-नगर में मुझे पकड़ा था, उस वक्त अधिक रोते रहने के कारण भटों ने कुछ चपत लगाये थे। रोना बन्द हो गया, किंतु मेरी हिचकी बंध गयी। उसके बाद जो भी दुख हुआ, उसे अधिकतर मानसिक कहना चाहिये। आप जानते ही हैं, दास अपने शरीर का भी स्वामी नहीं है। हां, अवार अधिक जंगली से मालूम हुये। हेफ्ताल तो रूप रंग में हमारी जाति के साधारण लोगों की तरह ही मालूम होते हैं। अपरिचित या शत्रु के लिये वह रूखे से हैं, किंतु परिचित हो जाने पर उनका बर्ताव बहुत ही सुन्दर होता है। अवार हेफ्तालों की अपेक्षा क्रूर हैं, अनावश्यक क्रूर कह सकते हैं। हेफ्ताल जान पड़ता है जान-बूझ कर घुमन्तू रहना चाहते हैं, जैसे हमारा राजा जान-बूझ के अच्छे प्रासादों के रहते भी शिविर में समय-समय पर वास करता है।

मित्र—हां, अवार हूण हैं न ?

—हूणों की क्रूरता दिगन्त-विख्यात है। अवारों का कोई स्थायी प्रासाद नहीं होता। हेफ्ताल भी घोड़ों से प्रेम करते हैं, हमारे कुल में भी घोड़े के साथ लोगों का बहुत स्नेह रहता है। अवार भी इस बात में हमसे मिलते हैं। मैं यह नहीं कहती कि अवार के अन्तःपुर में कोई शिष्टाचार नहीं बरता जाता। अवार अंतःपुर में वस्तुतः सभ्य देशों की कितनी ही कुमारियां भी थीं। चाहे हेफ्ताल अवारों को कितना ही बर्बर समझते हों, किंतु उनकी शक्ति का लोहा मानने के लिये तैयार हैं। अवार-खाकान चीन को अपने अधीन समझता है, हेफ्तालों को भी उसी दृष्टि से देखता है। उनके यहां सौन्दर्य की परख भी दूसरी है।

—श्वेता, तुम तो इस देश और हमारे देश की परख में भी सुन्दरी हो, अवार क्या तुम्हें सुन्दरी नहीं समझते थे ?

—उनके लिये सुन्दरी नारी वह है, जिसकी आंखें अर्द्धमुकुलित दोनों कोनों पर ऊपर को उठी हों। उनका वही आकार है, जिसे आपने यहां णिक वंशजों में देखा है।

—अर्थात् नाक छोटी और चिपटी, मुंह आकार से अधिक बड़ा, गाल की हड्डियां उभड़ी हुई इत्यादि।

श्वेता—हां, ऐसी ही को वे सुन्दर मानते हैं। मुझे कुरूप समझ करके उन्होंने हफ्ताल राजा के पास नहीं भेजा, बल्कि अपने ससुर के लिये मुझे एक अच्छी भेंट समझकर भेजा। जानती हूँ, कि अब तो मैं पिंजड़े में बद्ध पक्षी हूँ, मेरे बाहर निकलने का कोई रास्ता नहीं, फड़फड़ाना बेकार है। तो भी पुरानी स्मृतियां कभी-कभी जग आती हैं। यद्यपि आपके पास आने पर मुझे अधिक दुःखी होने की जरूरत नहीं। ये असाधारण बड़े बड़े हिम के फाहे न गिरते होते तो आज भी मेरी दुखद स्मृतियां न जागृत होतीं।

अब भी श्वेता का चेहरा मुरझाया हुआ था। मित्रवर्मा और भी अधिक सहानुभूति दिखलाना चाहता था, किंतु उसकी घाव का मल्हम वह कहां से लाता ?

× × × ×

कवात् तोरमान का साला ही नहीं था, बल्कि पिता की जमानत के तौरपर जब वह तोरमान के दरबार में रहा था, उस समय वह उससे मिहिर-कुल जैसा स्नेह रखता था। अब वह यद्यपि ईरान का शाहंशाह हो चुका था, किंतु तोरमान के पास आने और कुछ महीने रहने के बाद उसकी फिर उसी तरह घनिष्टता बढ़ गई। तोरमान कभी कवात् के बिना भोजन न करता। आयु में पुत्र के समान होने के कारण तोरमान उसे समकक्ष राजा के समान मानने में असमर्थ था और कवात् भी उसके साथ कभी पुत्र की तरह और कभी धृष्ट मित्र की तरह व्यवहार करता था।

कवात् को सारे राजोचित् भोग यहां सुलभ थे, और तोरमान के जीवन भर तक, बल्कि मिहिरकुल की घनिष्ट मित्रता के कारण उसके शासन-काल तक वह उसी तरह रह सकता था। लेकिन, कवात् सासानी सिंहासन को भुला नहीं सकता था। वह भूलना भी चाहता, तो सियाबख्श स्मरण दिलाने के लिये पास में था। कवात् का अपने बहनोई से यही आग्रह था, कि वह तख्त को फिर से लौटाने के लिये सैनिक सहायता करे।

तोरमान इतनी जल्दी निश्चय नहीं कर सकता था। सासानी शक्ति का उसे परिचय था। अवारों से भी उसे डर था, क्योंकि यदि उसकी निर्बलता का उन्हें पता लगता, तो चाहे कितनी ही महार्घ भेंट प्रति वर्ष आ रही हो, वह उसी पर संतोष नहीं करते, उधर हिन्दू देश में भी उसके प्रतिद्वन्दी गुप्त अशक्त नहीं थे। सब देखकर तोरमान अभी समय को अनुकूल नहीं समझ रहा था, इसलिये वह आशा देते हुये अभी टालना चाहता था। साथ ही कवात् को पूरा संतोष भी देना चाहता था, इसलिये उसने अपनी पुत्री तथा पीरोजदुख्त रानी की कन्या से कवात् के व्याहने का प्रस्ताव किया। राजा के साला होने से दामाद होना और भी अधिक सन्निकटता का परिचायक था। कवात् अपनी सहोदरा की कन्या के सौन्दर्य पर पहिले ही से मुग्ध था। शायद ही कोई दिन हो, जब कि वह उसके पास घंटों आकर नहीं रहती हो। सियाबख्श और मित्रवर्मा की भी सहमति थी, बहिन का तो बहुत आग्रह था ही। इस प्रकार एक दिन इस भांजी की कवात् की पत्नियों में एक और वृद्धि हुई।

जाड़ा बीत गया, बर्फ पिघल गई। सूखी मरुभूमि का हृदय भी एक बार सिक्त हो गया, यद्यपि नहीं कहा जा सकता, कि उसकी प्यास बुझ पाई। मरुस्थल के मैदान पर भी हरी हरी घास दिखलाई पड़ने लगी।

दूर से देखने पर कहीं कहीं वह हरित सस्य क्षेत्र सी दीख पड़ती थी। राजधानी (बरख्शा) के वृक्षों तथा उद्यानों के बारे में पूछना ही क्या था। सूखे वृक्षों की सूखी शाखायें कुड्मलित हो उठीं, फिर फूल के रूप में कोमल किसलय निकल आये, और कितनों ने पुष्पमय वस्त्र धारण किया। प्रकृति उल्लसित हो उठी। वसन्त की सुषमा चारों तरफ दिखाई देने लगी। कवात् मित्रवर्मा और सियावख्श को वसंत का आनन्द पूरी तौर से मिल रहा था, किंतु वह साथही गिनते जाते थे, कि यहां आये कितने मास हो गये। ईरान से गुप्त सूचनायें आती रहती थीं, जिनसे तस्पोन् और दूसरे भागों की बातें मालूम होती रहती थीं। कवात् अब भी तोरमान से आग्रह करता था, किंतु साथ ही वह अब भी जानता था, कि पहले उसे अपने सबसे सबल शत्रु कनारंग गज्नस्पदात से भुगतना पड़ेगा, जिसकी शक्ति उससे छिपी नहीं थी, अब भी वह तस्पोन् के सिंहासन का सबसे दृढ़ स्तम्भ था।

२५

अभियान (४९९ ई०)

कवात् के उतावलेपन को तोरमान पसंद नहीं करता था। किंतु उसकी भी भीतर से यही इच्छा थी, कि जितना जल्दी हो उसका अपना आदमी—दामाद सासानी सिंहासन पर बैठे। कवात् जब तब एकांत या पानगोष्ठी या दूसरे समय तोरमान के सामने उन्हीं बातों को फिर से दोहरा के चुप हो जाता था। उसका जीवन अपने अंतःपुर के आमोद-प्रमोद में बीतता था। मित्रवर्मा कभी कभी अपनी सम्मति देकर अपना कर्त्तव्य पूरा कर लेता था, लेकिन तोरमान-राजधानी में जिसे तस्पोन् को अपने हाथ में करने की सबसे ज्यादा चिंता थी, वह था सियाबख्श। सचमुच ही वह अपनी आयु से कहीं अधिक चतुर था, सैनिक विद्या और अस्त्र-शस्त्र चलाने में वह जितना निपुण था, राजनीति में भी उसका उतना ही अधिकार था। तोरमान भी उसकी बात को बड़े ध्यान से सुनता था। यद्यपि सासानी राजधानी से वह बहुत दूर था, लेकिन शाहंशाह के राज्य के भीतर क्या हो रहा है, उसका जितना ज्ञान उसको था, उतना तस्पोन् के वचुर्क फरमांदार को भी नहीं था। धर्म के नाम पर भड़का के विरोधियों ने कवात् को सिंहासन से उतारने में सफलता पाई थी, किंतु थोड़े ही समय में लोगों ने अपनी आंखों देखा, कि किस तरह कवात् को राज्य से वंचित किया गया। अब सारे सासानी राज्य में लूट मची हुई थी। मंत्रियों और सेनापतियों से लेकर साधारण

देहक कत्ख्वता तक लोगों को नोच रहे थे। कहीं कोई देखनेवाला नहीं था। हर नगर और हर गांव अँधेर नगरी वना हुआ था। शायद ही कोई उच्च कर्मचारी था,जो इस लूट-खसोट से लाभ न उठा रहा हो। सियाबख्श को अयरान के सभी भागों से समाचार मिल रहे थे। लोगों के नाक में दम था। सभी चाहते थे, कि जामास्प का राज्य किस तरह खत्म हो।

अयरान और रोमकों की पुरानी दुश्मनी थी ही, गामास्प के शासन को निर्बल देखकर रोमक भी पश्चिम से ताक लगाये हुये थे, इसीलिये पश्चिमी सीमांत की रक्षा के लिये भी सैनिक तैयारी की आवश्यकता थी। उत्तर में काकेशश पार के हूण कबीले जब तब लूट मार करने के लिये भीतर घुस आते थे। भीतरी और बाहरी कमजोरियों को देखकर सियाबख्श ने सलाह दी, कि यही समय आक्रमण करने का है। अब की पानगोष्ठी में तोरमान के साथ कवात् ने बहुत जोर देकर कहा—आप मेरी सहायता नहीं करना चाहते। कितने दिनों तक मैं यहां रोटी तोड़ता रहूँगा? यदि गामास्प की सेना से डरते हैं, तो मुझसे स्पष्ट कह दीजिये।

तोरमान—कवात् तुम समझ रहे हो, कि मैं तुमसे प्यार नहीं करता। मैं तुम्हारी भलाई के लिये कह रहा था। मैंने अपने आदमी अयरान में ही नहीं छोड़ रखें हैं, बल्कि हूणों और रोमकों के बारे में भी पता लगाया है।

कवात्—पता लगाते दो वर्ष होने को आयें। अयरान में हमारे अनुयायी दिन पर दिन निर्बल होते जा रहे हैं, हो सकता है लोग धीरे-धीरे हमें भूल जायें।

तोरमान—मैंने बहाना करने के लिये अपने चरों को सर्वत्र नहीं भेजा। अब तुम्हें प्रसन्नता होनी चाहिये, कि जैसी परिस्थिति की मैं

प्रतीक्षा कर रहा था, वह आ गई है। अयरान की सेना पश्चिम, उत्तर, पूरब सभी सीमांतों में बिखरी हुई है, क्योंकि सभी जगह से आक्रमण होने का डर है।

कवात्–और आपको यह भी मालूम होगा, कि गज्नस्पदात उतना बलवान और प्रभावशाली नहीं रहा यद्यपि अभी भी अयरान के भीतर कोई उसका मुकाबला नहीं कर सकता, किंतु भीतर ही भीतर वैमनस्य बहुत बढ़ गया है।

तोरमान–तुम्हें ज्यादा समझाने की आवश्यकता नहीं है। तुम्हारे कहने से पहले ही मैंने तैयारी शुरू कर दी है। राजधानी में अधिक सेना नहीं है, क्योंकि यहां सेना का प्रदर्शन शत्रु को सजग करने का कारण होता, यहां भी तो अयरान के आदमी मौजूद हैं। सेना की संख्या कितनी होनी चाहिये, इस पर भी मैंने सोचा है और सियाबख्श से भी परामर्श किया है। मैं तुम्हें कहूंगा, कि सियाबख्श के रूप में तुमने एक बहुत ही विश्वासपात्र सेना नायक पाया है। उसमें राजनीतिक और सैनिक दोनों प्रकार की सूझ कूट-कूट कर भरी हुई है। मुझे उम्मीद है, तुम उसकी कीमत समझोगे।

कवात् का सियाबख्श पर अभिमान था, इसलिये अपने ससुर के मुंह से उसकी प्रशंसा सुनकर उसे बड़ी प्रसन्नता हुई। जाड़ों का अंत होते समय उसका मन बहुत उदास रहता था। आज इस खुशखबरी को सुनकर वह बहुत प्रसन्न हो गया। उसकी बहिन और स्त्री ने कितनी कोशिश की थी, कि कवात् के मुंह पर हँसी की रेखा दिखलाई पड़े, किंतु मदिरा के नशेमें कभी-कभी बेमन की हँसी के अतिरिक्त उन्हें कवात् कभी प्रसन्न मुख नहीं दिखलाई पड़ा। आज कवात् अपने शयन-कक्ष में जाने पर बार-बार तोरमान-दुहिता का अतृप्त हो गाढ़ालिंगन करता रहा, उसके चेहरे पर

मदिरा की लाली नहीं, प्रसन्नता की किरणें छाई हुई थीं। राजकन्या ने प्रमुदित होकर पूछा—दयित, मुझे बड़ी खुशी है, कि आज तुम्हें इतना प्रसन्न देख रही हूँ; यदि कोई आपत्ति न हो, कोई अत्यंत रहस्य की बात न हो, तो मुझे भी बतलाओ, इतनी प्रसन्नता का कारण क्या है ?

कवात् ने प्रेयसी का मुख चूम कर कहा—रहस्य की बात है, किंतु तुमसे छिपाने की आवश्यकता नहीं समझता। तुम्हारे पिता सहायता देने को तैयार हैं। अब हमें अयरान की राजधानी की ओर चलना है।

राजकुमारी बात करते हुये कवात् की प्रसन्नता को और कई गुना बढ़ी देखकर रोम-रोम से पुलकित हो उसके हृदय में अंतर्लीन होती हुई सी अपने रेशम जैसे कोमल और तप्त-कांचन-तंतु जैसे चमकते केश जालों को कवात् के कपोलों से संलग्न करते हुये बोली—प्रियतम, मेरे लिये यह बड़े आनन्द की बात है। तस्पोन् देखने के लिये मैं उतावली हूं।

× × × ×

वसंत का अभी अभी आरम्भ हो रहा था। अभी उद्यान के वृक्षों म पत्ते नहीं आये थे, लेकिन सर्दी कम हो गई थी। वक्षु की कृश धारा अभी बहुत बढ़ी नहीं थी। तोरमान की वाहिनी का अंतिम भाग इस समय नदी पार हो चुका था। तोरमान की सीमा पर सासानी क्षत्रप कनारंग गज्नस्पदात गफ़लत में नहीं था, क्योंकि उसे मालूम था कि उसका शिकार कवात् इसी तरफ हूणों के राज्य में है। वह यह भी समझता था, कि तोरमान की कन्या से व्याह करके कवात् वहां आराम का जीवन बिताने के लिये नहीं गया है। गज्नस्पदात अबह्रशहर (खुरासान) का कनारंग ही नहीं था, बल्कि सारे सासानी राज्य की जिम्मेवारी उसके ऊपर थी। वह जानता था, कि अयरान के लिये तोरमान जैसा जबर्दस्त प्रतिद्वन्दी दूसरा नहीं है। लेकिन पश्चिम और उत्तर के शत्रुओं को भी वह

अवहेलना की दृष्टि से नहीं देख सकता था। उसने तोरमान के भारतीय प्रतिद्वन्दी गुप्तों से भी गुप्त संबंध स्थापित किया था और उत्तर के शत्रुओं अवारों को भी भड़काने में कोई कसर उठा नहीं रखी थी। दोनों की ओर से जो सूचनायें मिली थीं, उनसे कनारंग को आवश्यकता से अधिक संतोष हो गया था।

तोरमान ने कवात् की सहायता के लिये तीस हजार सेना देनी स्वीकार की थी। यह सेना दो साल तक अयरान जीतकर वहां शांति स्थापित करने के लिये भेजी जा रही थी। आवश्यकता पड़ने पर तोरमान स्वयं अपनी बड़ी सेना लेकर पीछे मदद करने के लिये मौजूद था। सलाह हुई थी, कि कनारंग पर पूरब और उत्तर दोनों तरफ से आक्रमण किया जाय। पूरब के आक्रमण का केन्द्र वाह्लीक (बलख) और उत्तर में मर्व था। सियाबख्श केवल तोरमान की ही सेना के भरोसे बैठा हुआ नहीं था, उसने अपने विश्वास-पात्र आदमियों को अयरान के भीतर भी सजग कर रखा था, उनमें कितने ही पूर्वी सीमांत के नगरों में फैले हुये थे। अन्दर्जगर मज्दक के अनुयायी भी चुपचाप तैयारी में लगे हुये थे। कवात् के गद्दी से उतरने के बाद जिस तरह सामंतों और कर्मचारियों ने दोनों हाथों से लूट मचा रखी थी और वह खुल्लमखुल्ला न्याय की अवहेलना कर रहे थे, उसके कारण लोगों में असंतोष की मात्रा बहुत बढ गई थी। पहिले से ही विजयी हूण-सेना के साथ कवात् के देश में आने की अफवाहें फैल रही थीं।

कवात् का सबसे शक्तिशाली और भयंकर शत्रु गज्नस्पदात मुकाबिले के लिये तैयार था। गज्नस्पदात से लड़ने में तोरमान अपनी जितनी सेना दे सकता था, उतनी मदद रोमक कवात् की नहीं कर सकते थे। रोमकों को जहां अपने देश से सीमांत पर सेना पहुंचाने में काफी समय की आवश्यकता होती, वहां तोरमान पीछे ही पीछे आ रहा था। यदि पहिली मुठभेड़ में

फैसला अपने पक्ष में नहीं हुआ, तो भी कोई चिंता की बात नहीं थी। तोरमान सोग्द, तुषार और हिन्दू देश तक की सेना को वहां पहुंचा सकता था। तोरमान की सेना में रणनिपुण हेफ्ताल सवार थे, जो उत्तर के दूसरे घुमंतुओं की भांति घोड़े पर चढ़े-चढ़े बाण चला सकते थे। उसने कवात् को सैकड़ों सैनिक हाथी दिये थे। आधे उत्तरी भारत का शासक होने के कारण तोरमान के लिये हाथियों की कमी नहीं थी। युवराज मिहिरकुल स्वयं सेना का संचालन कर रहा था। पहिले युद्ध में उसे अपने बाल-मित्र की व्यक्तिगत तौर से सहायता करनी थी। वीर यौधेय को किसी ने नहीं कहा, किंतु मित्रवर्मा के उदाहरण को देखकर केवल उसी की भांति मधुर स्वप्न में सहायता करने के विचार से अपने हजार यौधेयों के साथ वह भी साथ था।

वाह्लीक से आये चरों द्वारा हूण-सेना की तैयारी की सूचना कनारंग को बराबर मिल रही थी, किन्तु पूरब दिशा में सैनिक तैयारी बहुत कुछ खुल्लमखुल्ला हो रही थी। साधारण वाणिज्य-मार्ग भी उधर से था, इसलिये भी वहां की खबरें आसानी से मिला करती थीं। गज्नस्पदात भी यही संभव समझता था, कि आक्रमण वाह्लीक की ओर से होगा। उधर के रास्ते यद्यपि अधिक पहाड़ी थे, किंतु पशुओं और आदमियों के चारे-पानी की उतनी कठिनाई नहीं थी। उत्तर के रास्ते में सेना को दो बड़ी-बड़ी मरुभूमियां पार करनी पड़तीं। लेकिन, उसका यह विचार भ्रमपूर्ण निकला। संख्या में तो नहीं, किंतु बल में सबसे जबर्दस्त सेना उत्तर की ओर से आ रही थी।

सेना सीमांत के पास पहुँची। कवात् ने अपने आदमियों से कहा— "जो आज मेरे कार्य में सबसे आगे रहेगा, उसे मैं अबहरशहर का कनारंग बनाऊँगा।" कवात् का यह वचन देना उचित नहीं था, क्योंकि

अयरानी नियम के अनुसार वहां के सभी राजकीय पद भिन्न-भिन्न सामन्ती वंशों के लिये नियत थे। कनारंग का पद गज्नस्पदात के वंश में परम्परागत था। यह हो नहीं सकता था, कि उसे किसी दूसरे खानदान के आदमी को दिया जाये। संयोग से इस युद्ध में आतुर, गुन्दपत नामक तरुण ने सबसे अधिक वीरता दिखलाई और वह गज्नस्पदात के वंश का भी था। गज्नस्पदात को अंत में मालूम हुआ, कि शत्रु का सबसे प्रचंड आक्रमण उत्तर से हो रहा है, इसलिये वह उस सीमांत की ओर रोकने के लिये गया। यद्यपि उसने युद्ध में बड़ी वीरता दिखलाई, लेकिन शत्रु संख्या और सैनिक बल दोनों में अधिक था। युद्ध में लड़ते-लड़ते वह काम आया। अयरानी सेना तितर-बितर हो गई, और कितने ही सैनिक सीधे कवात् के झंडे के नीचे चले गये, इस पहली मुठभेड़ ने अबहरशहर ही नहीं दिहमगान तक के भू-भाग के भाग्य का फैसला कर दिया। आतुर गुन्दपत को सारे अबहरशहर का कनारंग बनाया गया और सियाबख्श को अर्तस्तारान सालार (महासेनापति) का पद दिया गया कवात् की यह विजय साधारण विजय नहीं थी। इस विजय के बाद ही उसे कनारंग की जमा की हुई सारी सेना और सारी सैनिक-सामग्री प्राप्त हो गई। कवात् ने जो राज-घोषणा निकाली, उससे बंदक (दास), मजूर, कम्मी, शिल्पी, किसान सभी प्रसन्न हुये, जिनके ऊपर कि कवात् के निकलने के बाद पहले जैसा ही जुल्म होने लगा था। साधारण व्यापारी और स्वतंत्र किसान भी सामंतों और उच्च राजकर्मचारियों के उत्पीड़न से अब आराम की सांस लेने लगे। इस प्रकार देश की भारी जनता कवात् के पक्ष में हो गई। चार वर्षों से देरेस्त-दीन के अनुयायियों पर जो बीत रही थी, जिसके लाखों आदमी निर-पराध बुरी मौत से मारे गये थे, वह अब फिर प्रगट हो गया। अबहरशहर तथा दिहमगान में रक्तपट सभी जगह देखने मे आने लगे।

कवात् अपने पुराने मित्रों और नये सहायकों के साथ विजयोत्सव मनाते एक देह्कान (ग्रामीण) की चौपाल में बैठा था, लेकिन अब उसकी यह बैठक वह बैठक नहीं थी जिसे पिछले वर्षों मे देखा गया था अब फिर तस्पोन् का दरबार शुरू हो गया था, और दरबारी सासानी मर्यादा को पालन करने में बहुत सजग थे। युद्ध-क्षेत्र में विजय के साथ ही बादशाह कवात् को घोड़े पर देखकर लोग जयजयकार कर रहे थे, और अपने कवच शिरस्त्राण, ढाल, तलवार और भाले को धारण किये दो पंक्तियों में खड़े सैनिक शाह के आते ही ढाल को शाह के सामने फैलाकर अपने सिर को उस पर झुका कर वंदना कर रहे थे।

कवात् को प्रसन्न होना ही चाहिये था, क्योंकि आज की विजय उसके लिये असाधरण विजय थी। आज वह केवल गज्नस्पदात को पराजित करने में सफल नहीं हुआ था, बल्कि अपनी तीन चौथाई विजय यात्रा समाप्त कर चुका था। अयरानी सेना बिलकुल उत्साहहीन हो गई थी, क्योंकि वह अधर्म युद्ध कर रही थी। आज की पराजय की खबर तस्पोन् में देर से पहुंचने वाली थी, लेकिन खबर पहुंचने पर वहां शत्रु मर्माहत होंगे, इसे आसानी से समझा जा सकता था। वस्तुतः अब यदि कवात् तोरमान की सेना को लौटा भी देता, तो भी जो अयरानी सेना इस समय कवात् के साथ हो गई थी, और जितने विश्‍वासपात्र सैनिक उसके पास आगये थे, उनकी मदद से वह तस्पोन् तक अपना विजय-डंका बजा सकता था। यद्यपि अब भी कितने ही विस्पोह्र अपनी सेना के साथ रास्ते में मुकाबिला करने के लिये तैयार थे, लेकिन उनका सरदार गज्नस्पदात खत्म हो चुका था, वह अपने को अनाथ सा समझने लगे थे।

कवात् ने अपनी निजी गोष्ठी में हर्षातिरेक प्रदर्शित करते हुये कहा—

हमारा सबसे बड़ा शत्रु आज निहत हुआ, हमें आशा नहीं थी कि गज्न-स्पदात पहली ही मुठभेड़ में इतनी जल्दी खत्म हो जायगा।

सियाबख्श—ख्वताय पातेख्शाह, मेरा भी यही ख्याल था, कि सीमान्त से राजधानी तक वह पांच-छः टक्कर से कम नहीं लेगा, लेकिन उसके अत्याचारों के कारण सेना का विश्वास पहले से ही डिग चुका था, और हमने पहिला मोर्चा मार लिया।

मित्रवर्मा—निस्संदेह सबसे बड़ा मोर्चा मार लिया, किंतु अभी भी तस्पोन् देश के दूसरे छोर पर है, शत्रू को कभी निर्बल नहीं समझना चाहिये।

कवात् ने अपने मित्र मिहिरकुल को चुप देख कर कहा—युवराज आप नहीं कुछ बोल रहे हैं।

मिहिरकुल—मेरे बोलने की ही बातें तो यहां कहीं जा रही हैं। पिता महाराज ने प्रथम युद्ध तक ही में मुझे सम्मिलित होने की आज्ञा दी थी, और वह समाप्त हो चुका। मुझे राजधानी लौटना होगा, किंतु इस अफसोस के साथ कि एक बार भी हृदय खोल कर युद्ध में लड़ने का मुझे अवसर नहीं मिला।

कवात्—युवराज, आपने ही तो सेना के सबसे बड़े भाग का संचालन किया।

मिहिर—संचालन किया, लेकिन हमारी वाहिनी तो युद्ध में अभी पूरी तरह सम्मिलित भी नहीं हो सकी थी, कि कनारंग ने युद्ध को बर्खास्त कर दिया। मेरी बड़ी इच्छा है, कि आगे तस्पोन् तक चलूं, किंतु पिता म हाराज का शासन बहुत कठोर होता है।

कवात्—महाराज की आज्ञा का उल्लंघन करना अच्छा नहीं है और

दूसरे सबसे बड़ा काम जो करना था वह युवराज के नेतृत्व में हो चुका। युवराज के स्नेह और सहायता को मैं भूल नहीं सकता।

मिहिर—हम दोनों वही पुराने बाल मित्र हैं, यहां किसको भूलना है और कौन भूलने वाला है।

पानगोष्ठी और अधिक समय तक चलती, किंतु आज इतने बड़े महत्त्वपूर्ण विजय का प्रथम दिन होने पर भी कवात् को अपने प्रिय मित्र मिहिरकुल के अगले ही दिन अलग होने का इतना खेद था, कि वह रात्रि के अन्तिम पहर तक वहां बैठा नहीं रह सका।

२६

कुमार-लाभ

"क्या नाम रखा है, दुख्त ?"—तीन साल में ही सारे भूरे केश श्वेत हो गये मज़्दक ने वसन्त के खिले गुलाबों की क्यारियों में तितलियों के पीछे दौड़ते एक गुलाब जैसे शिशु की ओर देखते हुए एक तरुणी से पूछा ।

—अभी नाम नहीं रखा है मेरे अन्दर्जगर (गुरु) । इसका पिता ही आकर नाम रखेगा, यही सोचकर नाम नहीं रखा । लेकिन आप तो इसके पिता के भी अन्दर्जगर हैं, आप ही क्यों न कोई नाम रख दें—तरुणी ने कहा।

मज़्दक ने अपने मृदु हास से सारे मुख़मंडल को भासित करते हुये कहा—बड़ा सुन्दर बालक है ।

—और बड़ा नटखट भी । अभी तीसरा बरस चल रहा है, किंतु किसी बात के लिये हठ कर देता है, तो उसे छोड़ता नहीं ।

—मेधावी बालक है । इसका नाम भी इसके अनुरूप होना चाहिये ।

—आप क्या नाम पसन्द करते हैं ?

—पिता को ही नाम रखने दें । अब तो वह यहां पहुँचने ही वाले हैं।

—मैं तो समझती हूं अन्दर्जगर का दिया नाम वह भी पसन्द करेंगे—तरुणी ने उनके शिशु-सदृश भोले किंतु तेजस्वी मुख और चमकीली आंखों की ओर देखते हुये कहा—हमारे अन्दर्जगर, आपके बारे में क्या-क्या नहीं सुनती थीं । मेरे सगे संबंधी ऐसा बतलाते थे, मानो आप मनुष्य नहीं भेड़िया या खूंख्वार श्वापद हैं ।

—और मैं तुझे कैसा मालूम होता हूँ, दुरूत ?

—मुझे तो आप मेरे बच्चे से भी कोमल जान पड़ते हैं। और दो ही दिन में मेरा बच्चा आपकी गोद छोड़ना नहीं चाहता। फिर कोई पत्ती नोचे ला रहा है।

रक्त कपोलों पर अपनी प्रसन्नता और दांतों की द्युति को प्रतिभासित करता हुआ शिशु कुछ हरी पत्तियों को हाथ में लिये दौड़ा-दौड़ा आकर अन्दर्जगर की गोद में चढ़ पत्तों को उनके हाथ में देते हुये बड़ी प्रसन्नता प्रकट करने लगा। अन्दर्जगर ने उसके कोमल सुनहले बालों पर हाथ फेरते हुये पुचकारा, जिसका उत्तर दिये बिना वह फिर उतरकर दूसरी ओर दौड़ पड़ा।

—शिशु कितने भोले और कोमल हृदय के होते हैं। वह भूमि तक न पहुँची वर्षा की बूंदों की भांति निर्मल हैं, जिन्हें धरती मटमैली बना देती है। स्वच्छ स्फटिक-शिला पर पड़ी बूंदें नहीं मलिन होतीं, वैसे ही यदि सयानों की मलिनता से उन्हें बचाया जा सके, तो मनुष्य मलिन नहीं हो सकता—अन्दर्जगर ने अपने सारे ध्यान को शिशु की चेष्टाओं पर लगाये हुए कहा।

—मैंने तो आप के बारे में सदा निन्दा के ही शब्द सुने थे, और अब सामने देखने पर मुझे उलटा मालूम होता है। हमारे धर्म में दुरुख्त (दारोगा झूठ) को महापाप कहा गया है, किंतु फिर भी लोग सफेद को काला कहने के लिये तैयार हैं। मुझे तो यह देखकर और भी आश्चर्य होता है, कि जो लोग मज्दक का नाम सुनकर थूकते थे, आज वह उनकी खुशामद के लिये सब कुछ करने को तैयार हैं।

—क्योंकि अब पासा पलट गया है। क़वात् और भियाबख्श विजयी के तौर पर अयरान में प्रवेश कर रहे हैं। तीन वर्षों के भयंकर अत्याचारों

से जन-साधारण त्राहि-त्राहि करने लगे और आज उन्हींकी सहायता से कवात् फिर अयरान का शाहंशाह बनने जा रहा है।

—मैं तो समझती थी, कि कलके शत्रुओं के खानदान में कोई नामलेवा नहीं रह जायेगा। किंतु, जो लोग आपके अनुयायियों के खून के प्यासे थे उनके प्रति भी आपकी उदारता अद्‌भुत है।

—मानव और पशु में अन्तर होना चाहिये दुख्त, अंधा होकर बदला लेना पशु का काम है। अकारण भी उपकार करने के लिये तैयार रहना मनुष्य का काम है। वैर को वैर से नहीं जीता जा सकता, अवैर से ही वैर को जीता जा सकता है, मनुष्य बदलता है और जड़मूल से बदलता है, उसे अच्छी दिशा में बदलने का अवसर मिलना चाहिये। मार डालना तो आसान काम है। मुझे अफसोस है कि मैं कल के शत्रुओं के प्राणों को बचाने के लिये हर जगह पहुंच नहीं सकता। तो भी मैं और मेरे साथी पूरा प्रयत्न कर रहे हैं कि भूलों को फिर से रास्ता पाने का अवसर दिया जाये।

—आप मुझसे अधिक जानते हैं। मैं तो आपके सामने एक छोटी बच्ची हूँ, किन्तु मैं नहीं समझती, कि सभी आदमियों को बदला जा सकता है। कितने ही मनुष्य सांप जैसे कुटिल और विषधर हैं, वे कभी अपने स्वभाव को नहीं छोड़ेंगे। विशेषकर संभ्रान्त वर्ग में तो मानव-हृदय का बहुत अभाव है। आज वह जानते हैं कि बामदात्-पोह्ल का वरदहस्त रहने पर हम कवात् की कोपाग्नि में नहीं जलेंगे, इसलिये वह अन्दर्जगर को ढाल की तरह इस्तेमाल कर रहे हैं। दूसरे की बात क्या कहूँ, मेरा पिता जो साधारण सा कत्ख्वताय (ग्रामपति) है, वह भी अन्दर्जगर को फूटी आंखों नहीं देखता था और कुछ समय पहिले यदि जान पाये होता, तो आप के सिर को कटवाकर तस्पोन् भेजे बिना नहीं रहता। लेकिन आज वह अन्दर्जगर के चरणों में आंखें बिछाता है।

—धन की माया ऐसी ही चीज है। यह फरिश्तों को भी शैतान बना देती है। इसीलिये हमारे दीन के पुरस्कर्ताओं ने कहा—"जब तक धन में समानता नहीं होगी, तबतक मनुष्य-मनुष्य में भ्रातृ-भाव नहीं स्थापित हो सकता।"

—तो अन्दर्जगर मनुष्य मनुष्य में भ्रातृभाव स्थापित करने के लिये धन में समानता करना चाहते हैं ?

—परिवार में नहीं देखती, जब तक धन में समानता रखी जाती है, तब तक परिवार शान्ति और सुख से एक होकर रहता है। विषमता के आते ही परिवार बिखर जाता है, सबके पैर उखड़ जाते हैं और उन्हें फिर से जमाने में समय लगता है।

—तो देरेस्तदीन धन को कहां लूटना चाहता है ?

आपके शत्रु कहते हैं, कि मज्दकी दूसरों का धन लूटना चाहते हैं ?

—हम विश्व को एक परिवार बनाना चाहते हैं दुख्त, धन में समानता स्थापित करने के कारण कुछ लोगों को कष्ट होगा, यह हम जानते हैं। उस कष्ट को हम कम से कम करने का प्रयत्न करते हैं। यदि बहुत जनों के हित-सुख के लिये कुछ आदमियों को थोड़ा सा कष्ट भी हो, तो उसे सहन करना चाहिये। देखा नहीं, कबात् उसी के कारण सिंहासन से वंचित हुआ, सियावख्श अपने वैभव को छोड़कर मारा-मारा फिरता रहा।

—और वह हिन्दू तरुण ?

—हां, मित्रवर्मा, वह भी देश से दूर आकर यहां हमारे आग-पानी में एक साथ हो रहा है। जिसके हृदय को मानवता ने त्याग नहीं दिया, वह अवश्य मानव मात्र के हित के लिये थोड़ा सा कष्ट सहन करने को तैयार होगा।

—लेकिन धनका लोभ मानव में सर्वत्र देखा जाता है, यह उसका स्वभाव सा बन गया है, उसका परिवर्तन करना आसान काम नहीं है।

—नहीं दुख्त, यह मानव का स्वभाव नहीं है। मानव के लिये अपने जीवन-धारण की सामग्री को ही तो धन कहते हैं ? मनुष्य धन-उत्पादन की वांछा करें, धन बर्बाद करने से अपना हाथ रोके, यह बुरा नहीं है, किंतु सुख इसमें हैं, कि धन का उपयोग सब मिलकर करें। यदि जीवनोपयोगकी सारी सामग्री सुलभ हो जाये, तो धन-लोभ मनुष्य का स्वभाव नहीं बनेगा पथ्य रखना साधारण-सी चीज है, यदि आदत में डाल लें तो वह कोई कठिन वस्तु नहीं है। कुपथ्य सारी बीमारियों की जड़ है।

—लेकिन सदा पथ्य का आश्रय लेना सबके लिये सुकर नहीं है।

—सब लोग करने लगें तो वह सुकर है। आदमी देखादेखी बहुत सी बातें करने लगता है। हम जिस विश्व भ्रातृभाव को स्थापित करना चाहते हैं, वह एक के आचरण से नहीं स्थापित हो सकता। लेकिन, यदि हम ऐसा समाज बना लें, जिसमें उसका आचरण स्वेच्छापूर्वक होने लगे, तो कोई मनुष्य समाज के विरुद्ध जाने को तैयार नहीं होगा। मैंने अनुभव से देखा है। जिस गांव के सारे नरनारी देरेस्तदीन पर आरूढ़ हैं, वहां मेरा-तेरा का भाव तक नहीं रह जाता। ऐसे गांवों के छोटे-छोटे बच्चे भी जन्म से जिन बातों को आचरण में देखते हैं, उनको पकड़ लेते हैं। उनको समता का संसार स्वाभाविक मालूम होता है और विषमता का संसार देखकर आश्चर्य।

सचमुच ही दो दिन पहले अन्दजंगर के आने पर नवानदुख्त को जब मालूम हुआ, कि यही पुरुष कवात् का गुरु है, इसी के कारण सारे अयरान में खलबली मची हुई है, तो उसके मुख को देखकर यद्यपि उसे भय का कोई कारण मालूम नहीं होता था, किंतु मन विश्वास करने को तैयार नहीं होता।

अन्दर्जंगर ने जिस स्वाभाविक रीति से उसके बच्चे को अपना लिया और एक ही दिन में वह वर्षों का परिचित बन गया, वस्तुतः उसी ने पहिले पहर नवानदुख्त को अन्दर्जंगर के नजदीक जाने की प्रेरणा दी। गज्नस्पदात् की पराजय और कवात् की विजय का समाचार उसे एक सप्ताह पहिले मिल गया था और उस विजय के कारण जिस तरह दिहबगान तक के सारे ग्राम और नगर कवात् के लिये अपने उत्पीड़क अधिकारियों को भगाकर पहिले ही से स्वागत की तैयारी कर ली थी, उसी तरह अवहरशहर (नेशा-पोरने शाहपोह्र) भी शाह की अगवानी के लिये तैयार था, कत्ख्वताय यदि कवात् को जामाता न समझता तो उसे भी घर छोड़कर भागने की तैयारी करनी पड़ती। लोग भी जानते थे, कि उसके घर में शाह कवात् की स्त्री ही नहीं, एक पुत्र भी है। आज कवात् के आने की प्रतीक्षा हो रही थी। कत्-ख्वतायका महल सजाया गया था। वसन्त ने उद्यान-सज्जा में बड़ी सहायता की थी। कितने ही वृक्षों पर पत्तों के कुड्मल फूटे हुए थे और कितनों की शाखायें फूलों से ढंकी थीं। नवानदुख्त ने अपनी प्रतीक्षा की न जल्दी कटने वाली घड़ियों को बिताने के लिये अन्दर्जंगर से बात शुरू की थी, किंतु बीच बीच में बच्चे के खेल के साथ उनके सहृदयता-पूर्ण आलाप को सुनकर इतनी तन्मय हो गयी थी, कि उसे समय का पता उसी समय लगा, जब कि संदेश-वाहक दूत दरवाजे पर आये, घर के नौकरों में सरगरमी दिखायी पड़ी। यह पता लगने में देर नहीं लगी, कि शाह नगर–द्वारपर पहुँच चुका है, क्योंकि बाजों की तुमुल ध्वनि से सारा नगर गूंज रहा था।

कत्ख्वताय के महल में चारों ओर हेफ्ताल और अयरानी अश्वारोहियों तथा सैनिकों का कड़ा पहरा था। महल के उद्यान में शाही तम्बू पड़ा हुआ था। परिचारक-परिचारिकाओं की एक पल्टन जमा हो गयी थी, जिनसे महल भरा मालूम होता था। शाह के लिये वह प्रकोष्ठ छोटा

था, जिसमें उसने तीन बरस पहिले इस तरुण सुन्दरी से प्रणय-लीला की थी। इस समय उसके पास मित्रवर्मा और सियावख्श के अतिरिक्त नवानदुख्त अपने बच्चे के साथ बैठी थी। चारों के सामने मणिजटित चषक और लाल मदिरा पड़ी थी। उसी से वह अपना पुनर्मिलन मना रहे थे।

बच्चा मां की गोद से उठकर बाहर जाना चाहता था। नवानदुख्त उसे रोकने की कोशिश करती कह रही थी—"यह तेरे पिता हैं, जा अपनी पिता की गोद में" किंतु, बच्चा बाहर जाने की जिद कर रहा था। कवात् अपने इस सुन्दर और स्वस्थ पुत्र को देख कर बहुत प्रसन्न था। उसके मन में पुत्र-स्पर्श की इच्छा जग रही थी। उसके हाथ बढ़ाकर बुलाने पर भी बच्चा नहीं आया। सियावख्श ने कहा—फूलों में तितली पकड़ना चाहता होगा।

नवानदुख्त—हां, रंग-बिरंगी तितलियों को बहुत पसंद करता है और फूलों को भी, किंतु सबसे अधिक इसका प्रेम हो गया है अन्दर्जंगर के साथ।

कवात्—अन्दर्जंगर के साथ ?

नवानदुख्त—हां, इतना हिल-मिल गया है, कि उनकी गोद नहीं छोड़ना चाहता।

तीनों साथियों को दिहबगान याद आ रहा था। मित्रवर्मा ने कहा—अन्दर्जंगर, पृथ्वी पर एक नये स्वर्ग का स्वप्न देख रहे हैं। हमने उनके उस गांव में स्वर्ग की झांकी पायी थी। अन्दर्जंगरके स्वर्ग में सबसे अधिक सुख बच्चों को है, यह भी हमने देखा। वहां बच्चे मारे नहीं जाते थे, डराये-धमकाये नहीं जाते। तब भी वह कितने सुशील होते हैं। अन्दर्जंगर कहते भी थे, हम अपने स्वर्ग की केवल दागबेल लगा रहे हैं, असली स्वर्ग का निर्माण तो यही बच्चे करेंगे।

सियावख्श—अन्दर्जंगर के शान्त हँसमुख दीप्तिमान मुखमंडल को

देखते ही आदमी का मन उनकी ओर आकृष्ट हो जाता है। वाणी तो उनकी मानो मधुमिश्रित है, स्वर कितना कर्णप्रिय है, शब्द कितने सुन्दर होते हैं।

नवानदुख्त—और उनके साथ जितना ही अधिक दिन रहने का अवसर मिलता है, उतना ही वह और भी मधुर मालूम होता होगा।

कवात्—तो यह हमारे अन्दर्जगर के पास जाना चाहता है ? जाने दो। उनके सत्संगों में रह गया तो वास्तविक मानव बन जायेगा। हम तुम उसे वैसा नहीं बना सकते।

बच्चे ने अन्दर्जगर की बात सुनी और फिर वह मां की गोद छोड़कर —"मैं अन्दर्जगर के पास जाऊँगा" कहता कमरे से बाहर चला गया।

मित्रवर्मा ने लड़के की ओर दृष्टि लगाये कहा—सत्संग का बहुत लाभ होता है, विशेषकर हमारे अन्दर्जगर जैसे महापुरुष के सत्संग का। लेकिन कभी-कभी बड़े से बड़ा सत्संग भी आदमी की प्रकृति को बदलने में सफल नहीं होता। बुद्ध के सत्संग में देवदत्त कितने ही वर्षों तक रहा और उसका असर भी अवश्य पड़ा, किंतु अंत में देवदत्त की असली प्रकृति ने सत्संग के प्रभाव को दबा दिया। लेकिन मैं समझता हूँ, हमारा शाह-पोह्ल देवदत्त से दूसरी प्रकृति का होगा।

सियाबख्श ने कुछ-कुछ सोचते हुये पूछ दिया—और आपने हमारे शाह पोह्ल का नाम क्या रखा है ?

नवानदुख्त बड़े संकोच से सिमटी सी वहां बैठी थी, यद्यपि पुत्र-स्नेहने कुछ बोलने के लिये वाध्य किया था, लेकिन उसका संकोच उसे दबाये था। सियाबख्श के प्रश्न के उत्तर में उसने शरमाते हुए कह दिया—अभी नाम नहीं रखा है। अन्दर्जगर से कहा कि आप ही रख दें, आपका रखा नाम सबको पसंद आयेगा।

सियावख्श—तो उन्होंने क्या नाम दिया ?

कवात्—हां , अन्दर्जगर का दिया नाम हम सबको पसंद आयेगा ।

नवानदुख्त—उन्होंने कहा कि पिता नाम देगा ।

मित्रवर्मा—शाहंशाह को शाह पोह्ल का नाम रखना चाहिये ।

कवात्—मित्र, तुम तो मेरे तेरे के सबसे अधिक विरोधी हो, इस विषय में हमारे अन्दर्जगर से भी चार पग आगे जाना चाहते हो ; फिर तुम क्यों मुझसे ऐसा आग्रह करते हो ? तुम्हीं न एक नाम रख दो ।

मित्रवर्मा—मुझे अंयरानी नाम थोड़े ही मालूम है, नहीं तो मैं ही रख देता ।

सियावख्श ने कुछ सोचने के बाद कहा—खुसरव (खुसरो) कैसा रहेगा ?

कवात्—बहुत सुन्दर नाम है, कहो नवानदुख्त, तुम्हें पसंद आया ?

नवानदुख्त—मेरे पातेख्शाह (स्वामी) को जो पसंद होगा, वह मुझे भी पसंद आयेगा ।

कवात्—तो आज से हमारे पुत्र का नाम खुसरो खां रहा ।

×　　　×　　　×　　　×

नवानदुख्त और कवात् अपने शयनकक्ष में थे । वहां दोनों छोर पर कांच के अन्दर जलती दो मोमबत्तियां घर के निविड अंधकार को दूर करने की कोशिश कर रही थीं । कवात् वैसे होता तो, एक गांव के सरदार की लड़की को क्यों इतना महत्त्व देता, लेकिन उसको मालूम था, कि उसी लड़की के कारण उसके पिता ने अपने को खतरे में डाल कर उसके काम में सहायता की । सियावख्श के सीमांत पर भेजे दूत उसके बिना अपने कार्य में उतने सफल नहीं हो सकते थे और सबसे बढ़ कर चीज थी, नवानदुख्त का यह

पुत्र, जिसे अपनी आंखों से देख कर वह और हर्षोत्फुल्ल हुआ। नवानदुख़्त जानती थी, कि अयरान के शाहंशाह के महलमें उस जैसी हजारों चेरियां और दासियां हैं। उसे यह भी विश्वास नहीं था, कि कवात् को वह प्रथम मिलन की रात याद भी होगी। वह आज अपने भाग्य को सराहती थी। संकोच और लज्जा के भाव से दबी हुई भी भीतर से वह बहुत प्रसन्न थी। उसको इसका भी खेद हो रहा था, कि उसने बच्चे के बारे में जो खुलकर बातें की थीं, वह शहंशाह की दृष्टि में अनुचित तो नहीं जँची।

कवात् ने पलंग के एक ओर सकुची सिमटी बैठी नवानदुख़्त को अपने पास खींचकर मुख चूमते हुये कहा—क्यों मुंह पर ताला ही लगा रहेगा क्या ?

नवानदुख़्त ने सोये से जग जाने की तरह कहा—नहीं, मेरे पातेख़्शाह मुझे भय लगता है।

—भय लगता है, क्योंकि मैं तुम्हारा पातेख़्शाह हूँ। लेकिन मैं तुम्हारा पातेख़्शाह ही नहीं कुछ और भी हूं।

—वही तो विश्वास नहीं होता, राजा और आग के बहुत नजदीक नहीं जाना चाहिये।

कवात् ने नवानदुख़्त को अंक में लेकर गाढ़ालिंगन करते हुये बार-बार फिर मुख चूम कर कहा—मेरी बम्बिश्न (रानी), लेकिन हम दोनों तो संमीप नहीं एक हो चुके हैं। अब डरने से लाभ क्या ?

—शाहंशाह के लिय ऐसा होना कोई नई बात नहीं है। लेकिन मैं तो अपने पातेख़्शाह की चाकरजन भी रहने को तैयार हूँ। मुझे और कुछ नहीं चाहिये, मैं केवल श्रीचरणों की सेवा चाहती हूँ।

कवात् ने और विश्वास बढ़ाने के लिये अनेक बार चूमते हुये कहा—नहीं, चाकरजन नहीं, तू मेरी बम्बिश्न है।

—लेकिन सुना है, पातेख्शाह की बम्बिश्न होने के लिये विस्पोह्रों की कन्या होना आवश्यक है। मैं तो एक साधारण ग्रामपति की कन्या हूँ, मेरा वैसा भाग्य कहां ?

—लेकिन इन सब नियमों से शाहंशाह ऊपर है। तू मेरी बम्बिश्न है और खुसरो मेरा शाहपोह्र (शाहपुत्र)। क्या मेरी बात पर तेरा विश्वास नहीं है ?

नवानदुख्त ने हर्षाश्रु बहाते हुये रुक-रुक के बड़े नम्र स्वर में कहा—चाकरजन का भी स्थान मिलता, तो मैं अपने को धन्य समझती। मुझे पातेख्शाह का अनुग्रह जिस मात्रा में मिला, उसे देखकर अपने भाग्य पर विश्वास नहीं होता, मेरे ख्वताय के वचन पर विश्वास नहीं होता।

कवात् ने नवानदुख्त् के चिबुक पर एक हाथ की अंगुलियों को रखकर दूसरे हाथ से उसके सुनहले केशों को सहलाते हुये कहा—मेरा भाग्य भी सो गया था प्यारी। उसके ही जागने की कौन सी आशा थी ? एक बार सिंहासन से उतारा गया शाह कहां फिर दुबारा उस पर बैठने पाता है ? किंतु खोया सिंहासन अब फिर मेरे हाथ में आ रहा है। मेरा सबसे बड़ा शत्रु कनारंग मारा गया। उसकी सारी सेना खत्म हो चुकी। अभी मैं राजधानी तस्पोन् नहीं पहुँचा, किन्तु मैं समझता हूँ कि सिंहासन मेरी प्रतीक्षा कर रहा है। प्रिये, तुमको मेरे साथ चलना होगा।

नवानदुख्त के चेहरे पर कुछ उदासी छा गई, वह मुंह से कुछ न बोल सकी। कवात् ने उसे खींचकर अपने छाती से लगाते हुए कहा—तुम्हें चलना होगा। बोलो, चलोगी न।

नवानदुख्त के मन में तरह-तरह के विचार पैदा हो रहे थे। शाहंशाह

की पत्नी होना उसके लिये कम गर्व की बात नहीं थी, लेकिन शाहों का रानियों के साथ तीन दिन का प्रेम होता है, फिर वह अन्तःपुर की आजन्म बन्दिनी हो जाती है, यह बात उसे मालूम थी । वह शीघ्र 'हां' या 'ना' का निश्चय तो नहीं कर सकती थी। "ना" में निश्चय करना तो और भी कठिन था, किंतु वह एक बार सूंघ कर फेंक दिया गया फूल भी नहीं बनना चाहती थी । उसने बड़े करुण स्वर में कहा—आपकी आज्ञा मेरे लिये सर्वथा शिरोधार्य है, लेकिन मेरे पातेख़शाह,मेरे स्वनाथ, मैं अपने में कोई ऐसा गुण नहीं पाती, जिससे श्रीचरणों के समीप रहने की अधिकारिणी हो सकूं ।

कवात् ने नवानदुख्त के अधरों को चूम कर कहा—गुण ? तुममें सारे गुण हैं । देखो, यह तुम्हारे पद्मराग जैसे रक्त अधर, यह गुलाब जैसे कोमल आरक्त कपोल, यह मृग जैसे बड़े-बड़े नयन, यह सुन्दर चिबुक, यह शंखाकार ग्रीवा, यह सुनहले रेशम के तारों जैसे केश, यह मोहक उरोज, यह क्षीण कटि—

नवानदुख्त ने मुस्कराते हुये कहा—आप कविता न करें। मैं जानती हूँ, इसमें से कोई भी चीज शाहंशाह के लिये दुर्लभ नहीं है। मेरी जैसी हजारों स्त्रियां रनिवास में भरी पड़ी हैं, उनमें एक की संख्या और बढ़ाकर आप क्या करेंगे ? रहने दें मुझे यहीं, पिता के घर में आपकी मधुर स्मृति लिये बैठी रहूंगी ।

कवात् ने इस दृढ़ मनोबल वाली तरुणी के मुस्कराते-मुस्कराते गंभीर हो गये चेहरेपर दृष्टि रखते सोचा, यह और तरुण सुन्दरियों से भिन्न प्रकार की है । कहां दूसरी संकेत मात्र पर नाचने के लिये तैयार रहती हैं, और कहां इसे भोग-विलासों से पूर्ण किंतु सहस्रों नारियों से भरा अन्तःपुर पसंद नहीं आ रहा है । नवानदुख्त के अस्पष्ट अस्वीकार ने शाहंशाह के

आकर्षण को और बढ़ा दिया था। उसने उसके कंधे पर हाथ रखते हुये कहा—प्रिये, तुम्हें मैं अन्तःपुर की हजारों रानियों में एक नहीं मानूंगा। विस्पोह्लों की कन्याओं से भी तुम्हारा प्रेम और सम्मान मेरे हृदय में अधिक है।

—आपकी सहोदरा सम्बिक् और सहोदरा-पुत्री हूणराज-कन्या जैसी और कितनी ही अद्वितीय रूप, कुल, गुण-संपन्ना रानियां हैं। मेरी जैसी गंवार तरुणी पर आपका स्नेह बड़ी कृपा है, इसे मैं मानती हूँ, किंतु मैं पिता की लाड़ली पुत्री स्वभाव से कुछ अनम्र-सी हूँ। डर लगता है, कि मेरे कारण मेरे पातेख्शाह को कोई कष्ट न हो।

कवात् सोच रहा था यह तरुणी देखने में जितनी सीधी-सादी है, वह उतनी ही सीधी-सादी वस्तुतः नहीं है, इसमें आत्म-गौरव की मात्रा अधिक है। लेकिन एक ऐसी भी नारी मुझे चाहिये। उसने फिर आग्रह करते हुए कहा—नहीं प्यारी, तुम्हें मेरे साथ चलना ही होगा। तुमने कितना सुन्दर पुत्र मुझे दिया है? तुम्हें मेरी बात स्वीकार करनी पड़ेगी। मैं वचन देता हूँ, यदि मेरे वचन का तुम कोई मूल्य समझती हो, कि मैं तुम्हारा सदा ध्यान रखूंगा और तुम्हारे तथा तुम्हारे पुत्र के लिये मेरे हृदय में ऊँचा स्थान रहेगा।

—मैं श्रीचरणों में सबसे नीचा स्थान पाकर भी संतुष्ट रहूँगी। मेरा कहना इतना ही था, कि मैं अपने पातेख्शाह के ऊपर बेकार का भार न बनूं।

कवात् ने नवानदुख्त को दृढ़ आलिंगन करते हुए मानो अपने हृदय में डालने का प्रयत्न करते कहा—तो निश्चय रहा, कल तुम्हें पुत्र-सहित राजधानी की ओर रवाना होना है। मुझ पर विश्वास करके तुम घाटे में नहीं रहोगी, मैं इतना ही कहना चाहता हूँ।

नवानदुख्त की आंखें सजल हो उठी थीं। उसने कवात् के हाथों को अपने हाथों में लेकर मलते हुये कहा—स्वामी की आज्ञा के उल्लंघन का विचार भी मेरे दिल में नहीं आ सकता। मैं अपनी अयोग्यता के कारण संकोच कर रही थी। यदि इस अकिंचन जन को आप धूलि से उठाकर ऊपर रखना चाहते हैं, तो मुझे इन्कार नहीं। मैं सदा स्वामी की सेवा में रहूँगी।

२७

पुनः सिंहासन (५०० ई०)

तिक्रा अब भी अपनी उसी मंथर गति से चल रही थी, मानो वह अपने आसपास घटित होने वाली घटनाओं से बिल्कुल अपरिचित थी। आखिर तिक्रा के लिये यह नयी बात भी तो नहीं थी। सहस्राब्दियों से वह रक्त स्नान और खुशी मनाने की अभ्यस्त थी। किंतु तस्पोन् नगरी की निद्रा हराम हो गयी थी। कभी उसे कवात् की ओर से प्रतिशोध का भय लगता था। उससे भी बढ़कर उसकी चिंता के कारण थे हेफ्ताल, जिनका उपनाम "श्वेत हूण" उसकी नस-नस में आतंक का संचार कर रहा था। हूणों से क्रूरता में कम न होने ही के कारण तो इनका नाम श्वेत हूण पड़ा था। क्या तस्पोन् नगरी को वह लूट कर ही दया दिखलायेंगे? यद्यपि वह कवात् की सहायता करने आये थे, किंतु वह उनका स्वामी नहीं था। तस्पोन् का वैभव उन्हें लूटने का प्रलोभन देगा ही, और किसी हूण का एक भी रक्त-विंदु-पात सारे नगर को भस्मशात् कर देने का पर्याप्त बहाना होगा। यह भय तस्पोन् के हर वर्ग के हृदय पर छाया हुआ था। जिन्होंने कवात् को बाट का भिखारी बनाने में बढ़-बढ़ के प्रोत्साहन दिया था, उनकी अवस्था तो और भी दयनीय थी। वह किस मुंह से कवात् से दया की भिक्षा मांग सकते थे? कवात् के मृदु स्वभाव और उससे भी अधिक उसके अंदर्जगर मज्दक से कभी-कभी उन्हें आशा बँधती थी, किंतु अपनी करनी उन्हें निश्चिन्त होने नहीं देती थी।

अर्क (प्रासाद-दुर्ग) में सन्नाटा छाया हुआ था। अभी भी वह आदमियों से शून्य नहीं था, न उनके यातायात का ही अभाव था, किंतु वहां की गति निर्जीव गति सी मालूम होती थी। लोग जिह्वा से नहीं सांस-संकेत द्वारा सो भी कभी-कभी ही एक दूसरे को अपने भाव अवगत कराते थे। सभी सशंक थे, प्राणी, पशु तक इस वातावरण से प्रभावित थे। इसी समय श्वेत वेष और श्वेत कूर्चधारी, श्वेत अश्वारूढ़ महापुरोहित (मगोपतान् मगोपत) आतुरपत परिमित परिचारकों के साथ अर्क के भीतर पधारे। द्वारपालों में कुछ ने बेमन से उनकी वंदना की, कितनों ने आंखों से बच निकलने की भी कोशिश की। कवात् के निष्कासन में मगोपतान् मगोपत का अधिक हाथ था, यद्यपि उसके लिये सबसे अधिक बदनाम कनारंग गज्नस्पदात था। "दीन खतरे में" की घोषणा आतुरपत ने ही की थी, इसी ने अहुरमज्द, अमसास्पदों और इस्तख् की भगवती की दुहाई दिलाई थी। उसका श्वेतारक्त मुखमंडल पांडुर हो गया था, किंतु अभी भी उससे गंभीरता दूर नहीं हुई थी।

अर्क के एक कमरे में एक छोटा सा आसन था, जिस पर शाहंशाह जामास्प उदास मुख बैठा था। अयरान अस्पाहपत तथा दूसरे राजामात्य पास में बैठे किसी के आने की बड़ी उत्सुकता से प्रतीक्षा कर रहे थे। मगोपतान्मगोपत के भीतर आते ही, सबकी आंखें उसके चेहरे पर जा गड़ीं। साधारण वंदना के बाद उसके आसन ग्रहण करते ही जामास्प ने कहा—

आपके आगमन और सम्मति की हम बड़ी अधीरता से प्रतीक्षा कर रहे हैं। युद्ध-क्षेत्र कहां है, यह कहना कठिन है ; क्योंकि गज्नस्पदात के निपात के बाद लड़ने का उत्साह हमारी सेना के हृदय से जाता रहा।

आतुरपत ने अन्यमनस्कता के साथ कहा—लेकिन मुझसे क्या आशा हो सकती है ? गज्नस्पदात के बाद कवात् और मज्दकं के भारी कोप का भाजन मेरे सिवाय और कौन हो सकता है ?

अयरान-अस्पाह्पत बोइया ने अधीरता से बीच में बात काट कर कहा—इन बातों से कोई लाभ नहीं। हम सभी एक नाव में सवार हैं। कौन बड़ा अपराधी है, कौन छोटा, इसकी नाप-तोल करना व्यर्थ है। उत्तर के हूणों और पश्चिम के रोमकों ने अपनी सैनिक शक्ति को एक क्षेत्र में लगाने का अवसर हमें नहीं दिया—

सरनखवीरगान महापत को अस्पाह्पत की भी बात अप्रासंगिक दिखलाई पड़ी। उसने बात काटते हुये कहा—यह कोई नई चीज नहीं थी। उत्तर और पश्चिम की ओर ध्यान रखते हुए भी हमने अपनी सेना का बड़ा भाग हूणों की सीमापर रखा था। गज्नस्पदात ने आसानी से पराजय और बलिदान नहीं स्वीकार किया। अब तो युद्ध नहीं कवात् की विजयोत्सव-यात्रा हो रही है।

जामास्प बात को बिलकुल बढ़ने देना नहीं चाहता था। उसने उताबलेपन से कहा—विजय-यात्रा अपने अंत पर पहुँच रही है। तस्पोन् अब दिन नहीं घंटों का रास्ता है हमनें तीन दिन व्यर्थ ही बिता दिये। हमारे सामने दो ही रास्ते हैं देश से भाग जाना या आत्मसमर्पण। मैं आप लोगों की राय जानना चाहता हूँ। जहां तक मेरा संबंध है, मैं दोनों के लिये तैयार हूँ।

—हां, लड़ने का तीसरा रास्ता व्यर्थ है, इसे मैं अनुभव करने लगा हूँ।

शाह और उसके मंत्रियों को आतुरपत की यह बात कुछ अविश्वसनीय-सी जँची। धर्म-युद्ध के सबसे बड़े पक्षपाती मगोपतान् मगोपत को आतुरपत

के मुंह से इन शब्दों की आशा नहीं थी। किंतु उसने अपनी राय उतावलेपन में नहीं दी थी, यह भी वह जानते थे। आतुरपत ने उनके चेहरे पर अविश्वास की रेखा देखकर कहा—भवितव्यता के सामने सिर झुकाना ही अच्छा है। सफलता की कोई आशा न रहने पर भी निरपराध आदमियों का खून बहाना बुरा है।

—और दीन जो मज्दकियों के हाथ में लुप्त हो जायगा— बोइया ने व्यंग के स्वर में कहा।

—दीन के लोप की बात कहां है? यह तो मगोपतों का बहाना था। क्या बामदात्-पोह्ल और उसके आचार्य मानी भी स्पितामा जर्थुस्त्र को नहीं मानते? क्या वह अहुर्मज्द की प्रार्थना नहीं करते?—जामास्प ने आतुरपत की चुटकी लेते हुये कहा।

आतुरपत ने सुनी अनसुनी करते हुए कहा—दीन के बारे में फिर भी कभी बात करने का अवसर आयेगा।

जामास्प—तो आतमसमर्पण और पलायन में कौन रास्ता आपको ठीक जँचता है?

—आत्मसमर्पण हमारे पातेख्शाह के लिये अधिक भय का मार्ग है—बोइया ने कहा।

जामास्प—उस भय के लिये मैं तैयार हूँ। मैं सभी अपराधों को अपने ऊपर लेने को तैयार हूँ, इसकी परवाह न करें।

बोइया—हमारे पातेख्शाह रोमकों के पास जा सकते हैं।

जामास्प—अवसर की प्रतीक्षा करने? नहीं, फिर मैं जूआ खेलना नहीं चाहता। इसकी जगह मैं भाई का बंदी बनना अधिक पसंद करूँगा।

आतुरपत—भाई न आंख निकलवायेगा, न बंदी ही बनायेगा।

बोइया—क्योंकि उस समय हमारे पातेख्शाह ने अपने भाई की आंखें निकलवाने और प्राणदण्ड देने से इन्कार कर दिया था।

जामास्प—वह कुछ भी करे। मैं सासानी वंश को निर्बल करने में सहायक नहीं बनना चाहता।

आतुरपत—मैं भी अपने ख्वताय की राय से सहमत हूँ और अपने लिये भी भागने की नीति नहीं स्वीकार करता। बुढ़ापे में इन शुभ्र केशों को लिये दर-दर मारे-मारे फिरने से अपने अयरानी दख्में में लेटना ही बेहतर है।

जामास्प—हमें केवल अपने निजी लाभ-हानि की दृष्टि से नहीं देखना है। युद्ध को किसी रूप में जारी रखने का अर्थ है, हूणों के क्रूर हाथों से तस्पोन् का विध्वंस। अपने विध्वंस से यदि अपने देश और राजधानी को हम बचा सकें, तो इससे बढ़कर सुकृत नहीं हो सकता।

हेफ्ताल सैनिक छोटे-मोटे निगमों और नगरों को लूटने से संतुष्ट नहीं थे। उनकी दृष्टि तस्पोन् पर लगी हुई थी। जिनके संबंधियों और कुटुम्बियों को प्राण व धन की क्षति पहुँची थी, वह प्रतिशोध की भावना दिल में छिपाये आजतक प्रतीक्षा कर रहे थे, जिस समय जामास्प के दूत ने पहले-पहल युद्ध के रास्ते को त्यागने का संदेश कवात् के पास पहुँचाया, उस समय इन दोनों प्रकार के लोगों में असंतोष छा गया। अंतिम समय तक भय था, कि हेफ्ताल सैनिक शायद हाथ से बाहर हो जायें, यद्यपि प्रतिशोध चाहनेवालों की ज्वाला को शांत करने में अन्दर्जगर की शीतल वाणी ने बड़ा काम किया।

—वैर से वैर हटाया नहीं जा सकता, बुद्ध का यह वचन बिल्कुल ठीक है। प्रतिशोध के चक्के को चलाते जाने से उसका अंत नहीं होगा। हमें इसका अंत यहीं अपनी उदार हृदयता को दिखला कर कर देना चाहिये।

यदि दुष्ट के स्वभाव में परिवर्तन नहीं किया जा सकता, और आगे वह फिर भय का कारण हो सकता है, तो भी जनकल्याण इसी में है, कि वैर का बदला प्रीति से लिया जाये, सामूहिक रूपेण प्रतिशोध कभी हितकर नहीं होता ।

शुद्ध राजनीतिक दृष्टिसे देखनेवाले व्यक्ति अन्दर्जगर के इन विचारों से सहमत नहीं हो सकते थे। सियावख्श ने जब देरेस्तदीन के लक्ष्य को सामने रखते हुये उसके ऊपर आनेवाले खतरे का जिक्र किया, तो अन्दर्जगर ने कहा—यदि देरेस्तदीन इतने में कार्यक्षेत्र में सफल हो सकता है, तो मज्दक और सियावख्श अमर तो नहीं हैं, वह कब तक उसकी रक्षा करेंगे। मैं इस पर विश्वास नहीं करता, कि हमारे और तुम्हारे अवलंब से ही आगे बढ़ने वाला देरेस्तदीन कभी इस धरती में बद्धमूल हो सकता है। हम तो निमित्त मात्र हैं। हो सकता है, हम भूतल पर समता का राज्य स्थापित करने में कुछ दूर तक सफल हो जायें और फिर बिरोधी शक्तियां उसका ध्वंस कर दें, तो क्या उसके साथ ही हमारे सिद्धान्तों और उद्देश्यों का सदा के लिये अंत हो जायेगा ? मेरी धारणा दूसरी ही है। भूख की शांति के लिये आहार की आवश्यकता होती है, जाड़ों में गरम पोशाक और आहार की जरूरत पड़ती है, इसी तरह इस दुनिया से दुखों के दूर करने के लिये मनुष्य मात्र में समता-भोगों की समता, कामों की समता—स्थापित करना ही एक मार्ग है। विषमता में मुट्ठी भर लोग ही सुखी रह सकते हैं और वह मुट्ठी भर भी निश्चिंत जीवन नहीं बिता सकते। विष के डर से हर थाली को सशंक दृष्टि से देखते हुए भोजन करना, गुप्त आघात के भय से अनिश्चित शय्याओं की शरण लेना, क्या इसे सुखी जीवन कह सकते हैं ? मनुष्य जब भी व्यापक सुख की चिंता करेगा, वह इसी निश्चय पर पहुँचेगा, कि सबके सुखी होने पर ही हम सुखी रह सकते हैं। मैं और

मेरा का ख्याल छोड़ विश्व को एक कुटुंब बना उसमें समता की स्थापना ही सारे रोगों की दवा है। हम आज प्रयत्न कर रहे हैं, हो सकता है, उसमें सफल न हो पायें। यह भी हो सकता है, कि आनेवाले मधुर-स्वप्नदर्शियों को हमारे तजर्बे का कोई परिचय न हो; तो भी जो सत्य है, वह भूल जाने पर भी फिर प्रकट होगा। हमारी रक्खी नींव के भी लुप्त हो जाने पर नये हाथ और मस्तिष्क फिर इस काम में लगेंगे, और वह तब तक विश्राम न लेंगे, जबतक वह भव्य प्रासाद नहीं तैयार हो जायेगा, जिसका निर्माण करना हमारा लक्ष्य था।

जामास्प के आत्मसमर्पण की बात सुनकर तस्पोन्-वासियों का दुःस्वप्न दूर हुआ। अपनी भूरी, काली बड़ी-बड़ी दाढ़ियों से हेफ्तालों ने नागरिकों के मन में भय का संचार जरूर किया, किंतु कहीं शांति भंग की नौबत नहीं आयी। हाथ बांध कर स्वयं बंदी बनकर आये जामास्प के बंधनों को कवात् ने अपने हाथों खोल दिया और गद्गद् हो उसे छाती से लगा लिया। लेकिन लोग उस वक्त चकित हो कवात् की प्रशंसा करते नहीं थकते थे, जब उसने मगोपतान्मगोपत को भी क्षमा कर दिया।

कवात् दूसरी बार सिंहासनारूढ़ हुआ। अब सारे अयरान में अखंड शान्ति थी, और बलपूर्वक स्थापित की हुई शांति नहीं, स्वेच्छा से आई शान्ति। कुछ स्वार्थों को धक्का लगा, कुछ अत्याचारियों को अपने अत्याचार क्षेत्र को भी छोड़ना पड़ा; तो भी जिन आग की लपटों और खून की नदियों के सारे देश में प्लावित हो जाने का डर था, वह नहीं हुआ। कवात् के शासन और अन्दर्जगर के मधुर स्वप्न की स्थापना के लिये इससे अच्छा आरम्भ क्या हो सकता था?

२८

घटायें (५१६ ई०)

शरद के पांच मासों के बाद वसंत भी अब ग्रीष्म में परिणत हो रहा था। अंगूर की लताओं में उनके पत्ते के समान ही हरे-हरे दानों के गुच्छे लटके हुये थे। सेब के फलों पर हल्की लाली का कहीं-कहीं अभी आरम्भ ही हुआ था। फूलों में गुलाब अपनी शोभा और सुगन्ध को अक्षुण्ण बनाये हुए था। कहीं-कहीं हरी दूब की क्यारियां हरे मखमल की तरह बिछी हुई थीं, जिन पर बैठने में मखमल जैसा ही कोमल-स्पर्श मालूम होता था। पास में बहती नहर के तलदर्शी नीले जल के पास की इन क्यारियों पर बैठना एक स्वयं आनन्द का वाहक था। संध्या के समय प्रतीची को अरुण राग से रंजित कर एक ओर सूर्य का रोहित मण्डल लुप्त होने को था, और दूसरी ओर पूर्ण चंद्र के प्राची के क्षितिज पर आगमन की प्रतीक्षा के सारे लक्षण दिखलाई पड़ रहे थे। पक्षिगण अपने कुलायों पर पहुँच कर रात्रि के मौन और विश्राम के पहले कलरव कर रहे थे, हां, उस घोर ध्वनि को कलरव नहीं कहा जा सकता था। उद्यान के सजाने में सादगी और सौंदर्य दोनों का सम्मिश्रण था, क्योंकि यहां कला और श्रम दोनोंने एक ही हाथ में निवास किया था।

उद्यान के भीतर सुन्दर भवन में नर-नारी आते-जाते दिखाई पड़ते थे, जिनमें सभी रक्तवसन नहीं थे। कितनों ने नीचे के सफेद कुर्ते पर पवित्र सूती या ऊनी गुस्ती बांध रक्खी थी, ऊपर से उनके शरीर पर अंगरखा

पायंजामा और लाल जूता था। कन्धे पर मूल्यवान चादर पड़ी हुई थी। उनके सिर पर नोकदार लंबी टोपियां थीं। स्त्रियों ने अपने ढीले कुर्त्ते के ऊपर सफेद अंगरखा पहिन रखा था। उन केशों का एक गुच्छक सामने की ओर दिखाई पड़ता था, और बाकी केशपाश पीठ पर खुले पड़े थे। कितनों ही के शरीर पर साधारण फूलों के अतिरिक्त कोई आभूषण नहीं था, किंतु दूसरी इसका अपवाद भी थीं। उनके कंठों में सोने और रत्न की मालायें, कानों में कर्णफूल, हाथों में कंकण और पैरों में पदकटक थे।

उद्यान के एक छोर पर नहर के किनारे की हरी घासों पर सियाबख्श और मित्रवर्मा देर से बैठे सूर्यास्त के बाद भी उठने का नाम नहीं लेते थे। वर्षों से दोनों को इतने समय तक मिल कर बैठने का अवसर नहीं मिला था। सियाबख्श ने अपने पन्द्रह सालों का खाता खोल दिया था। मित्रवर्मा के शिकायत करने पर सियाबख्श ने कहना शुरू किया—

—मित्र, यह न समझना, कि मैं ऐसी घड़ियों के लिये तरसता नहीं था, किंतु हमारे पश्चिम और उत्तर के पड़ोसी अवसर नहीं देते थे।

—पश्चिमी शत्रु तो अयरान के सदा के लिये भारी कांटे हैं।

—कांटे हैं किंतु कभी हमारी पश्चिमी सीमा सबसे सुरक्षित भी थी। यवनों और हमारे देश के बीच में विशाल समुद्र था।

—जिसे अलिक्सुन्दर ने पाट दिया।

—पाट देना ही कहना चाहिये। अलिक्सुन्दर ने समुद्र के इधर के भूभाग को जीता ही नहीं, उसने यहां कितने ही नगर बसा दिये, जिनमें लाखों की संख्या में यवन सैनिक तथा नागरिक आकर बस गये। इस प्रकार हमारी भूमि यवनों की भूमि बन गई। जहां आज यवनों के उत्तराधिकारी रोमकों पर आक्रमण करने के लिये दुर्लंघ्य समुद्र को पार करना

पड़ेगा, वहां रोमक पहिले ही से समुद्र पार कर हमारी बगल में बैठे हुये हैं।

स्वाभाविक सीमा प्रतिरक्षा के लिये बड़ी सहायक होती है। अफगान के लिये तो इतिहास का विधान ही उलटा है, किन्तु इस विधान को केवल क्रूर नहीं कहा जा सकता। यदि स्वाभाविक सीमायें अलंघ्य होतीं, तो ये जातियां कूपमंडूक बन जातीं। युद्ध हो या मैत्री, किसी भी भांति देशों का पारस्परिक संपर्क मानव को आगे बढ़ाने में सहायक होता है।

–किंतु युद्ध आदमी को नृशंस बनाता है। तुमने रोमकों के नगर अमिदा के युद्ध के बारे में नहीं सुना होगा।

–रोमकों पर वह हमारी बहुत बड़ी विजय थी।

–और बहुत मंहगी विजय थी। यह विजय थ्योदोसिया जैसी नहीं थी। तिक्रा की धारा की सहायता तो इस विशाल नगर को प्राप्त ही थी, साथ ही यहां रोमकों का अजेय दुर्ग था, जिसमें कैसर के सबसे बहादुर योद्धा एकत्रित किये गये थे। हमारी सेना को इतना मुकाबिला कहीं नहीं करना पड़ा था। अमिदा के युद्ध के सामने गज्नस्पदात का युद्ध भी खेल था। उसके विशाल द्वारों और सुदृढ़ प्राकारों पर से वर्षा की बूंदों की भांति बाण बरसते थे। हमें बड़ी क्षति उठानी पड़ी। जब हम द्वार तोड़ कर भीतर घुसने में समर्थ हुए, तो हमें अपनों से अधिक हेफ्ताल सैनिकों पर नियंत्रण करना मुश्किल था। उन्होंने गलियां और सड़कों को मुर्दों से पाटना शुरू किया। बृद्ध मसीही पुरोहित ने शाहंशाह के पास पहुँच कर इन अत्याचारों को बंद करने के लिये कहा–"भगवान की इच्छा थी, कि अमिदा तुम्हारे हाथों में आये, लेकिन इस खूंख्वारी की क्या आवश्यकता ?" शाह ने तुरंत उसे बंद करवाया। हजारों स्त्री-पुरुष गुलाम बनाकर देश

छोड़ने के लिये तैयार किये गये थे, उन्हें भी अपने-अपने घरों में लौट जाने की आज्ञा दी। हमारे सेनापति गुलनार ने लड़ने में ही वीरता नहीं दिखलाई, बल्कि सहृदयता-पूर्ण शांति-स्थापन करने में भी अपनी योग्यता का पूरा परिचय दिया।

—अमिदा-विजय के बाद कैसर से सात वर्ष की संधि करके अच्छा ही किया गया।

—हम उसके लिये मजबूर थे, रोमक शस्त्र का ही नहीं बुद्धिका भी युद्ध चला रहे थे। उन्होंने सोचा था, यदि हेफ्तालों को वादा किया पैसा नहीं मिला, तो वह अयरान में लूट-पाट मचायेंगे, इसीलिये वह अपने वादे से भी मुकर गये, और रोम से रुपया वसूल करने के लिये हमें युद्ध छेड़ना पड़ा। अमिदा जब सर हुआ, तो रोमकों ने उत्तर हूणिक यायावरों को उकसा दिया और हमें जल्दी-जल्दी संधि करने के लिए मजबूर होना पड़ा। यायावर सबसे भयंकर और दुर्जेय शत्रु होते हैं।

—क्योंकि वह मनुष्य-दल नहीं टिड्डी-दल है, जिसका संहार करना आसान काम नहीं है।

—मनुष्य सभ्यता में आगे बढ़ कर अपने लिये कितने ही नियम-संयम बना लेता है। किंतु ये रेगिस्तानों, जंगलों, पथरीली घाटियों में सदा घूमते रहनेवाले किसी नियम-संयम के पाबंद नहीं होते। हमने उत्तरी हूणों को दबाकर अपने को निश्चिंत समझा था, किंतु पिछले ही साल (५१५ ई०) दूसरे हूण न जाने कहां से पैदा होगये, जो उत्तरी हिमवन्तों (कोहकाफ) को रौंदते, नगरों-ग्रामों को लूटते-उजाड़ते तिक्रा के ऊपरी तट तक पहुँच गये।

मित्रवर्मा—उत्तर के अज्ञात स्थानों में न जाने कहां यह बलाय छिपी रहती है।

—अज्ञात होने पर भी इतना तो ज्ञात है, कि उत्तर में घुमंतू असभ्य जातियां रहती है। लूट की स्वाभाविक इच्छा, अकाल के आक्रमण एवं पारस्परिक युद्ध में पराजय उन्हें दक्षिण की ओर भागने के लिये मजबूर करते हैं।

—केवल ईरान की सारी उत्तरी सीमा ही इनसे नहीं कांपती, हिंद भी इनके धावे से बाहर नही है।

—हिन्द ही नहीं मित्र, रोमकों को भी अपने उत्तरी सीमांत पर इन का सदा भय बना रहता है।

इस प्रकार दोनों मित्रों का वार्त्तालाप सूर्यास्त और चंद्रिका के विकसित होने तक चलता रहा। इसी समय सर्वश्वेता सम्बिक् मंदगति से पास आकर ठमक गयी और फिर उनकी ओर एक नजर डाल कर बोली—में बाधक नहीं बनना चाहतीं, दोनों मित्रों के निभृत वार्त्तालाप में।

—आः संबिक् बम्बिश्नान-बम्बिश्न, स्वागत—कहते मित्रवर्मा के उठने से पहले ही सियाबख्श ने कमर दोहरी कर नमस्कार किया।

—रहने दो, अपनी बम्बिश्नान-बम्बिश्न (रानी-अधिरानी) को यहां में एक पूर्व-परिचिता के रूप में आई हूँ।

—आओ पूर्व-परिचिता हमारी चंद्रिका, यहां कोई ऐसी निभृत बात नहीं हो रही है, जिसमें सम्मिलित होने का तुम्हें अधिकार न हो—कहते मित्रवर्मा ने घास पर सम्बिक् को बैठाया, और फिर बात जारी की। अमिदा-विजय और सबीरी हूणों के पराजय की बात चल रही थी।

सम्बिक् ने स्वर में गंभीरता लाते हुए कहा—अमिदा विजय ने देखा नहीं हमारे नगरों में कितना परिवर्तन किया?

—भारी संख्या में रोमक दासियां हमारे नगरों में आयीं। उनकी श्वेत कांति से हमारे प्रासाद श्वेतित हो गये, क्यों?—मित्रवर्मा ने कहा।

—नहीं मेरा ख्याल उधर नहीं था। दासता मनुँष्यता के लिये कितना क्रूर कलंक है ? हमारे अंदर्जगर अभी कितने सीमित क्षेत्र तक ही उसका उच्छेद करने में सफल हुए हैं। यहां मेरा विचार स्नानागारों से था।

सियाबख्श—स्नानागार शारीरिक स्वच्छता के लिये कितना आवश्यक है। जाड़ों में हमारे नागरिक महीनों नहाने का नाम नहीं लेते थे। अब गर्म जल गर्म घर के साथ नहाना शौक की बात हो गयी है। तो भी हमारे मगोपत (मोबिद) इसे धर्म के विरुद्ध कहते हैं।

—धर्म-विरुद्ध ?—मित्रवर्मा ने कुछ आश्चर्य करते हुये कहा—शारीरिक शुद्धता स्वच्छता धर्म के विरुद्ध ! किंतु मुझे आश्चर्य करने की आवश्यकता नहीं। एक धर्म है जो कहता है पानी भी प्राणधारी है, उसमें नहाने से पाप होता है।

—हमारे मगोपत—सम्बिक् ने कहा—पानी को प्राणधारी तो नहीं कहते, किंतु उसे अग्नि की भांति बग (देवता) मानते हैं, अतः नहाकर उसे मलिन करना पाप बतलाते हैं। कवात् के बेदीन होने का यह भी प्रमाण पेश किया जाता है।

—गर्म पानी से नहाना पाप है—सियाबख्श ने कहा—क्योंकि उनसे आप-देवता मलिन हो जाते हैं, आग में मुर्दा जलाना पाप है, क्योंकि उससे अग्नि देवता रुष्ट हो जाते हैं। ऐसे धर्म के लिये क्या कहा जाये ?

—हां मित्र, शायद तुम्हें मालूम नहीं है, सियाबख्श ने अपनी मृत पत्नी को कौवों-गिद्धों के सामने छोड़ने की जगह भूमि में दबा दिया, इस पर मोबिदों ने भीतर ही भीतर उसे बदनाम करना शुरू किया : वह अपने देवताओं को नहीं मानता।

—और मैं तो मित्र, हिंदुओं, शकों तथा रोमकों के उत्तरी पड़ोसियों के शवदाह की प्रथा को पसंद करता हूं। यदि अग्नि में जलाने में अग्नि देवता

अपवित्र हो जाते हैं, तो दख्मा में छोड़ने पर साक्षात् वायु देवता सड़ते मुर्दे की दुर्गन्ध के कारण घोर रूप में अपवित्र होते हैं। लेकिन इन मगोपतों को समझाये कौन ?

—इन्होंने तो मानो बुद्धि बेंच खाई है।

—बुद्धि बेंच नहीं खाई है सम्बिक्—सियाबख्श ने कहा—मगोपत स्वयं निर्बुद्धि नहीं हैं, वह दूसरों को मूर्ख बनाके अपना काम निकालना चाहते हैं। धर्म लोगों की परंपरागत धारणाएं और श्रद्धा हथियार मात्र हैं, जिनसे वह अपना काम बनाना चाहते हैं।

—क्या हमने जल्दी तो नहीं की ?—मित्रवर्मा ने पूछा।

—हम जल्दी करें या देर, मगोपत अपने प्रभाव को घटने नहीं देना चाहते। क्योंकि उसी के भरोसे वह सामन्तों जैसे सुख-विलास को भोग रहे हैं। मगोपतान्मगोपत गुलनाज की चाल बड़ी गहरी होती है। नवानदुख्त के पुत्र की शिक्षा-दीक्षा पर देखते नहीं कितना ध्यान दिया जा रहा है ?

मित्रवर्मा—गुलनाज जानता है, कि कवात् का खुसरो की माता के प्रति विशेष पक्षपात है।

—नहीं, मुझे विश्वास नहीं—सम्बिका ने जोर देकर कहा।

—क्योंकि तुम कवात् की पत्नी ही नहीं सहोदरा भी हो, तुमने अद्भुत साहस दिखलाते हुये विस्मृति दुर्ग से कवात् का उद्धार किया था—मित्रवर्मा ने कहा।

—उसमें तुम्हारा भी हाथ कम न था मित्र।

मित्रवर्मा—सियाबख्श का संदेह निर्मूल नहीं है। संभव है, शाह अभी दूर तक न गया हो, किंतु मगोपतों और विस्पोह्रों की कूटनीति से सावधान रहने की आवश्यकता है।

—और काबूस ?—सम्बिक् नें कहा ।

मित्रवर्मा—अन्दर्जंगर की शिक्षा ने तरुण कुमार को सर्वगुण-सम्पन्न बना दिया है, इसमें किसे संदेह हो सकता है ? शाह को अपने ज्येष्ठ कुमार पर अभिमान है । आज सारे देश में जलाशयों, नहरों, राजपथों, पुलों, चिकित्सालयों, शिक्षालयों, नये नगरों के बनाने की धुन में शाह सब कुछ भूल गया है और काबूस इन कामों में उसका दाहिना हाथ बन गया है, किंतु मगोपत अब भी निराश नहीं है ।

सियाबख्श—और जब तक शाह हमारे अन्दर्जंगर के पथ-प्रदर्शन पर चल रहा है, तब तक कोई भय नहीं है, यह भी मैं मानता हूँ, किंतु हमें अच्छी तरह ध्यान रखना चाहिये कि, गुलनाज आतुरपत नहीं है, ढलती आयु तरुणाई नहीं है ।

———

२९

अन्त के लक्षण

अर्तश्तारान्-सालार सियाबख्श के भव्य प्रासाद की शान अब भी वैसी ही थी। महाद्वार से भीतर घुसते ही सरों के सुन्दर हरित वृक्ष गुलाब और जूही की सजी हुई क्यारियां दीख पड़तीं थीं। फौवारे के पास अब भी मोर घूम रहे थे; किंतु, साथ ही वहां किसी आशंकित भय की छाया भी एक विलक्षण सन्नाटे के रूप में चारों ओर फैली हुई थी।

बाहर की उदासी प्रासाद के भीतर और भी अधिक प्रतीत होती थी। अर्तश्तारान्-सालार के अन्तःपुर के परिचारक परिचारिकायें पुतली की भांति घूम रहे थे, उन्हें सांस लेने में भी भय मालूम होता था। वह बहुधा संकेत से अपने भावों को एक दूसरे को अवगत कराते थे। सालार की आस्थान-शाला सूनी पड़ी थी। केवल उसके एक प्रकोष्ठ से कुछ संयत स्वर अवश्य सुनने में आता था, जहां कि सियाबख्श, मित्रवर्मा और प्रसिद्ध चिकित्सक ईसाई-महंत (कशीश) बाज़ान बैठे गंभीर वार्त्तालाप में लगे हुये थे। बाज़ान कह रहा था—

—लेकिन हमारे ख्वताय शाहंशाह अब भी कोई रास्ता निकालना चाहते हैं।

—भेड़ियों के हाथ में सौंप कर रास्ता नहीं निकाला जाता—सियाबख्श ने कहा—लेकिन इस बात को छोड़िये, सियाबख्श के हृदय में भय के लिये स्थान नहीं है।

—इसे तो सारा अयरान जानता है, ख्वताय सालार—बाज़ान ने रुक रुक कर कहा।

—आइये, हम दिल खोलकर निस्संकोच क्यों न अपने विचारों को रखें। मैं अनिष्ट से भय नहीं खाता, मुझसे या मित्रवर्मा से आप को अनिष्ट का भय भी नहीं हो सकता। दरबारी दोरंगी बातों का यह अवसर नहीं है। मुझे शाहंशाह से यदि कोई शिकायत हो सकती है, तो वह उनकी जरा ही से।

—जरा ने हमारे देश में भी एक अनर्थ कराया था—मित्रवर्मा ने कहा—शायद हिन्द के महाकाव्य रामायण के राम और उनके पिता दशरथ की कथा आपने सुनी होगी।

सियाबख्श—हां, वही कथा यहां दोहराई जा रही है। पज्शख्वार-शाह शाहंशाह का ज्येष्ठ पुत्र है। उसकी योग्यता में, है कोई संदेह करने वाला ?

बाज़ान—नहीं, कोई नहीं।

सियाबख्श—हां, यह शिकायत हो सकती है, कि उसकी शिक्षा-दीक्षा अन्दर्जगर के अधीन हुई, उस पर देरेस्तदीन का बहुत प्रभाव है। किंतु यह शिकायत शाहंशाह नहीं कर सकते, क्योंकि आखिर उनके ज्येष्ठ पुत्र को अन्दर्जगर के पास किसने भेजा ?

बाज़ान—पिता ने ही।

सियाबख्श—और माता ने भी, जो शाहंशाह की पत्नी ही नहीं, सहोदरा भी हैं। सासानी सिंहासन पर पज्शख्वारशाह का अधिकार कहीं बढ़ चढ़ कर है। उसकी रगों में माता-पिता दोनों की ओर से अर्दशीर बाबकान का रुधिर बह रहा है। अन्दर्जगर की कृपा से मैं रुधिर की पवित्रता के झमेले से बहुत ऊपर उठ चुका हूँ, किंतु मोबिदान-मोबिद गुलनाजको

तो यह ख्याल करना चाहिये, क्योंकि वह मौके बेमौके हर समय रुधिर की पवित्रता की दुहाई दिया करते हैं।

—सब मतलब की दुहाई है—बाज़ान ने कहा—मैं इसे आपके सामने कहने में संकोच नहीं करता।

हां—मित्रवर्मा बीच में बोल उठा—गुलनाज के कोप का भाजन आज मज़्दकी हैं, तो कल उसका कोपवज्र आप के ऊपर भी गिरेगा।

बाज़ान—हम इसे भली प्रकार जानते हैं। अर्मनी और इब्री (गुर्जी) मसीहियों पर मज्दयस्नी धर्म में लौट आने के लिये बहुत दबाव डाला जा रहा है।

सियाबख्श—मेरी सहानुभूति काबूस (पजूशखारशाह) की ओर तब भी होती, यदि वह शाहंशाह की किसी साधारण स्त्री की संतान होता, क्योंकि मैं गुण को प्रधानता देता हूँ। किंतु सोचिये, काबूस किस माता का पुत्र है ?

—सम्बिक् का, शाह की अपनी सहोदरा का—बाज़ान ने कहा।

—हां, जिसने भाई के लिये सिर हथेली पर रखकर वह काम किया, जिसे शायद ही किसी स्त्री ने किया हो। मैं तो कहूँगा, सम्बिका के साहस और प्राणोत्सर्ग की भावना के सामने हमारे भी कृत्य कुछ नहीं हैं, मुझे आशा है, मेरे मित्र इससे सहमत होंगे।

—हां, बिल्कुल ठीक है— कहते मित्रवर्मा ने सियाबख्श की बात का समर्थन किया।

—और आज अबहरशहर की उस स्त्री के पुत्र के लिये काबूस को बलिदान चढ़ाया जा रहा है। यद्यपि मेरे हार्दिक भाव यही हैं, किंतु मैं उनकी बाढ़ में नहीं बहा। रोम का कैसर खुसरो को अपना पुत्र स्वीकार

कर ले, यह मेरे हाथ की बात नहीं थी, सोरन ने झूठे मेरे विरुद्ध शाह का कान भरा है, कि मैंने ही वैसा कराया।

—मुझे मालूम है—बाज़ान ने कहा—भांजी मारने वाला अर्तस्तारान् सालार नहीं था। कैसर जुस्तीन को ऐसा न करने की सलाह देने वाला मंत्री प्रोक्लोस था। उसने उसे जंगली जातियों की प्रथा कहकर भड़काया।

—और माहपत की बात मान कर शाहंशाह कैसर के प्रत्याख्यान का दोषी मुझे समझते हैं। फिर कैसे कहते हो, कि पातेख्शाह कोई रास्ता निकालना चाहते हैं।

—अब भी वीर सियाबख्श को वह भूले नहीं हैं।

—केवल निद्रा की घड़ियों में ही, नहीं तो उनके लिये सियाबख्श विस्मृत हो चुका है। उन्हें सिर्फ एक बात की धुन है, कि कैसे ज्येष्ठ पुत्र काबूस और मध्यम पुत्र जम को वंचित करके अपनी छोटी बम्बिश्न के पुत्र खुसरो को गद्दी पर बैठाया जाये। इस रास्ते में जो भी बाधक मालूम होता हो, वह उनकी कृपा का पात्र नहीं—कहते हुये सियाबख्श का चेहरा आरक्त हो उठा।

बाज़ान उसके वचन से प्रभावित था। कहने के लिये कोई बात सूझ नहीं रही थी, इसलिये उसने फिर अपनी बात को दुहराते हुये कहा—पातेख्शाह कोई रास्ता निकालना चाहते हैं।

—यह उनकी शक्ति से बाहर की बात है—सियाबख्श ने जोर देते हुये कहा—मुझे अपने लिये कोई अफसोस नहीं है, मरना जीवन का मूल्य है। अफसोस है तो यही, कि जिस स्वर्ग को भूमि पर लाने का हम स्वप्न ही नहीं देख रहे थे, बल्कि उसका अंकुर भी हमने उगा दिया था, वह अब पद-दलित होने को है।

मित्र—किंतु "सत्य का अंकुर कभी पद-दलित नहीं किया जा सकता। एक बार भूमि के अंदर दब जाने पर भी वह फिर उग उठता है।"

सियाबख्श—अन्दर्जगर की यह बात और भी मुझे दृढ़ता प्रदान करती है। मानव मात्र की बंधुता और समता की, भाव जगत में ही नहीं, वस्तु जगत में भी स्थापना एक मात्र सुख का मार्ग है ......

इसी वक्त महाद्वार के भीतर शाही अश्वारोही वेग के साथ प्रविष्ट हुये। घोड़ों की खुरों के शब्द को सुनकर सियाबख्श ने कहा—

—बंधु बाज़ान! यह देखो रास्ता, जिसे मेरे लिये शाह ने निकाला है। इन सवार सैनिकों की क्या आवश्यकता थी? मैंने भागने का निश्चय नहीं किया था, न मेरे अंदर्जगर ने मुझे गृह-युद्ध आरंभ करने की आज्ञा दी है।

× × × ×

मगोपतान्-मगोपत गुल्नाज प्रधान न्यायाधीश के स्थान पर बैठा था। उसकी एक ओर महापत सोरन जैसे विस्पोह्र और दूसरे उच्च पदाधिकारी अपने आसनों पर आसीन थे। जिस समय न्यायालय में मुश्क बांधे सियाबख्श को लाया गया, उस समय सबके चेहरों से मालूम होता था, कि उनके सामने उनकी दया पर निर्भर एक बंदी नहीं आया है। सियाबख्श के चेहरे पर दैन्य और भय का कोई चिह्न नहीं था। उसके गौर भव्य मुखमण्डल पर एक अद्भुत प्रभामंडल छाया हुआ था। उसकी सौम्य विशाल आंखों में एक अद्भुत ज्योति चमक रही थी।

गुल्नाज ने स्वागत करते हुये सियाबख्श को बैठने के लिये एक आसन की ओर इशारा किया, किंतु बीच में ही माहपत ने टोक कर कहा—पतित और अपराधी के लिये आसन नहीं दिया जा सकता।

सियाबख्श ने हँसते हुये कहा—पतित और अपराधी!

गुलनाज ने माहपत की आपत्ति की परवाह न करते निर्देश किया—कुछ भी हो, सियाबख्श विस्पोह्न हैं। पातेख्शाह ने अभी उन्हें इस जन्मजात पद से च्युत नहीं किया है।

किंतु सियावख्श ने माहपत को और बोलने का समय न देते हुये आसन से अलग फर्श पर बैठते हुये कहा—मैं विस्पोह्नों की पद-मर्यादा को नहीं चाहता। मुझे प्रसन्नता है, कि इस अंतिम समय में अयरान के वचुर्कों के सामने मैं एक साधारण जन की भांति पेश हुआ हूँ।

—और अपराधी की भांति भी—माहपत ने आवाज को ऊँचा करते हुये कहा।

—अपराधी ? सियाबख्श ने मुस्कराते हुये नम्र स्वर में कहा—कौन अपराधी है इसे मैं आज आपको बतलाऊँगा।

—तुमने मज्दयस्नी दीन की अवहेलना की है—माहपत ने कठोर स्वर में कहा।

—"तूने अवहेलना की है" कहो सोरन,—सियाबख्श ने कहा—आज मैं तुम्हारी कटूक्तियों से उत्तेजित नहीं होऊँगा। मज्दयस्नी धर्म की मैंने उतनी अवहेलना नहीं की, जितनी कि तुम सारे विस्पोह्न, मगोपत और वचुर्क लोग पद पद पर करते हो।

माहपत गर्म होकर कुछ कहना ही चाहता था, कि गुलनाज ने हाथ से उसे शांत रहने का संकेत करके कहा—न्याय और व्यवस्था का अनुसरण करना हम अयरानियों का जातीय धर्म है। हमारे आपस में चाहे कितने ही मतभेद हों, किंतु यहां हम न्यायासन के सामने हैं। हमें देखना है, क्या अयरान अर्तश्तारान-सालार (महासेनापति) सियाबख्श न्यायानुसार अपराधी हैं.....

सियाबख्श ने कहा—क्षमा करें बीच में बोलने के लिये। मैं अब न

विस्पोह्न हूँ न अयरान-अर्तश्तारान सालार। मुझे केवल सियाबख्श के नाम से संबोधित करें, तो मैं मगोपतान्मगोपत का आभार मानूंगा।

गुलनाज ने फिर भी अपनी बात को उसी तरह जारी रखते हुए कहा– सालार, हम जानना चाहते हैं, क्या आप मज्दयस्नी धर्म की अवहेलना करने के अपराध को स्वीकार करते हैं ? क्या आपने अपनी मृत पत्नी के शव को मज्दयस्नी प्रथा के अनुसार दख्मा में न रख भूमि में गाड़ दिया ?

सियाबख्श ने नम्रतापूर्वक उत्तर दिया–मेरी वास्तविक इच्छा यह नहीं थी–

बात को बीच में काटकर माहपत ने कहा–दुरुख्त (दरोग), झूठ बोलकर प्राण बचाना चाहते हो ?

सियाबख्श ने बड़े यत्न से अपनी मुखमुद्रा में विकार न आने देकर स्पष्ट स्वर में कहा–दुरुख्त कहने की आदत किसी दूसरे को होगी। मुझे अपनी बात पूरी कर लेने दो। मैं दख्मा में रहकर पशु-पक्षियों द्वारा नुचते सड़ते शव से वायु को दूषित करने की अपेक्षा भूमि के नीचे शव को दबाना अच्छा समझता हूँ।

–जैसे कि यहूदी और ईसाई, वेदीन करते हैं क्यों ? माहपत ने टोक कर कहा–

–क्योंकि इससे वायु दूषित नहीं होता। किंतु मैं सबसे अच्छी उस प्रथा को मानता हूँ, जिसका प्रचार हिंदुओं और शकों में है।

–अर्थात् शवदाह–गुलनाज ने आश्चर्य करते हुये कहा–और इस प्रकार अग्नि देवता का अपवित्र करना आप पाप नहीं समझते ?

–अग्नि देवता सबके पावक (पवित्र-कर्त्ता) हैं। हिंदू हमसे कम अग्नि देवता को नहीं पूजते, और वह अपने शवों को अग्नि में जलाना धर्म-सम्मत समझते हैं।

—लेकिन तुम हिंदू-देश में नहीं हो सियाबख्श—गुलनाज ने तर्क करते हुये कहा—नहीं तुम हिंदू-दीन के अनुयायी हो।

—लेकिन आप तो यह भली भांति जानते हैं, कि मज्दयस्नी धर्म हिन्दुओं के धर्म के बहुत समीप है।

—यहूदियों और ईसाइयों के अपेक्षा ही—गुलनाज ने कहा—हिन्दू भी हमारी भांति अग्नि, वायु, आप (जल) को पूजते हैं, यद्यपि वह उन्हें अहुर (असुर) न कह हमसे उलटा देव नाम से पुकारते हैं। किंतु, हमारे भेद भी हैं।

सियाबख्श—इसलिये अग्नि को अपवित्र करने का प्रश्न नहीं आता।

—तुम अपने अपराध को स्वीकार करते हो या नहीं—माहपत ने देर को असह्य समझते हुये कहा।

—मैं इसे अपराध नहीं समझता, मैं चाहूँगा, कि मेरे शव का अग्नि-दाह किया जाये।

गुलनाज—अर्थात् यदि अवसर मिले, तो तुम मुर्दे को जलाकर अग्नि को अपवित्र करोगे ?

—अग्नि सबका पावक है, उसे कोई अपवित्र नहीं कर सकता।

गुलनाज ने बात को और बढ़ाने का मौका न देते कहा—अच्छा, यह तो सिद्ध हुआ कि तुम दख्मा में शव के रखने के विरोधी हो, जर्थुस्त्रीधर्म की इस बात की तुमने अवहेलना की। अच्छा यह भी बतलाओ, क्या तुम मज्दयस्नी धर्म के बाहर के बगों (भगवानों) की नये-नये ख्वातायों की पूजा करते हो ?

—एक नहीं, हजार नहीं, मैं लाखों ऐसे ख्वातायों की पूजा करता हूँ, जिनको मगोपतान्मगोपत और उनके अनुयायी नहीं मानते। लेकिन...

—बस हो गया—सोग्न ने बीच में टोक कर कहा।

—सुन भी तो लो, क्यों मैं बाहरी लाखों बगों को मानता हूँ। मैं उन लाखों बगों को अपना पूज्य मानता हूँ, जिनके दिये अन्न को खाकर सारे मगोपत, विस्पोह्र, वचुर्क मोटे हुये हैं, किंतु उनके लिये इनके मुंह में कृतज्ञता का एक भी शब्द नहीं है।

—यह किसानों और कमीनों का पक्षपात करता है—एक मगोपत ने कहा।

—हां, जो सबसे बड़े बग हैं, जिनकी सहायता बिना तुम्हारे यह सारे भोग, सारे ठाट, सारे प्रासाद, सारी ओठों और गालों की लाली विलुप्त हो जायेगी। सुनो, तुमने इन लाखों बगों को दास और कमीन बनाकर रखा है। दीन-धर्म और बग के नाम पर शिष्टाचार और सदाचार के नाम पर पशु-जीवन में उन्हें डाल रखा है। लेकिन कबतक तुम्हारा यह जाल-फरेब चलता रहेगा।

—बेदीन जिसे फरेब कहते हैं, वही बगानबग (देवातिदेव) अहुरमज्दा का विधान है—अबकी अपने ऊपर नियंत्रण न रखते गुलनाज ने कहा—अहुरमज्दा से अधिक तुम दीन को नहीं जान सकते। ऊँच-नीच का भेद यदि अहुरमजदा ने न किया होता, तो संसार नहीं चलता।

—संसार तो अच्छी तरह चलता, किंतु पराये श्रम को लूटने वाला संसार ध्वस्त हो जाता। लेकिन उनका संसार ध्वस्त हो के रहेगा ; आज नहीं तो कल, इस वर्ष नहीं तो सौ वर्ष, हजार पंद्रह सौ वर्ष बाद यह तुम्हारा माया-जाल टूट कर रहेगा। दो बाहु और एक मस्तक वाले तुम अकेले निन्नानबे मस्तक और निन्नानबे जोड़े हाथों वाले अपार-जन-समूह को धोखे में डालकर सदा लूटते नहीं रह सकते।

—चुप रहो पतित बेदीन—गुलनाज ने कहा।

सियाबख्श–मेरी वाणी को चुप करने की आज तुममें शक्ति है, किंतु मेरी इस वाणी को सियाबख्श की वाणी न समझो। यह तुम्हारे झूठे बगों (देवताओं) की नहीं, उन लाख नहीं, विश्व के कोटि-कोटि बगों की वाणी है, जिन्हें तुमने मानव से पशु बना रखा है। आज जिस तरह उनकी वाणी मेरे मुंह से फूट निकली है वैसे ही वह आगे भी तब तक फूट निकलती रहेगी।

–बस अधिक न बोलो–मज्दयस्नी विधान के अनुसार धर्म-विद्रोही व्यक्ति को वर्ष भर समझने-बूझने तथा अपने मत को ठीक करने का मौका दिया जाता है, क्या तुम उसे चाहते हो ?–गुलनाज ने कहा।

–तुम्हारी वंचनाओं दुरुक्तों को सुनने के लिये मैं एक क्षण भी जीना नहीं चाहता। तुम्हारे पास ऐसा कोई सत्य नहीं है, जिसे सुनाकर तुम वर्ष भर में मेरे विचारों को परिवर्तित करा सको।

गुलनाज–सोच लो, तुम्हारे अपराध का दण्ड मृत्यु छोड़ दूसरा नहीं हो सकता।

–मुझे मृत्यु का भय न दिखलाओ, यद्यपि जीवन की मैं उपेक्षा नहीं करता। गुलनाज, आज तुम अपने फरेब में सफल हो रहे हो। यदि मुझे विश्वास होता कि मैं अपने कर्त्तव्य, अपने उद्देश्य को आगे बढ़ा सकूंगा, तो मैं जी के रहता और तुमसे उसकी भिक्षा मांग कर नहीं।

–अर्थात् तुम अयरान की पाक भूमि में अपनी बेदीनी को फैलाते, थू : माहपत ने जल-भुन कर कहा।

सियाबख्श–हम नहीं सोरन, तुम जैसे अहिमान की सन्तान इस पाक भूमि को नापाक बना रहे हैं। हमने यहां से अंगिरामेन्यु का शासन हटाकर अहुरमज्दा के शासन को स्थापित करना चाहा, इसे दोजख से वहिश्त बनाना चाहा, केवल जबान से नहीं कर्म से। तुमने वहिश्त के उन टुकड़ों

को अपनी आंखों देखा है। तुमने मेरे सामने उन दिहबगानों की प्रशंसा की है।

—नहीं, कभी नहीं, तुम दुरुख्त (झूठ) बोल रहे हो—माह्पत ने झुंझलाहट के साथ कहा।

—तुम भले ही आज इन्कार करो, किंतु कोई भी सहृदय मानव हमारे इन ग्रामों और बस्तियों को देखकर प्रशंसा किये बिना नहीं रहेगा।

—उन ग्रामों की प्रशंसा, जिनमें नरक के कीड़े रहते हैं, जहां की सारी स्त्रियां वेश्याएं हैं, जहां सभी बच्चे बे-बाप के हैं—एक मगोपत ने कहा।

मगोपतान्मगोपत ने उसे रोकते हुये कहा—जाने दो, मृत्यु के मुख में पड़े आदमी से वैसी बात करना व्यर्थ है।

—देरेस्तदीन पर स्त्रियों को वेश्या बनाने के आक्षेप का उत्तर बहुत बार दिया जा चुका है, यह तुम सबको मालूम है। हमारी एक भी स्त्री पैसे तथा खाने-कपड़े के लिये अनिक्षापूर्वक अपना शरीर नहीं बेचती। वह तो तुम्हारे ही यहां विस्पोह्रों ही तक प्रचलित है..........

गुलनाज ने सैनिकों को बंदी को ले जाने का संकेत किया। सियाबख्श की वीर वाणी अब भी न्यायशाला में सभी के कानों में गूंज रही थी। शत्रु भी अपने मन में इस पुरुष सिंह के साहस और निर्भीकता की प्रशंसा कर रहे थे।

३०

मधुर स्वप्न का अन्त (५२९ ई०)

तिक्रा के तट पर आज फिर वसंत ऋतु आई थी। वृक्षों में नवकिसलय और पौधों में रंगबिरंगे फूल निकल आये थे। हल्की वर्षा ने तस्पोन् के भूभाग को धोकर वसंतश्री को और उज्ज्वल बना दिया था। किंतु आज तस्पोन् में वसंत के उत्सव नहीं दीख पड़ रहे थे। नर-नारी अच्छे-अच्छे वस्त्रों में उद्यानों की ओर जाते नहीं दीख पड़ रहे थे, न नगर की बीथियों में वासंती साज और राग-रंग दिखलाई पड़ता था। तिक्रा की धारा अवश्य पहिले ही वसंत की भांति अधिक विस्तृत तथा मस्तानी चाल से मानव जगत के दुख-सुखों, चढ़ाव-उतार की उपेक्षा करती बह रही थी।

तस्पोन् की इस उदासी के बहुत से कारण थे। दो वर्ष पूर्व खामखाह अयरान ने रोम से झगड़ा मोल लिया। अर्मनी और इब्री (गुर्जी) लोगों ने मजदयस्नी धर्म छोड़ मसीही दीन को स्वीकार किया था, इसमें कोई जबर्दस्ती नहीं की गई थी। दोनों देश सासानी शासन के अधीन थे, इसलिये जबर्दस्ती उनसे पैतृक धर्म को कौन छुड़ा सकता था? मगोपतों ने जर्थुस्त के उदार धर्म को इतना संकुचित कर दिया था, कि अधिकांश जनता विशेषतः अयरानी जनता का उससे दम घुट-सा रहा था। मगों ने जन्मना नीच-ऊंच के भेद-भाव को इतना बढ़ा दिया था कि लोग पद-पद पर अपने को वंचित और अपमानित अनुभव करते थे।

अर्मनियों और इब्रियों को मसीही धर्म अधिक उदार प्रतीत हुआ। वह जाति में अधिक समता का भाव फैलाता था। मसीही धर्म के स्वीकार करने के साथ उन्होंने मज्दयस्नी रीति-रिवाज को छोड़ दिया—अच्छे और बुरे सभी अपने संस्कृति से चिरकाल से संबद्ध अहानिकर उत्सवों तक को भी त्याग दिया। मुर्दों को दख्मों की ताकों में रखकर चिड़ियों को खिलाने की जगह उन्होंने उसे गाड़ना शुरू किया। कवात् ने जबर्दस्ती फिर से दख्मों को आबाद करना चाहा। इब्री राजा गुर्जीन ने अपने मसीही बंधु रोमक कैसर जुस्तीनियन के पास गुहार पहुँचाई। अयरान और बिजंतियन में धर्म के लिये युद्ध छिड़ गया। लेकिन शीघ्र ही अयरान को अपने कृत्य पर पछताना पड़ा।

दो साल बाद आज भी तस्पोन् नगरी इस आघात को भूली नहीं थी। कैसर अपनी सफलता पर फूला नहीं समाता था। वह अपने को सारे मसीही जगत का त्राता धर्मराज समझता था, क्योंकि उसने इब्री और अर्मरी धर्म-बंधुओं की रक्षा की थी, वहां मसीही धर्म की नींव मजबूत करने में सहायता पहुँचायी थी। आज सारे संसार के मसीही जुस्तीनियन का यशगान कर रहे थे। वीर जुस्तीन के भतीजे जुस्तीनियन ने अपनी धर्मप्राणता को और अधिक दिखलाने के लिये इसी साल सहस्त्र वर्षों से चले आये ग्रीस (यवन) देश के पिथागोर, सुक्रात, प्लातोन, अरिस्तातिल आदि महान् दार्शनिकों और मनीषियों के ग्रंथों के अध्ययन-अध्यापन को निषिद्ध घोषित कर दिया, उनके विद्यालय बंद करा दिये, पुस्तकों को जलवा दिया। दर्शन के अध्यापक और विद्यार्थी भागकर अयरान और दूसरे देशों में शरण लेने के लिये बाध्य हुये। समाज में समता का प्रचारक मसीही धर्म विचारों में इतना संकीर्ण सिद्ध हुआ।

तस्पोन् में कितने ही यवन दार्शनिक शरणार्थी हो कर आये थे। कवात् ने उन्हें गुन्देशापूर में एक दर्शन-विद्यालय खोलने का वचन दिया; किंतु इसका यह अर्थ नहीं, कि वह अब वस्तुतः उदारनीति का अनुशरण करने जा रहा था। अपने प्रतिद्वन्दी रोमक कैसर के कोप भाजनों को शरण देना उसके लिये स्वाभाविक था। बुढ़ापे में उसे एक ही धुन थी, कि कैसे खुसरो तख्त का स्वामी बने। इसमें भारी बाधक सियाबख्श अब दूसरे लोक में पहुँचाया जा चुका था, किंतु ज्येष्ठ पुत्र काबूस अब भी पज्शखार (तिब्रस्तान) के पर्वतीय प्रदेश का शासन कर रहा था। मझला पुत्र जम बहुत बहादुर, बुद्धिमान और जन-प्रिय जरूर था, किंतु एकाक्ष होने के कारण उससे उतना भय नहीं था। काबूस का पक्ष बहुत दृढ़ था, क्योंकि उसके समर्थक मज्दकी सियाबख्श की हत्या के बाद भी सबल थे, इसलिये एक दिन खुसरो ने अपने पिता से कहा, मेरे रास्ते का रोड़ा काबूस नहीं अंगेरामेन्यु की संतानें ये मज्दकी हैं। यह मुझे फूटी आंखों भी देखना नहीं चाहते। सियाबख्श की हत्या के बाद तो यह मेरी छाया से भी घृणा करते हैं। पापी मज्दक वैसे तो शैतान है, किंतु हिंसा से हाथ हटाने की उसकी शिक्षा ही आज मेरे प्राणों को बचाये हुये हैं, नहीं तो ये मज्दकी हथेली पर सिर रखकर खेलने के लिये प्रसिद्ध हैं।

कवात् के पूछने पर खुसरो ने गुलनाज की सम्मति को सामने रखते हुये कहा—मगोपतानमगोपत की राय है, कि हमें कूटनीति और छल से काम लेना होगा। मज्दकी अब भी इतने बलवान हैं, कि उन पर सम्मुख से प्रहार करने में सफलता की कम आशा है।

कवात् ने अविश्वास प्रकट करते हुये कहा—किंतु वह छल की नीति क्या है, जिससे सफलता की आशा की जा सकती है?

खुसरो—मज्दकियों को वाद (शास्त्रार्थ) के लिये बुलाया जाये।

कवात्—वाद में मज्दकी बड़े प्रबल होते हैं। हमने अनेक बार देखा है, उनके तर्कों का उत्तर न हमारे मगोपत दे सकते हैं, न मसीही कशीश। वह तो वाद के बड़े प्रेमी होते हैं।

खुसरो—तभी तो वह वाद के नाम पर पूरी संख्या में आयेंगे।

कवात्—तो फिर ?

खुसरो—उनको यह भी सूचित कर दें, कि हम राज्य को पज्शखारशाह काबूस के हाथ में देना चाहते हैं, हमने अपने ज्येष्ठ पुत्र के पास ऐसा पत्र भी लिख दिया है, किंतु शास्त्रार्थ में विजयी होने पर ही हमें अपने निश्चय को कार्य-रूप में परिणत करने में सुभीता प्राप्त होगा।

कवात्—तो क्या तुम तख्त से दस्तबरदार हो जाना चाहते हो ? मैं तो ऐसा नहीं होने दूंगा।

खुसरो—क्या मेरे गुरु गुलनाज़ को आप इतना मूर्ख समझते हैं ? शास्त्रार्थ तो एक बहाना मात्र है, वहां निःशस्त्र मज्दकी नेताओं के संहार का सबसे अच्छा मौका मिलेगा।

कवात् के चेहरे पर पहिले एक हल्की सी छाया पड़ती दिखाई पड़ी, जिसे छिपाने के लिये मुंह को दूसरी ओर फेर कर उसने सावधान हो कहा—अच्छा, जो तुम्हें अच्छा मालूम हो, वही करो।

कवात् इतनी दूर तक चला गया था, कि उसे अब फिर लौटने का रास्ता नहीं रह गया था। सारे विस्पोह्र, वचुर्क और सेनानायक गुलनाज़ अतएव खुसरो के पक्ष के थे।

× × × ×

अन्दर्जगर के उद्यान की शांति उसी तरह अखंड थी। काबूस के युवराज होने में शास्त्रार्थ भर की देरी सुनकर उद्यानवासी बड़े प्रसन्न थे। मज्दकी विद्वान इसे तो अपने बायें हाथ का खेल समझते थे। यदि वहां

किसी का हृदय शंकापूर्ण था, तो वह मित्रवर्मा का था। उसने अपने विचारों को अन्दर्जगर के सामने रखा भी–

–मुझे यहां दाल में काला मालूम होता है।

–दाल में काला क्या?–मज्दक ने पूछा।

मित्र–यह एक हिन्दी लोकोक्ति है।

मज्दक–अर्थात् शास्त्रार्थ की आड़ में कोई भारी छल छिपा हुआ है।

मित्र–हां, गुलनाज़ ने हमारे सर्वनाश के लिये कोई कुचक्र रचा है।

मज्दक–यह बिलकुल संभव है, किंतु हमारा सत्य पर विश्वास है। हम अपने उद्देश्यों की सिद्धि के लिये रक्त का रास्ता नहीं लेना चाहते। मानव की स्वाभाविक मानवता और सहृदयता पर हमारा दृढ़ विश्वास है।

मित्र–हमारे शास्ता बुद्ध ने कहा है "वैर से वैर नहीं दूर होता, अवैर से ही वैर दूर होता है।"

मज्दक–बुद्ध का यह वचन ठीक है। हमने डाकुओं और हत्यारों का गिरोह बनाकर वह सफलता नहीं प्राप्त की, जिसे आज तुम अयरान में देख रहे हो।

मित्र–क्षमा करें, मैं आपके महान् व्यक्तित्व को स्वीकार करता हूँ, किंतु स्वार्थान्ध मनुष्य की कुटिलता और क्रूरता से भी इन्कार नहीं कर सकता। क्या हेफ्तालों की सैनिक सहायता बिना हम अपने प्रभाव को फिर से जमा पाते?

मज्दक–तुम दूर तक नहीं सोच रहे हो। तुम आंखों के सामने की सफलता और निष्फलता की ओर देख रहे हो। तीन सौ बरस हुए, जब हमारे गुरु मानी की उनके सहस्रों अनुयायियों के साथ हत्या की गई,

किंतु तोभी देरेस्तदीन–समता के सिद्धांत–को भूमि के नीचे दबाया नहीं जा सका ।

मित्र–मैं जानता हूँ, आपका यह बहुजनहिताय दीन (धर्म) सदा के लिये दफनाया नहीं जा सकता, किंतु इसको कुछ समय तक रोका तो जा सकता है, और वह भी लाखों प्राणियों के संहार के साथ ।

मज्दक–क्या यह लाखों की बलि बेकार जायेगी ? नहीं, तुम भूल रहे हो मित्र, यही बलि वह खाद बनेगी, जिसके कारण दुबारा और अधिक सबल अंकुर निकलेंगे । यह बलि साधारण मानव को उच्च मानव बनने की प्रेरणा देगी ।

–सो ठीक है, किंतु आज आपके शिष्य-शिष्याओं की क्या हालत होगी ?

–हालत न उनसे छिपी है न मुझसे-तुमसे । देरेस्तदीन बलिदान का दीन है । तुमने ही बुद्ध की कितनी ही जातक-कथाओं को सुनाया है । बोधिसत्व कितने प्रसन्न होते थे, जब उन्हें अपने शरीर को देकर किसी भूखे प्राणी की क्षुधातृप्ति का अवसर मिलता था । सामने देखने में ऐसा उत्सर्ग भले ही बेकार जान पड़ता हो, किंतु दूर तक देखने पर इसका महाफल निश्चित है ।

–यह बात तो सर्वथा निराश होने के समय की आत्महत्या सी मालूम होती है ।

–तो महान् उद्देश्य के लिये चरम बलिदान से होनेवाले आत्मप्रसाद पर तुम विश्वास नहीं रखते ? मन में विश्वास भले ही न रखते हो, अपने आचरणों से मेरे साथ आज तक तुम क्या करते रहे ? कौन-सी निजी सुख की आशा से तुम अपने को पद-पद पर खतरे में डाल रहे थे । मैं जानता हूँ मित्र, आज तुम मेरे और अपने लिये ख्याल नहीं कर रहे हो, तुम्हारा ध्यान उन लाखों निरपराध नर-नारियों की ओर है,जो हमारे

संबंध के कारण इस दावाग्नि में जलकर भस्मशात् होंगे। इसके लिये क्या किया जा सकता है? बहुजन-हित के मार्ग में फूल नहीं कांटे बिछे हैं।

मित्र—सो तो प्रत्यक्ष है।

मज्दक ने मित्रवर्मा की पीठ पर स्नेह से हाथ फेरते हुये कहा—तो इसे भी प्रत्यक्ष समझो, कि इन बलिदानों का फल प्रत्यक्ष होकर रहेगा, हमारी आंखों के सामने नहीं, तो हमारी दसवीं-बीसवीं पीढ़ी के सामने। यदि हमने आज इस बलिदान से मुंह मोड़ा, तो बीसवीं क्या सैकड़ों पीढ़ियां भी पशुओं का ही जीवन बिताती चली जायेंगी।

× × × ×

अपादान की महाशाला खचाखच भरी हुई थी। देर की प्रतीक्षा के बाद शाहंशाह कवात् आकर आंखों में चकाचौंध पैदा करने वाले अपने सिंहासन पर बैठा। लोगों को वर्गानुसार बैठने में आज कुछ अव्यवस्था सी थी। शाह के सामने दाहिने पार्श्व में मगोपतान्-मगोपत गुलनाज़ तथा पोह्ल विस्माहदात, नेवशापोरदात अहर्मुज्द, आतुरफरोगबग, आतुरपत, आतुरमेह्ल, बख्तअफरीद जैसे विस्पोह्ल तथा मगोपत बैठे थे। वहां ही शाही चिकित्सक मसीही-कशीश बाजान भी बैठा हुआ था। बाईं ओर बामदात-पोह्ल मज्दक अपने विद्वान शिष्यों के साथ आसीन थे।

शाह की आज्ञा पर गुलनाज ने शास्त्रार्थ आरंभ करते हुये प्रश्न किया—प्रत्येक स्त्री का बहुत से पुरुषों के साथ खुला संबंध रखना कैसे सदाचरण कहा जा सकता है?

एक मज्दकी विद्वान ने उत्तर में कहा—प्रत्येक पुरुष का बहुत-सी स्त्रियों के साथ खुला संबंध रखना कैसे सदाचरण कहा जा सकता है, विशेषकर जब की वह संबंध भोजन-वस्त्र की प्राप्ति की आशा से...

अभी वाक्य समाप्त भी नहीं हुआ था, कि शाह का सिंहासन खाली

हो गया, एवं उसके सामने का पर्दा गिरता दिखाई पड़ा। इसी समय बायें पार्श्व से सैकड़ों सैनिक मज्दक और उनके अनुयायियों पर टूट पड़े, उन्होंने उन्हें सजग होने का मौका दिये बिना बांध लिया। अपादान के ऊपरी भाग में बैठने वाले भद्रजन कौतूहल-पूर्ण दृष्टि से और अच्छी तरह देखने की कोशिश कर रहे थे। सिंहासन से दूर की ओर बैठे लोगों में आतंक छा गया था, किंतु खुर्रमबाश की गरजती आवाज ने उन्हें अपनी जिह्वा पर ही नहीं शरीर पर भी अंकुश रखने के लिये बाध्य किया।

नगर की सड़कों पर इसी समय खून की नदियां बह रही थीं। खुसरो ने बड़े मज्दकी नेताओं को अपादान में ही बांध लिया था। शाही सैनिक तथा विस्पोह्र, मगोपत और वचुर्क अपने अनुचरों के साथ राजधानी के नेताहीन मज्दकानुयायियों का नरमेध कर रहे थे। खुसरों ने आज्ञा दे दी थी—नर-नारी, बाल वृद्ध का कोई विचार न कर जो भी मज्दक-पंथी मिले, उसे तलवार के घाट उतारो; उनको लूट लो, उनकी पुस्तकों और पूजा-स्थानों को जला डालो।

× × × ×

राजप्रासाद के मैदान में एक भीषण दृश्य उपस्थित था। वहां एक वीभत्स उद्यान तैयार किया गया था, जिसमें मज्दक-पंथियों को सिर से कमर तक भूमि में गाड़ दिया गया था, उनके दोनों निश्चल पैर ऊपर निकले पत्रशाखाहीन डालोंवाले वृक्षों की भांति हजारों की संख्या में पांती से खड़े थे। खुसरो स्वयं मज्दक को पकड़े वहां लाकर बोला—देखो, अंगेरा-मैन्यु के वंशज, यह तुम्हारे स्वर्ग का उद्यान है, जिसे तुम्हारे अनुयायियों ने अपने शरीरों से तैयार किया है।

मज्दक अपने चेहरे और स्वरों में जरा भी विकार लाये बिना बोले—खुसरो, तुम्हारी बात ठीक है। मैं और मेरे भाई अपने शरीर को भूमि-

शात् करके भूमि पर स्वर्ग तैयार कर रहे हैं। तुमने सोचा होगा, उहें हजारों की संख्या में यहां गड़वाकर और लाखों की संख्या में उन्हें मरवा-कर उस स्वर्ग की नींव को मैंने सदा के लिये उन्मूलित कर दिया।

—हां, मैंने मज़्दक पापी से अयरान की पाकभूमि को मुक्ति दिला दी।

—अभी तुम बच्चे हो शाहपोह्र, अयरान की भूमि और सारे संसार की भूमि एक दिन मुक्त होगी, किंतु उसके मुक्तिदाता तुम नहीं होगे। तुम्हारा तो नाम भी उस समय विस्मृति के निविडान्धकार में विलीन हो गया रहेगा, यदि वह स्मरण भी रहेगा, तो लोग तुम्हारे नाम पर थूकेंगे।

क्रोधान्ध हो खुसरो ने मज़्दक के मुंह पर थूकते हुये कहा—और मैं अभी तेरे मुंह पर थूकता हूँ पापी।

मज़्दक— यह शरीर तुम्हारे हाथ में है खुसरो, चाहे इस पर थूको या इन्हीं की तरह इसे भी गाड़कर वृक्ष बना दो, परंतु सत्य की आवाज को सुनना होगा।

—सत्य की आवाज ? वामदातपोह्र और सत्य।

—हां, दोनों एक जगह असंभव। किंतु, यह जो लाखों निरपराधों के खून से तुमने अपना हाथ रंगा है, क्या इसके लिये तुम्हारे हृदय में जरा भी ग्लानि नहीं होती ?

—संपोले को सांप बनने से पहले ही कुचल देना चाहिये।

—शायद उनमें कितने ही संपोले न भी होते, जिन बच्चों को तुमने तलवार के घाट उतारा, कहो उन्होंने तुम्हारा क्या बिगाड़ा था ? उन्हें भी अहुरमज़्दा ने तुम्हारी ही तरह इस दुनियां में जीने के लिये भेजा था। तुमने लोभान्ध हो न्याय को नहीं पहचाना, दया को दुत्कारा।

—मैंने न्याय को नहीं पहचाना—खुसरो ने कड़कती आवाज में कहा—

मैं न्यायमूर्ति बनूंगा, मुझे लोग अनवशकरवां दादगर (न्यायकारी) कहेंगे।

—कितने दिनों तक ? कैसर और शाह स्वयं पदवियां धारण कर लिया करते हैं। कितने ही समय तक उनका चलन भी हो पड़ता है, किंतु अंत में ये लाखों मुंड खड़े हो न्याय की पुकार करेंगे, जिन्हें कि तुम्हारे और तुम्हारे अनुचरों के हाथों ने धड़ से अलग किया।

—नीच, सांप की संतान, मुझे मत भरमा। मैं कवात् नहीं हूँ।

—काश तुम कवात् होते, कम से कम उसकी आयु में कवात् होते। मारना था तो मुझे मारते, और मेरे जैसे हजार दो हजार को मार देते, यदि तुम समझते थे कि हम तुम्हारे और सिंहासन के बीच में बाधा डालने वाले हैं। मुझे तुम पर क्रोध नहीं आता, तुम्हारे स्थान पर दूसरा भी ऐसा ही करता और करेगा। राज्य के लोभ में, भोग की लिप्सा में आदमी क्या नहीं करता ? यही लोभ राजपुत्रों को जनकभक्षी बना देती है। शाहपोह्र, मुझसे मत रुष्ट हो। क्या कहा था "मुझे अनवश-करवां (नौशेरवां) दादगार कहेंगे।" अच्छा जो किया सो किया, अब से तुम अनवश-करवां बनने की कोशिश करना।

खुसरो ने उपेक्षा दिखाते अपने जल्लादों को हुक्म दिया। कुछ ही क्षणों में उस मधुर स्वप्न के द्रष्टा को शूली पर चढ़ा दिया गया, और उस पर सैंकड़ों धानुष्कों ने तीरों की वर्षा की।

॥ इति ॥

परिशिष्ट

मज़्दक काल्पनिक नहीं एक ऐतिहासिक व्यक्ति थे। उनके संबंध की जो बातें इस उपन्यास में लिखी गई हैं, उन्हें बिलकुल काल्पनिक न समझ लिया जाय, इसलिये आवश्यक है, कि मज़्दक और उनके दीन के संबंधमें प्राप्त ऐतिहासिक सामग्री में से कुछ नमूने की भांति पाठकों के लिये एकत्रित कर दी जायें। हमारा उपन्यास ४९२ ई० से शुरू होता है। उस वक्त कवात् को सिंहासन पर बैठे दस वर्ष हो गये थे। पीरोजा पुत्र कवात् सासानी वंश (२८ अप्रैल २२८ ई० से ६४२ ई० तक) का उन्नीसवां शाहंशाह था और उसके गद्दी पर बैठने के समय (४८८ ई०) सासानी वंश को राज्य करते २६० वर्ष हो चुके थे। सासानी वंश ने ४१४ वर्ष राज्य किया। इतना दीर्घ शासन दुनिया में बहुत कम राजवंशों का पाया जाता है। इस सारे समय में ईरान विश्व का एक शक्तिशाली राज्य रहा।

मज़्दक के संबंध में जो सामग्री मिलती है, उसमें सबसे पुरानी ईसाई लेखकों की कृतियां हैं, जिनमें अपने धर्म का इतिहास लिखते हुए प्रसंगतः ईरानी शाहंशाहों का जिक्र आ जाता है। उसके बाद दूसरा स्रोत पारसी लोगों की पुस्तकें हैं और तीसरी और अंतिम सामग्री मुसलमान लेखकों की अरबी-फारसी की पुस्तकों में मिलती हैं।

१–ईसाई इतिहासकार

(१) **योशू स्तीलित**–इस ईसाई इतिहास-लेखक ने अपने ग्रंथ [१] को ५०७ ई० के आस-पास लिखा, अर्थात् उस समय जब कि कवात् दुबारा सिंहासन पर बैठ चुका था। इसमें ४९४ ई० से ५०६ ई० तक की बातें आयी हैं। योशू अपने ग्रंथ के नवें अध्याय में लिखता है–हेफ्तालों (श्वेत हूणों) से पीरोज (४५९–८४ ई०) ने दो बार हार खायी। दूसरी बार (४८४) पराजित होकर वह बंदी बना। अपनी मुक्ति के लिये उसने अपने पुत्र कवात् को जमानत के तौर पर शत्रु के हाथ में दे दिया।

उसके बाद उसका भाई बलाश (४८४–८८ ई०) गद्दी पर बैठा। बलाश के पास सिपाहियों का वेतन चुकाने के लिये खजाने में पैसा नहीं था, उसने "मोबिदों के धार्मिक नियमों को तोड़ते हुए देश में गर्माबा (स्नानागार) बनवाये।" जिससे मोबिद (धर्माचार्य) नाराज हो गये। उन्होंने उसे गद्दी से उतार कर अंधा कर दिया और पीरोज-पुत्र कवात् को गद्दी पर बैठाया। कवात् ने हूणों को देने के लिये रोमक सम्राट् अनस्तास (४९१–५१८ ई०) से आर्थिक सहायता की मांग की, और न देने पर आक्रमण करने की धमकी दी। लेकिन सम्राट् "उसके अनुचित संदेश को सुना, अयुक्त चाल को पहिचाना और जाना कि जर्थुस्त्रियों ने उसे पतित कर दिया है, क्योंकि उसने सम्मिलित-पत्नी की आज्ञा निकाली, जिससे इच्छा होने पर जो कोई भी जिस किसी स्त्री के साथ समागम कर सकता है।" इसलिये सम्राट् ने उसकी बात न मानते संदेश भेजा कि जबतक शाहर नसबी हमें लौटा नहीं दिया जाता, तबतक बात नहीं मानी जा सकती। फिर उक्त लेखक २३ वें अध्याय में लिखता है–"ईरान के बड़े लोगों ने

१–The Chronicle of Joshua Stylite (Cambridge 1882.)

भी चुपके-चुपके कवात् के विरुद्ध षड्यंत्र रचना शुरू किया और उसे मार कर देश को उसके अनुचित कानूनों से मुक्त करना चाहा। कवात् ने जब इस बात को जाना, तो वह देश छोड़कर हेफ्तालों (श्वेत-हूणों) के राज्य में भाग गया। वहां के राजा के पास वह पहिले जमानत के तौर पर रह चुका था। उसके बाद उसके भाई जामास्प (गामास्प) को उसके स्थान पर ईरान की गद्दी मिली। कवात् ने हेफ्तालों की भूमि में अपनी बहन की लड़की से ब्याह किया। जिस युद्ध में पीरोज मारा गया, उसी में यह बहन हेफ्तालों के हाथ में बंदिनी हुई और शाह की कन्या होने से हेफ्तालों के राजा ने उसे अपनी रानी बनाया। उससे एक लड़की हुई थी। कवात् जब हेफ्ताल-राजा के यहां शरणागत था, तो उसकी बहन की लड़की कवात् को ब्याह दी गई। कवात् राजा का दामाद बनके बहुत मुंह-लगा हो गया। वह सदा उसे कहता रहता, मेरे साथ सेना कर दो, जिसमें मैं ईरान के वचुर्कों को दंड देकर अपने हाथ से गये राज्य को लौटा सकूं। अंत में ससुर ने उसकी इच्छा को मानकर उसे काफी सेना दी। कवात् सेना ले ईरान लौटा। उसका भाई खबर पाके भाग गया और कवात् ने सफल मनोरथ हो ईरान के वचुर्कों को मरवाया।

योशू ने आगे ईरान और पूर्वी रोमक साम्राज्य के युद्धों के बारे में लिखा है, जिसका कारण उसने कवात् को ठहराया है। ५०१ ई०में कवात् ने रोमकों की भूमि को बरबाद किया, थ्योदोसियसपोलिस (अर्जरूम) नगर पर अधिकार करके उसे लूटा तथा जला दिया और शहर के लोगों को बंदी बनाया। ५०९ ई० में अमिदा नगर पर भी अधिकार करके उसे लूटा। युद्ध में अस्सी हजार से अधिक आदमी मारे गये और उनसे भी अधिक को शहर से बाहर ले जाकर पथराव करके तिग्रा (दजला) में डाल दिया या और तरह से मार डाला। अमिदा में कवात् ने यूनानी गर्भाबों

(स्नानागारों) को देखा और उनमें स्वयं स्नान किया। उसे ये गर्माबे इतने पसन्द आये कि लौटने पर देश के सभी नगरों में गर्माबा बनाने की आज्ञा दी।

(२) **प्रोकोपियस**[१] (५२७ ई०)–यह पूर्वी रोम (बिजंतीय) साम्राज्य का प्रसिद्ध इतिहास-लेखक है। ५२७ ई० में रोमक सेनापति बेलीजे का कानूनी सलाहकार बनके उसके साथ रहा। उसने कवात् के शासन के अंतिम समय को देखा था। उसने ईरान में जाके कवात् के बारे में जो कुछ सुना था, उसे लिपिबद्ध किया। ईरानी बादशाह पीरोज (४५९–८४ ई०) हेफ्तालों[२] के युद्ध में मारा गया। यह हेफ्ताल श्वेत हूण भी कहे जाते हैं, क्योंकि हूणी कबीलों में यह सफेद और सुन्दर होते थे और इनका सामाजिक और सांस्कृतिक तल भी ऊँचा था। ग्रंथ के तीसरे चौथे अध्याय में उसने लिखा है–

"जब कवात् को राज्य का अधिकार मिला, तो उसने नये दुराचार आरंभ कर दिये और नये नियम चलाये, जिनमें एक सम्मिलित पत्नी का नियम था। लोगोंको यह बुरा लगा। उन्होंने विद्रोह करके उसे सिंहासन से हटाकर कारा में बंद कर दिया और उसकी जगह पीरोज के भाई बलाश (जामास्प) को गद्दी पर बिठाया। बलाश ने ईरान के बुजुर्गों को एकत्रित करके कवात् के बारे में उनकी राय मांगी। अधिकांश मृत्युदंड के विरुद्ध थे, लेकिन हेफ्ताल के सीमा पर के सेनापति और "कनारंग" के ऊँचे पद पर आरूढ़ गज्नस्पदात ने नख काटने के छोटे चाकू को दिखाते हुए कहा–यह छोटा चाकू वह काम कर सकता है, जिसे हजारों सैनिक

१–Procopios Justinien (Leipzig1789.)

२–"हफ्तलिक" (पहलवी) "हपताल" (अर्मनी) "हैताल" (पारसी), "हैताल" (अरबी)।

पुरुष करने में असमर्थ हैं। लेकिन बुजुर्गों (आमात्यों) ने उसकी बात नहीं मानी और कवात् को "विस्मृति दुर्ग" में बंद करने का दण्ड दिया। इस कारा का नाम "विस्मृति दुर्ग" इसलिये पड़ा कि उसके बंदी दिल से बिल्कुल विस्मृत कर दिये जाते हैं और उनका नाम भी लेने पर मृत्यु-दण्ड का भागी होना पड़ता है। पांचवें अध्याय में लिखा है—कवात् की स्त्री बहुत सुन्दरी थी। दुर्ग का कोतवाल उसके प्रेम में फंस गया। स्त्री ने यह बात कवात् से कही। कवात् ने कोतवाल की बात मान लेने को कहा, कोतवाल उस पर मुग्ध था, इसलिये उसे कवात् के पास जाने की छुट्टी दे दी। इसी समय ईरान के बचुकों में से एक सियावख्श ने, जो कि कवात् का भक्त था, मौका पाके दुर्ग से शाह को मुक्त करा लिया। उसने कवात् को स्त्री द्वारा सूचित कर दिया था, कि सवारी के लिये घोड़े कारागृह के निकट प्रतीक्षा कर रहे हैं। एक दिन शाम को कवात् ने अपनी स्त्री को अपनी पोशाक पहिनने को कहा और स्वयं स्त्री की पोशाक पहिन के जेल से भाग गया। स्त्री कवात् की पोशाक पहिने वहां मौजूद रही, इसलिये रक्षकों ने समझा, कि यह कवात् है और इस तरह भागने की बात कई दिनों तक गुप्त रही।

सियावख्श की सहायता से कवात् कारा से भागा और उसके साथ हेफ्तालों के राज्य में गया। वहां के राजा ने उससे अपनी लड़की का व्याह कर काफी सेना दी। कवात् जब गज्नस्पदात के प्रदेश में पहुंचा, तो अपने आदमियों से बोला—जो कोई आज मेरी आज्ञा को पहिले स्वीकार करेगा, उसे कनारंग का पद मिलेगा। ऐसा मुंह से निकालने के बाद उसे जल्दी ही अफसोस होने लगा, जब कि उसे स्मरण आया, कि ऐसा कहना उचित नहीं है, क्योंकि राज्य के नियम के अनुसार वह पद पुस्तैनी है, और किसी दूसरे आदमी को नहीं दिया जा सकता। संयोग से पहला तरुण जिसने

उसकी आज्ञा स्वीकार की, वह आजुर-गन्दपत था, जो गज्नस्पदात के वंश का था। इस प्रकार कवात् नियम का उल्लंघन किये बिना अपना वचन पालन कर सका। कवात् ने बड़ी आसानी से अपने राज्य पर अधिकार कर लिया। अपने अनुयायियों से परित्यक्त हो बलाश (जामास्प) दो साल राज्य करने के बाद बंदी हो अंधा बना। कवात् ने गज्नस्पदात को भी मरवा दिया, और उसका स्थान आजुर-गन्दपत को दिया। सियावख्श को अर्त-गतारान-सालार (महासेनापति) का पद दिया। वही इस पद का प्रथम और अंतिम अधिकारी हुआ।

कुछ समय बाद कवात् ने पूर्वी रोम (विजंतीय) के सम्राट् अनस्तास से पैसे की मांग की, जिसमें हेफ्ताली सिपाहियों को वेतन दिया जा सके। रोम-सम्राट् के इन्कार करने पर कवात् ने हेफ्ताल सेना ले रोम राज्य पर चढ़ाई की। उसने अर्मनी पर आक्रमण किया और अमिदा नगर को बहुत दिनों तक घेरे रखा। इसी समय कुछ हूणी कबीलों ने उत्तरी ईरान में लूट-मार की। कवात् को लाचार होकर उनसे लड़ने के लिये लौट जाना पड़ा। उसने उनसे लड़कर खजारों के दरबंद को अपने हाथ में कर लिया और लौटकर फिर रोम से लड़ाई छेड़ी।

कवात् का द्वितीय पुत्र जाम पिता का उत्तराधिकारी नहीं हो सकता था, क्योंकि वह एक आंख का काना था। ज्येष्ठ पुत्र काबूस पर उसका ममत्व नहीं था। वह बहुत चाहता था, कि राज्य का अधिकार सबसे छोटे पुत्र खुसरो को मिले, जो कि अस्पाहपत (सेनापति) की बहन से पैदा हुआ था। लेकिन जाम कवात् के सभी पुत्रों में बहादुर था और अधिकतर ईरानी उसके पक्ष में थे। कवात् को भय होने लगा, कि मेरे मरने के बाद खुसरो को राज्य पाने में बाधा डाली जायगी। उसने अपने दूत रोम-सम्राट् जुस्तीन (५१८–२७ ई०) के पास भेजकर पक्की सुलह की बात

का संदेश भेजते हुए इच्छा प्रगट की, कि सम्राट् शाहजादा खुसरो को अपना पुत्र स्वीकार करें। सम्राट् जुस्तीन और उसका भतीजा जुस्तीनियन (५२७–६५ ई०) उसकी प्रार्थना स्वीकार करन के लिये तैयार थे, लेकिन मंत्री प्रोक्लस ने इसे असभ्य जातियों की रीति कहकर स्वीकार न करने की राय दी। अंत में सुलह की बात के लिये प्रतिनिधि भेजना तय हुआ। शाह की ओर से सियाबख्श और माहपत नियुक्त किये गये, जिन्होंने सीमांत पर रोम के प्रतिनिधियों से भेंट की। लेकिन बात नहीं हो पाई और खुसरो को पुत्र बनाना स्वीकार नहीं किया गया। खुसरो पुत्र बनकर रोम जाने की इच्छा से सीमांत पर आया था, वह क्रुद्ध हो पिता के पास लौट गया। माहपत ने लौटकर कवात् के पास सियाबख्श के बारे में शिकायत की और उस पर बहुत से दोष लगाये, जिनमें एक यह भी था, कि दोनों राज्यों में सुलह न होने देने में सियाबख्श का हाथ है। अपराधों की जांच के लिये सभी वचुर्क एकत्रित किये गये। उनके दिल में भी भारी घृणा थी। वह सियाबख्श को अरजमन्द के पद पर देखकर जल भुन गये थे। सियाबख्श अपनी न्यायप्रियता और उचित आचरण के कारण दूसरे वचुर्कों से अपने लिये अधिक अभिमान रखता था, इसलिये वह भी उससे इर्ष्या करते थे। उन्होंने उस पर और नये अपराध लगाये—सियाबख्श ईरान के कानून, आचार-विचार को स्वीकार नहीं करता, और दूसरे बगों को पूजता है। उसने हाल में मरी अपनी पत्नी के शव को धर्म-विरुद्ध मिट्टी में दफनाया। अंत में उन्होंने सियाबख्श को मौत की सजा दी। कवात् का उस पर स्नेह था, लेकिन उसे देश के कानून को मानने के लिये मजबूर हो फैसले को मानना पड़ा। अर्तस्तारान-सालार का पद भी उसी समय उठा दिया गया।

कुछ ही समय बाद (५२७ ई०) सम्राट् जुस्तीन मर गया और उसके

उत्तराधिकारी जुस्तीनियन ने ईरान और रोम के युद्ध को फिर से आरंभ कर दिया। ईरानी सामंत पीरोज मेहरान ने युद्ध में हार खाई। लड़ाई तब भी जारी रही। इसी समय कवात् सख्त बीमार पड़ा। माहपत पर उसका सभी वचुर्कों से अधिक विश्वास था। उसके कहने पर माहपत ने खुसरो को गद्दी देने के बारे में अपना इच्छापत्र लिखा। कवात् के मरने पर ज्येष्ठ पुत्र काबूस ने गद्दी के लिये दावा किया, लेकिन माहपत ने पत्र दिखलाकर उसके दावे को नहीं माना। दूसरे वचुर्क भी उसके साथ हो गये और खुसरो (नौशेरवां) सिंहासन पर बैठाया गया।

(३) आगाथियस (५८३)[1] –इस यूनानी इतिहासकार ने अपनी पुस्तक में कितनी ही बातें कवात् के बारे में लिखी हैं। उसने अपने ग्रंथ में राजधानी तस्पोन में मौजूद शाही वर्षपत्रों और दूसरे लिखितमों का उपयोग किया था, इसलिये इसकी बातों में अधिक प्रामाणिकता है। वह वलाश के चार साल के शासन (४८४–८८ ई०)के बाद की बातों को लिखते हुए कहता है–"उसके बाद पीरोज-पुत्र कवात् ईरान का बादशाह हुआ। उसने रोमक और पड़ोसी बर्बरों के साथ बहुत सी लड़ाइयां लड़ीं और बहुत सी विजय भी प्राप्त की। उसके समय में राज्य में एकता और शांति रही। कवात् अपनी प्रजा के साथ नरमी और सहानुभूति से पेश आता था। उसने पुराने नियमों को उठाकर लोगों के जीवन में क्रांति लाते हुए सनातन सदाचारों को उलट दिया। कहते हैं इस राजा ने नियम बना दिया, कि स्त्रियों का संबंध सभी पुरुषों से बिना भेद भाव के हो। इस कानून में पुरुष का अपनी इच्छानुसार किसी भी स्त्री, यहां तक कि पतिवाली के साथ भी संबंध और संभोग करना विहित था। इस कानून के कारण पाप बहुत बढ़ गया। ईरानी क्षत्रप इसके विरुद्ध घृणा प्रकट करने लगे और अंत में

1. Agathias

यही कानून राजद्रोह और कबात् को गद्दी से उतारने का कारण हुआ। इस प्रकार ग्यारह साल राज्य करने के बाद ईरानियों ने कबात् को सिंहासन से उतार विस्मृति-दुर्ग में डाल दिया, और पीरोज के दूसरे पुत्र जामास्प को गद्दीपर बिठाया। लेकिन कबात् ने थोड़े ही समय बाद अपनी स्त्री—जिसने उसकी मुक्ति के लिये अपनी जान तक की परवाह नहीं की मदद से उसकी तथा दूसरे ढंग से भाग कर हेफ्तालों के राज्य में जा वहां के राजा से सहायता मांगी। राजा ने उसे बड़े प्रेम से रखा और उसके शोक को मीठी बातों और आशापूर्ण वाक्यों से दूर करना चाहा। वह एक ख्वान (भोजन करने के वस्त्र) पर भोजन करते और मित्रता की चिरस्थिति के लिये साथ मदिरा पीते। राजा ने उसे बहुमूल्य वस्त्राभूषण दिये और स्नेह दर्शाने के लिये जो कुछ हो सकता था, किया। थोड़े ही समय बाद उससे अपनी कन्या भी व्याह दी। फिर काफी सेना दे दुमश्नों को हराने और सिंहासन को फिर से लौटा पाने के लिये उसे ईरान की ओर रवाना किया।....कबात् ने बिना अधिक कठिनाई या खतरे के राज्य पर फिर से अधिकार कर लिया।.......... पहले ग्यारह सालों के बाद ३० साल और कबात् ने राज्य किया। इस बादशाह का शासन काल ४१ वर्ष का था।"

(४) **जौन मलाल**[१]—(५६५ई०) इस यूनानी इतिहासकार का जन्म अन्तियोक में हुआ था। यह लिखता है—"इसी समय (जुस्तीनियन सम्राट् के जमाने में) ईरान में मानी (मज्दकी) धर्म का प्रचार हुआ। जब बादशाह को यह बात मालूम हुई, तो वह बहुत कुपित हुआ। ईरान के मोबिद (पुरोहित) भी क्रुद्ध हुए। मानी के अनुयायियों का नेता अन्दर्जंगर (अन्दर्जंगर) नामक व्यक्ति था। कबात् ने एक साधारण सभा बुलाई और हुक्म दिया, कि उनके धार्मिक नेता के साथ सभी मानी-

1. Jean Malala.

पंथियों को पकड़ लिया जाय। उक्त सभा में आने के बाद पहिले से तैयार सिपाहियों को कवात् ने धर्मोपदेशकों को तलवार के घाट उतारने का हुक्म दिया। उनकी हत्या शाह के आंखों के सामने की गयी। इसके अतिरिक्त उनकी संपत्ति जब्त कर ली गयी, उनके मंदिर ईसाइयों को दे दिये गये। देश में चारों ओर आज्ञा भेजी गयी, कि जो भी मानी-पंथी हाथ आये, उसे मार डाला जाय तथा उनकी पुस्तकों को जला दिया जाय।" मलाला की यह पुस्तक लुप्त हो गयी है, किंतु उसके कितने ही उद्धरण तिमोथियस ने अपने ग्रंथ में दिये हैं।

(५) **थेवफानिस**[1]–(७५०–८१ ई०)–इस बिजंतीय इतिहासकार ने लिखा है–"ईरानी बादशाह पीरोज-पुत्र एक दिन में मानी के हजारों अनुयायियों, उनके धार्मिक नेता अन्दर्जगर तथा उस धर्म को मानने वाले दूसरे ईरानियों मरवा डाला। को इसका तृतीय पुत्र फ्तास्वारसान (पत्शख्वार–शाह–काबूस) कवात् की अपनी पुत्री सम्बिका से उत्पन्न और मानी का अनुयायी था। उसने उनके दीन की शिक्षा पाके उसे स्वीकार किया था। अनुयायियों ने उसके पास चिट्ठी भेजी–"तुम्हारा पिता बूढ़ा है, यदि वह मर गया तो मोबिद (पुरोहित) अपने धर्म को अधिकारारूढ़ करने के लिये तुम्हारे भाइयों में से किसी को बादशाह बनायेंगे। हम चाहते हैं, कि तुम्हारे पिता को सामने कहकर राजी करें, जिसमें वह राज्य छोड़ तुम्हें गद्दी पर बिठा दें। फिर मानी के धर्म को हम सब जगह प्रचलित कर सकेंगे।" कवात् को जब इस बात का पता लगा, तो उसने अपने पुत्र फ्तास्वारसान को गद्दी देने के लिये साधारण सभा बुलाने की आज्ञा दी और मानी के अनुयायियों को अपने धार्मिक नेता तथा भक्तोंके साथ सभा में आने के लिये कहा। साथ ही उसने मगोपतान्-मगोपत् गुलनाज से तथा

1. Theophanes

दूसरे मगोपतों एवं अच्छे चिकित्सक तथा अपने कृपापात्र ईसाई बिशप बाजानस् को भी आने के लिये निमंत्रित किया। उसने मानी के अनुयायियों से सभा में कहा "तुम्हारा धर्म मुझे पसंद है। मैं चाहता हूँ कि अपने जीवन ही में राज्य को फ़ुतास्वारसान को दे दूं। तुम सब लोग एक जगह् जमा हो जाओ, जिसमें कि मैं उसे बादशाह निर्वाचित करूं।" मानी के अनुयायी विश्वास करके एक जगह् जमा हो गये। कवात् ने सिपाहियों को वहां बुलवा के उनके धार्मिक नेता के साथ सबको तलवार के घाट उतरवा दिया। इसी वक्त सारे देश में आज्ञा भेज दी कि मानी-अनुयायियों को जो कोई जहां भी पाये, मार डाले, उनकी संपत्ति राजकोष के लिये जब्त कर ले तथा उनकी पुस्तकों को आग में जला डाले।

२—पारसी धार्मिक ग्रंथ

आज पारसी-ग्रंथ जो उपलब्ध हैं, वह एक विशाल साहित्य के अवशिष्ट मात्र हैं। वंदीदाद् की पह्लवी टीका और दूसरे ग्रंथों में कहीं कहीं उदाहरण या संकेत के तौर पर मज्दक का नाम आया है। "कोई पापी नास्तिक लोगों को भोजन से जबर्दस्ती रोकता है, जैसे कि मज्दक बामदात-पुत्र लोगों को भूख और मृत्यु के हाथ में सौंपता है ......"

वह्मन-यस्त[१] (खंड २, वाक्य २२) की टीका में लिखा है—"कवात्-पुत्र खुसरो ने अपने शासनकाल में धर्म के शत्रु पापी वामदात-पुत्र मज्दक को दूसरे काफिरों के साथ इस धर्म से दूर किया।"

पारसी पुस्तकों में मज्दक का बहुत ही थोड़ा उल्लेख आया है।

१—"दीनकर्त" (पेस्टन जी बंबई)

३—इस्लामी ग्रन्थ

इस्लाम के ईरान-विजय (६४२ ई०) के बाद ईरान में पारसी ग्रंथों की वही हालत हुई, जो कि मानी और मज्दक के ग्रंथों के साथ पारसियों ने की थी। पारसी धर्म की बहुत कम पुस्तकें बच कर भारत आ सकीं। लेकिन, इस्लाम की आरंभिक शताब्दियों में ईरानी और अरब विद्वानों ने पुरानी पुस्तकों के आधार पर लिखे अपने ऐतिहासिक ग्रंथों में मज्दक का जिक्र किया है। यहां हम उनके ग्रंथों मे कुछ बातें दे रहे हैं।

(१) याकूबी[1] (२७८ हिजरी, ८९१ ई०)—याकूबी के अनुसार कवात् छोटी उमर में गद्दी पर बैठा और सोखा उसके नाम से राज्य-संचालन करता रहा। वयस्क होने पर सोखा का प्रभाव उसे पसंद नहीं आया और उसने उसे मरवा कर उसका स्थान मेहरान को दे दिया, जिस पर कहावत प्रसिद्ध हुई "सोखा की हवा खतम हुई, मेहरान की हवा उठी।"[2] सोखा के मरवाने से रुष्ट हो ईरानियों ने कवात् को गद्दी से उतार कर बंदीखाने में डाल दिया और उसके भाई जामास्प को बादशाह बनाया। कवात् की बहन ने भाई से भेंट करने जेल में जाना चाहा। जेल के अधिकारी ने उसे इजाजत दे अनुचित मांग पेश की। स्त्री ने मासिक धर्म का बहाना करके उसके हाथ से छुटकारा पाया। फिर उपाय मालूम करके बंदीखाने में पहुँची और अपने भाई को बिछौने में लपेट कर एक बलिष्ठ दास की पीठ पर उठवा बंदीघर से बाहर ले आयी।[3] कवात् इस प्रकार जेल से निकल हेफ्ताल राज्य की ओर भागा। रास्ते में अबहरशहर (नेशापोर) में पहुँच एक आदमी के घर पर ठहरा। बाप ने अपनी तरुणी कन्या को

१—अहमद बिन्-अबा-याकूब बिन् वाजेह।

२—"बादे सोखा फरो खिफ्त व बादे-शापूर बर्खास्त"।

३—"अल्बलदान्"।

उसकी सेवा के लिये भेजा, जिससे कवात् का प्रेम हो गया। कवात् एक साल हेफ्ताल-भूमि में रहा और वहां के राजा से अपना राज्य वापस पाने के लिये सिपाही प्राप्त किये। लौटते समय जब अबहरशहर में पहुँचा तो उस कन्या से एक पुत्र हो चुका था। कवात् ने उसका नाम नौशेरवां रखा। फिर उसने ईरान में पहुँच दुबारा राज्य प्राप्त किया। आगे याकूबी ने लिखा है—कवात् ने राज्य का काम-काज अपने पुत्र नौशेरवां को दे दिया, और मरने के समय उसे कई अच्छे उपदेश दिये। खुसरो नौशेरवां ने गद्दी पर बैठने के बाद मज्दक को—जिसने नया धर्म चला के धन और संपत्ति में सभी को साझीदार बना दिया था—मरवा डाला।

२—दीनवरी[१] (मृत्यु ८९५ ई०)—दीनवरी ने अपनी पुस्तक "अखबारु तवीलल्" में लिखा है—पीरोज पुत्र बलाश की मृत्यु के बाद उसके भाई कवात् को गद्दी मिली। वह उस समय पन्द्रह साल का था और अभी राज-काज से अनभिज्ञ था। सारी शक्ति सोख़ा ने अपने हाथ में ले रखी थी और लोग कवात् को तुच्छ दृष्टि से देखते थे। पांच साल राज्य करने के बाद कवात् को यह स्थिति असह्य हो गयी और उसने षड़यंत्र करके सोख़ा को मरवा दिया। आगे दीनवरी कहता है—"कवात् को राज करते दस साल बीत गये थे, कि इसतख्र-निवासी मज्दक नामक एक आदमीउ सके पास आया। उसने उसे मज्दकी धर्म सिखलाया। (निहाया में जिसका कर्त्ता अज्ञात है, कवात् को राज्यसिंहासन पर बैठते समय १२ साल का लिखा है और मज्दक को निसा-निवासी बतलाया गया है। वहां यह भी लिखा गया है, कि मज्दक के पास एक ईरानी सामन्त ख़रकान-पुत्र जरदहुस्त भी था।) दीनवरी के अनुसार कवात् ने मज्दक का धर्म स्वीकार किया, जिससे ईरानी बहुत नाराज हो गये। वह उसे मारना

१—अबू-हनीफा अहमद बिन्-दाउद दीनवरी।

चाहते थे। ("निहाया" के अनुसार कवात् ने मज़्दक के धर्म को बाहर से स्वीकार किया था, लेकिन ईरानियों ने उसे सचमुच समझा) कवात् ने बहुतेरा समझाना चाहा, लेकिन उन्होंने नहीं माना और उसे सिंहासन से उतार कर उसके भाई जामास्प को गद्दी पर बिठा दिया।"

लेखक ने आगे लिखा है कि कैसे कवात् अपनी बहिन की मदद से भागा और उसके पांच विश्वासपात्र मित्रों ने सहायता की, जिनमें सोखापुत्र ज़रमहर भी था। वह उस जगह पहुंचे, जहां अहवाज (सूश) और अस्पहान की सीमा है। वहां कवात् ने जरमहर की सहायता से एक ग्रामपति की लड़की से व्याह किया। लड़की ने पीछे अपने पिता से जब कहा कि उसका प्रेमी लाल रंग के जरबफ्त का पाजामा पहिने था, तो उसको विश्वास हो गया, कि वह कोई राजकुमार था। कवात् आगे हेफ्तालों की भूमि की ओर गया। वहां के राजा ने सेना से उसकी सहायता की, जिस के बदले में कवात् ने चगानियान (निहाया:तालकान) के प्रदेश को उसे दे दिया। तीस हजार हेफ्ताल सिपाहियों के साथ कवात् लौटा। रास्ते में अपनी स्त्री से हुये बच्चे को देखा। उसने बच्चे का नाम खुसरो रखा। कवात् अपनी स्त्री और बच्चे को लिये राजधानी (मदायन) की ओर लौटा। ईरानियों ने जो बर्ताव उसके साथ किया था, उस पर अब वह लज्जित थे। सभी उसके भाई जामास्प को लिये उसकी शरण में क्षमा प्रार्थी हुए। कवात् ने उन्हें क्षमा कर दिया। राजप्रासाद में जा उसने हेफ्ताल सिपाहियों को इनाम देकर लौटा दिया। कवात् के मरने पर खुसरो गद्दी पर बैठा। उसने मज़्दक और उसके अनुयायियों को पकड़ कर मरवा डाला।

(३.) तिब्री[1] (८३८–९२२ ई०)—इस इतिहासकार ने लिखा है—जब खुसरो गद्दी पर बैठा, उसी समय निसा (फसा)-निवासी खरकान पुत्र

१—महम्द बिन्–ज़रीर तिब्री: "तारीख तिब्री"

जरदुश्त नामक एक नास्तिक आदमी ने जरदुश्त के धर्म में गड़बड़ी करके बहुतों को अपने मत में कर लिया था। उसका काम बड़े जोर से चल निकला। उसके अनुयायियों में एक नदरिया-निवासी बामदातपुत्र मज्दक भी था। इस आदमी ने लोगों को स्त्री और संपत्ति साझी रखने के लिये शिक्षा दी और कहा कि इस बात को भगवान् बहुत पसंद करते हैं और ऐसा करने वालों को भारी फल मिलेगा। चाहे ऐसा धार्मिक आदेश और विधान न भी हो, लेकिन जो कुछ अपने पास हो, उसे आपस में बांटकर उपभोग करना चाहिये। इस तरह कह-कहकर उसने गरीबों और भुक्खड़ों को अमीरों और धनाढ्यों के खिलाफ भड़काया। सब तरह के नीच आदमी कुलीनों के साथ वर्ण-संकरित हो गये। अत्याचार बहुत बढ़ गया। व्यभिचारियों और दुराचारियों ने सभी स्त्रियों को भ्रष्ट किया। लोगों की हालत इतनी बुरी हो गई, जितनी उस समय तक कभी सुनी नहीं गई थी। खुसरो ने लोगों को खरकान-पुत्र जरदुश्त और बामदात-पुत्र मज्दक के नये धर्म से हटाया और दुराचारों को दूर किया। उस धर्म के अनुयायियों में से जिन्होंने उसकी आज्ञानुसार उसे नहीं छोड़ा, उन्हें मरवाया। उसने फिर से जरदुश्त के धर्म का पहिले जैसा प्रचार किया।

(४) **बितरिक** (१७६–९३९ ई०)–सईद बिन-बितरिक बगदादी खलीफों के समय का एक बहुत प्रसिद्ध लेखक था। इसने भी मज्दक और कबात् के बारे में लिखा है। उसने एक कहावत उल्लिखित की है–

सोखा ने हेफ्तालों के बादशाह से बदला लिया और पीरोज के पराजय के समय जो धन और बंदी हेफ्तालों के हाथ में गये थे, उन्हें लौटा लिया। बलाश और कबात् में सिंहासन के लिये झगड़ा हुआ, जिसमें बलाश सफल हुआ। कबात् सोखा के पुत्र जरमहर के साथ तुर्क (श्वेतहूण)-राजा

के यहां खुशनवाज़ में मदद लेने गया। रास्ते में जाते समय अबहरशहर (नोशापोर) में वहां के एक अमीर की कन्या पर मुग्ध हो गया। जरमहर ने माता-पिता को राजी करके कन्या कवात् को दिलवा दी। कवात् के चले जाने पर मां के पूछने पर लड़की ने कहा कि उसका पायजामा जरबफ्त का था। वह जान गयी कि वह कोई राजकुमार है। कवात्-खाकान (हूण-राजा) के पास चार साल रहा, फिर उससे सैनिक लेकर लौटा। अबहरशहर पहुँचने पर नवानदुख्त नामक अपनी उस प्रेमिका के पास तीन बरस का पुत्र देखा। स्त्री और बच्चे को वह ईरान ले आया। अब,बलाश मर गया था, इसलिये राज्य उसे मिल गया। राजकाज को जरमहर और सोखा के ऊपर छोड़कर वह स्वयं नगर, नहर और पुल बनवाता रहा। दस साल राज करने के बाद एक भारी अकाल पड़ा। टिड्डियां खेतों को खा गईं। लोगों के ऊपर भारी बला आयी। उसके बाद रोमियों से कवात् की लड़ाई छिड़ी, और उसने उनके शहर अमिदा पर अधिकार करके उसे बरबाद कर दिया।

दूसरी कथा जो बितरिक ने उद्धृत की है, उसके अनुसार ईरानी लोग कवात् से नाखुश थे और चाहते थे, कि वह मर जाये, लेकिन वह सोखा से डरते थे, इसलिये उन्होंने शाह को भड़काना शुरू किया। सोखा के मरने के बाद मज़्दक और उसके अनुयायियों से कवात् की भेंट हुई। "भगवान ने भोगों को पृथ्वी पर इसलिये पैदा किया, कि उसे समान बांट के उपभोग करें और कोई दूसरे से अधिक न लें। लेकिन आज आदमी एक दूसरे पर अन्याय करता है और वह अपने को अपने भाई से अधिक समझता है। हम चाहते हैं, कि अन्याय दूर हो, इसलिये चाहते हैं कि धनियों से सम्पत्ति गरीबों के लिये छीन लें, ज्यादा धन रखने वालों से उसे लेकर निर्धनों को दे दें। किसी के पास धन, स्त्री, दास,

दासी या सामान अधिक हो, तो अधिक को उससे लेकर दूसरों में बराबर बांट दें, जिसमें कोई बड़ा न रहे।" इसके बाद मज्दकियों ने लोगों की संपत्ति, स्त्री और धन को छीन लिया। ......(लोगों ने) कवात् को ऐसे स्थान में बंद कर दिया, जहां उसे कोई नहीं देख सकता था और उसके सहोदर भाई, जामास्प को गद्दी पर बिठाया। जरमहर ने ईरान के अमीरों को मिलाकर मज्दकियों को मारा और जामास्प को हटाकर कवात् को गद्दी पर बिठाया। पीछे मज्दकी फिर कवात् के विश्वासपात्र बन गये और उन्होंने उसे जरमहर को मरवाने के लिये उकसाया। उसके मारे जाने पर देश में अशांति फैल गयी। कवात् को सोखा और उसके पुत्र को मरवाने का बहुत अफसोस हुआ।

कवात् के मरने पर खुसरो नौशेरवां गद्दी पर बैठा। उसने मज्दकियों को देश से निकाल दिया और उन्होंने जो कुछ छीना था, उसे असली मालिकों को लौटा दिया। "जिस चीज का निश्चित स्वामी नहीं मिला, उसे जब्त कर लिया। इस तरह जो घर या जमीन छीनी गई थी, उसे मालिक पा गये। छीनी स्त्री को पति को लौटाने का हुक्म दिया गया, ऐसा न हो सकने पर उसे महर (स्त्री-धन) दिलवाई गई, और यदि मर्द और स्त्री दोनों एक वर्ग के हुए, तो उन्हें व्याह करने के लिये मजबूर किया गया। इसके अतिरिक्त यह भी हुक्म दिया, कि विस्पोह्रों और अजातों में से जिनका घर-बार बरबाद हो गया है और जो बड़ा दुखी जीवन बिता रहे हैं, उन्हें अनाथों और बेवाओं में से दिया जाये और सरकारी खजाने से धन की भी सहायता की जाये। बेपिता के पुत्रों को उनके मन के अनुकूल काम में लगाया गया। बेपिता की लड़कियों का भी उस वर्ग के धनी आदमियों से व्याह करवा दिया गया। पुत्रों को उनके मन के अनुकूल काम में लगाया गया।

(५) **अस्पाहानी** (मृत्यु ९६७ ई०)—अबुल्-फरज अस्पहानी अपनी पुस्तक "किताबुल आगानी" में लिखता है— कवात् के शासन-काल में मज्दक नामक एक आदमी प्रगट हुआ, जिसने जिन्दीकी (मानी और मज्दक के) धर्म का प्रचार किया, और स्त्रियों के संभोग की छुट्टी दे दी। उस समय कोई आदमी दूसरे को व्यभिचार से नहीं रोक सकता था। कवात् ने भी उसके धर्म को स्वीकार कर लिया। उसने हिरा (अरब) के शासक मंजर को मज्दकी धर्म स्वीकार करने के लिये कहा, किंतु उसने नहीं माना। फिर कवात् ने अमर-पुत्र हारिश को भी मज्दकी धर्म मानने के लिये कहा, लेकिन उसने भी नहीं माना। कवात् ने नाराज होकर उसे शासन से वंचित कर दिया।

अंत में नौशेरवां ने मज्दक को दार (सूली) पर चढ़ाने की आज्ञा दी और लोगों को हुक्म दिया, कि मज्दकियों को जहां पायें, मार डालें। आधे दिन के भीतर जाजर, नहरवान और मदायन (राजधानी तस्पोन्) में एक लाख जिन्दीक (मज्दकी) शूली पर चढ़ा दिये गये। उसी दिन से खुसरो की उपाधि "अनौशक्रवां" अर्थात् सदा रहने वाला हुई।

(६) **नदीम** (९८८ ई०)—मज्दकियों के संहार के पौने पांच सौ बरस बाद नदीम ने लिखा था—सासानी शासन-काल में मज्दकियों को 'हरमिया" (खुर्रमिया) कहा जाता था। इसी खुर्रमिया धर्म ने ८३५ ई० में बाबक के नेतृत्व में आजुरबायजान की भूमि में खलीफा के विरुद्ध विद्रोह किया था।[१] (इनका मूल वही मज्दक पंथ था, जो ५२७ ई० में भीषण हत्याकांड द्वारा नष्ट कर दिया गया समझा जाता था, लेकिन पौने तीन सदियों बाद भी आजुरबायजान में वह फिर प्रभावशाली हो गया। मज्दक पंथियों का एक दूसरा नाम "अल्मोहम्मरा" अर्थात् रक्तवसन भी था) नदीम ने लिखा है

१—"तारीखुल्-मजमूआ"

कि उसके समय खुर्रमिया दो संप्रदायों में विभक्त थे। उनमें से मोहम्मरा आजुरबायजान, अर्मनी, देलम, हम्दान और दीनवर में फैले हुए हैं—अस्पहान और अहवाज के इलाके में भी उनका अस्तित्व मिलता है। ये लोग वस्तुतः पहले जरथुस्त्री थे, लेकिन पीछे इन्होंने धर्म में मिलावट कर ली। साधारणतया ये "बैबाप के बाल बच्चे" के नाम से लोगों में प्रसिद्ध थे। इस धर्म का संस्थापक वही पुराना मज्दक था, जिसने अपने अनुयायियों को सिखलाया था, कि सदा भोग की खोज करते रहो और खानपान में कोई कड़ाई न करो। समता और मित्रता को अपने आचरण में ढालो, तथा एक आदमी को दूसरे से बड़ा नहीं बनने दो। स्त्री और धन को साझा समझो और दूसरे की स्त्री को निषिद्ध न मानो। अतिथि सेवा के बारे में उसने आज्ञा दी थी—अतिथि चाहे किसी जाति का हो, उससे किसी चीज का दुराव न रखो। उसकी जो इच्छा हो उसे पूरा करने का यत्न करो।

(७) **अबुलकासिम फिरदौसी** (मृत्यु १०२० ई०)—फिरदौसी फारसी का महान कवि तथा शाहनामा जैसे फारसी के महान काव्य का रचयिता मज्दक की मृत्यु के पांच सदियों के बाद हुआ था। उसने मज्दक और कवात् के बारे में लिखा है—"(हेफ्तालों से) युद्ध के समय कवात् पीरोज की सेना के साथ था और पराजय के बाद दुश्मन के हाथ बंदी हो गया। सोखा ने उसे मुक्त किया और बादशाह बलाश ने उस पर कृपा दिखलाई। कुछ समय बाद सोखा ने बलाश को उतार कर कवात् के सिर पर मुकुट रखा। जब कवात् २१ साल का हो गया, तो सोखा ने अपने इलाके रै के काम को जाके संभालने की आज्ञा ली। लोगों ने बादशाह का कान भरा। शाह ने सोखा को रै से पकड़ लाने के लिये उसके प्रतिद्वंदी शापूर को भेजा। सोखा को शीराज से लाके सिंहासन के पास कत्ल किया गया। ईरानी कवात्

से बहुत नाराज हो गये। उन्होंने चुगली लगाने वाले को मारने के बाद कवात् को तख्त से उतार दिया, और जामास्प को बादशाह बनाया। पिता के घातक कवात् को उन्होंने सोखा के हाथ में सौंप दिया, लेकिन उसने उसे छोड़ दिया, तथा दोनों भागकर हेफ्तालों की भूमि में चले गये। रास्ते में कवात् ने एक ग्रामपति की लड़की व्याह के उसके साथ एक सप्ताह वास किया और उसे लौटते समय के अभिज्ञान के लिये अपनी अंगूठी दे दी। लौटते समय कवात् ने अपनी स्त्री को पुत्रवती देखा। उसने बच्चे का नाम खुसरो (कसरा) रखा। फिर वह अपनी स्त्री और बच्चे के साथ तस्पोन् लौटा। जामास्प और अमीरों ने उसका स्वागत करके उसे दुबारा गद्दी पर बैठाया। कवात् ने उनके अपराधों को क्षमा कर दिया। फिर पूर्वी रोम को लड़ाई में पराजित किया। इसी समय चतुर, मिष्ठभाषी और मनस्वी मज्दक नामक आदमी ने अपनी बातों से उसे भरमा दिया। उसका प्रभाव बादशाह पर बढ़ता गया। इसके बाद एक समय भयंकर अकाल आया। मज्दक ने जहरमोहरावाले व्यक्ति और सांप काटे आदमी के बारे में सवाल किया, फिर बंदीखाने में बंद रखकर मारनेवाले के अपराधों के बारे में पूछा। फिर उसने बखार लूटने का हुक्म दिया। मज्दक ने अपने धर्म को साफ समानता के आधार पर स्थापित किया, और सभी आदमियों को परस्पर बराबर बतलाते एक से धन लेकर दूसरे को दिया। कवात् ने उस धर्म को स्वीकार किया और समझा कि इसी में लोगों की भलाई होगी। पीछे उसका विचार बदल गया और उसने शास्त्रार्थ करने के लिये सभा बुलाई। निश्चित दिन को खुसरो भी मोबिदों के साथ प्रासाद में पहुँचा। उनमें से एक ने प्रश्न किया—यदि स्त्रियां साझे की हो जायँ, तो बाप और बेटे की पहचान कैसे होगी ? यदि सभी की आमदनी बराबर हो, तो सेवक और सेव्य कैसे रहेंगे ? और फिर किस तरह दुनियां का काम चलेगा।

फिर संपत्ति और धन का उत्तराधिकारी कैसे कोई हो सकेगा ? इन सवालों से उसने यह दिखलाया, कि मज्दक का धर्म अह्रिमान (शैतान) का काम है, इससे दुनिया की बरबादी होगी। कवात्, खुसरो और सभा के दूसरे लोगों ने मोबिदों के पक्ष का समर्थन किया। कवात् ने दण्ड देने का भार खुसरो के हाथ में दे दिया था, जिसके हुक्म से प्रासाद के हाते में खाईं खोद के मज्दकियों को वृक्ष के रूप में ऐसे गाड़ा गया, कि उनके सिर कमर तक धरती के भीतर दबे और पांव बाहर निकले थे। फिर स्वयं मज्दक को उद्यान में ले गये और इस नये बाग के इन नये वृक्षों को दिखलाया। मज्दक डरकर बेहोश हो गया। खुसरो के हुक्म से उसे शूली पर चढ़ाकर तीर-वर्षा की गयी।

(८) **इब्नुल असीर** (१०३४ ई०)—इसने लिखा है इस पैगम्बर ने जरदुश्त के धर्म में कुछ परिवर्तन किया था, किंतु कुछ लोगों का कहना है, कि मज्दक ने भगवत्-मित्र इब्राहिम के पंथ को पैगम्बर जरदुश्त की भविष्यद्वाणी के अनुसार प्रचार किया। लिखा है—"मज्दक ने प्राणि-हिंसा वर्जित कर दी और भूमि से उत्पन्न पदार्थों या अंडा, दूध, घी, और पनीर जैसे प्राणियों से मिलनेवाले भोजन को आदमी के लिये पर्याप्त बतलाया।"

(९) **सआलबी** (मृत्यु १०३८ ई०)—इसने लिखा है—बलाश से युद्ध करते वक्त कवात् हार गया और वह तूरान (मध्य-एशिया) की ओर भाग गया। वहां खाकान (श्वेतहूण-राजा) ने उसका स्वागत किया। चार साल तक रह कर कवात् तीस हजार सेना के साथ ईरान आया। नेशापोर में बलाश के मरने की खबर पाकर उसने सेना को लौटा दिया। पीछे रोम के साथ लड़ाइयां हुईं। यह बादशाह निसा-निवासी बामदात-पुत्र मज्दक के प्रगट होने के पहिले तक धर्म के अनुसार प्रजा का

शासन करता था। लेकिन मज्दक आदमी की शकल में देव (शैतान) था, जो रूप में सुन्दर और हृदय से काला–वाणी उसकी हृदयग्राही थी, किन्तु कर्म अनुचित था। कवात् उसकी मोहक बातों में पड़ के गुमराह हो गया। एक भारी भूकम्प में बहुत से आदमी भूखे मर गये। उस समय उसने शाह से पूछा–अगर किसी के पास जहरमोहरा हो, और वह सांप काटे को देने से इन्कार करे, तो उसे क्या दण्ड होगा ?–"मृत्यु"। अगले दिन मज्दक भुक्खड़ों, भिखमंगों को राजमहल में यह कहकर ले गया, कि जिस चीज की आवश्यकता हो उसे जमा करके ले जाओ। फिर उसने कवात् से पूछा–"उस आदमी को क्या दण्ड मिलना चाहिये, जिसने निरपराध आदमी को वंद करके भूखों मार दिया।" कवात् ने जवाब दिया–"मृत्यु"। मज्दक ने लोगों को हुक्म दिया, कि बखारों को लूट लो। उन्होंने ऐसा ही किया। मज्दक उपदेश देता था–"भगवानने जीविका इसलिये पैदा की, कि सब लोग एक समान लाभ उठायें। अन्याय और जुल्म के कारण यह भेदभाव पैदा हुआ है। किसी को स्त्री या संपत्ति पर दूसरे से अधिक का अधिकार नहीं है।" उसने लोगों को धर्म से हीन कर दिया। उसने स्त्रियों को भगाने और दूसरे दुराचारों का प्रचार किया। बहुत दिन नहीं बीता, कि किसी की कोई संपत्ति या स्त्री नहीं रह गयी, यहां तक कि लोग अपने पुत्र को भी नहीं पहिचान पाते। इसके बाद सआलबी ने शास्त्रार्थ और मज्दक तथा मज्दकियों के कत्लेआम की बात लिख के कहा है–खुसरो ने एक दिन में अस्सी हजार मज्दकियों को मरवाया और उसी दिन से उसकी उपाधि नौशेरवां पड़ी।

(१०) **बेरूनी** (९७२–१०४९ ई०) अबूरेहां मुहम्मद [१]बिन-अहमद बेरूनी ३ जिलहजा ३६२ हिजरी (५ सितम्बर ९७३ ई०) में पैदा हुआ और

१–मुहम्मद बिन–इसहाक इब्नुल-नदीम्.

२ रजब ४४० (११ दिसम्बर १०४८ ई०) में सतहत्तर वर्ष की आयु में मरा। वह ज्योतिष और गणित का महान विद्वान तथा महान पर्यटक था। पहले वह अपनी जन्मभूमि ख्वारेज्म में रहा, फिर जब सुल्तान महमूद गजनवी का ख्वारेज्म पर अधिकार हो गया, तो ४०८ हिजरी (१०१७ ई०) में महमूद उसे अपने साथ गजनी ले गया। उसके कितने ही युद्धों में बेरुनी भी साथ रहा। उसने भारतवर्ष और यहां के लोगों के बारे में अपनी प्रसिद्ध पुस्तक "अल्-हिंद" लिखी। बेरुनी लिखता है [१] "मज्दक बामदान निसा-निवासी तथा कबात् के समय मगोपतान-मगोपत था। वह द्वैतवादी था। उसका धर्म जरदुश्त के धर्म से कुछ भेद रखता था। उसने स्त्री और संपत्ति को साझा करने का रवाज चलाया। उसके अगणित अनुयायी हो गये।

उपसंहार

जर्मन विद्वान नोल्दके और डेनमार्क के क्रिष्टियान्सन ने मज्दक के संबंध में बहुत सी खोजें की हैं, जो अधिकांश जर्मन और फ्रेंच भाषाओं में छपी हैं। उन्होंने स्वीकार किया है, कि पक्षपाती पुराने लेखकों ने मज्दक के साथ अन्याय किया है। डाक्टर क्रिष्टियान्सन लिखते हैं [२] "यह समझना आसान है, कि शत्रुओं ने मज्दक के धर्म को केवल

१—"आसारुल्-बाकिया"। बेरुनी की दूसरी पुस्तकें हैं—"अल्हिंद," "तफ्हीम", "कानून-मसउदी"

२. Christenson : A. Kawadh. Le : regne duroi Kawadhet Le Comm. Mazdakite-Medeloster 1925.

व्यभिचार और भोगपरायणता का प्रचारक चित्रित किया है। मज्दक ने संयम की शिक्षा दी थी। वह एक आचारशास्त्री तथा मानवता-प्रेमी पुरुष था, उसने सामाजिक सुधार के लिये कमर बांधी थी। मज्दक ने केवल हत्या और खून बहाने को ही निषिद्ध नहीं किया था, बल्कि वह हर तरह के दया करने को कर्त्तव्य मानता था, और उसने अतिथि सेवा में तो किसी चीज को अदेय नहीं कहा और न अतिथियों में देश-जाति के भेद रखने को उचित बतलाया। दुश्मनों तक के साथ भी उसने दया और सहिष्णुता दिखाने के लिये कहा।"